现当代德语文学与中国

罗炜 著

上海社会科学院出版社

编 委 会

丛书主编： 叶　隽

学术委员会委员：

（按姓氏音序顺序排列）

曹卫东　北京体育大学

陈洪捷　北京大学

范捷平　浙江大学

李明辉　台湾"中央研究院"

麦劲生　香港浸会大学

孙立新　山东大学

孙周兴　同济大学

谭　渊　华中科技大学

卫茂平　上海外国语大学

杨武能　四川大学

叶　隽　同济大学

叶廷芳　中国社会科学院

张国刚　清华大学

张西平　北京外国语大学

Iwo Amelung　阿梅龙　德国法兰克福大学

Adrian Hsia　夏瑞春　加拿大麦吉尔大学

Françoise Kreissler　何弗兹　法国东方语言学院

Michael Lackner　郎密榭　德国埃尔郎根大学

Klaus Mühlhahn　余凯思　美国印第安纳大学

Joël Thoraval　杜瑞乐　法国高等社会科学研究院

总　序

一、中、德在东、西方(亚欧)文化格局里的地位

华夏传统,源远流长,浩荡奔涌于历史海洋;德国文化,异军突起,慨然跃升于思想殿堂。作为西方文化,亦是欧陆文化南北对峙格局之重要代表的德国,其日耳曼统绪,与中国文化恰成一种"异体"态势,而更多地与在亚洲南部的印度文化有颇多血脉关联。此乃一种"相反相成"之趣味。

而作为欧陆南方拉丁文化代表之法国,则恰与中国同类,故陈寅恪先生谓:"以法人与吾国人习性为最相近。其政治风俗之陈迹,亦多与我同者。"诚哉是言。在西方各民族文化中,法国人的传统、风俗与习惯确实与中国人存在诸多不谋而合之处,当然也不排除文化间交流的相互契合:诸如科举制的吸纳、启蒙时代的诸子思想里的中国文化资源等。如此立论,并非敢淡漠东西文化的基本差别,这毕竟仍是人类文明的基本分野;可"异中趋同",亦可见钱锺书先生所谓"东海西海,心理攸同;南学北学,道术未裂"之言不虚。

在亚洲文化(东方文化)的整体格局中,中国文化属于北方文化,印度文化才是南方文化。中印文化的交流史,实际上有些类似于德法之间的文化交流史,属于地缘关系的亚洲陆地上的密切交

流，并由此构成了东方文化的核心内容；遗憾的是，由于地域太过辽阔，亚洲意义上的南北文化交流有时并不能相对频繁地形成两种文化之间的积极互动态势。两种具有互补性的文化，能够较快推进人类文明发展，这可能是一个基本定律。

西方文化发展到现代，欧洲三强英、法、德各有所长，可若论地缘意义上对异文化的汲取，德国可拔得头筹。有统计资料表明，在将外语文献译成本民族语言方面，德国居首。而对法国文化的吸收更成为思想史上一大公案，乃至歌德（Johann Wolfgang von Goethe, 1749—1832）那一代人因"过犹不及"而不得不激烈反抗法国文化的统治地位。虽然他们都说得一口流利的法文，但无论正反事例，都足证德意志民族"海纳百川"的学习情怀。就东方文化而言，中国文化因其所处地理中心位置，故能得地利之便，尤其是对印度佛教文化的汲取，不仅是一种开阔大度的放眼拿来，更兼备一种善择化用的创造气魄，一方面是佛教在印度终告没落，另一方面却是禅宗文化在中国勃然而起。就东方文化之代表而言，或许没有比中国更加合适的。

中德文化关系史的意义，正是在这样一种全局眼光中才能凸显出来，即这是一种具有两种基点文明代表性意义的文化交流，而非仅一般意义上的"双边文化关系"。何谓？此乃东西文化的两种核心文化的交流，即作为欧洲北方文化的条顿文明与亚洲北方文化的华夏文明之间的交流。这样一种质性文化的交流，具有重要的范式意义。

二、作为文明进程推动器的文化交流与中国文化的"超人三变"

不同文明之间的文化交流，始终是文明进程的推动器。诚如季羡林先生所言:"从古代到现在,在世界上还找不出一种文化是不受外来影响的。"①其实,这一论断,也早已为第一流的知识精英所认知,譬如歌德、席勒(Johann Christoph Friedrich von Schiller, 1759—1805)那代人,非常深刻地意识到走向世界、汲取不同文化资源的重要性,而中国文化正是在那种背景下进入了他们的宏阔视域。当然,我们要意识到的是,对作为现代世界文明史巅峰的德国古典时代而言,文化交流的意义极为重要,但作为主流的外来资源汲取,是应在一种宏阔的侨易学视域中去考察的。这一点歌德总结得很清楚:"我们不应该认为中国人或塞尔维亚人、卡尔德隆或尼伯龙根就可以作为模范。如果需要模范,我们就要经常回到古希腊人那里去找,他们的作品所描绘的总是美好的人。对其他一切文学我们都应只用历史眼光去看。碰到好的作品,只要它还有可取之处,就把它吸收过来。"②此处涉及文化交流的规律性问题,即如何突出作为接受主体的主动选择性,若按陈寅恪所言:"其真能于思想上自成系统,有所创获者,必须一方面吸收输入外来之学说,一方面不忘本来民族之地位。此二种相反而适相成之态度,乃道教之真精神,新儒家之旧途径,而二千年吾民族与他民族思想

---

① 季羡林:《文化交流的必然性和复杂性》,载季羡林、张光璘编:《东西文化议论集》(上册),经济日报出版社1997年版,第8页。
② 德文为:Wir müssen nicht denken, das Chinesische wäre es oder das Serbische oder Calderon oder die Nibelungen, sondern im Bedürfnis von etwas Musterhaftem müssen wir immer zu den alten Griechen zurückgehen, in deren Werken stets der schöne Mensch dargestellt ist. Alles übrige müssen wir nur historisch betrachten und das Gute, so weit es gehen will, uns daraus aneignen. Mittwoch, den 31. Januar 1827. in Eckermann, Johann Peter: *Gespräche mit Goethe-in den letzten Jahren seines Lebens*(《歌德谈话录——他生命中的最后几个年头》). Berlin und Weimar: Aufbau-Verlag, 1982. S.198。中译参见[德]爱克曼辑录:《歌德谈话录》,朱光潜译,人民文学出版社1978年版,第113—114页。

接触史之所昭示者也。"①这不仅是中国精英对待外来文化与传统资源的态度,推而广之,对各国择取与创造本民族之精神文化,皆有普遍参照意义。总体而言,德国古典时代对外来文化(包括中国文化)的汲取与转化创造,是一次文化交流的质的提升。文化交流史的研究,其意义在此。

至于其他方面的双边交流史,也同样重要。德印文化交流史的内容,德国学者涉猎较多且深,尤其是其梵学研究,独步学林,赫然成为世界显学;正与其世界学术中心的地位相吻合,而中国现代学术建立期的第一流学者,如陈寅恪、季羡林等就先后负笈留德,所治正是梵学,亦可略相印证。中法文化交流史内容同样极为精彩,由启蒙时代法国知识精英对中国文化资源的汲取与借鉴到现代中国发起浩浩荡荡的留法勤工俭学运动,其转易为师的过程同样值得深入探究。总之,德、法、中、印这四个国家彼此之间的文化交流史,应当归入"文化史研究"的中心问题之列。

当然,不可否认的是,作为中国学者,我们或多或少会将关注的目光投向中国问题本身。必须强调加以区分的是所谓"古代中国""中世中国"与"现代中国"之间的概念分野。其中,"古代中国"相当于传统中国的概念,即文化交流与渗透尚未到极端的地步,尤以"先秦诸子"思想为核心;"中世中国"则因与印度佛教文化接触,而使传统文化受到一种大刺激而有"易",禅宗文化与宋儒理学值得特别关注;"现代中国"则以基督教之涌入为代表,西学东渐

---

① 《冯友兰〈中国哲学史〉下册审查报告》,载刘桂生、张步洲编:《陈寅恪学术文化随笔》,中国青年出版社1996年版,第17页。

为标志,仍在进程之中,则是以汲取西学为主的广求知识于世界,可以"新儒家"之生成为关注点。经历"三变"的中国,"内在于中国"为第一变,"内在于东方"为第二变,"内在于世界"为第三变,"三变"后的中国才是具有悠久传统而兼容世界文化之长的代表性文化体系的国家。

先秦儒家、宋儒理学、新儒家思想(广义概念)的三段式过渡,乃是中国思想渐成系统与创新的标志,虽然后者尚未定论,但应是相当长时期内中国思想的努力方向。而正是这样一种具有代表性且兼具异质性的交流,在数量众多的双边文化交流中,具有极为不俗的意义。张君劢在谈到现代中国的那代知识精英面对西方学说的盲目时有这样的描述:"好像站在大海中,没有法子看看这个海的四周……同时,哲学与科学有它们的历史,其中分若干种派别,在我们当时加紧读人家教科书如不暇及,又何敢站在这门学问以内来判断甲派长短得失,乙派长短得失如何呢?"①其中固然有个体面对知识海洋的困惑,同时意味着现代中国输入与择取外来思想的困境与机遇。王韬曾感慨地说:"天之聚数十西国于一中国,非欲弱中国,正欲强中国,非欲祸中国,正欲福中国。"②不仅表现在政治军事领域如此,在文化思想方面亦然。而当西方各强国纷纷涌

---

① 张君劢:《西方学术思想在吾国之演变及其出路》,《新中华》第5卷第10期,1937年5月。
② 《答强弱论》,载王韬:《弢园文录外编》,中州古籍出版社1998年版,第304页。另可参见钟叔河:《王韬的海外漫游》,载王韬等:《漫游随录·环游地球新录·西洋杂志·欧游杂录》,岳麓书社1985年版,第12页。同样类型的话,王韬还说过:"合地球东西南朔九万里之遥,胥聚之于一中国之中,此古今之创事,天地之变局,此岂出于人意计所及料哉? 天心为之也。盖善变者天心也。"《答强弱论》,载王韬:《弢园文录外编》,中州古籍出版社1998年版,第304页。

入中国，使得"西学东渐"与"西力东渐"合并东向之际，作为自19世纪以来世界教育与学术中心场域的德国学术，则自有其非同一般的思想史意义。实际上，这从国际范围的文化交流史历程也可看出，19世纪后期逐渐兴起的三大国——俄、日、美，都是以德为师的。

故此，第一流的中国精英多半都已意识到学习德国的重要性。无论是蔡元培强调"救中国必以学。世界学术德最尊。吾将求学于德，而先赴青岛习德文"[1]，还是马君武认为"德国文化为世界冠"[2]，都直接表明了此点。至于鲁迅、郭沫若等都有未曾实现的"留德梦"，也均可为证。中德文化研究的意义，端在于此，而并非仅仅是众多"中外文化交流史"里的一个而已。如果再考虑到这两种文化是具有代表性的东西方文化之个体（民族—国家文化），那么其意义就更显突出了。

三、在"东学西渐"与"西学东渐"的关联背景下理解中德文化关系的意义

即便如此，我们也不能"画地为牢"，因为只有将视域拓展到全球化的整体联动视域中，才能真正揭示规律性的所在。所以，我们不仅要谈中国文化的西传，更要考察波斯—阿拉伯、印度、日本文化如何进入欧洲。这样的东学，才是一个完整意义上的东学。当东学西渐的轨迹，经由这样的文化交流史梳理而逐渐显出清晰的

---

[1] 黄炎培：《吾师蔡子民先生哀悼辞》，载梁柱：《蔡元培与北京大学》，北京大学出版社1996年版，第12页。
[2] 《〈德华字典〉序》，选自《马君武集》，华中师范大学出版社2011年版，第273页。

脉络时,中国文化也正是在这样一种比较格局中,才会更清晰地彰显其思想史意义。这样的工作,需要学界各领域研究者的通力合作。

而当西学东渐在中国语境里具体落实到20世纪前期这辈人时,他们的学术意识和文化敏感让人感动。其中尤其可圈可点的,则为20世纪30年代中德学会的沉潜工作,其标志则为"中德文化丛书"的推出,至今检点前贤的来时路,翻阅他们留下的薄薄册页,似乎就能感受到他们逝去而永不寂寞的心灵。

昔贤筚路蓝缕之努力,必将为后人开启接续盛业的来路。光阴荏苒,竟然轮到了我们这代人。虽然学养有限,但对前贤的效慕景仰之心,却丝毫未减。如何以一种更加平稳踏实的心态,继承前人未竟之业,开辟后世纯正学统,或许就是历史交给我们这代人的使命。

不过我仍要说我们很幸运:当年冯至、陈铨那代人不得不因民族战争的背景而颠沛流离于战火中,一代人的事业不得不无可奈何地"宣告中断",今天,我们这代人却还有可能静坐于书斋之中。虽然市场经济的大潮喧嚣似也要推倒校园里"平静的书桌",但毕竟书生还有可以选择的权利。在清苦中快乐、在寂寞中读书、在孤独中思考,这或许,已是时代赠予我们的最大财富。

所幸,在这样的市场大潮下,能有出版人的鼎力支持,使这套"中德文化丛书"得以推出。我们不追求一时轰轰烈烈吸引眼球的效应,而希望能持之以恒、默默行路,对中国学术与文化的长期积淀略有贡献。在体例上,丛书将不拘一格,既要推出中国学者自己的研究著述,也要译介国外优秀的学术著作;就范围而言,文学、历史、哲学固是题中应有之义,学术、教育、思想也是重要背景因素,至于社会学、政治学、经济学等鲜活的社会科学内容,也都在"兼容并包"之列;就文体而言,论著固所必备,随笔亦受欢迎;至于编撰旧文献、译介外文书、搜集新资料,更是我们当今学习德国学者,努力推进的方向。总之,希望能"水滴石穿""积跬步以至千里",经由长期不懈的努力,将此丛书建成一个略具规模、裨益各界的双边文化之库藏。

叶 隽

陆续作于巴黎—布达佩斯—北京

作为国际学域的"中德文学关系研究"
——"中德文化丛书"之"中德文学关系系列"小引

"中德文化丛书"的理念是既承继民国时代中德学会学人出版"中德文化丛书"的思路,也希望能有所拓展,在一个更为开阔的范围内来思考作为一个学术命题的"中德文化",所以提出作为东西方文明核心子文明的中德文化的理念,强调"中德文化关系史的意义,是具有两种基点文明代表性意义的文化交流与互动。中德文化交流是东西方文化内部的两种核心子文化的互动,即作为欧洲北方文化的条顿文明与亚洲北方的华夏文明之间的交流。中德文化互动是主导性文化间的双向交流,具有重要的范式意义"[①]。应该说,这个思路提出后还颇受学界关注,尤其是"中德二元"的观念可能确实还是能提供一些不同于以往的观察中德关系史的角度,推出的丛书各辑也还受到欢迎,有的还获了奖项(这当然也不足以说明什么,最后还是要看其是否能立定于学术史上)。当然,也要感谢出版界朋友的支持,在如今以资本和权力合力驱动的时代里,在没有任何官方资助的情况下,靠着出版社的接力,陆续走到了今天,也算是不易。到了这个"中德文学关系系列",觉得有必要略作说明。

---

① 叶隽:《中德文化关系评论集》,上海外语教育出版社2008年版,封底。

中德文学关系这个学术领域是 20 世纪前期被开辟出来的,虽然更早可以追溯到彼得曼(Woldemar Freiherr von Biedermann, 1817—1903)的工作,作为首创歌德与中国文化关系研究的学者,其学术史意义值得关注①;但一般而言,我们还是会将利奇温(Adolf Reichwein, 1898—1944)的《中国与欧洲——18 世纪的精神和艺术关系》②视为此领域的开山之作,因其首先清理了 18 世纪欧洲对中国文化的接受史,其中相当部分涉及德国精英对中国的接受。陈铨 1930—1933 年留学德国基尔大学,完成了博士论文《德国文学中的中国纯文学》,这是中国学者开辟性的著作,其德文本绪论中的第一句话是中文本里所没有的:"中国拥有一种极为壮观、博大的文学,其涉猎范围涵盖了所有重大的知识领域及人生问题。"(China besitzt eine außerordentlich umfangreiche Literatur über alle großen Wissensgebiete und Lebensprobleme.)③作者对自己研究的目的性有很明确的设定:"说明中国纯文学对德国文学影响的程序""就中国文学史的立场来判断德国翻译和仿效作品的价值。"④其中展现的中国态度、品位和立场,都是独立的,所以我们可以说,

---

① 他曾详细列出《赵氏孤儿》与《埃尔佩诺》(Elpenor)相同的 13 个母题,参见 Woldemar Freiherr von Biedermann: Goethe Forschung(《歌德研究》). Frankfurt am Main, 1879. S.110-111。
② Adolf Reichwein: China und Europa — Geistige und künstlerische Beziehungen im 18 Jahrhundert. Berlin: Österheld, 1923. 此书另有中译本,参见[德]利奇温:《十八世纪中国与欧洲文化的接触》,朱杰勤译,商务印书馆 1991 年版。
③ Chen Chuan: Die chinesische schöne Literatur im deutschen Schrifttum(《德国文学中的中国纯文学》). Inaugural-Dissertation zur Erlangung der Doktorwürde der Hohen Philosophischen Fakultät der Christian-Albrecht-Universität zu Kiel. vorgelegt von Chuan Chen aus Fu Schün in China. 1933. S.1. 基尔大学哲学系博士论文。
④ 陈铨:《中德文学研究》,辽宁教育出版社 1997 年版,第 4 页。

在"中德文化关系"这一学域,从最初的发端时代开始,就是在中、德两个方向上同时并行的。当然,我们要承认陈铨是留学德国,在基尔大学接受了严格的学术训练并完成了博士论文,这个德国学术传统是我们要梳理清楚的。也就是说,就学域的开辟而言是德国人拔得头筹。这也是我们应当具备的世界学术的气象,陈寅恪当年出国留学,他所从事的梵学,那也首先是德国的学问。世界现代学术的基本源头,是德国学术。这也同样表现在德语文学研究(Germanistik,也被译为"日耳曼学")这个学科。但这并不影响我们独立风骨,甚至是后来居上,所谓"弟子不必不如师,师不必贤于弟子,闻道有先后,术业有专攻"[①],这才是求知问学的本意。

当然,这只是从普遍的求知原理上而言之。中国现代学术是在世界学术的整体框架中形成的,既要有这个宏大的谱系意识,同时其系统建构也需要有自身的特色。从这个意义上来说,当陈铨归国以后,用中文出版《中德文学研究》,这就不但意味着中国日耳曼学有了足够分量的学术专著的出现,更标志着在本领域之内的发凡起例,是一个新学统的萌生。它具有多重意义,一方面它属于德文学科的成绩,另一方面它也归于比较文学(虽然在当时还没有比较文学的学科建制),当然更属于中国现代学术之实绩。遗憾的是,虽然在20世纪30年代前期即已有很高的起点,但出于种种原因,这一学域的发展长期中断,直到改革开放之后才出现薪火相传的迹象。冯至撰《歌德与杜甫》,大概只能说是友情出演;但他和德国汉学家德博(Günther Debon,1921—2005)、长居德国的加拿大

---

① [唐]韩愈:《师说》。

华裔学者夏瑞春(Adrian Hsia,1940—2010)一起推动了中德文学关系领域国际合作的展开,倒是事实。1982年在海德堡大学召开了"歌德与中国"国际学术研讨会,以冯至为代表的6名中国学者出席并提交了7篇论文。① 90年代以后,杨武能、卫茂平、方维规教授等皆有相关专著问世,有所贡献。②

进入21世纪,随着中国学术的发展,中德文学关系领域也受到更多关注,参与者甚多,且有不乏精彩之作。具有代表性的是谭渊的《德国文学中的中国女性形象》③,此书发掘第一手材料,且具有良好的学术史意识,在前人基础上将这一论题有所推进,是值得充分肯定的一部著作。反向的研究,即德语文学在中国语境里的翻译、传播、接受问题,则相对被忽视。范劲提出了德语文学符码与现代中国作家的自我问题,并且将研究范围延伸到当代文学。④笔者的《德国精神的向度变型——以尼采、歌德、席勒的现代中国接受为中心》则选择尼采(Friedrich Wilhelm Nietzsche,1844—1900)、歌德、席勒这三位德国文学大师及其代表作在中国的接受史进行

---

① Günther Debon;Adrian Hsia (Hg.): *Goethe und China - China und Goethe*(《歌德与中国——中国与歌德》). Bern: Peter Lang Verlag, 1985.关于此会的概述,参见杨武能:《"歌德与中国"国际学术讨论会》,载杨周翰、乐黛云主编:《中国比较文学年鉴1986》,北京大学出版社1987年版,第351—352页。亦可参见《一见倾心海德堡》,载杨武能:《感受德意志》,四川人民出版社2001年版,第7—28页。
② 此处只是略为列举若干我认为在各方面有代表意义的著作,关于中德文学关系的学术史梳理,参见谭渊:《德国文学中的中国女性形象》,武汉大学出版社2017年版,第7—15页;叶隽:《六十年来中国的德语文学研究》,重庆出版社2016年版,第211—219页。
③ 谭渊:《德国文学中的中国女性形象》,武汉大学出版社2017年版。
④ 范劲:《德语文学符码与现代中国作家的自我问题》,华东师范大学出版社2008年版。

深入分析,以影响研究为基础,既展现冲突、对抗的一面,也注意呈现其融合、化生的成分。①卢文婷讨论了中国现代文学中所接受的德国浪漫主义影响。②此外,中国文学的德译史研究也已经展开,如宋健飞的《德译中国文学名著研究》探讨中国文学名著在德语世界的状况③,谢淼的《德国汉学视野下中国当代文学的译介与研究》考察中国当代文学在德国的译介和研究情况④,这就给我们展示了一个德语世界里的中国文学分布图。当然,这种研究尚处于初步阶段,现在做的还主要是初步材料梳理的工作,但毕竟是开辟了新的领域。具体到中国现代文学的文本层面,探讨诸如中国文学里的德国形象之类的著作则尚未见,这是需要改变的情况。至于将之融会贯通,在一个更高层次上来通论中德文学关系者,甚至纳入世界文学的融通视域下来整合这种"中德二元"与"文学空间"的关系,则更是具有挑战性的难题。

值得提及的还有基础文献编目的工作。这方面旅德学者顾正祥颇有贡献,他先编有《中国诗德语翻译总目》⑤,后又编纂了《歌德

---

① 叶隽:《德国精神的向度变型——以尼采、歌德、席勒的现代中国接受为中心》,中央编译出版社2015年版。
② 卢文婷:《反抗与追忆:中国文学中的德国浪漫主义影响(1898—1927)》,中国社会科学出版社2014年版。
③ 宋健飞:《德译中国文学名著研究》,外语教学与研究出版社2016年版。
④ 谢淼:《德国汉学视野下中国当代文学的译介与研究》,南京大学出版社2017年版。
⑤ Gu Zhengxiang, wissenschaftlich ermittelt und herausgegeben: *Anthologien mit chinesischen Dichtungen*, Teilbd. 6. In Helga Eßmann und Fritz Paul hrsg.: *Übersetzte Literatur in deutschsprachigen Anthologien: eine Bibliographie*; [diese Arbeit ist im Sonderforschungsbereich 309 „Die literarische Übersetzung" der Universität Göttingen entstanden] (Hiersemanns bibliographische Handbücher; Bd. 13), Stuttgart: Anton Hiersemann Verlag, 2002.

汉译与研究总目(1878—2008)》《歌德汉译与研究总目(续编)》①,但此书也有些问题,诚如有批评者指出的,认为其认定我国台湾地区在1967年之前有《少年维特之烦恼》10种译本是未加考订的,事实上均为改换译者或经过编辑的大陆重印本。② 这种只编书目而不进行辨析的编纂方法确实是有问题的。他还编纂有荷尔德林编目《百年来荷尔德林的汉语翻译与研究：分析与书目》③。

当然,也出现了一些让人觉得并不符合学术规律的现象,比如此前已发表论文的汇集,其中也有拼凑之作、不相关之作,从实质而言并无什么学术推进意义,不能视为严格意义上的学术专著。更为严重的是,这样的现象现在似乎并非鲜见。我以为这一方面反映了这个时代学术的可悲和背后权力与资本的恶性驱动力,另一方面研究者自身的急功近利与学界共同体的自律消逝也是需引起重视的。至少,在中德文学关系这一学域,我们应努力维护自己作为学者的底线和基本尊严。

但如何才能在前人基础上"百尺竿头,更进一步",创造出真正属于这个时代的"光荣学术",却并非一件易事。所以,我们希望在不同方向上能有所推动、循序渐进。

首先,丛书主要译介西方学界的中德文学关系研究成果,其中

---

① 顾正祥编：《歌德汉译与研究总目（1878—2008）》,中央编译出版社2009年版。顾正祥编：《歌德汉译与研究总目（续编）》,中央编译出版社2016年版。
② 主要依据赖慈芸：《台湾文学翻译作品中的伪译本问题初探》,《图书馆学与信息科学》2012年第38卷第2期,第4—23页;邹振环：《20世纪中国翻译史学史》,中西书局2017年版,第92—93页。
③ Gu Zhengxiang: *Hölderlin in chinesischer Übersetzung und Forschung seit hundert Jahren: Analysen und Bibliographien.* Berlin & Heidelberg: Metzler-Verlag & Springer Verlag, 2020.

不仅包括学科史上公认的一些作品,譬如常安尔(Eduard Horst von Tscharner,1901—1962)的《至古典主义德国文学中的中国》①。常安尔是钱锺书的老师,在此领域颇有贡献。杨武能回忆说他去拜访钱锺书时,钱先生对他谆谆叮嘱不可遗忘了他老师的这部大作,可见其是有学术史意义的,②以及舒斯特(Ingrid Schuster,1940—　)先后完成的《德国文学中的中国和日本(1890—1925)》《德国文学中的中国和日本(1773—1890)》;③还涵盖德国汉学家的成果,譬如德博的《魏玛的中国客人》④。在当代,我们也挑选了一部,即戴特宁(Heinrich Detering,1959—　)的《布莱希特与老子》。戴特宁是德国日耳曼学研究者,但他对这一个案的处理却十分精彩,值得细加品味。⑤ 其实还应当提及的是斯洛伐克汉学家高利克(Marián Gálik,1933—2024)的《从歌德、尼采到里尔克——中德跨文化交流研究》。⑥ 高利克是东欧国家较早关涉中德文学关系研究的学者,一些专题论文颇见功力。

比较遗憾的是,还有一些遗漏,譬如奥里希(Ursula Aurich)的

---

① Eduard Horst von Tscharner: *China in der deutschen Dichtung bis zur Klassik.* München: Reinhardt, 1939.
② 《师恩难忘——缅怀钱锺书先生》,载杨武能:《译海逐梦录》,四川文艺出版社2018年版,第95页。
③ Ingrid Schuster: *China und Japan in der deutschen Literatur: 1890 – 1925*, Bern & München: Francke, 1977. Ingrid Schuster: *Vorbilder und Zerrbilder: China und Japan im Spiegel der deutschen Literatur 1773 – 1890.* Bern & Frankfurt a.M.: Peter Lang, 1988.
④ Günther Debon: *China zu Gast in Weimar.* Heidelberg: Guderjahn, 1994.
⑤ Heinrich Detering: *Bertolt Brecht und Laotse.* Göttingen: Wallstein, 2008.
⑥ [斯洛伐克]马立安·高利克:《从歌德、尼采到里尔克——中德跨文化交流研究》,刘燕等译,福建教育出版社2017年版。

《中国在18世纪德国文学中的反映》[1],还有如夏瑞春教授的著作也暂未能列入。夏氏是国际学界很有代表性的中德文学关系研究的开拓性人物,他早年在德国,后到加拿大麦吉尔大学任教,可谓毕生从事此一领域的学术工作,其编辑的《德国思想家论中国》《黑塞与中国》《卡夫卡与中国》在国际学界深有影响。我自己和他交往虽然不算太多,但也颇受其惠,可惜他得寿不遐,竟然在古稀之年即驾鹤西去。希望以后也能将他的一些著作引进,譬如《中国化:17、18世纪欧洲在文学中对中国的建构》等。[2]

其次,有些国人用德语撰写的著作也值得翻译,譬如方维规教授的《德国文学中的中国形象(1871—1933)》。[3] 这些我们都列入了计划,希望在日后的进程中能逐步推出,形成汉语学界较为完备的"中德文学关系研究"的经典著作库。另外则是在更为多元的比较文学维度里展示德语文学的丰富向度,如德国学者宫多尔夫(Friedrich Gundolf, 1880—1931)的《莎士比亚与德意志精神》(*Shakespeare und der deutsche Geist*, 1911)、俄国学者日尔蒙斯基(Viktor Maksimovich Zhirmunsky, 1891—1971)的《俄国文学中的歌德》(*Гёте в русской литературе*, 1937)、法国学者卡雷(Jean-Marie Carré, 1887—1958)的《法国作家与德国幻象(1800—1940)》(*Les écrivains français et le mirage allemande 1800—1940*,

---

[1] Ursula Aurich: *China im Spiegel der deutschen Literatur des 18. Jahrhunderts*. Berlin: Ebering, 1935.
[2] Adrian Hsia: *Chinesia: The European Construction of China in the Literature of the 17th and 18th Centuries*. Tübingen, Niemeyer Verlag, 1998.
[3] Fang Weigui: *Das Chinabild in der deutschen Literatur 1871–1933: ein Beitrag zur komparatistischen Imagologie*. Frankfurt a.M.: Suhrkamp, 1992.

1947)等都是经典名著,也提示我们理解"德国精神"的多重"二元向度",即不仅有中德,还有英德、法德、俄德等关系。而新近有了汉译本的巴特勒(Eliza Marian Butler, 1885—1959)的《希腊对德意志的暴政——论希腊艺术与诗歌对德意志伟大作家的影响》(*The Tyranny of Greece over Germany: A Study of the Influence Exercised by Greek Art and Poetry over the Great German Writers of the Eighteenth, Nineteenth and Twentieth Centuries*, 1935)则提示我们更为开阔的此类二元关系的可能性,譬如希德文学。① 总体而言,史腊斐的判断是有道理的:"德意志文学的本质不是由'德意志本质'决定的,不同民族文化的交错融合对它的形成产生了深远的影响……"② 而要深刻理解这种多元关系与交错性质,则必须对具体的双边关系进行细致清理,同时不忘其共享的大背景。

最后,对中国学界来说,更为重要的是如何推出我们自己的具有突破性的中德文学关系研究的代表性著作。时至今日,这一学域已经走过了近百年的历程,几乎可以说是与中国现代学术的诞生、中国日耳曼学与比较文学的萌生是同步的,只要看看留德博士们留下的学术踪迹就可知道,尤其是那些用德语撰写的博士论文。③ 当然在有贡献的同时,也难免产生问题。夏瑞春教授曾毫不留情地批评道:"在过去的25年间,虽然有很多中国的日耳曼学者

---

① [英]伊莉莎·玛丽安·巴特勒:《希腊对德意志的暴政——论希腊艺术与诗歌对德意志伟大作家的影响》,林国荣译,社会科学文献出版社2017年版。
② [德]海因茨·史腊斐(Heinz Schlaffer):《德意志文学简史》(*Die kurze Geschichte der deutschen Literatur*),胡蔚译,北京大学出版社2013年版,第103页。
③ 参见《近百年来中国德语语言文学学者海外博士论文知见录》,载吴晓樵:《中德文学因缘》,上海外语教育出版社2008年版,第178—198页。

在德国学习和获得博士学位,但遗憾的是,他们中的绝大部分人或多或少都研究了类似的题目,诸如布莱希特(Bertolt Brecht, 1898—1956)、德布林(Alfred Doblin, 1878—1957)、歌德、克拉邦德(Klabund, 1890—1928)、黑塞(Hermann Hesse, 1877—1962, 或许是最引人注目的)及其与中国的关系,尤其是像席勒、海涅(Heinrich Heine, 1797—1856)和茨威格(Stefan Zweig, 1881—1942),总是不断地被重复研究。其结果就是,封面各自不同,但其知识水平却始终如一。"[1]夏氏为国际著名学者,因其出入中、德、英等多语种学术世界,娴熟多门语言,所以其学术视域通达,能言人之所未能言,亦敢言人之所未敢言,这种提醒或批评是非常发人深省的。他批评针对的是德语世界里的中国学人著述,那么,我以为在汉语学界里也同样适用,相较于德国学界的相对有规矩可循,我们的情况似更不容乐观。所以,这样一个系列的推出,一方面是彰显目标;另一方面则是体现实绩,希望我们能在一个更为开阔与严肃的学术平台上,与外人同台竞技,积跬步以至千里,构建起中国学术走向世界的桥梁。

叶　隽

2020年8月29日沪上同济

---

[1] [加]夏瑞春:《双重转型视域里的"德国精神在中国"》,《文汇读书周报》2016年4月25日。

目录

上编　现当代德语文学对中国的接受

003　从《王伦三跃》看德布林对中国思想的接受

022　试析魏玛共和国时期德布林理论著述中的中国元素

046　布莱希特和孔子

068　从《王伦三跃》看德布林儒道并重的汉学基础

096　从德中文学关系研究实践看"侨易学"的意义与问题

113　布莱希特笔下的"老子出关"

147　德布林和庄子

下编　现当代德语文学在中国的接受

173　《柏林，亚历山大广场》：德布林哲学思想的演绎

187　不要低估这种能量
　　　——评沃尔夫新作《美狄亚·声音》

200　《柏林，亚历山大广场》译者前言

235　《最后一个威英斐尔特》译本序

245　暴戾和沦丧的村庄
　　　——试析赫塔·米勒处女作《低地》

001

260	一部纳粹暴政的史前史
	——论《学生托乐思的迷惘》的自传色彩和政治寓意
277	《浮士德博士》译者序
300	性别视角下的德语文学
322	理解的文学：西格弗里德·伦茨小传
333	君特·格拉斯的诗情与画意
348	德布林表现主义时期的三篇柏林小说浅议
364	德国电影与文化
398	后记

上 编

现当代德语文学对中国的接受

从《王伦三跃》看德布林对中国思想的接受

　　现代德语经典作家德布林的长篇小说《王伦三跃》是德语文学对中国接受史上的一个重要里程碑。国内外评论界较多关注德布林对道家思想的接受，对德布林和儒家思想的关系则重视不够。针对学界相关讨论中较为常见的"尚道批孔"论调，本文从具体的文本分析入手论证这一观点的片面性，认为早期的德布林对中国儒家和道家思想的接受皆遵循理性和一分为二的原则，儒家和道家在"中国小说"《王伦三跃》中具有同等重要的地位。本文同时指出，《王伦三跃》也只是德布林和中国之整体关系中的一个阶段，德布林对中国文化的研究和借鉴一以贯之，具有连续性和持久性。在德布林宏大的叙事体系和多元文化的思想架构中，中国的传统思想和文化始终是一个不可分割的组成部分，发挥着富于建设性的作用。

一

阿尔弗雷德·德布林是享有世界声誉的现代德语经典作家之一。他的著作从小说、诗歌、戏剧到传记、政论、杂文及哲学论述，内容丰富，形式多样，其中尤以小说见长。德布林开辟了长篇叙事作品的新天地。从古老的东方智慧、神话传说，到后工业时代的科幻人类，从中国、印度、德国，到格陵兰的冰山和美洲大陆，德布林的文学之旅可谓历时上下五千年，纵横古今中外，其气势之磅礴，着实令人叹为观止。戏剧大师布莱希特把他尊为文学创作上的"教父"①，诺贝尔文学奖得主君特·格拉斯（Günter Grass，1926—2016）把他奉为艺术之路上的"恩师"②；他备受同时代和后世大批重要作家的推崇，他对德国现当代文学的发展所产生的深远而持久的影响，恐怕连一代文豪托马斯·曼（Thomas Mann，1875—1955）都望尘莫及。

出于种种原因，我国对于德布林的译介工作处于刚刚起步的阶段，德布林及其作品还不为广大读者所熟悉。然而，与此种生疏形成强烈对比的一个有趣的事实却是：在德布林浩瀚恢宏的叙事体系和多元文化的思想大厦中，中国的传统智慧与古代文化始终

---

① 转引自 Jochen Meyer, *Alfred Döblin 1878 – 1978. Eine Ausstellung des Deutschen Literaturarchivs im Schiller-Nationalmuseum*, 4., veränderte Auflage, Marbach am Neckar: Deutsche Schillergesellschaft, 1998, S. 279。
② Günter Grass, „Über meinen Lehrer Alfred Döblin", in: Alfred Döblin, *Die drei Sprünge des Wang-lun. Chinesischer Roman*, hrsg. von Walter Muschg, Jubiläums-Sonderausgabe zum hundertsten Geburtstag des Dichters, Olten und Freiburg im Breisgau: Walter-Verlag, 1977, S. V – XXXI, hier S. V.

占有一席重要之地，发挥着富于建设性的作用。德布林对中国的研究和借鉴贯穿他一生创作的各个时期，并以直接或间接、集中或分散的形式见诸他的各类文学作品和理论著述。1913年，即早在赛珍珠（Pearl S. Buck, 1892—1973）反映近现代中国变迁的系列畅销小说出版之前的20年，德布林就已经完成了他的"中国小说"①《王伦三跃》(*Die drei Sprünge des Wang-lun*, 1915)，对清朝乾隆年间的社会历史画卷进行了天才般的描绘；进入20世纪20年代，他又陆续发表了一批与中国相关的短篇小说和理论文章，并让自己最负盛名的长篇小说《柏林，亚历山大广场》(*Berlin Alexanderplatz*, 1929)在思想层面上和中国哲学中的"知行"观念发生关联；第二次世界大战期间，在极其艰苦的流亡条件下，德布林还选编了《孔子的不朽思想》(*The Living Thoughts of Confucius*, 1940)一书，成为可以和列夫·托尔斯泰相媲美的"中国专家"②，因为后者在晚年曾分别选编了《孔子的生平和学说》《中国哲人格言》。③ 第二次世界大战结束之后，德布林又在德国消除纳粹化的重建进程中发表了平生最后一部长篇小说《哈姆雷特或漫漫长夜的终结》(*Hamlet, oder die lange Nacht nimmt ein Ende*, 1956)，再次运用中国题材和譬喻来表达自己对于时局的看法、对于新时代的希冀和诉求。

就德布林和中国传统文化之交互关系的研究而言，国内外同行虽然给予了一定的关注，并且在近十几年里呈现逐步重视的趋

---

① "中国小说"也是《王伦三跃》这部小说的副标题。参见 Alfred Döblin, *Die drei Sprünge des Wang-lun. Chinesischer Roman*.
② Ingrid Schuster, *China und Japan in der deutschen Literatur 1890 – 1925*, Bern und München: Francke Verlag, 1977, S. 181。
③ 参见王长华：《孔子答客问》，上海人民出版社1997年版，第270页。

势，但是绝大多数研究者仍旧只满足于开展局部和零散的考察，所以至今鲜有把这一问题列为专题作整体和系统探讨的论文或专著出现。有鉴于此，笔者目前正在以撰写博士论文的方式致力于这一局面的改善。这项工作将尝试对德布林和中国传统思想文化之间的关系作一个较为全面的总体性论述，同时也和一些流行的误会与偏见展开争鸣，以期更好地揭示德布林接受中国传统文化的性质和实质，即德布林对中国文化的兴趣绝对不是兴之所至的偶一为之，而是严肃的、持续的，有着深刻的社会历史动因和浓厚的人文精神背景。

二

在给德布林和中国之关系进行整体定位的过程中，德布林的成名作——"中国小说"《王伦三跃》无疑是重中之重。这部长篇作品的写作开始于1912年夏，完成于1913年春，1915年发表后立刻引起轰动，被评论家们誉为"表现主义叙事艺术的经典"[1]和"现代德语小说的开山之祖"[2]，成为作家日后一系列重大作品的发端，奠定了德布林文学创作的基本主题和艺术风格，在德国文学史和德布林个人的创作发展史上都占有十分重要的地位。另外，就德布林对中国的研究及其文学再现的广度、深度和精度而言，《王伦三

---

[1] Walter Muschg, „Nachwort des Herausgebers", in: Alfred Döblin, *Die drei Sprünge des Wang-lun. Chinesischer Roman*, hrsg. von Walter Muschg, Jubiläums-Sonderausgabe zum hundertsten Geburtstag des Dichters, Olten und Freiburg im Breisgau: Walter-Verlag, 1977, S. 481–502, hier S. 481.

[2] Walter Falk, „Der erste moderne deutsche Roman *Die drei Sprünge des Wang-lun* von A. Döblin", in: *Zeitschrift für deutsche Philologie*, 98/1970, S. 510–531.

跃》也堪称德语文学对中国接受史上的一个具有重要意义的里程碑。

正因为如此,到目前为止,学术界在考察德布林和中国关系的时候,几乎把注意力全都放在了这部小说之上。而当研究者们全力以赴地去考察这部小说里所表现出来的德布林的中国观时,中国又几乎是清一色地和道家的中国画上了等号。也就是说,尽管德布林以文学形式对中国传统思想——儒家和道家的研究与借鉴引起了比较广泛的关注,但评论界的视野却主要集中在德布林与道家的关系上,对德布林和儒家的关系则明显重视不够。即便是不多的二者兼顾的相关讨论[1],虽然有的也不无启发和创见,却不是流于篇幅短小、论证匮乏,就是满足于一种厚此薄彼或非此即彼的模式,热衷于把德布林和道家的关系定性为"崇尚",从而相应地把德布林和儒家的关系定性为"对抗"[2]和敌视,因而总的来看始终没有逾越"尚道"及"批孔"[3]的范畴。在此,这后一种现象尤其具有代表性,理应得到正视。笔者认为,首先,所谓"尚道"及"批孔"

---

[1] 参见 Ingrid Schuster, „Alfred Döblins *Chinesischer Roman*", in: *Wirkendes Wort*, 20/1970。参见 Jia Ma, *Döblin und China*, Frankfurt am Main: Peter Lang, 1993, S. 78 – 91。参见 Fee Zheng, *Alfred Döblins Roman „Die drei Sprünge des Wang-lun"*, Frankfurt am Main: Peter Lang, 1991, S. 49 – 65。参见 Fang-hsiung Dscheng, *Alfred Döblins Roman „Die drei Sprünge des Wang-lun" als Spiegel des Interesses moderner deutscher Autoren an China*, Frankfurt am Main: Peter Lang, 1979, S. 140 – 224。参见 Elcio Loureiro Cornelsen, *Gott oder Natur?* Dissertation der Freien Universität Berlin, Berlin 1999, S. 25 – 54。参见 Friedrich Emde, *Alfred Döblin: Sein Weg zum Christentum*, Tübingen: Gunter Narr Verlag, 1999, S. 61 – 62。

[2] Jia Ma, *Döblin und China*, S. 78.

[3] Fang-hsiung Dscheng, *Alfred Döblins Roman „Die drei Sprünge des Wang-lun" als Spiegel des Interesses moderner deutscher Autoren an China*, S. 142. Fee Zheng, *Alfred Döblins Roman „Die drei Sprünge des Wang-lun"*, S. 58.

论在论证方法上以偏概全,其结论必然会失之偏颇,因而并不能够恰当表述德布林对道家和儒家的早期接受情况;其次,"尚道"论和"批孔"论在实践中起到不良的误导作用,不利于客观公正地看待和把握德布林对老子及道家、孔子及儒家的中晚期乃至贯穿其一生的总体接受情况。例如,德布林研究专家瑞莱在他的也许是迄今为止学界唯一的一篇较为详尽论述德布林和儒家中后期关系的文章中就公然声称:德布林1940年在美国出版的《孔子的不朽思想》一书只是一部"谋生糊口之作"[1],并非出于真诚的兴趣。而瑞莱推出这一歪曲性论断的前提之一便是所谓的"尚道""批孔"论。

基于上述研究现状,笔者认为,德布林在《王伦三跃》中对儒家和道家思想所持的态度究竟如何,对于公正地评价这位著名作家和儒家及道家乃至中国文化的整体关系具有重要参考价值,有必要作出更进一步的深入分析和探究。笔者的观点是:德布林在《王伦三跃》时期对孔子及其儒家、对老子及其道家的接受呈现出兼收并蓄的特征,并同时遵循理性、客观和辩证的、一分为二的原则。下面,笔者主要从具体的内在文本分析的角度来进行论证。

三

《王伦三跃》[2]是德布林根据1774年发生在中国清朝乾隆年间

---

[1] Anthony W. Riley, „Das Wissen um ein moralisches Universum. Alfred Döblins *The Living Thoughts of Confucius*", in: *Internationales Alfred Döblin-Kolloquium. Lausanne 1987*, Frankfurt am Main: Peter Lang, 1991, S. 9 – 24, hier S. 17.

[2] (1)《王伦三跃》的书名翻译取直译为宜。这主要是基于以下三个方面的考虑:首先,标题明确反映了小说的内容。王伦是小说的主人公,小说的主线就由他人生的三次重大转折而构成。其次,在德布林1930年版的《袭击兆老苏》(*Der Überfall auf Chao-lao-sü*, 1930)这篇短篇小说单行本的封皮上写着"王伦三跃记"几个中文大 (转下页)

的一次真实的、具有白莲教背景的农民起义创作而成。小说以这次起义的发生、发展直至悲剧性的结束为背景,展现了以王伦为首的"真弱之人"①与以乾隆为首的官府之间的尖锐对立,其中当然也

(接上页)字,从字体看,只有书法功底好的中国人才会写得出来。而这个短篇德布林原本是准备给《王伦三跃》作为小说开篇的引子来使用的,后来因为出版的需要,听从别人的建议才从原稿中删除。由此可知,某个懂德文的中国人曾经帮助德布林翻译过小说标题,而他所用的方法也是直译。再次,这部小说迄今没有中译本,国内现有的中文相关介绍和评论基本上都采用直译,如苏联科学院编《德国近代文学史》(上)(人民文学出版社1984年版,第242页)和余匡复著《德国文学史》(上海外语教育出版社1991年版,第558页)中为"王龙的三次跳跃",廖星桥主编《西方现代派文学五百题》(辽宁人民出版社1988年版,第250—252页)和卫茂平著《中国对德国文学影响史述》(上海外语教育出版社1996年版,第360—381页)中为"王伦三跳",等等。(2)标题中的人名不能按照一般的人名翻译规则进行音译或意译。小说标题中的人名应为"王伦",而非"王龙",因为小说主人公原型为有据可考的历史人物且德布林的艺术主张是基于事实的想象,他刻意使用了真实的历史人名。历史上的王伦大约生于1734年,是山东寿张(今阳谷)人。早先在县里的衙门当差,后因故遭驱逐。1751年加入清水教,以行医和教习拳棒为掩护在家乡及附近地区传教,广收教徒,密谋反清。1774年,利用群众不满情绪高涨之际率众起义,连败清军,曾攻克寿张、阳谷、堂邑及临清旧城。清廷派兵镇压,王伦寡不敌众,在临清城中自焚身亡。王伦起义,又称"清水教暴动"(白新良、张连月、路继舜:《乾隆皇帝秘史》,中国社会出版社1993年版,第137页),在中国历史上标志着康乾盛世的结束,清王朝从此由盛转衰。(参见安作璋主编:《山东通史》,明清卷,山东人民出版社1994年版,第127—155页)德布林笔下的王伦及其领导的暴动在人物的基本轮廓和情节的大体走向上保持了历史的真实。(3)德布林的汉学知识非同寻常。德布林不会汉语,也没有到过中国,在《王伦三跃》的创作阶段,他的中国知识全部是在德国国内通过自学获得的。为了保证这部"中国小说"的中国风貌和精神气质,德布林进行了大量深入细致的前期案头准备工作。他对中国的认知主要通过以下途径取得:参观民俗博物馆、相关的文史档案馆和展览;阅读和摘抄报纸杂志上的有关报道、文章和游记;收集、阅读和记录当时欧洲汉学方面的各种权威和专业书籍,如当时著名的汉学家卫礼贤的儒道经典系列译著、德文版的《论语》《老子》《庄子》和《列子》等他都很熟悉;向文学界和学术界在汉学方面有一定或很高造诣的师长、同人或朋友请教;作者本人还很有可能和母语为汉语的中国人进行过直接接触;等等。总之,德布林在《王伦三跃》中所表现出来的汉学知识相当广博和深厚,不仅超出常人想象,甚至得到专业汉学家的认可与赞赏。

① Alfred Döblin, *Die drei Sprünge des Wang-lun. Chinesischer Roman*, hrsg. von Walter Muschg, Jubiläums-Sonderausgabe zum hundertsten Geburtstag des Dichters, Olten und Freiburg im Breisgau: Walter-Verlag, 1977, S. 11. 后文出自此书的引用均在正文中采取括号内标注页码的方式。

包括信仰和意识形态上的格格不入。因为官方的意识形态具有儒家的成分,而起义者信奉道家的"无为"学说,所以德布林凭着自身特有的艺术敏感和超凡的想象力,对不乏历史渊源的儒道之争大胆化用,使之成为营造小说情节戏剧性冲突的一个不可或缺的组成部分。因此,当小说叙事者的视角放在王伦起义这一边时,读者便会读到一些从起义者的立场发出的不利于孔子及儒家的言论和描述,如:王伦从小拒绝父亲对他进行的以儒家正统观念为内容的启蒙教育(16);参加起义的成员大都是些不堪忍受儒家生活方式的离经叛道之人,其中有个叫作恩戈的朝廷侍卫官更是由于同性恋的情感要求得不到满足而放弃烂熟于心的孔孟经文,加入追随王伦的流民行列(109);同样,全书最为激进的反孔口号也是发自一个年轻的"无为"信徒之口:"你们知道吗,谁是我们最恶毒的敌人?我们和你们的真正的敌人?我们的敌人叫什么名字?是那块石头,那根树桩,那把破琴吗?是孔子!"他在众人面前鼓动宣传,把孔子斥为和"士大夫"与"文人"并列的"第三种祸害"。(391)

然而,值得注意的是,这些否定孔子及儒家的言论只能代表"无为"教徒的态度,不可以把它们和德布林本人的孔子观及儒家观混为一谈。事实上,只要我们仔细地检阅文本,就不难发现,即便是叙述者视角完全放在信仰"无为"的反叛者这边的时候,作者也依然不失时机地插进了一些行使相对化和弱化职能的文字段落,以便一来拉开自己和被叙述对象之间的距离,二来也正好暗示自己的态度与之不同。因此,在描写王伦只身前往山东寻求白莲教组织的保护时,德布林安排了这样一段对孔子而言至少不是贬抑的全知全能视角的叙述:"他离开直隶,回到山东,这块土地孕育了伟大睿智的孔子,他是古老秩序的重建者,国家大厦的中流砥柱。"(88)更能说明问题的则是,就在前面所引用的那个青年信徒抨击孔子的慷慨陈词之后,德布林为了避免误会,又紧接着让这同一个人忙不迭地对他仇恨孔子的原因进行了刻意的说明:"……他教我们漱口,梳头,侍奉权贵,好的不少,坏的也不少。对我们穷人来说他早就死了,不吱声了。满人、喇嘛和士大夫们敬拜他,就为这个我们就不能敬拜他,他们把他从我们这里抢走了,把他那里对我们有利的东西夺走了。我们不给他烧香,我们用难听的话把他轰出我们的家门,他在北京若天上有知,还应当感谢我们才是呢。我恨他,我们恨他,恨这具铜铸的空壳。"(391)

这样一来,通过一定的艺术处理和施加区别的叙事技巧,德布林明确无误地亮出了自己对儒家的基本立场:他的批判矛头并不是指向孔子及儒学本身,而是指向皇权政治对孔子及儒学的篡改和滥用。正如中国近代马克思主义者李大钊在论述"五四"新文化运动之时曾经强调过的那样:"余之掊击孔子,非掊击孔子之本身,乃掊击孔子为历代君王所雕塑之偶像的权威也。"[1]

四

而当小说转换视角,叙述者把目光投向以乾隆为首的统治集团及其权力机制的时候,也同样贯彻了相对化和区别对待的原则。

首先,作者通过一种具有鲜明讽刺意味的叙述风格在小说的不少地方大胆嘲弄封建王朝各个阶层的尊孔敬孔,揭露其信奉孔

---

[1] 李大钊:《李大钊全集》,第 2 卷,河北教育出版社 1999 年版,第 454 页。

子是假,维护统治是真。"那些傲慢的孔夫子-追随者们"(100),"孔子-爱好者们"经常聚集在"孔子-庙"和"孔子的庙"里商量和密谋针对"无为"教的措施和办法(179—181,318—319);当皇城和皇宫被起义的队伍包围之际,乾隆的儿子、皇位继承人嘉庆便拜倒在"孔子的塑像"(424)前祈求福报和平安;当朝廷最终下定决心镇压起义时,所找的借口也是"孔子必须受到保护"(360);而在确信王伦起义已经被镇压之后,乾隆又召集文武百官在"孔子-庙"里大摆庆功宴(477),诸如此类,不一而足。这里,特别引人注目的就是,德布林对这些含有"孔子"一词的合成词所进行的搭配组合:"孔夫子-追随者们""孔子-爱好者们""孔子-庙""孔子的庙""孔子的塑像",这里为最大程度与德文原文相符,中译文直译且保留作为德文合成词标志之一的小横杠"-"。在这些合成词中,"孔子"一词基本上所具有的都是从属和修饰的功能。如此一来,孔子及其学说被后世的滥用甚至从构词法的角度都得到了不同程度的反映,德布林对儒家态度之力求客观审慎实可再度由此窥见一斑。

其次,在对封建统治集团及其权力机制进行整体抨击的同时,德布林也不忘把乾隆皇帝和他所处的社会环境严格区分开来,把前期的乾隆和后期的乾隆严格区分开来。通过细致入微地描摹乾隆由真儒到伪儒的复杂蜕变,作家从另一个角度再度暗示了皇权政治对孔子及儒家学说的背叛和偏离。

对于乾隆这位中国皇帝,尤其是早期的乾隆,德布林可谓着墨甚多,心怀好感,充满同情。《王伦三跃》全书由四大章组成,第三大章几乎是专为乾隆而设。在德布林的笔下,乾隆绝对不是一个暴君,反倒更像是一位"智者乐水,仁者乐山"的儒士。乾隆笃信儒家正统思想,把祭天和敬祖视作人生头等大事(285);他热爱大自然,对天地怀有虔诚的敬畏,谦卑地自称是"渺小的人子"(280);他还是一个对生活、对世界眼光独到、见解非凡的诗人:"农妇……把白色的谷粒儿撒进地里;小男孩跟在她身后欢呼雀跃;鸟儿唱着歌曲,好一个秋天。眼前的景象无法用诗的语言进行描述;它不可超越地存在着。"(279)乾隆的怡情山水,对文学与人生之关系和意义的认识,俨然就是饱受现代性之苦的现代人德布林向往自然纯真、渴望寻回那失落的自我的心声:"我自己写了几本书,这是多么美好的一件事情。我可以进行自我比较,寻找自我并找到自我。我是多么想回到穆克敦①去啊……那里群山巍峨,森林茂密,还有河里数也数不清的鱼儿……"(420)

如果说德布林对崇尚自然与本真的诗人乾隆流露的是英雄所见略同的欣赏的话,那么,他对皇帝乾隆追求仁政的种种绝望的努力则寄予了深切的同情。在德布林看来,乾隆应该算得上是一个不错的王者。他甚至让清朝政权的对手亲口承认这一点:"皇帝的手段虽然强硬,但不乏公正。造他的反是危险的,没有前途的。时

---

① 德语原文为"Mukden",是满语"穆克敦"的西文拼写,在满语中的意思是"兴起、盛、腾",1634年由皇太极直接用以命名沈阳,汉译为"天眷盛京",简称"盛京",为清代至民国年间沈阳的旧称。1625年后金汉国定都于此,1644年清世祖福临迁都北京后,盛京为陪都(参见佟悦:《清代盛京城》,辽宁民族出版社2009年版,第18页)。德布林的相关知识主要是从德国汉学家普拉特19世纪上半叶所著历史书籍《满洲各民族》中获得,在该书第二卷的乾隆章节中专门有一小节讲述乾隆的文学创作,其中详细评说了乾隆诗作《御制盛京赋》并顺带对盛京这个地名进行了简要介绍:"众所周知,穆克敦是满人在辽东的统治开始有所扩张时的都城,因此在他们眼里还始终是他们这个王朝世家的神圣的故乡,是他们祖先的安息之地,这些祖先除顺治之外都安葬在这里。"(参见 Johann Heinrich Plath, *Die Völker der Mandschurey*, zweyter Band, Göttingen: in der Dieterischen Buchhandlung, 1831, S. 826)

机还不成熟。"(96)德布林笔下的乾隆深知自己作为"天子"(285)的责任,故而当王伦在井水里投毒,致使和他分道扬镳的马诺及其所建立的"破瓜"(101)国全体成员死亡的消息传来时,乾隆的反应和大臣们完全不同。大臣们认为事情很好处理,只需把凶手王伦抓起来押送北京法办就行了;但乾隆更多的却是自省和自责,他感到这是一种不祥的征兆,是上天和祖先对他治国不力的惩罚,因此他特意请来六世班禅,希望能从这位西藏的黄教领袖那里得到更好的建议,而皇帝倒也确实接受了后者劝告,采取怀柔政策,不再继续追究王伦和"无为"教徒的罪责。可是,树欲静而风不止,乾隆的大赦令遭到来自统治阶级内部各方的重重阻挠,基本上得不到贯彻执行,乾隆本人也因此陷入人道和权力不可兼得的两难境地,从而心力交瘁,歇斯底里大发作,精神几近崩溃的边缘,甚至一度想要自杀了事。即便是在最后迫于无奈,镇压王伦"无为"教的命令已经不得不发出,乾隆面对官军和起义军之间的互相残杀,依然免不了黯然神伤地扪心自问:"我必须主持正义才是。也许退一步会更好?"(418)

然而,同乾隆尚存的人性和仁心相比,他周围的人却是个个利欲熏心,腐化堕落,极尽阴谋诡计之能事。以太子永琰为代表的朝廷反对派为维护自身的统治地位和一己私欲,不惜一切手段阻挠乾隆皇帝实施仁政的意图。而为了说服父皇对"无为"教徒动武,永琰居然也搬出孔子来向乾隆施压:"……孔子和其他圣人虽然主张容忍,但却不是要去容忍造反者的。"(359—360)永琰等人的肆意歪曲昭然若揭。为了达到逼乾隆就范,逼乾隆按照自己的方案行事的目的,这伙人一方面捏造"无为"教徒谋反滋事的假象,另一方面甚至不惜谋害乾隆的性命。乾隆做真儒的理想就这样在残酷的现实面前破灭,他最终成为权力机制的受害者和牺牲品。

五

需要注意的是,相对化和有所区别的原则不仅仅是针对孔子及其儒学而言,在对老庄及其所代表的道家进行艺术处理的过程中,这些原则也得到了同样的坚守。

毋庸置疑,老子及道家纯任自然的学说给德布林留下了十分深刻的印象。在《王伦三跃》中,德布林对道家哲学的兴趣也是显而易见的。在小说正文开始前的一个"献词"里,伏案写作的都市人——第一人称叙事者"我",面对工业化带来的机器喧嚣和大城市交通工具的噪声干扰,"很想关上窗子",求得片刻安宁;当看到大街上为物欲所累的行色匆匆的人群和那一张张"追名逐利"的"贪婪的脸"时,叙事者不禁感慨万千地援引了《列子·天瑞》中的"得有"一段:"行不知所往,处不知所持,食不知所以。天地强阳,气也,又胡可得而有邪?"[①]紧接着这段引文,叙事者郑重而谦恭地宣布,要把自己写的这本"小书"敬献给"那位睿智的古人——列子"。(7—8)而在小说的正文里,为了使作品的宗教哲学内涵在某种程度上得以渲染和加强,德布林又通过直接引用或对话、改编等各种方式,从头到尾穿插、糅合了众多出自道家经典《老子》《庄子》

[①] 列子:《列子·天瑞》。参见杨伯峻:《列子集释》,中华书局1979年版,第34页。德布林引文的出处为卫礼贤的《列子》德译本。参见 *Liä Dsi. Das wahre Buch vom quellenden Urgrund*, aus dem Chinesischen verdeutscht und erläutert von Richard Wilhelm, 6. und 7. Tausend, Jena: Eugen Diederichs, 1921, S. 9。

和《列子》的引文、语录、寓言、神话故事,如"真弱之人"当中流传着的那个"害怕自己的影子、讨厌自己的足迹"的"男人"的故事(13),就是《庄子·渔父》中的一则寓言①;"尽管我们是如此的柔弱,但我们却比任何人都要刚强。请相信我,谁也剥夺不了我们的生命;我们折弯每一根钢针。"(81)而这段由王伦在小说第一章中被推举为首领时所发下的誓言则可看作对《老子》七十八章中的"天下莫柔弱于水,而攻坚强者莫之能胜"②的一种改写。这样的例子很多,限于篇幅,不再一一列举。另外,德布林还把道家的"无为"学说及其可能性作为小说的重要主题之一进行了专门的文学演绎。

不过,说千道万,以上具体实例终归只是问题的一个方面,而根据部分的事实得出的结论恐怕也是很难涵盖整体和全部的。因此,仅用"崇尚"一类的字眼是不足以贴切地描述德布林和道家关系的实质的。事实上也是如此。所以,我们还应当看到问题的另一个方面。而只要仔细阅读文本,我们就一点也不难发现问题的这另一个方面。例如:同是在前述的那个"献词"里,作者虽然援引列子的语录质疑工业文明及其对人的异化,却又用下面的文字弱化了这一质疑:"我无意谴责这些机器的震颤,我只是有点找不

---

① 庄子:《庄子·渔父》。从德语还原成中文原文为:"人有畏影恶迹而去之走者,举足愈数而迹愈多,走愈疾而影不离身,自以为尚迟,疾走不休,绝力而死。不知处阴以休影,处静以息迹……"参见陈鼓应:《庄子今注今译》,中华书局1983年版,第823页。德布林这里引用的是汉学家葛禄博的德译译文,参见 Wilhelm Grube, *Geschichte der chinesischen Litteratur*, Leipzig: C. F. Amelang, 1902, S. 161。
② 老子:《老子》七十八章。参见冯达甫:《老子译注》,上海古籍出版社1991年版,第170页。

到方向。"(7)再者,也是最重要的一点,那就是:从小说的总体来看,德布林对道家的"无为"学说也是持有所保留的态度的。

小说的主人公王伦出生在一个贫穷落后的渔民家庭。他没有同胞的耐性,从小喜欢惹是生非,成年后靠偷窃为生,经常和人大打出手。这种浑浑噩噩的生活一直持续到他的朋友苏阔被官府无故杀害为止。那一天,王伦的正义感得到唤醒。他设计扼死杀害苏阔的凶手,然后逃进山中。在山里,他和马诺以及其他逃避"市民生活窘境"(84)的人们联合起来,成立了以"真弱之人"命名的同盟,开始信奉道家的"无为"学说:"无为,就像清水那样的柔弱和顺从。"(79—80)随着队伍不断发展壮大,王伦被推为首领,"无为"教也演化成为对朝廷构成威胁的政治运动。王伦教导他的信徒:不吃肉,不折花,"和植物、动物还有石头友好相处"(11),不许杀生,"在命运面前,只有无为可以帮助我们"。(79—80)然而,话虽这么说,真正做起来却又是另外一个样。为了寻求保护和支援,王伦不辞劳苦,长途跋涉,亲自去和"白莲教"(95)取得联系,请求后者对官府施压。但令王伦始料未及的是,就在他外出寻求支持期间,他的同盟组织内部却发生了分化。由于对"无为"的理解不同,也由于个人权欲膨胀,他的搭档马诺乘机另立门户,成立所谓"破瓜"国,大肆进行集体淫乱活动。马诺和手下有伤风化的行为造成恶劣的社会影响,极大地刺激了官府,因而受到官军的围剿。王伦闻讯赶回,规劝马诺解散手下以保全其成员性命,但遭到断然拒绝。王伦于是在井水中下毒,毒死了马诺及其追随者。这样,王伦就违背了自己的生活信条——"无为"并再次诉诸暴力。这次恐怖事件之后,王伦隐姓埋名,过起了一个普通农民的生活。然而,没过多久,从前的伙伴想尽办法找到他,向他控诉官军的残暴。他又一次深受触动,热血沸腾,于是毅然决然告别家人,加入武装反抗专制和迫害的起义队伍之中:"无为的信徒们有必要拿起刀剑。"(379)在血腥的镇压面前,"无为"无异于自杀。王伦率领徒众进攻京城,他们要反清复明。但他们终究不是官军的对手,因为他们的反抗"仅仅是源于纯粹的否定",除此之外,他们"拿不出任何新的东西来对付现政权"。① 起义不可避免地遭到失败,王伦在大火中丧生。

在死前不久,王伦和他的朋友"黄钟"有过一次野外对话。王伦对自己的一生进行总结。他把随身携带的宝剑插在被他唤作"奈河"②的小溪边,然后纵身跳到溪流的对岸,以此象征他从暴力到非暴力的人生第一跳;他接着跳了第二跳,从彼岸跳回插有宝剑

---

① Roland Links, *Alfred Döblin*, Berlin: Volk und Wissen, 1980, S. 41.
② 这个概念的德文"Nai-ho"及其对应的中文和释义,德布林是通过德国汉学家葛禄博所著《北京民俗》一书的第三章第一节"丧葬习俗"中有关"丧盆子"的介绍而知晓。葛禄博在此处介绍了中国人对这种用瓦盆专为死者烧纸钱仪式的两种不同解释,指出其中第二种解释"将重点放在了盆底正中的孔洞上,说是老天爷允许人每天喝一斤又十二两水,如果喝水量超过这个数就是罪过,就会受到惩罚。由于大多数人都会违反这个戒律,故而一旦去世就会有下面这个惩罚等着他们:喝奈河的污水。而这个盆底的孔洞就是为了让他们免受这种痛苦"。葛禄博还专门在此页页脚添加了一个注释:"奈河这一名称……很可能是基于民间神话,而这个神话又可回溯到奈何桥一词,即'绝望之桥'(众所周知,此为冥府的一座桥名,逝者的魂灵必须跨过这座桥)。"(参见 Wilhelm Grube, *Zur Pekinger Volkskunde*, Berlin: W. Spemann, 1901, S. 42)葛禄博的相关论述是比较准确的。"奈河"属于中国古代幽冥观的重要范畴,作为古人信仰的一种亡魂归宿,它是地狱界河,分隔阴阳两界,一边是活人的世界,一边是魂灵的世界,亡者前往地狱途中需要渡过它,此乃轮回的必经之路。"奈河"与"奈何"为谐音关系,本身就含有对死亡的无可奈何之情(参见刘冰莉、武俊辉、赵睿才:《"奈河"考论》,《民俗研究》2020 年第 2 期,第 146—152 页)。德布林敏锐捕捉到这一中国民俗核心概念中所包含着的"无可奈何、别无出路、今生绝望赴黄泉、求得解脱、来生又是一条好汉"等意蕴,多次将其巧妙化用到了小说之中,成为小说死亡主题的重要组成部分(参见 Jia Ma, *Döblin und China*, S. 108 – 109)。

的此岸;最后第三跳的时候,他又从此岸跳到了非暴力的彼岸,但这一次却是带上宝剑一起跳过去,"因为这里必须进行战斗"。而德布林在这里多次让"奈河"从这两个人物的口中说出,也暗示着他们别无选择,做好了赴死的准备。(465—466)

至此,"无为"被证明是"死路"一条。① 这样,通过对王伦领导的"无为"教运动的发生、发展及其最终破产过程的缜密揭示,"无为"作为一种玄妙理论在现实社会中是否行得通的问题就被德布林尖锐地提了出来。而且,在小说的结尾处,德布林更是明白无误地通过一位叫作海棠的女性暴乱受害者之口提出了对"无为"的质疑:"清静,无为,我能做得到吗?"(480)

六

通过以上分析,我们可以初步得出以下结论:德布林是中国传统思想和文化的一位理性的欣赏者。在长篇小说《王伦三跃》中,儒家和道家对德布林具有同等重要的意义。

首先,就儒家而言,毋庸置疑,作为一个博大精深的东方哲学文化体系,既有其合理的成分,也有其不合时宜的地方。② 对此德布林是抱持着一分为二的态度来看待的,基本上根据自己的需要取其精华,去其糟粕。对于儒家的天人合一思想和古代人道主义精神③,德布林用文学方式表示了高度赞赏;鉴于儒学和中国王权

---

① 参见 Gabriele Sander, *Alfred Döblin*, Stuttgart: Philipp Reclam jun., 2001, S. 137。
② 参见《中华儒学通典》,南海出版社1992年版,第1—3页。
③ 参见李泽厚、刘纲纪:《中国美学史》第1卷,中国社会科学出版社1984年版,第28—33页。

政治之间的复杂联系,德布林注意到了它们之间的本质区别,在充分肯定儒学对王权政治的约束作用的同时(在小说中德布林主要演绎的是儒家政治哲学中的天谴论),德布林也猛烈抨击了王权政治对儒学的篡改和滥用。①

其次,就道家而言,德布林也是根据自身实际需要进行了一分为二的分析和取舍。德布林对19世纪末、20世纪初德国工业化及其带来的负面影响表示忧虑和不满,故而与道家学说中要求效法大道、遵循规律、回归自然的文化批判内容以及反对战乱、体恤民情的人道主义主张产生共鸣;但道家的无为思想还有过于排斥有为、忽视人的主观能动性、不讲社会治理、逃避社会现实的消极一面,对此德布林则是明确予以反对。而在世界观和人生观的基本走向上,德布林自身应该说是更加接近儒家的刚健有为和入世精神的。②

综上所述,德布林对古老文化传统的这种有所拣选和甄别的态度及其与之相匹配的操作策略与方法贯穿于小说创作的始终,成为统领小说叙述原则和精神倾向的主要纲领之一。这一原则和纲领既适用于德布林对儒家思想的接受,也同样适用于德布林对道家思想的接受。

最后,需要特别强调指出的是,1915年发表的《王伦三跃》是德布林研究和借鉴中国文化的重要的但并非唯一的成果。德布林对

---

① 参见王健主编:《儒学三百题》,上海古籍出版社2001年版,第8—10页。参见蔡方鹿:《华夏圣学——儒学与中国文化》,四川人民出版社1995年版,第73—91页。
② 参见《中国大百科全书》,哲学Ⅱ,中国大百科全书出版社1987年版,第935页。参见《中国百科大辞典(8)》,中国大百科全书出版社1999年版,第5690页。

中国文化传统的接受具有连续性和持久性。中国传统思想文化在成为作家认识社会、感悟人生、反思西方文明和寻找内在价值的有效途径的同时,也和世界上其他的文明文化,如基督教文化、犹太教文化、佛教文化乃至印度教文化一道,共同构筑了德布林文学和思想发展的基本框架。对于文化之于文艺创作和观念形成的作用,德布林曾经有过明确的肯定:"研究精神的东西,研究本民族的和外国的文化,无论是现今的还是从前的,只要是长期坚持,就不可能没有效果。那么,这都是些什么样的效果呢?开阔视野,一览众山小……。研究精神的东西可以使我们的文章犀利,可以使我们爱憎分明,使我们基本的政治觉悟得到强化,得以把握,此外还能使我们在斗争中保持镇定和责任感。"[1]不言而喻,德布林的这段概括总结自然也包含了中国的传统文化。中国的精神文化元素是德布林思想和艺术体系中的一个不可或缺的组成部分。

(原载《第二届"北大论坛"论文集》,北京大学出版社2003年版,第129—140页)

---

[1] Alfred Döblin, *Schriften zur Politik und Gesellschaft*, Olten und Freiburg im Breisgau: Walter-Verlag, 1972, S. 234.

试析魏玛共和国时期德布林理论著述中的中国元素

本文主要聚焦德布林在魏玛共和国时期所发表的重要理论著述中的中国元素。本文认为,德布林在魏玛共和国时期跃升为德国文化名人的过程,同时也是德布林对中国文化的兴趣和热情得以持续和发扬光大的过程。德布林在创作《王伦三跃》时期所获得的广博而全面的汉学专业知识,也通过他在这一时期的新的有关中国的研习而得以拓展和深化。德布林在其文论、政论、时评和哲学反思中对于中国思想和文化元素的吸收与转化可具体分为以下三种形式:直接搬出中国古代圣贤老子和孔子来加强说理的权威性;创造性吸收和使用中国哲学概念构建自身思想体系;类比性地采用"中国"和"中国人"之类内涵宽泛的措辞。

阿尔弗雷德·德布林对中国和中国的思想文化首次产生强烈兴趣的时间基本上可以确定为1912—1913年。1912年1月德布林开始为其"中国小说"《王伦三跃》的写作进行前期准备工作。他的前期研究和准备工作做得特别深入细致。他搜集和查阅了大量的相关资料,尤其是仔细研读了当时权威的汉学著作。根据德布林研究界所做的考证,可知下列有关中国的书籍和资料对德布林创作他的"中国小说"《王伦三跃》贡献颇大,而其中又有几部著作可谓是贡献巨大,它们分别是:葛禄博(Wilhelm Grube, 1855—1908)[①]的《中国文学史》(*Geschichte der chinesischen Litteratur*, 1902)、《中国人的宗教与图腾》(*Religion und Kultus der Chinesen*, 1910)、《北京民俗》(*Zur Pekinger Volkskunde*, 1901)和《古代中国人的宗教》(*Die Religion der alten Chinesen*, 1908);杨·雅各布·玛利亚·德·高延(Jan Jakob Maria de Groot, 1854—1921)的六卷本《中国的宗教体系》(*The religious system of China*, 1892—1910)和《教派和宗教迫害在中国》(*Sectarianism and religious persecution in China*, 1903);卫礼贤(Richard Wilhelm, 1873—1930)的中国哲学经典系列翻译《论语》(1910),尤其是《老子》(1911)、《列子》(1911)和《庄子》(1912);约翰·海因里希·普拉特(Johann Heinrich Plath, 1802—1874)的《满洲各民族》(*Die Völker der Mandschurey*, 1830)、《孔子及其弟子的生活与学说》(*Confucius und seiner Schüler*

---

① 德文名为Wilhelm Grube,国内较常见的中译名有威廉·顾路柏、葛鲁贝等,但因这位德国汉学家确实有一个自取且使用过的中文名"葛禄博",对应德文姓氏"Grube",故中文语境中应名从主人,不再他译,而以此自取汉名称呼之。参见郑锦怀:《葛鲁贝还是葛禄博——〈鲁迅全集〉中的一个错误注释》,《博览群书》2012年第5期,第25—27页。

Leben und Lehre, 1867—1874);恩斯特·波施曼(Ernst Boerschmann, 1873—1949)的《普陀山——慈悲女神观音的圣岛》(*Pu' Tu' Shan. Die heilige Insel der Kuan Yin, der Göttin der Barmherzigkeit*, 1911);卡尔·弗里德里希·科彭的《喇嘛的等级制度和教会》(*Die lamaische Hierarchie und Kirche*, 1859);萨穆埃尔·图尔内尔(Samuel Turner, 1759—1802)的《班禅府之行》(*Reise an den Hof des Teshoo Lama*, 1801)。[①] 而在钻研汉学专业书籍的同时,德布林还向当时熟悉和了解中国的作家同行和知识界同人,如作家阿尔伯特·埃伦斯坦(Albert Ehrenstein, 1886—1950)和宗教哲学家马丁·布伯(Martin Buber, 1878—1965),虚心求教,请他们介绍文献并听取他们的建议。再者,他还多次参观柏林的各类民俗博物馆、档案馆,阅读和记录了为数众多登载在报纸和杂志上的有关中国的游记和新闻报道。此外,德布林甚至还很可能间或接触过当时在德留学的中国人,因为德布林 1930 年版的《袭击兆老胥》(*Der Überfall auf Chao-lao-sü*)这篇短篇小说单行本的封皮上写有"王伦三跃记"几个中国毛笔字,从字体看,只有有一定书法功底的中国人才写得出来。而这个短篇德布林最初是准备给《王伦三跃》作楔子用的,后因出版需要才最终被迫取消。由此可知,某个懂德文的中国人曾经帮助德布林翻译过小说书名。而德布林曾经求教过的奥地利作家阿尔伯特·埃伦斯坦在改编中国著名历史小说《水浒》

[①] 参见 Walter Muschg, „Nachwort des Herausgebers", in: Alfred Döblin, *Die drei Sprünge des Wang-lun. Chinesischer Roman*, S. 481 – 502, hier S. 481 – 483, S. 487, S. 497 – 499。参见 Fang-hsiung Dscheng, *Alfred Döblins Roman „Die drei Sprünge des Wang-lun" als Spiegel des Interesses moderner deutscher Autoren an China*, Frankfurt am Main: Peter Lang, 1979, S. 192 – 201。

时也曾找过一个中国文人帮忙把《水浒》的内容逐字逐句从中文翻译为德文,并在此基础上创作完成了小说《强盗和士兵》(*Räuber und Soldaten Roman frei nach dem Chinesischen*, 1927)。[1]

通过这种广泛、深入、密集、高强度的前期调研和案头准备工作,德布林获得和掌握了就当时条件下所能掌握的几乎涉及中国社会生活各个方面的渊博而扎实的专业知识。以此为基础,年轻的德布林一举完成了他在文学道路上的重大突破——《王伦三跃》。这部"中国小说"于1915年发表,旋即成为文坛盛事,德布林成长为伟大作家的道路由此开启。在魏玛共和国时期(1919—1933)德布林更是跃升为全德文化名人。《王伦三跃》释放和证明了德布林巨大的文学创造能量,乘着《王伦三跃》的东风,德布林又相继创作出一系列宏大的叙事作品,如1918年的《华德策克勇斗汽轮机》(*Wadzeks Kampf mit der Dampfturbine*)、1920年的《华伦斯坦》(*Wallenstein*)、1924年的《山、海和巨人》(*Berge, Meere und Giganten*),以及1929年令他获得世界声誉的《柏林,亚历山大广场》。纯文学创作之余,德布林又不断发表诸多文论和政论文章、时事评论和哲学反思。与此同时,他还积极参与各种社会活动,在许多社会团体里担任领导职务,1928年1月还入选普鲁士艺术科学院文学部院士,产生广泛社会影响。

德布林在魏玛共和国时期跃升为德国文化名人的过程,同时也是一个他对中国文化的兴趣和热情得以持续高涨和发扬光大的过程。他在创作《王伦三跃》时所习得的广博而全面的汉学专业

---

[1] 参见 Ruixin Han, *Die China-Rezeption bei expressionistischen Autoren*, Frankfurt am Main: Peter Lang, 1993, S. 119-120。

知识，在此后近二十年的时间里，不仅成为他的一笔可以信手拈来的宝贵财富，而且也通过他的不断充实更新的有关中国的研习而继续得到扩展和深化。纵观整个魏玛共和国时期德布林的文艺创作和思想发展，我们很容易在不少的文学作品和理论著述里观察到清晰的中国印记，德布林凭借《王伦三跃》所赢得的"中国专家"①美誉因此而更加深入人心，其"中国专家"的地位因此也更加稳固。限于篇幅，本文仅通过德布林这一时期涉及中国元素的理论著述来管窥德布林接受中国传统文化的阶段性面貌。

一

1918—1933年，德布林陆续发表了一批中国风劲吹、中国思想闪烁其间、中国传统文化印记明显的理论文章和著述。如果我们对这些文论、政论和哲学反思进行一番细致梳理，就很容易发现，德布林对于他所了解和掌握的中国知识的运用和转化方式可具体地划分为以下三种：直接搬出中国古代圣贤老子和孔子来加强说理的权威性；创造性吸收和使用中国哲学概念构建自身思想体系；类比性地采用"中国"和"中国人"之类内涵宽泛的措辞。

我们首先可以观察到的是对老子和孔子两位中国智者和哲人的直接关联。较为突出的一个例子是德布林对德国记者和政论家亚历山大·乌拉（Alexander Ular，1876—1919）的《道德经》德译本的迅速反应。该译本1919年由岛屿出版社再版。该译本的完整标

---

① 参见 Ingrid Schuster, *China und Japan in der deutschen Literatur 1890-1925*, Bern und München: Francke Verlag, 1977, S. 181.

题为《道德经,老子的轨道和正确之路》。译者乌拉在译后记中提到老子本字伯阳,并把老子和歌德,尤其是着墨颇多地和尼采进行了比较。① 德布林1920年在一篇标题相近的文章《正确之路》(Der rechte Weg)里对乌拉的这个译本作出了热情洋溢的下述评价:

> 老子的《道德经,轨道和正确之路》包含八十一章格言警句,有一些篇章的长度只有四到五个诗行。没有任何一本书可以与这本书相比,因为所有的书都被这本书囊括其中。它不是消除或者排斥它们,而是给它们安排一个适合于它们的位置,故而它是在黑格尔的意义上超越它们。这本书里还有的是空间,还能够容纳下几千年的文献。这位档案保管员李伯阳比老歌德还要睿智。他拒绝委身于任何神话。②

德布林目光敏锐,富有远见地预言说,这本书在今后几十年的时间里还将会被许多欧洲人揣在口袋里随身携带。基于这个原因,又由于现在这个译本是大十六开的规格,所以德布林不失时机地建议对现有译本的外在规格进行改进,以便携带起来更加方便:"这

---

① 参见 *Die Bahn und der rechte Weg des LAO-TSE*, der chinesischen Urschrift nachgedacht von Alexander Ular, 16.–25. Tausend, Leipzig: Insel-Verlag, ohne Jahr, S. 57–71。(笔者所用这个版本为北京大学图书馆特藏,从中无法得知具体的出版年。根据位于柏林的德国国家图书馆网上借阅系统所显示的信息,乌拉的这个德译本首版于1903年,1919年出了第四版,1921年的再版印数为第11 000—13 000册,据此推测笔者所引用版本的出版时间应该晚于1921年,大概在1923年前后。参见 https://portal.dnb.de/opac.htm?method=simpleSearch&query=Die+Bahn+und+Der+Rechte+Weg+Ular, 2024年2月18日。)

② Alfred Döblin, *Der deutsche Maskenball von Linke Poot. Wissen und Verändern!*, München: Deutscher Taschenbuch Verlag, 1987, S. 93.

本书必须装订小巧才是。"①

孔夫子的名字也出现在 1921 年 7 月 7 日发表在《世界舞台》(*Weltbühne*)周刊上的一篇题为《对德国作家的背叛》(Der Verrat am Deutschen Schrifttum)的文章里。② 文章讨论的内容是德国作家保护协会的具体事务。德国作家保护协会为代表和维护作家权益的一个组织,德布林自 1920 年起开始积极参与该组织的各项工作与活动。③ 在这篇文章中,针对该组织的另外一个竞争对手——德国小说家联盟,德布林进行了不遗余力的斗争和批判,处处站在维护德国作家保护协会利益的立场上说话发声,以坚决捍卫他本人所属的这家组织。而当指责对方肆意玩弄辞藻和概念时,德布林在文中这样写道:

> 可我眼前现在突然冒出一份合同草案,这就是对方的初步成果,里面且不说——宙斯、佛和孔夫子啊——从字面上看不出丝毫和"工会"相关的东西,甚至就连那个小说家联盟,那个渴盼已久的行业联盟——竟然也——见不到影儿!……就这样,还想把我们,把我们这些叙事家——宙斯、佛和孔夫子啊,就文学"名望"而言,来保护协会的我们完全能够和对方

---

① Alfred Döblin, *Der deutsche Maskenball von Linke Poot. Wissen und Verändern*!, München: Deutscher Taschenbuch Verlag, 1987, S. 93.
② 参见 Alfred Döblin, *Der deutsche Maskenball von Linke Poot. Wissen und Verändern*!, S. 407。
③ 参见 Jochen Meyer, *Alfred Döblin 1878 – 1978. Eine Ausstellung des Deutschen Literaturarchivs im Schiller-Nationalmuseum*, 4., veränderte Auflage, Marbach am Neckar: Deutsche Schillergesellschaft, 1998, S. 23 – 24。

阵营里的奇人异事并驾齐驱——就这样还想把我们从他们所谓恶毒的"红色"大杂烩工会的怀抱里引诱出去。①

这里,对本文的主旨有意义的是德布林反复使用"宙斯、佛和孔夫子啊"这一表达方式,通过这种不落俗套的惊叹形式,使得他对对手的讽刺和攻击显得更加有效和与众不同,更加能够引起受众的注意力。一般情况下,按照德国的语用习惯,但凡遇到类似的情况,人们首先都会不假思索地使用"看在上帝的分儿上"或"上帝啊"这样的惯用语。而德布林却来了个不落俗套,另辟蹊径,搬出人类历史上具有广泛影响力的神祇或者已经被神圣化的人物形象——古希腊神话中的众神之王宙斯、印度的佛陀和中国的孔子来代替基督教一神教中的"上帝"。这样一来,孔子无疑便同宙斯与佛陀一道成为德布林心中所遵奉的众神之一,由此,德布林对孔子这位中国智者和圣人的崇敬与景仰似乎不经意之间坦露无遗。

二

除在自己的文章中直接推出中国古代圣贤外,德布林还常常会套用一些中国哲学的基本概念。套用的方式要么是按照音译的原样直接引用,要么就是经过一番改造之后变为自己的话语转述出来,从而使得自身的语言和思想表达变得更加多姿多彩、富于东方哲思,令人感到耳目一新。1923 年德布林在他为德国 19

---

① Alfred Döblin, *Kleine Schriften I*, hrsg. von Anthony W. Riley, Olten und Freiburg im Breisgau: Walter Verlag, 1985, S. 308.

世纪著名作家海因里希·海涅的两部作品《德国》和《阿塔·特罗尔》而写的导言中使用了"道"这一概念,这是中国哲学最重要的概念之一,不仅为他进行尖锐的德国批判增添了几分超凡脱俗的底色,而且赋予这种批判以一种较为独特的文化比较视野:

> 每当我拿起《阿塔·特罗尔》和《德国》来读,我就会认识到:德国今天的死角比以往更多。那些已经销声匿迹的诗人学校曾经有过政治气质。从那时到今天,机器已经穿越这个帝国。同俾斯麦的专制主义携手同行。每个人现在都在关注自己的康庄大道。但这所谓的康庄大道并不是真正的"道",而只是换汤不换药的老一套。①

1928年,"道"这个概念再次出现在德布林最重要的哲学著作《自然之上的我》(*Das Ich über der Natur*)中:"道宣告:行动不会带来丝毫改变。但佛却认为可以——清静沉默的道的学说和佛之间具有何等的区别啊。"②如果说德布林在上述为海涅作品所写的前言里更多的是在"道路"或"法则"这个较为普遍的意义上来使用"道"这一概念的话,那么,此处的"道"则主要和道家的"无为"观念是一致的。在这里,德布林甚至觉得佛教都比道家的清静和

---

① Alfred Döblin, *Aufsätze zur Literatur*, hrsg. von Walter Muschg, Olten und Freiburg im Breisgau: Walter Verlag, 1963, S. 274.
② Alfred Döblin, *Das Ich über der Natur*, erste bis vierte Auflage, Berlin: S. Fischer Verlag, 1928, S. 141.

不讲求社会治理的被动性要更为积极和乐观一些。这里,姑且不论德布林对佛教和道家的理解到底如何,仅就本文所探讨的内容而言比较有价值的一点是,德布林对于道家学说的批判性态度由此可以窥见一斑。

除"道"这个中国哲学的基本概念外,在魏玛共和国的后半期,德布林也开始较多关注中国哲学知行观,这是德布林研习中国文化过程中迄今为止的一个新现象。德布林借鉴中国哲学知行观的成果不同程度地散见于他的哲学著作《自然之上的我》、戏剧作品《婚姻》(*Die Ehe*,1931)和政治哲学著作《知与变!》(*Wissen und Verändern!*,1931)之中,甚至在他最著名的长篇小说《柏林,亚历山大广场》里也可以寻见一些蛛丝马迹。德布林对中国哲学知行观的借鉴同样呈现兼收并蓄的特点。首先,从内容上来看,德布林从中国哲学知行观中吸取到重要的理论灵感,并把其中的一些成分融会贯通地运用到他自己的一些社会批判和社会分析实践当中,并在此基础上提出他自己的道德和政治口号,为化解时代危机、解决时代迫切问题献计献策。其次,从形式上来看,德布林对"知"和"行"这两个范畴均采用了直接借用和部分加以改造相结合的方式。正如一位瑞士学者已经十分正确地指出的那样,德布林1931年出版的政治哲学著作《知与变!》所采用的这个标题本身其实就是"中国哲学知行观的一种德文表述"[①]。然而,这位学者却没能充分注意到,这个用德文的命令式所表示出来的、其源头可以追溯到中国哲学知行观的口号并不是德布林第一次使用,它其实

---

① 参见 Ingrid Schuster, *China und Japan in der deutschen Literatur 1890 – 1925*, S. 176。

在此之前就已多次出现在了德布林的文学作品当中,例如单是在他的三幕教育剧《婚姻》里就出现过两遍:一是在序幕结尾德布林让合唱队重复了两遍"知与变!",以呼吁群众打一场消除贫困的歼灭战;二是在第一幕结尾德布林安排打出一行刺眼的写有"知与变!"的字幕,以发动群众主动起来反抗社会不公,从而达到政治启蒙的目的。[①] 这部写于1929年下半年的戏剧作品先后于1930年11月、12月和1931年4月在慕尼黑、莱比锡和柏林上演,反响热烈。之后不久,德布林又将其修改成书,出版了单行本。而慕尼黑的演出仅上演两周便因为所谓的"共产主义宣传"而一度遭到当局禁止。[②]

三

当然,相对于直接请出中国古代哲人和直接采用中国古代哲学概念而言,德布林在大多数这类闪现中国风情和元素的文章著述中,主要还是偏好使用诸如"中国"和"中国人"这类较为抽象和宽泛的表述。

例如,德布林在其1920年发表的杂文《德国假面舞会》(Der deutsche Maskenball)中,提出"宪法和投票表决只是对生活的一种调节和修正"的观点,为了更好地论证他的这一反对专制独裁、声援支持民主共和的论点,他特意引用了老子的一段名言,而这一次他在该文中就没有直呼老子其名,而是代之以"中国人":"人家中

[①] 参见 Alfred Döblin, *Drama, Hörspiel, Film*, München: Deutscher Taschenbuch Verlag, 1988, S. 182 u. S. 200。
[②] 参见 Gabriele Sander, *Alfred Döblin*, Stuttgart: Philipp Reclam jun., 2001, S. 245。

国人说了：其政闷闷，其民淳淳；其政察察，其民缺缺。"①

一年之后，即1921年，德布林又在艺术年鉴杂志《佳尼美德》(Ganymed)上发表《歌德和陀思妥耶夫斯基》(Goethe und Dostojewski)一文，文中再度援引东方和中国来佐证和支撑其本人的文明批判立场。只不过这一次的新鲜之处还在于，德布林一改以往对歌德所持的不免冷嘲热讽的姿态，不仅一举修正了自己对这位德国文化伟人一贯反叛的看法，甚而还颠覆性地把歌德作为"东方人"，而且是作为"中国人"来进行重塑。②

德布林推出了一个全新的歌德形象。在他的笔下，歌德其实是一个"尊重文化的人"，歌德同"民族仇恨"以及民族自大狂毫不相干，德国资产阶级竭力把歌德树立为所谓的教育理想和民族主义楷模，这实际上是他们对歌德的肆意歪曲和无耻滥用，正是由于此种滥用，歌德才无端受到牵连，被降格为"德国中产阶层的阴暗偶像"。③ 德布林指出，正因为歌德的真实面目被掩盖了，也因为这些人了解歌德的目的就是别有用心，而非发自真情实意，所以他们也就没有能力去真正把握歌德的思想内涵和精神实质，他们对歌德的所谓热爱因而也就只能是一种骗人的假象而已，他们"长篇累

---

① Alfred Döblin, *Der deutsche Maskenball von Linke Poot. Wissen und Verändern!*, S. 275. 这篇文章最初是发表在报纸上的，后来才结集出版。首次刊印在报纸中的那个版本，有一大段在结集出书时被删改。此处便是其中一段。冒号后面的话出自老子《道德经》第五十八章开头第一句。参见《老子今注今译》，陈鼓应注译，商务印书馆2003年版，第284—286页。德布林所引德文出处为前面已经提到过的乌拉译本《道德经，老子的轨道和正确之路》中的第五十八章。

② Alfred Döblin, „Goethe und Dostojewski", in: *Ganymed*, Jahrbuch für die Kunst, dritter Band, München, 1921, S. 89.

③ Ebenda, S. 88.

牍地写书讨论他","不辞千辛和万苦地在他身上下大力气",目的就只有一个,那就是为了把歌德当个工具来加以利用。① 德布林毫不客气地尖锐断言,这尊矫揉造作的歌德偶像将对青少年一代贻害无穷,因而有必要通过重塑一个真正的歌德形象来以正视听,来揭穿和抗击这种伪造和歪曲及其带来的恶果。② 随即,德布林毫不含糊地亮明自己的观点:真正的歌德就其本质而言并不是西方的,而是东方的,并不是欧洲的,而是中国的。

> 欧洲是亚洲的一个半岛;在这座半岛上,人们一路狂奔,搞发明创造,任凭思绪随风飘荡。它的大后方则保持着平静。靠着这个大后方,一些分散在这座半岛上的人得以存活。歌德就曾是其中的一个……欧洲人在跟中国人打交道的过程中运气并不好;中国人的思维方式在这些欧洲人看来简直难以置信。歌德就属于这一类。③

德布林反复强调说,歌德属于"陌生的精神一族"④。站在德布林的立场,歌德是一个绝对的思想异类,而这样的异类是欧洲人所驾驭不了的,故而,狭隘的欧洲地方主义对歌德可谓鞭长莫及,这也是歌德在德国感到被孤立的原因。⑤ 德布林同时也不忘提请读

---

① Alfred Döblin, „Goethe und Dostojewski", in: *Ganymed*, Jahrbuch für die Kunst, dritter Band, München, 1921, S. 89.
② 参见上书,S. 88。
③ Ebenda, S. 89.
④ Ebenda.
⑤ 参见上书,S. 89。

者注意歌德这位德国伟人身上所具有的三大特点。德布林认为，正是这三大独特之处铸就了歌德的中国属性。

歌德成其为"中国人"的第一个标志是他对待自然的那种审慎态度。德布林早在这篇文章的开头便开宗明义地把这一点指了出来：歌德作为自然科学家提倡人在面对自然时要怀有敬畏之心，抱持一种小心翼翼的、耐心的和充满克制的态度，坚决反对人类在和自然打交道的过程中急躁冒进、妄下结论、自以为是、轻浮草率和不负责任。德布林对歌德的这种态度给予高度评价，同时还引用歌德的下述原话来提醒当下那些急功近利的现代人："不要太急于从实验中推出结论，在这一点上是怎么小心都不为过。"[①]德布林认为歌德的这种姿态堪称楷模，在此他对歌德的钦佩之情也禁不住油然而生：

> 他不是狂暴地杀入自然，相反，当得知别人在背后说他过细，说他琐碎时，他反而感到一种深深的满足。他在无数地方不厌其烦地告诫人们说，一定要用细致入微、小心翼翼、克制、耐心去接近自然。[②]

钦佩之余，德布林继续强调指出，正是基于这种谨慎，在歌德那里审慎的观察始终多于冒失莽撞的实验。德布林认为，歌德之所以在面对自然的时候能够坚持这种近乎谨小慎微的敬畏姿态，是因

---

① 参见 Alfred Döblin, „Goethe und Dostojewski", S. 83。
② Ebenda.

为歌德希望天然去雕饰,希望看到一个没有被扭曲的健康的天性和自然。①

歌德成其为"中国人"的第二个标志则是他内心世界所达到的那种淡定平和的状态。在这一点上,德布林也同样对歌德赞誉有加。他十分欣赏歌德积极入世的人生态度和老到娴熟的处世技巧,他羡慕歌德拥有既充分享受世俗生活乐趣,又不至于被滚滚红尘所淹没裹挟的能力。② 德布林把歌德的这种成功的人生归因于歌德作为"东方人"所具有的"那种内在平衡"。在他看来,歌德富于激情、充满幻想、多才多艺,但其内心却又能同时保持独立自主,而没有遭到撕裂和奴役。由于歌德心态平和,所以歌德无须内耗,无须深陷那种克服自我的搏斗。德布林继而断言,也正是这种内在性和不忘初心保证了歌德免受"骄矜和奴役"的侵袭。③

歌德成其为"中国人"的第三个标志则是歌德的积极有为的入世精神。在对这一点展开论述时,德布林特别突出了老年时期的歌德:"待他年事稍高的时候,有些东西他便能够说出口来了。……世界在他眼里被视作一种奇特的伦理现象。"④随后,德布林对"伦理"一词给予了特别的关注。他也借此触及歌德的宗教观。德布林认为,"基督的人格"对歌德而言意味着"最高伦理原则的神性启示",因此,歌德"对于基督人格的敬畏"同时也就是歌德"对于最高伦理原则"的敬畏。⑤ 不过,德布林同时强调,尽管歌德

---

① 参见 Alfred Döblin, „Goethe und Dostojewski", S. 83。
② 参见上书, S. 84。
③ 参见上书, S. 89。
④ Ebenda, S. 90.
⑤ Ebenda.

并不否认基督,但上帝本身以及神性对于歌德而言也只是一个字眼而已。这个字眼已经去除了我们日常所习惯的那些含义,歌德对这个字眼的运用也只局限于其所具有的象征意义和暗示意味。[①] 德布林进而指出,"神性"这一概念的宗教意味在歌德这里已经开始淡化,其重心已经转移和落到世俗性质之上,并开始扎根于一切世俗性之中。歌德的上帝观念因此也不是指向彼岸,而是指向此岸。[②]

德布林对欧洲的没落深信不疑,因而提前发布预警:欧洲总有一天必定会因为隐含于其内部的破坏性倾向和趋势而走向衰亡。[③] 躁动、不安、盲目乃至对文化的敌视态度充斥欧洲大陆。这里的人们已经开始远离自我,远离本真。他们不仅攻击自然,甚至还攻击全人类。他们只关心哪里有油气田,一心只想着做进出口贸易。[④] 德布林对于这样一个物欲横流且过度商业化的欧洲社会现实表示了强烈不满,他不遗余力地、不厌其烦地对欧洲现状进行批判性反思,进行古今对比,希望他的时代同人们能够去注重和追回那些已经失落的传统文化精髓,以应对一个庸俗乏味的技术时代的喧嚣与迷醉。

1921年,德布林还另外发表了他的重要政论文章《作家和国家》(Staat und Schriftsteller)。这篇文章一直毫无争议地被德布林研究界视为魏玛共和国时期精神与权力大讨论中最耀眼的文化政

[①] 参见 Alfred Döblin, „Goethe und Dostojewski", S. 88。
[②] 参见上书,S. 91。
[③] 参见上书,S. 84。
[④] 参见上书,S. 89。

治纲领之一。德布林在这篇慷慨激昂的充满战斗豪情的檄文里，以古代中国为范例，阐述了他心目中的理想社会状态，以及他对魏玛共和国文化政策的构想。这篇政论文最初是德布林于 1921 年 5 月在德国作家保护协会全体大会上所作的一个演讲报告，属于德布林最重要的文学理论主张。① 在这份报告开头，德布林使用了一个瘸子的比喻，把德国作家在这个叫作"魏玛共和国"的国家中所处的卑微可怜的地位生动形象地表现出来。② 紧接着这个比喻，德布林随即又讲述了发生在中国的一幕，以此来进一步强化并反衬德国作家在德国这个国家里所陷入的那种毫无地位、没有尊严的艰难处境：

> 镇压义和拳起义时，欧洲各国部队开进青岛。中国居民任凭一支支军队和顶着各种军衔的军人在那里炫耀：当他们看到军装、士兵和骑在骏马上的高级军官时，他们的反应是发出冷笑并不屑一顾地耸肩。而紧跟着队伍之后，又过来一个带着行李的男子，他坐在一辆二轮小车里，是一个普普通通的平民。这时，有人指着这个人告诉他们说，这是一个会写字的，一个作家，一个文人，他们一听，便赶紧毕恭毕敬地后退，挥手致意，弯腰鞠躬。③

这里，我们不难看出，德布林对强权政治和西方列强武力占领中国

---

① 参见 Gabriele Sander, *Alfred Döblin*, Stuttgart: Philipp Reclam jun., 2001, S. 278。
② 参见 Alfred Döblin, *Aufsätze zur Literatur*, S. 49。
③ Ebenda, S. 50.

持批评态度,这和他一贯民主的、同情弱小的、具有社会主义倾向的世界观和价值观是一致的。就德布林这篇文章的主旨而言,德布林在此特别提请听众和读者注意中国人民在暴力和精神面前所采取的完全不同的态度和立场。德布林认为,中国人民之所以鄙视动用蛮力的武夫而对像文学家这类的精神工作者满怀敬意与尊重,主要有以下两个方面的原因。其一:

> 这个中国之所以取得无与伦比的、本来就是举世无双的且究其实直到现在也依然还是无可撼动的稳定性,是因为在时间的长河里各个王朝都对人民,即百姓,心怀高度敬畏,并因此而不断向活跃在人民身上的精神性靠拢,从而使得自身也得以存活在这种精神性之中。①

其二:

> 这种让作家得以享有最高尊崇的文学的普遍素养是一切专业素养的前提和培养基,政治的、管理技术的也好,法律的、战略战术的也罢,无论何种性质的专业,统统如此。那种通过最优秀的楷模作家们而显现出来的精神终归就是国家之精神,而且,这种精神还在生生不息地渗入政治治理当中。②

德布林这里所说的"无可撼动的稳定性""对百姓心怀高度敬畏"

---

① Alfred Döblin, *Aufsätze zur Literatur*, S. 50.
② Ebenda.

以及"文学的普遍素养"都清晰地指向儒家思想特征。德布林把儒家中国作为一面照妖镜来检视物欲横流的、人性尽失的和混乱不堪的德国乃至欧洲的当下现实。德布林认为,魏玛共和国这个当前的德意志国家人文关怀尽失,国民文化素养低下。根据德布林的观察,这种蛮荒的精神状态和这种人文素养的匮乏尤其突出地表现在本国政治家和全体官僚阶层身上,德布林在"代表德意志国家"的这些人物身上根本找不到一种能够滋养和陶冶他们心灵的"广博教养"。① 德布林失望而愤懑地指出,存在于古代中国的这种"伟大而罕见的理想情境"②不仅在德国难觅踪迹,而且德国目前的总体形势也同样令人难以容忍。为了改变这种局面,德布林继而忍不住大声疾呼道:这个国家必须让自己变得人道起来,变得有文化教养起来才行。③

德布林对儒家思想元素的吸收既表现在这篇文章的内容和说理上,也表现在具体的语言运用层面上,尤其是语汇的借用上。语言上通过拿来主义直接使用的一个最突出的例子便是德布林对"百姓"这个典型的中国词语的巧妙化用和情有独钟。④ 若论来源,德布林对这个词语及其含义的掌握和领会则应归功于德国汉学家葛禄博所著的《中国文学史》,该书在系统介绍儒家经典四书五经时,翻译、摘录和大段援引了原典中的不少章节,如在引用《尚书》之武王伐纣片段时,首次出现"百姓"一词,葛禄博在此采用字面逐

---

① Alfred Döblin, *Aufsätze zur Literatur*, S. 58.
② Ebenda, S. 59.
③ 参见上书,S. 59。
④ "百姓"一词单是在儒家经典《论语》中便出现过五次。参见杨伯峻:《论语译注》,中华书局1980年版,第237页。

一对应的翻译法,将其直译为德文"die hundert Familien",即汉语的"一百个家庭"之意。另外,葛禄博还专门为此作了一个注进行解释:"'一百个家庭'是一种非常古老的、在现如今的语用中仍然得以保留的用以指称人民大众的说法。"① 而在该书接下来所引用的《孟子》的部分章节里,"百姓"一词也频频出现。② 其实德布林早在1915年出版的《王伦三跃》里就已经直接套用过这个词了。③第二个例子则和儒家术语"修身"有关。儒家讲修身、齐家、治国、平天下,认为个人修养和个人健全的人格是一切社会制度的基础,故而"君子"应当通过自尊、自强、自省,通过自我体察而使身心达到完美境界。④ 而在这篇文章里,德布林特别强调"修身"中的自我反省和体察这一层面,要求德国的作家们"严以律己"⑤,要求他们进行"最严格的自我教育"⑥。还有一个例子则是在本文结尾处出现的"恒星"一词。在这里,德布林再度表达了他对追回和重振已经或正在失落的人类精神家园的强烈渴求,他希望宝贵的精神财富有一天能够再像天上的"恒星"一样照耀"迷惘的西方"。⑦ 这里的"恒星"一词,德文用的是"Fixsterne",对于熟悉儒家经典及其德

---

① Wilhelm Grube, *Geschichte der chinesischen Litteratur*, zweite Ausgabe, Leipzig: C. F. Amelang, 1909, S. 45.
② 参见上书,S. 101－102。
③ 参见 Alfred Döblin, *Aufsätze zur Literatur*, S. 50。参见 Alfred Döblin: *Die drei Sprünge des Wang-lun. Chinesischer Roman*, S. 390, S. 471。
④ Richard Wilhelm, „Einleitung", in: *Konfutse. Gespräche (Lun Yü)*, aus dem Chinesischen verdeutscht und erläutert von Richard Wilhelm, 8－10 Tausend, Jena: Eugen Diederichs, 1923, S. II－S. XXXII, hier S. XX.
⑤ Alfred Döblin, *Aufsätze zur Literatur*, S. 54.
⑥ Ebenda, S. 61.
⑦ 参见上书。

译本的读者而言,这个词会令人马上联想到《论语·为政》的开头:"子曰:'为政以德,譬如北辰,居其所而众星共之。'"翻译为现代白话文的意思就是:"孔子说:'用道德来治理国政,自己便会像北极星一般,在一定的位置上,别的星辰都环绕着它。'"[1]德布林不懂中文,我们先来比对一下他最可能参考的两个德文材料来源:在他最为熟悉的,而且肯定亲自看过的葛禄博的《中国文学史》里,可以找到与之相对应的德文,其中"北辰"对应的德文为"Polarstern"[2]。而同样在德布林当时可以看到的另一个相关译本,即卫礼贤的德译《论语》里,在与此段相对应的德文当中,"北辰"对应的德文为"Nordstern"[3]。有趣的是,卫氏在此段前所用的标题却同葛禄博一样同为"Polarstern"。而"Nordstern"和"Polarstern"在德文里属于近义词,均为"北极星"之意。如此一来,我们就有理由推想,德布林的"恒星"一词很可能是在《论语》启发之下的一个创造性转化的结果:北极星是恒星,德布林于是就顺理成章地把德文译本中原为单数的北极星变成了复数的恒星。

德布林借鉴中国传统思想和文化的这种活跃程度和积极性十年后又一次开花结果。1931年1月25日德布林在《福斯报》(*Vossische Zeitung*)上发表《一个"作家科学院"的总结》(Bilanz einer »Dichterakademie«)一文,呼吁其所在的普鲁士艺术科学院向古代中国的国子监学习,勇敢地肩负起一个国家级教育管理机构

---

[1] 杨伯峻:《论语译注》,中华书局1980年版,第11页。
[2] Wilhelm Grube, *Geschichte der chinesischen Litteratur*, S. 83.
[3] *Konfutse. Gespräche* (*Lun Yü*), aus dem Chinesischen verdeutscht und erläutert von Richard Wilhelm, S. 8.

应有的职责,对危害民主和共和国制度的极右思潮进行监督和审查。

《一个"作家科学院"的总结》一文的写作背景为普鲁士艺术科学院文学部内部左翼和右翼两派作家之间鉴于时局的急转直下而日趋激烈的思想交锋。1930年底—1931年初,左右两派在意识形态上的分歧达到白热化程度。其中的右翼一派以其"种族的""反启蒙的"倾向性和"狂热民族主义"思想而明显带有诸多同民族社会主义,也就是纳粹意识形态相契合之处。① 相形之下,以德布林和亨利希·曼(Heinrich Mann,1871—1950)为代表的左翼一派则坚决捍卫民主共和制度,旗帜鲜明地站在维护魏玛共和国一边,表现出一种坚决彻底的对具有民主自由性质的魏玛共和国的政治认同。② 及至1931年初两派关系急剧恶化时,右翼一派有三名成员公开宣布退出普鲁士艺术科学院以示抗议。

就在他们刚刚退出后几天,德布林的这篇文章便见诸报端。学界一般认为,该文可以被视作德布林"对共和国的公开的、具有世界观依据的自白"③。德布林在文中首先对普鲁士艺术科学院文学部的工作进行回顾总结,认为文学部过去的工作存在缺点和不

---

① 参见 *Meyers Enzyklopädisches Lexikon in 25 Bänden*, Bd. 14: *Ko-Les*, Mannheim u.a.: Bibliographisches Institut, 1980, S. 46; Bd. 20: *Rend-Schd*, Mannheim u.a.: Bibliographisches Institut, 1979, S. 800; Bd. 22: *Sn-Sud*, Mannheim u.a.: Bibliographisches Institut, 1979, S. 669。
② 参见 Jochen Meyer, *Alfred Döblin 1878 – 1978. Eine Ausstellung des Deutschen Literaturarchivs im Schiller-Nationalmuseum*, S. 315。
③ Matthias Prangel, *Alfred Döblin*, 2., neubearb. Auflage, Stuttgart: J. B. Metzlersche Verlagsbuchhandlung, 1987, S. 70.

足,进而尖锐指出,以埃文·奎多·科耳本海尔(Erwin Guido Kolbenheyer, 1878—1962)为首的"小集团"大肆要求"影响力"和"权力",大肆鼓吹"土地的艺术",其背后实则是一种赤裸裸的"专制""症候"在作祟。① 这里的科耳本海尔就是那三名退出作家之一。有鉴于纳粹专制的潜在危险,德布林力主改革。按照他的方案,一个新的文学部必须有助于国家的精神建设,必须在学校和教育事务上发挥引领作用,不仅如此,一个新的文学部同时还必须把"保护思想自由"作为自己的"最高"目标和"最根本"任务:"任何专制欲都休想滥用它。任何试图扼住它咽喉的东西都不会得到它的庇护,它会直斥野蛮为野蛮。它必须是机构,而同时也必须是——就像在古代中国那样——必须是一国之监督。"② 如果说德布林 10 年前借鉴中国时的侧重点为儒家的国家治理和儒家的文人群体的话,那么,这一次激起他强烈兴趣的则是儒家中国的教育制度。众所周知,国子监为中国古代教育体系中的最高学府,担负着教育和培养朝政管理人才的重要功能,元、明、清三代时还同时是国家管理教育、发布教育政令的最高行政机关。③ 古代中国国子监的这种既是教育管理官署又兼具国子学的特性令德布林深受启发,所以在设计和规划他心目中理想的文学科学院时,他热情洋溢地主张后者应当在组织和管理方面向中

---

① 参见 Alfred Döblin, „Bilanz einer »Dichterakademie«", in: *Weimarer Republik. Manifeste und Dokumente zur deutschen Literatur 1918 – 1933*, mit einer Einleitung und Kommentaren, hrsg. von Anton Kaes, Stuttgart: Metzler, 1983, S. 101 – 105, hier S. 103 –105。
② Ebenda, S. 105.
③ 参见李永康:《国子监·孔庙》,中国工人出版社 2020 年版,第 1 页。

国的国子监看齐,以便在魏玛共和国这个民主性质的德意志国家的政治、文化和社会生活中扮演更加积极的角色,更好地发挥出其应有的功能和作用。

(原载澳门高美士街理工学院中西文化研究所《中西文化研究》半年刊,2011年6月,总第19、20期,第75—86页)

布莱希特和孔子

如果仔细梳理 20 世纪 20—40 年代布莱希特和孔子及儒家的关系，便不难发现一条怀疑与褒扬交错并行的发展轨迹。20 年代中叶，布莱希特最早开始注意到儒家哲学作为道德和生命哲学的务实的一面。布莱希特和儒家的关系也同他与墨家的关系具有内在联系。布莱希特对孔子及其学说的浓厚兴趣最为集中的表现则是他在 40 年代创作的未完成教育剧《孔夫子的一生》。通过对布莱希特近 30 年间吸收借鉴孔子及其学说主要情况的考察，我们有理由认为，孔子及其学说对布莱希特文学创作和文艺思想的影响是毋庸置疑的，尽管布莱希特在接受中国传统文化过程中表现出实用主义色彩。

布莱希特和孔子

贝托尔特·布莱希特,原名欧根·贝托尔特·弗里德里希·布莱希特(Eugen Bertolt Friedrich Brecht),是德国20世纪享誉世界的著名作家、戏剧大师和诗人。100年来,国内外对布莱希特的研究和介绍始终如火如荼,方兴未艾。又由于布莱希特对中国持续一生的关注与热爱,布莱希特的戏剧如《四川好人》(Der gute Mensch von Sezuan, 1938—1942)、《高加索灰阑记》(Der kaukasische Kreidekreis, 1944—1945),诗歌如《老子流亡路上著〈道德经〉的传奇》(Legende von der Entstehung des Buches Taoteking auf dem Weg des Laotse in die Emigration, 1939)及一系列中国诗歌仿作,布莱希特叙事剧理论和梅兰芳京剧的关系,布莱希特作为马克思主义者对毛泽东和中国革命的赞赏,等等,都使得布莱希特在我国享有很高的声誉,有关他接受和吸纳中国文化方方面面的研究也一直是我国学界长盛不衰的热点论题。有鉴于此,本文在吸收和借鉴前人已有研究的基础上,对布莱希特和孔子及儒家关系研究中尚没有完全透彻的几个问题进行补充推进。本文认为,布莱希特对于中国古代哲学的借鉴和吸收属于通吃类,即只要能够为他所用,便一概实行拿来主义。故而,布莱希特既崇尚墨家的兼爱学说,也对道家学说中的社会和文明批判相见恨晚,同时又对"作为人类行为的科学"[1]的儒家学说兴趣浓厚。而具体就布莱希特和孔子及儒家之间的关系而言,如果我们细致爬梳,便不难发现一条怀疑与褒扬交错并行的发展轨迹。

---

[1] Sergej M. Tretjakov, *Die Arbeit des Schriftstellers. Aufsätze, Reportagen, Porträts*, hrsg. von Heiner Boehncke, dt. von Karla Hielscher u.a., Reinbek bei Hamburg: Rowohlt, 1972, S. 155.

一

1925年，布莱希特开始注意到儒家哲学作为道德和生命哲学的务实的一面。同年，布莱希特写下了两则假托孔子之名的逸事。

这两则逸闻具有一个共同的特点，即布莱希特所采用的均是一种奔放独立的叙述姿态，通过这种无所顾忌的叙述立场，布莱希特开始在文学创作方面初步尝试叙事性类型，这在当时对于他来说还是很不寻常的。而他假托孔子之名所讲述的内容，乍一看跟中国和孔子简直就是风马牛不相及，相差十万八千里。一般读者恐怕难以料到，儒家文化圈的读者恐怕更加难以接受，以一个令人肃然起敬的名词性词组"伟大的中国智者"开头的竟然会是一个极其平庸的情爱题材，由此一位伟大历史人物高高在上的权威性被一个日常生活的俗气玩笑消解得一干二净。其中的第一则逸闻是这样写的：

> 伟大的中国智者孔子有好几个老婆，其中最漂亮的一个老婆由于生活在另外一座城市，所以孔子有些日子没有见到她了，孔子于是就写了一部琢磨出游之术的书，而他的这位老婆又有好几个情夫，其中一个情夫还躺在她的臂弯里把这本书念与她听，而她居然也对这部至今读来依旧令人获益良多的著作不吝赞美，大夸其文风浩荡。①

---

① Bertolt Brecht, *Werke. Große kommentierte Berliner und Frankfurter Ausgabe*, hrsg. Von Werner Hecht, Jan Knopf, Werner Mittenzwei, Klaus-Detlef Müller, Band 19: *Prosa 4. Geschichten, Filmgeschichten, Drehbücher 1913 – 1939*, Berlin, Weimar: Aufbau-Verlag, Frankfurt am Main: Suhrkamp Verlag, 1997, S. 205.

布莱希特和孔子

这里特别引人注目的是,布莱希特所营造的那种令人咋舌的强烈的对比效果:伟大、睿智、名闻遐迩且贵为万世师表的道德哲学家却遭遇不道德的偷情,孔子学说作为日常生活和实践的道德规范的一面遭到恶搞,从接受美学的角度来看,这种超出常规的讽刺挖苦所营造的搞笑效果是惊人的。相比而言,第二则逸事含沙射影的意味则显得更加浓烈,更加过之而无不及:

> 伟大的孔夫子有个习惯,那就是喜欢把美好的事物置于恶劣的环境:一枝百合只有出现在充斥枯枝烂叶的肮脏花盆里才会受到他的青睐。而这个无论置身何种生活境况都始终坚持只做平常之事和顺理成章之事的人物,当听见人家问他怎么可以这样做的时候,他为自己的鲁莽放肆所找到的托词却是,恰恰是美的事物无法舍弃那种第一个被人家发现的刺激。[1]

当然,这两篇小文之所以胆敢如此高调调侃和恶搞一届圣人孔子,倒也并非完全是空穴来风,其中还是能够依稀找到一些与孔子生平、学说及其历史影响的对应之处的,比如孔子的中庸之道、孔子在国内外一直以来作为道德哲学家的声名以及孔子所谓"唯女子与小人为难养也,近之则不孙,远之则怨"(《论语·阳货》)之

---

[1] Bertolt Brecht, *Werke. Große kommentierte Berliner und Frankfurter Ausgabe*, hrsg. Von Werner Hecht, Jan Knopf, Werner Mittenzwei, Klaus-Detlef Müller, Band 19: *Prosa 4. Geschichten, Filmgeschichten, Drehbücher 1913 – 1939*, Berlin, Weimar: Aufbau-Verlag, Frankfurt am Main: Suhrkamp Verlag, 1997, S. 205.

类歧视妇女的言论等。另外,恐怕也跟孔子形象在中国和欧洲乃至世界传播过程中的跌宕起伏不无关系,但限于篇幅,此处不再展开。总之,这两则逸事作为文学想象的产物,可以被看作布莱希特对中国题材和元素进行创造性转化的一种另类尝试。由于 20 世纪 20 年代中期前后正好也是布莱希特创立和确立叙事剧理论及其与之关联的陌生化手法和间离效果的时期,因此可以将这两则托孔子之名所作的奇闻逸事视为布莱希特运用孔子题材的小试牛刀。陌生化一个事件或人物,就是把其身上理所当然的东西、耳熟能详的东西和清晰明确的东西去除,从而令人对其产生震惊和好奇。[①] 此外,从文学传播模式及炒作学的意义上来讲,借助恶搞历史权威或文化名人来吸引眼球,制造轰动效应,从而搏出位,推出自身,确立自身,布莱希特也算得上是现代德语乃至世界文学中的一个先锋和前辈了。

20 世纪 20 年代末—30 年代初,布莱希特又在两篇论述新旧艺术的小品文里提及孔子及其学说,并继续流露出对归于孔子名下的道德的怀疑态度。在第一篇题为《孔夫子》(Konfutse,1919—1930)的小品文中,布莱希特这样写道:"这个孔夫子是个乖乖儿。世人通过搬出他这个榜样来生事,世人以此便可以诅咒所有的王朝世家,乃至所有的时代。他的理想形象同某种确定而罕见的禀性密不可分,而几乎所有能够被人类斗胆认定是伟大的人类壮举也都几乎不可能是由具有他这种禀性的人来完成的,相反,可以想见的倒是,一个并不放弃承认些许令孔夫子卓尔不群的美德的男

[①] 参见 Han-Soon Yim, *Bertolt Brecht und sein Verhältnis zur chinesischen Philosophie*, Bonn: Institut für Koreanische Kultur, 1984, S.75–76。

人可能会犯下怎样的滔天罪行。"①不过,除了怀疑孔子的美德,抨击儒家思想被后世各个统治集团和利益集团的利用殆尽,布莱希特对孔子的处世态度,对孔子个人的品德和性格修养却也辩证地给予了较为积极的评价:"孔夫子的姿态就表面而言是很容易复制的,因而也是极其有用的。"②当然,布莱希特此处其实是醉翁之意不在酒,言孔子是为了引出下文的歌德批判:"庆幸的是,我们在相隔还不算太过遥远的从前就曾亲眼见识过这样一个人的范例,此人在其漫长一生终结之时所获取的精神财产是如此之巨,以至于国家迫不及待地非要把他变成国家的代表不可。尽管如此,我们却依然深知,歌德这所谓的好人儿有着怎样残暴且实质上也是奴性十足的天性,虽然正是他的这种天性使得他捞取这份财产成为可能,但也同时使得这种捞取成为一种绝无仅有的反社会行为。这种自我造就沾染了太多我们不可以赞美为美德的东西,尽管我们也很想当乖乖儿。"③

需要指出的是,布莱希特在这里把孔子和歌德放在一起进行比较,却谈不上是他个人的自主创新。德国同时代有多位作家和知识分子如阿尔弗雷德·德布林、亚历山大·乌拉尔等人都曾在他之前把歌德同中国的孔子及老子作比。具体就拿歌德同孔子作比而言,最早的灵感之一很可能是来自德国著名汉学家卫礼贤。

---

① Bertolt Brecht, *Werke. Große kommentierte Berliner und Frankfurter Ausgabe*, hrsg. von Werner Hecht, Jan Knopf, Werner Mittenzwei, Klaus-Detlef Müller, Band 21: *Schriften 1. Schriften 1914–1933*, Berlin, Weimar: Aufbau-Verlag, Frankfurt am Main: Suhrkamp Verlag, 1992, S. 369.
② Ebenda.
③ Ebenda.

在其1910年出版的《论语》德译本前言里,卫礼贤一共把孔子和歌德作了比了三次并总结出二者的三大相近之处:首先,孔子在孩童时期就对先朝神圣习俗表现出超出常人的浓厚兴趣,"他儿时最喜欢的游戏便是用小碟小碗模仿祭祀礼仪",介绍到这里时,卫礼贤便将孔子儿时的俎豆之戏和歌德童年时期喜欢的木偶戏进行了比较;①其次,在介绍了孔子对古代文化的兴趣之后,卫礼贤又指出这种兴趣可以和歌德诗歌中所传递出的那种肩负使命、奋发有为、积极进取的人生"体验"②相提并论;最后,在阐述孔子赴周问礼的重要意义时,卫礼贤再度将其同歌德的用以汲取欧洲古典文化传统的"罗马之行"③作比。

而在同样形成于同一时期的另一篇题为《孔夫子的微小成功》(Geringer Erfolg des Kung Futse,1919—1930)的小品文中,布莱希特对孔子及其学说的态度则呈现出一种摇摆于怀疑与肯定之间的态势。布莱希特首先抨击儒家的"礼",认为孔子的失败在于其所倡导的仁义道德与现实世界相脱节:"孔子的历史显示,人类最成功的教师爷的成功是多么的可怜。他试图通过全方位提高道德水平,使得他那个时代的国体恒久不变。但是,只要这个国体延续,道德就会衰败。"④随即,布莱希特又把矛头指向儒家的"乐":"所

---

① Richard Wilhelm, „Einleitung", in: *Konfutse. Gespräche (Lun Yü)*, aus dem Chinesischen verdeutscht und erläutert von Richard Wilhelm, 8 – 10 Tausend, Jena: Eugen Diederichs, 1923, S. II – S. XXXII, hier S. XII.
② Ebenda, S. XIII.
③ Ebenda, S. XIV.
④ Bertolt Brecht, *Werke. Große kommentierte Berliner und Frankfurter Ausgabe*, Band 21: *Schriften 1. Schriften 1914 – 1933*, S. 369.

幸的是,这个国体没有成为永恒。他许诺说研习音乐大有裨益。然而,大众更多记住的却是他有关音乐的理论而非音乐本身。"①接着,似乎意犹未尽的布莱希特继续向孔子的天命观发起挑战:"在宗教方面,他的言论较为谨慎,所说不多,殊不知,他的追随者却比世上任何地方的人都更迷信,对此,他在宗教上的这种三缄其口难辞其咎。"②连放三炮之后,为避免单调片面,布莱希特又将话锋一转,通过触及儒学遭到滥用和沦为形式主义躯壳这一问题而来了一个反向攻击:"而庶众在这位教师爷身上,或者,说得好听一点,通过利用他所取得的成功反倒要大得多得多。"③当然,布莱希特并不想、也没有理由把孔子及其学说一棍子打死,因此,在这篇小品文的末尾,同他在上述《孔夫子》一文中已经明确表示过的一样,布莱希特再一次对孔子具有正义感的处世态度的社会引领作用予以充分肯定:"而当庶众模仿他的姿态时,他们能够从他那里得到多少裨益啊! 他的那些断言涉及早已过时的生活方式,假如人们重复了这些断言的话,这些断言恐怕早就会不合时宜、有失正义了,不过,他的姿态却曾是正义的姿态。"④至此,我们完全可以看出,即便批判的锋芒毕露无遗,布莱希特也基本上还是能够在一分为二的辩证的框架之内来认识和评析孔子及儒家学说的价值和意义的。当然,墨家的诸如"非乐""明鬼"等主张显然也在布莱希特这一时期的儒家批判中发挥着作用。

---

① Bertolt Brecht, *Werke. Große kommentierte Berliner und Frankfurter Ausgabe*, Band 21: *Schriften 1. Schriften 1914–1933*, S. 369.
② Ebenda.
③ Ebenda, S. 369–370.
④ Ebenda, S. 370.

二

事实上，布莱希特和儒家的关系也的确同他与墨家的关系具有某些内在联系。通过研究墨子及其著作，布莱希特间接地扩大了对儒家的接触，加深了对儒家的了解和领悟。

众所周知，儒家和墨家为先秦时期两派对立的显学。墨家创始人和代表人物墨翟曾师从儒者，学习孔子之术，因后来逐渐对儒家烦琐礼乐感到厌烦，最终舍弃儒学，自立门户。墨家代表小生产者的利益，几乎处处和儒家作对。儒家主张"爱有差等"，墨家则主张"兼爱"，提倡人类互爱互利；儒家主张"义者，宜也"，墨家则主张"义，利也"，重视功利，要求把道义与功利统一起来；儒家主张"三年之丧"，墨家则主张"三日之丧"；儒家主张"作乐"，墨家则主张"非乐"；儒家"以天为不明"，但又同时"相信天命"，如《论语·述而》所述"子不语怪、力、乱、神"，墨家抓住儒家这一自相矛盾之处攻击儒家，提出"天志"与"明鬼"，证明和相信鬼的存在。[1] 墨家和儒家相互驳难，激烈斗争，揭开先秦诸子百家争鸣的序幕。而在表述和推出其自身主张时，墨家又常常以辩难儒家的各个观点作为契机，也就是说，墨子主要是通过对儒家学说进行批判和攻击来发展和阐述其自身有关伦理与社会关系的看法和判断。[2] 布莱希特一接触到墨家学说，便感觉其中的许多思想和自己有暗合之处。

有学者通过考证认为，布莱希特研究和吸收墨家学说的第一

---

[1] 参见詹剑峰：《墨子及墨家研究》，华中师范大学出版社2007年版，第34页。
[2] 参见 Adrian Hsia, „Bertolt Brechts Rezeption des Konfuzianismus, Taoismus und Mohismus im Spiegel seiner Werke", in: *Zeitschrift für Kulturaustausch* 3 (1986), S. 355.

个较为鲜明的成果应为短篇作品集《科伊内尔先生的故事》(*Geschichten vom Herrn Keuner*, 1930)之四——《论饱学之士》(Von den Trägern des Wissens)。① 在这个微型故事中,躲在人物后面的作者布莱希特基本上是以墨家门徒自居,他秉承墨家衣钵,对儒家抱持批判态度:"满腹经纶的人不可以争斗;不可以说真话;也不可以去做服侍人的事,也不可以乱吃;也不可以拒绝荣誉;更不可以叫人看出内心活动。科伊内尔先生说了,满腹经纶的人只具备所有美德当中的一种美德,那就是他仅仅是满腹经纶而已。"②这个微故事所包含的不允许"饱学之士"去做的每一件事情几乎都可以从《墨子》一书中找到依据。这个小故事实际上就是对墨家"非儒"的一种总结。小文中的所谓"饱学之士"其实就是为墨家所鄙视和诟病的儒家"君子"。③

1933年希特勒上台之后,作为马克思主义者和进步人士的布莱希特被迫流亡国外。在长达15年的流亡生涯中,布莱希特始终随身携带由他的朋友、德国汉学家阿尔弗雷德·福尔克(Alfred Forke, 1867—1944)1922年在柏林发表的《社会伦理学家墨子及其门生的哲学著作》(*Mê Ti, des Sozialethikers und seiner Schüler philosophische Werke*)一书,不时抽空研读,细致揣摩,并

---

① 参见 Yun-Yeop Song, *Bertolt Brecht und die chinesische Philosophie*, Bonn: Bouvier Verlag Herbert Grundmann, 1978, S. 154-155。
② Bertolt Brecht, *Werke. Große kommentierte Berliner und Frankfurter Ausgabe*, hrsg. von Werner Hecht, Jan Knopf, Werner Mittenzwei, Klaus-Detlef Müller, Band 18: *Prosa 3. Sammlungen und Dialoge*, Berlin, Weimar: Aufbau-Verlag, Frankfurt am Main: Suhrkamp Verlag, 1995, S. 14.
③ 参见 Yun-Yeop Song, *Bertolt Brecht und die chinesische Philosophie*, S. 94ff。

在书中留下大量用铅笔所写的感言以及对阅读重点所进行的勾画圈点。①

布莱希特把自己研习墨家学说多年的心得体会撰写成散文集《墨翟,变经》(Me-ti/Buch der Wendungen)。这本假托墨子名义所写的《变经》,德文直译为汉语是《墨翟,转变之书》,光此书的标题和副标题,其模仿卫礼贤1924年出版的德译儒家经典《易经》的痕迹便已十分明显,因为卫译《易经》的德文书名即《易经,变化之书》(I Ging, Buch der Wandlungen)。② 在德文中,"Wendung"和"Wandlung"都是含有"变化"之义的近义词。至于孔子及儒家思想元素,也可以很容易地就在《墨翟,转变之书》里找到一些。比如该书有篇题为《概念目录》的短文,在其"土地"一节当中,布莱希特就让墨翟继承孔子传统,对那些被法西斯滥用的词语,如"土地""血统"等进行正名:"胡一不断地在一种神秘的意义上使用'土地'这个概念。当他嘴里念叨'血统'和'土地'时,他心里其实暗指的是他的族民或许可以从中获取的某些神秘力量。墨翟建议,要么就弃用'土地',而代之以'地产',要么就采用诸如'肥沃的''贫瘠的''干旱缺水的''含腐殖质的'等之类的表属性的形容词来修饰这个字眼。他提请大家注意,农民的当务之急早就不再是什么'土地'了,农民首先更为需要的,或者说同时还需要的反倒是

---

① Die Bibliothek Bertolt Brechts. Ein kommentiertes Verzeichnis, hrsg. vom Bertolt-Brecht-Archiv, Frankfurt am Main: Suhrkamp Verlag, 2007, S. 333 – 334.
② 参见 Adrian Hsia, "Bertolt Brechts Rezeption des Konfuzianismus, Taoismus und Mohismus im Spiegel seiner Werke", S. 354。

化肥、机器和资本。"①这里,"胡一"是布莱希特专门给纳粹头子希特勒所编的一个具汉语俗名特征的诨名,而有趣的是,作家却同时把"墨翟"这位中国先秦哲人的美名留给了自己。

1935年,布莱希特在巴黎出版的杂志《我们的时代》上发表《表述真理的五种困难》(Fünf Schwierigkeiten bem Schreiben der Wahrheit)一文。这是布莱希特流亡期间论述艺术和政治的最为著名的文论之一。这篇立场坚定、观点鲜明的反法西斯战斗檄文还曾作为传单秘密运回德国散发。在这篇檄文中,布莱希特笔意纵横,谈古论今,又一次抬出了孔圣人,不过这一次却是旗帜鲜明地给予孔子以高度评价,尤其是对孔子作为史学家的写史方法赞不绝口。

布莱希特认为,在当前敌强我弱、复杂多变的历史条件下,作为一个承担着对法西斯主义和资本主义进行双重批判任务的马克思主义者,在追求和揭示真相和真理的过程当中,不可避免地会面临以下五种巨大的困难,即缺乏勇气、才智、艺术、判断力和计谋。而在具体关于计谋这一点上,布莱希特特别提醒人们注意孔子在向大众传播被掩盖的真相时所采用的一种特殊"计谋":"在一切时代,为了传播被压制、被掩盖的真理,都使用了计谋。孔子就曾改动了一个古老的、爱国主义的历史年表。"②布莱希特同时直言不讳

---

① Bertolt Brecht, *Werke. Große kommentierte Berliner und Frankfurter Ausgabe*, Band 18: *Prosa 3. Sammlungen und Dialoge*, S. 116.
② Bertolt Brecht, *Werke. Große kommentierte Berliner und Frankfurter Ausgabe*, hrsg. von Werner Hecht, Jan Knopf, Werner Mittenzwei, Klaus-Detlef Müller, Band 22: *Schriften 2. Schriften 1933 - 1942*, Berlin, Weimar: Aufbau-Verlag, Frankfurt am Main: Suhrkamp Verlag, 1993, S. 81.

地指出了这种"正名"手段所具有的无比迫切的现实意义:"孔夫子的计谋在今天依然适用。孔夫子用合理的判断去代替对国家民族进程所作的不合理的判断。"①

布莱希特在这里所说的"孔子改动一个历史年表",指的就是孔子作《春秋》一事。《春秋》原是西周、春秋时期史书的通称。孔子以《鲁春秋》为基础,参考西周时各诸侯国的《春秋》,"约其辞文,去其繁重"(《史记·太史公自序》),用简洁、严谨和准确的文字重新编写了一部尊奉周王朝的《春秋》。孟子说:"世道衰微,邪说暴行有作,臣弑其君者有之,子弑其父者有之。孔子惧,作春秋。……孔子成《春秋》而乱臣贼子惧。"(《孟子·滕文公章句下》)司马迁亦说:"春秋之义行,则天下乱臣贼子惧焉。"(《史记·孔子世家》)孔子作《春秋》的目的在于正名分,孔子的《春秋》突出了端正名分的道德内涵,在这种正名思想指导下,孔子寓褒贬于字里行间,通过被后世称为"春秋笔法"的历史记述方法来抑恶扬善,如杀无罪者曰杀,杀有罪者曰诛,下杀上曰弑,同样杀人,孔子以杀、诛、弑的区别来表明自己的爱憎感情。②《春秋》对于儒学具有特殊意义,孔子本人对所作《春秋》也极为珍视,"是故孔子曰:'知我者其惟春秋乎!罪我者其惟春秋乎!'"(《孟子·梁惠王章句下》)。

---

① Bertolt Brecht, *Werke. Große kommentierte Berliner und Frankfurter Ausgabe*, hrsg. von Werner Hecht, Jan Knopf, Werner Mittenzwei, Klaus-Detlef Müller, Band 22: *Schriften 2. Schriften 1933 – 1942*, Berlin, Weimar: Aufbau-Verlag, Frankfurt am Main: Suhrkamp Verlag, 1993, S. 82.
② 参见王长华:《孔子答客问》,上海人民出版社1997年版,第46页。参见张岱年主编:《孔子大辞典》,上海辞书出版社1993年版,第39页。

布莱希特俨然是孔子的一位现代德国知音,因为他对孔子的"春秋笔法"情有独钟且领悟深刻。在这篇文论中,他不仅准确把握了孔子笔法的核心要义,还能活学活用,用通俗易懂的语言来举一反三:"他仅改动了某些词。如果说,'昆的统治者派人杀死哲学家万,因为他说了什么什么话',孔子就会舍弃'杀死'而用'谋杀'。如果说,某个暴君被刺杀,他则会代之以'被处决'。孔子以此开辟了全新的历史评判之路。"①看到这里,熟悉儒家经典的读者便会不由自主地想到《孟子》中孟子回答齐宣王"臣弑其君,可乎?"的问题时所作的那个著名的回答:"贼仁者谓之'贼',贼义者谓之'残'。残贼之人谓之'一夫'。闻诛一夫纣矣,未闻弑君也。"(《孟子·梁惠王章句下》)

布莱希特以史为鉴,揭露德国法西斯的欺骗性宣传及其对语言和辞藻的滥用,指出法西斯分子高呼的所谓迷惑性口号如"族民""土地""纪律""荣誉"等实际含义应当为"居民""地产""服从"和"头衔"。② 而在纳粹德国气焰嚣张、反法西斯斗争艰苦卓绝之时,布莱希特号召包括德国在内的各国作家和知识分子在法西斯敌人暂时处于强势的情况下拿起笔作武器,借鉴孔子的"春秋笔法"来含蓄巧妙地打击敌人:"谁在我们这个时代说'居民'而不说'族民',说'地产'而不说'土地',谁就已经是没有去支持很多的谎言了。谁就是正在给这些词语祛魅。"③

---

① Bertolt Brecht, *Werke. Große kommentierte Berliner und Frankfurter Ausgabe*, Band 22: *Schriften 2. Schriften 1933–1942*, S. 81.
② Ebenda, S. 81–82.
③ Ebenda, S. 81.

三

布莱希特对孔子及其学说的浓厚兴趣最为集中的一次表现则是他20世纪40年代创作的未完成戏剧《孔夫子的一生》(*Leben des Konfutse*)。该剧的构思和计划形成于布莱希特1939—1941年流亡北欧期间,主要参考和使用的汉学资料为英国汉学家亚瑟·魏理(Arthur Waley,1889—1966)所译的英文《论语》与美国驻华记者、作家兼商人卡尔·克劳(Carl Crow,1883—1945)所撰写的孔子传记及其德译本。1939年5月22日一位名叫弗雷德里克·马尔特内尔(Fredrik Martner,1914—1980)的丹麦记者送给布莱希特一本1938年在伦敦出版的由魏理翻译的《论语》英译本。布莱希特随即对该书展开细致研读。在布莱希特遗留下来的私人藏书中就保存有这本书,书中随处可见布莱希特本人的亲笔批注和感想。[1] 在1940年1月初写给马尔特内尔的信中,布莱希特甚至对孔子学说的命运发出如下感叹:"这位伟大的道德教师最终收获的道德何其之少,最终收获的对'崇高理想'的征引又是何其之少,如果人们想想他的这些遭遇,那么,人们对我们今天所处时代的没落状况就会看得更为清楚一些。"[2]1940年底,布莱希特又读到了一本可读性很强的孔子传记,即克劳1938年在伦敦和纽约同时出版

---

[1] *Die Bibliothek Bertolt Brechts. Ein kommentiertes Verzeichnis*,hrsg. vom Bertolt-Brecht-Archiv, S. 331－332.
[2] Bertolt Brecht,*Werke. Große kommentierte Berliner und Frankfurter Ausgabe*,hrsg. von Werner Hecht, Jan Knopf, Werner Mittenzwei, Klaus-Detlef Müller, Band 29：*Briefe 2. Briefe 1937－1949*,Berlin,Weimar：Aufbau-Verlag,Frankfurt am Main：Suhrkamp Verlag, 1998, S. 161.

的《孔子》一书。该书1939年亦被译为德文并冠以《孔子,政治家、圣人、漫游者》的标题在德语区出版。对这本书的阅读再度引发布莱希特对这位中国哲学家和"至圣先师"的个性及人格的关注。1940年底—1941年初,布莱希特开始正式酝酿一部教育剧,即运用孔子生平题材来写一部儿童教育剧:"我正在读孔子生平。这书别提多有意思了!这位20岁的年轻人给诸侯收地租、收杂税。等他好不容易做到平生唯一一个较高的职位,就像歌德在魏玛那样,却又被那位诸侯所得到的妃嫔给排挤了。之后,他东奔西走达二三十年之久,不为别的,只是为了找到一个能够让他推行改革的诸侯。他处处被人嘲笑。临死的时候他认定,他这一生都是一个失败和错误。——所有这些最好是、必须是用幽默的方式来处理,并同时把他的学说——只要这个学说还显得睿智——就直截了当地穿插其中。光是他坚持如实记述鲁国历史的那一场,就足以让这个剧本值得一编。"[1]不过,遗憾的是,出于种种原因,布莱希特的这一计划和设想却最终未能完全实现,只留下了标题为《一锅姜》(*Der Ingwertopf*)的一场和一些片断及笔记。

《一锅姜》这一场的剧本以孔子自报家门开始:"我是孔,是一位孔姓兵士之子。我爹生活贫困,潦倒而死。我娘教导我憎恶一切暴力。就我这个年龄而言,我可是力大无比,只要我愿意,一眨眼的工夫,我就能把我的同学们全都撂倒在地。但是我娘说,肌肉

---

[1] Bertolt Brecht, *Werke. Große kommentierte Berliner und Frankfurter Ausgabe*, hrsg. von Werner Hecht, Jan Knopf, Werner Mittenzwei, Klaus-Detlef Müller, Band 26: *Journale 1. 1913–1941*, Berlin, Weimar: Aufbau-Verlag, Frankfurt am Main: Suhrkamp Verlag, 1994, S. 440.

的力量并不重要,重要的是理智的力量。她还告诉我说,没有什么魔鬼,也没有什么妖怪和龙,这里有人是相信妖魔鬼怪的吗? 为什么不可能存在这些东西,所有五种理由我统统知道。"①自述之后,伙伴们要孔子一起玩球,但最终还是被孔子说服,改玩一个礼仪训练的游戏。孔子将一锅生姜假设为传说中的古代先王对于其功臣的犒赏,自己则以臣子的身份作出示范,告诉大家应该如何从先王那里接受赏赐才算合乎礼仪,才算举止得体:"首先我鞠躬。就像这样。然后我用双手推辞所赐之物。看,就这样。以此我表示出,我觉得这个赏赐太重,担当不起。而当炎王再次把锅递给我时,我就应该把它接住了,当然事先还应再次鞠躬,以此表明,我之所以收下这只锅,仅仅只是为了服从他,听他的话。但是,我又该如何接过这锅姜呢? 急不可耐地吗? 像一头猪扑向一个槲果那样吗? 不,应该镇定自若、稳重沉着地去接,他边说边做,几乎就好像是并不十分在乎的样子,尽管内心充满敬意和珍重。我处之泰然地把手伸进锅里,……而且还是用两根指头捏住我能看到的最小的一片生姜,微笑着把它送入口中。"②然而,游戏的最后,孔子的示范却没有达到预期的效果。伙伴中年龄较大的两个一再耍赖,只吃生姜,不守礼节。其中一位最小的伙伴尽管出色地完成了孔子示范的一整套动作,可待他有空去取姜时,却发现姜锅早已空空如也。孔子于是由此认识到:"为了能在吃完一锅生姜之前保持庄严的克

---

① Bertolt Brecht, *Werke. Große kommentierte Berliner und Frankfurter Ausgabe*, hrsg. von Werner Hecht, Jan Knopf, Werner Mittenzwei, Klaus-Detlef Müller, Band 10: *Stücke 10. Stückfragmente und Stückprojekte. Teil 2*, Berlin, Weimar: Aufbau-Verlag, Frankfurt am Main: Suhrkamp Verlag, 1997, S. 888 – 889.
② Ebenda, S. 890 – 891.

制,有两点是必要的。首先是要有礼节意识,其次还得要有满满一锅姜。"①随后,这场戏以孔子和那位没有吃上姜的小伙伴在音乐伴奏下展开的一段合唱告终:

> 生姜太少!
> 礼节太少!
> 尊严好美,
> 生姜好甜。②

《一锅姜》这一场里所交代的孔子出身、身体状况和精神气质以及政治、伦理主张基本都符合历史事实。就孔子的出身而言:孔子祖先原为宋国贵族,后家道败落,直至孔子父亲叔梁纥以武士身份参战立功才收复一点名气,如在公元前563年的逼阳之战中,叔梁纥以孟献子属下武士身份参战,入城时悬门突然放下,叔梁纥手托悬门,使入城战士得以安全撤出。据《孔子家语·本姓解》载:叔梁纥"其人身长十尺,武力绝伦"。③叔梁纥参战归来年龄已60有余,与颜徵在"野合"而生孔子,约在孔子3岁时去世,孔子只能与母亲相依为命,所以孔子说:"吾少也贱。"(《论语·子罕》)至于

---

① Bertolt Brecht, *Werke. Große kommentierte Berliner und Frankfurter Ausgabe*, hrsg. von Werner Hecht, Jan Knopf, Werner Mittenzwei, Klaus-Detlef Müller, Band 10: *Stücke 10. Stückfragmente und Stückprojekte. Teil 2*, Berlin, Weimar: Aufbau-Verlag, Frankfurt am Main: Suhrkamp Verlag, 1997, S. 892.

② Bertolt Brecht, *Werke. Große kommentierte Berliner und Frankfurter Ausgabe*, Band 10: *Stücke 10. Stückfragmente und Stückprojekte. Teil 2*, S. 892.

③ 孔范今、桑思奋、孔祥林主编:《孔子文化大典》,中国书店1994年版,第1—2页。

俎豆之戏,据《史记·孔子世家》所载:"孔子为儿嬉戏,常陈俎豆,设礼容。"孔子童年最喜欢的游戏是把祭祀时盛放祭品所用的方形、圆形器皿摆设出来,模仿大人磕头习礼。再说孔子适周问礼:孔子曾前往周朝考察礼仪文物制度,此举令孔子声望大振,四面八方前来求师学礼者络绎不绝。① 最后,也是这一场最重要的情节支撑背景之一——孔子吃姜也是完全有据可查的史实。《论语·乡党》在论及孔子的生活习惯时便有说到"不撤姜食"②。卫礼贤在其《论语》德译本中把这句话翻译为:"他吃饭的时候总是少不了生姜。"③布莱希特所参考的汉学资料——克劳所著《孔子》一书原文为英语,1939 年由霍夫曼翻译为德文。对于孔子吃姜,克劳的英文原著是这样描述的:"只在一个特别小的细节上她会有所放松,表现出一位母亲在满足她孩子的热望时所特有的软弱。这个小男孩养成了一种爱吃辛辣生姜的口味,她于是就经常在一日三餐之间给他姜吃,这种东西虽然算不上什么山珍海味,却也被证明是具有温和的医疗价值,能够促进消化。他一生都喜欢啃食生姜,而且他一生也都非常讲究饮食,只吃健康卫生和精心烹调的食物。"④文中的"她"即孔子的母亲。相应地,霍夫曼的德译本中则是这样描述的:"这个小男孩开始喜欢上辛辣的生姜的味道,而他母亲也常常在三餐之间给他生姜吃,尽管生姜与其说是一种食品,倒不如说是

---

① 孔范今、桑思奋、孔祥林主编:《孔子文化大典》,中国书店 1994 年版,第 5 页。
② 杨伯峻:《论语译注》,中华书局 1980 年版,第 103 页。
③ *Konfutse. Gespräche*（*Lun Yü*）, aus dem Chinesischen verdeuscht und erläutert von Richard Wilhelm, S. 101.
④ Carl Crow, *Master Kung: The story of Confucius*, New York: Tudor Publishing Co., 1937, p. 54.

一种美味小吃,人们一般都认为它有助于消化。孔子一生都喜欢啃食生姜。"①在布莱希特非常熟悉的魏理所译英文版《论语》里,对《乡党》一篇中的"不撤姜食"也进行了与原意大致相符的翻译:"遇有上面撒了姜的食物,他就会放开肚子去吃。"②

总之,孔子精神的本质特点和儒家学说的基本要义,布莱希特在创作过程中都做到了准确传达,也基本是符合历史事实的。当然,形似并非布莱希特的目的,他的真正用意其实是要中为洋用,借古喻今。从作品形成史来看,这部以孔子为题材的教育剧的构思与创作时间正好也是布莱希特积极探讨知识分子问题、精神和权力关系问题、政治和美学问题等一系列重大现实问题的时期,所以,布莱希特在这些重大问题上一贯所持的基本观点也都一定程度地从这个剧本的断章残篇以及相关笔记中折射出来,如在1941年1月14日的日志中,布莱希特认为孔子失败的原因在于他"想要在新的基础上复制古老的礼仪举止"③;再如布莱希特1939年开始同期进行创作的《四川好人》中所暗含的那种"让人吃饱,再讲道德!"④的观念同《一锅姜》结尾处的总结又是何其相似!

综上所述,通过对布莱希特从20世纪20—40年代近30年间

---

① Carl Crow, *Konfuzius: Staatsmann - Heiliger - Wanderer*, übers. aus dem Amerikanischen von Richard Hoffmann, Berlin-Wien-Leipzig: Zsolnay, 1939, S. 53.
② *The Analects of Confucius*, translated and annotated by Arthur Waley, New York: George Allen & Unkin, 1938, p. 149.
③ Bertolt Brecht, *Werke. Große kommentierte Berliner und Frankfurter Ausgabe*, Band 26: *Journale 1. 1913-1941*, S. 456-457.
④ 参见俞匡复:《布莱希特》,四川人民出版社2002年版,第155—156页。

吸收借鉴孔子及儒家学说的主要情况进行梳理和考察,我们有理由认为,孔子及儒家学说对布莱希特文学创作和文艺思想的影响是明显存在的。尽管布莱希特在接受孔子及儒家思想乃至整个中国传统文化的过程中表现出实用主义色彩,但这也是任何借鉴古代传统和外来文化过程中所不可避免的现象,如果仅据此就否认他所受到的中国思想和文化的影响,这显然是不能令人信服的。[①]而在检视布莱希特和中国文化的关系问题上,主要以德语写作的英国犹太作家、1981年诺贝尔文学奖得主埃利亚斯·卡内蒂(Elias Canetti, 1905—1994)在其30年前所写的那篇论说布莱希特的文章中就此所作的评价,姑且抛开其世界观的偏见和对布莱希特的妒意来看,今天读来倒是依然十分中肯的:"他对人评价不高……他尊敬那些对他持久有用的人,另外那些人,只要他们能够强化他那有些乏味的世界观,也能够得到他的重视。他的这种世界观越来越多地决定着他的戏剧的性质,但他在诗歌上……后来……却在中国人的帮助下找到了一种智慧。"[②]

其实,不单是在文艺作品当中,布莱希特对孔子这位中国古代最著名思想家的偏爱还表现在具体的现实生活当中。布莱希特藏有一幅孔子的卷轴画像,在他流亡国外期间,不论走到哪里,他都会把这幅画像带在身边,而且始终都要挂在他房间的墙上。等他战后回到东柏林定居时,这幅画已经由于几经颠沛流离而破损严重。为此,布莱希特甚至不怕麻烦,特意请来柏林剧团的一个搞布

[①] 参见俞匡复:《布莱希特论》,上海外语教育出版社2002年版,第51—52页。
[②] Elias Canetti, *Die Fackel im Ohr. Lebensgeschichte 1921 – 1931*, München und Wien: Carl Hanser Verlag, 1980, S. 257.

景道具的舞台管理人员对该画进行修缮,而为了对这位工作人员所做的这项"挽救孔夫子"的工作表示感谢,布莱希特还亲自题名赠送了自己的一本书给人家。①

(原载《中国地质大学学报(社会科学版)》
2012年第1期,第125—131页)

---

① 参见 Renata Berg-Pan, *Bertolt Brecht and China*, Bonn：Bouvier, 1979, S. 17。

从《王伦三跃》看德布林儒道并重的汉学基础

现当代德语经典作家阿尔弗雷德·德布林的"中国小说"《王伦三跃》是德语文学对中国接受史上的重要里程碑。不少学者在探讨德布林与中国传统文化的关系时往往把他和道家的关系定性为"崇尚",而把他和儒家的关系定性为"对抗"。笔者认为,这种"尚道批孔"论无论是从现代叙事理论及文本分析的角度,还是从同时代汉学发展的角度,都可以被证明是片面和有害的;德布林在《王伦三跃》中对儒家和道家的态度是兼收并蓄和兼容并包,而不是厚此薄彼和非此即彼。本文将主要从19—20世纪德国及西方汉学发展的层面来证明上述观点。

阿尔弗雷德·德布林的早期成名作《王伦三跃》是德语文学对中国接受史上的重要里程碑。透过德布林的这部"中国小说"来考察德布林和中国传统文化之间的交互关系长期以来成为德布林研究界的一个较为热门的话题。不过，国内外研究者较多关注德布林对道家思想的接受，对他和儒家思想的关系则重视不够。即便是二者兼顾的研究，也大都热衷于把德布林和道家的关系定性为"崇尚"，而把德布林和儒家的关系定性为"对抗"。[①] 针对这种颇为流行的"尚道批孔"论调，笔者之前已经尝试从现代叙事理论和内在文本分析的角度撰文论证过其片面性和有害性，指出德布林在《王伦三跃》中对儒家和道家的态度是兼收并蓄和兼容并包，而不是厚此薄彼和非此即彼。[②]

在本文中，笔者打算再从另外一个角度，即主要从作家所处时代——19世纪末、20世纪初德国及西方汉学发展的层面，通过考察德布林创作该部长篇小说时所研习和化用过的主要德文和英文汉学原始资料，来继续坚持和证明笔者的上述观点。

一、中国传统文化的定义

在具体展开论证之前，笔者先对中国传统文化及其主要特点进行一个简单的界定，以便为后续行文提供基本的概念参照和背

---

① 参见 Fang-hsiung Dscheng, *Alfred Döblins Roman „Die drei Sprünge des Wang-lun" als Spiegel des Interesses moderner deutscher Autoren an China*, Frankfurt am Main：Peter lang, 1979, S. 140－224。参见 Jia Ma, *Döblin und China*, Frankfurt am Main：Peter lang, 1993, S. 78－91。参见 Fee Zheng, *Alfred Döblins Roman „Die drei Sprünge des Wang-lun"*, Frankfurt am Main：Peter lang, 1991, S. 49－65。
② 参见本书第一篇文章。

景铺垫。

　　文化就其内涵而言可以分为广义文化和狭义文化两种。广义文化指的是人类在社会生产实践过程中所获得的物质和精神的生产能力以及所创造的全部物质和精神成果的总和。狭义文化一般指的是包括诸如哲学、宗教、历史、文学、艺术等社会意识形态在内的精神的生产能力和精神产品。① 本文所指的文化则主要属于狭义文化的范畴。按照学界的普遍看法，所谓中国传统文化指的就是1840年鸦片战争爆发之前的中国古代文化。②

　　中国传统文化博大精深，源远流长，海纳百川，有容乃大，主张和而不同，追求天下大同。中国传统精神和文化具有强大的开放性和包容性。"历代王朝在异族人不干预其政治的前提下，都一贯提倡'中外一体'，对异族、异教一般都兼容并蓄"，中华民族总是能够以恢宏气魄面对所接触的任何民族，"总是能够同别人和别的民族和睦相处，最后融为一体"，中华民族所具有的这种"宽宏大度、取人所长、平等待人"的优良传统在世界历史上十分少见，这也正是中华民族传统精神和巨大力量的表现。③

　　而中国传统文化就其观念形态来看又主要是由儒家、道家和佛教所构成，尤以儒家和道家为重。④ 儒家和道家是中国传统哲学中的两大主要流派，以孔子及其弟子为宗师的儒家是古代中国社

---

① 参见商聚德、刘荣兴、李振纲主编：《中国传统文化导论》，河北大学出版社1996年版，第1页。
② 同上。
③ 吴泽霖：《犹太民族历史画卷的一幅重要画面》，《读书》1983年第2期，第39—40页。
④ 参见葛荣晋：《儒道智慧与当代社会》，中国三峡出版社1996年版，第1页。

会占据统治地位的意识形态,是中国文化的核心和主体,正如张岱年先生所指出的那样,"中国文化的基本精神来自儒家哲学",而由老子所奠定的道家则起着补充作用。①

儒家和道家的核心思想存在明显不同:儒家崇尚仁政,强调伦理道德和人的主体性,倡导有为和积极入世的人生态度;道家则主张无为而治,强调顺应自然,具有自然主义色彩和消极出世倾向。但儒道两家也有诸多共同之处,如两家都追求"天人合一"的最高境界,倡导人道主义和精神发展等。简言之,儒家文化和道家文化既有相同点,又有不同点,既相互对抗,又相互影响,从而形成了中国文化从自然到人生的互补的结构体系。② 在悠久的中国历史中,道家有时以儒家反对派的面貌出现,因而儒道两家之间存在着"激烈的矛盾和冲突",但两家又有着"互相渗透、互为补充的复杂关系",总的来看,在整个中国文化的发展过程中,儒道两家的这种互补关系是第一位的,是主要的,它们的矛盾和冲突则是居于第二位的,是次要的。③

二、德布林了解中国传统文化的途径与程度

对于包括儒道两家之间这种复杂的相互关系在内的中国传统文化总体特征,德布林通过深入密集的汉学研习谙熟于心。尽管德布林本人不懂中文,也从未到过中国,但为了保证他的"中

---

① 张岱年:《文化与哲学》,教育科学出版社1988年版,第8页。
② 参见葛荣晋:《儒道智慧与当代社会》,第1页。
③ 参见中国孔子基金会编:《中华儒学百科全书》,中国大百科全书出版社1997年版,第293—294页。

国小说"《王伦三跃》能够名副其实,德布林以科学家的严谨和文学家的热情展开了一系列广泛研习中国国情和传统文化的工作与活动。

德布林了解中国的第一个途径是向当时熟悉和了解中国的作家同行和知识界同人,如作家阿尔伯特·埃伦斯坦和哲学家马丁·布伯虚心求教,请他们介绍文献并听取他们的意见。犹太宗教哲学家布伯是德国文化生活中的重量级人物,正是他倡导和推动了那个时期不断涌现的内心化运动和寻找存在之根的潮流。正如有学者所指出的那样,布伯对中国的关注在20世纪初的德国是具有时代风向标作用的。[1] 布伯认为道家的某些思想和他本人的一些观念十分契合。布伯1910年发表了《庄子的谈话和寓言》(*Reden und Gleichnisse des Tschuang-Tse*)一书,这是一个德文选译本,其蓝本为英国汉学家翟理斯(Herbert Allen Giles,1845—1935)、理雅各(James Legge,1815—1897)和德裔美国哲学家卡鲁斯(Paul Carus,1852—1919)等人的《庄子》英文译介。[2] 布伯从中选译了54篇谈话和寓言,并在其选译本的后记里对道家学说进行了十分宽泛的充满宗教和神秘意味的解读与评价。布伯的这个选译本在当时很受欢迎,1921年时就已经出了第四版。这个选译本影响了好几位作家,如德布林就把它当作了解道家思想的入门读物。此外,布伯也对德布林写作《王伦三跃》亲自给予了帮助和指导,如他向德布林提供有关汉学文献的信息,对《王伦三跃》总体结

---

[1] 参见 Ingrid Schuster, *China und Japan in der deutschen Literatur 1890 – 1925*, Bern und München: Francke Verlag, 1977, S. 86。

[2] 参见上书,S. 156。

构的改动提出了一些技术性的建议和修改意见等。① 在介绍中国思想文化方面,布伯除《庄子的谈话和寓言》一书外,还马不停蹄地在接下来的1911年出版了他选译的《中国神怪和爱情故事》一书,反响也是相当好,受到了包括黑塞在内的诸多德语作家的热烈欢迎和积极接受,尤其是其中译自《聊斋志异》卷五《莲花公主》、德文标题另译为《梦》的一篇还被许多作家作为文学素材化用到了各自的创作当中。② 除布伯外,来自维也纳的表现主义左翼作家兼诗人埃伦斯坦亦以创作中国素材作品和翻译中国诗歌著称。埃伦斯坦1912年开始居住在柏林,并于同年发表了一部叫作《大清》的"中国小说",德布林因此而慕名前来向他讨教获取中国资料的渠道。正是通过他的指点,德布林方才得知布伯中国知识丰富,于是便在1912年8月18日写信给布伯,恳请帮忙:"埃伦斯坦先生跟我说,您大概率知道或拥有关涉中国宗教或哲学之类的知识或书籍。如果您能把您知道的告知于我,我将感激不尽;我正趴在桌子上写一本中国小说,正在搜集我能够搜集到的一切资料(尤其是关于教派的,关于道教的)。"③此后不到两个月,他又写信请布伯为他"正在创作中"的长篇小说推荐有关中国的文献:"我需要各种各样的中国资料,以保证我的环境描写万无一失。只要有办法弄到手的,我都读过了。但我很可能还有不少遗漏。习俗描写,日常生

---

① 参见 Ruixin Han, *Die China-Rezeption bei expressionistischen Autroen*, Frankfurt a. M.: Peter Lang, 1993, S. 106 – 107。
② 参见 Ingrid Schuster, *China und Japan in der deutschen Literatur 1890 – 1925*, S. 135 – 136。
③ Alfred Döblin, *Briefe*, München: Deutscher Taschenbuch Verlag, 1988, S. 57 – 58.

活事物，特别是18世纪（乾隆时期）的散文作品；这些对我当然是多多益善。"①德布林还在信中向布伯打听乾隆传记以及研究王伦领导的清水教起义的专著。鉴于他有太多的问题要问，而又嫌写信的方式太慢，德布林甚至在此信收尾处迫不及待地要求和布伯直接找家咖啡馆见面，以便布伯能够面授机宜，解他燃眉之急。②

除了直接求助于熟悉中国文化的知识精英，德布林了解中国的第二个途径则是参观博物馆、泡图书馆和档案馆。根据德布林自己所说，他曾多次参观柏林的几家民俗馆和博物馆，多次到各个档案馆和图书馆大量查阅相关文献资料。③ 德布林研习中国的这种强度和密集程度反映到他的小说里就是他对中国的描绘，正如德布林研究专家约亨·迈耶（Jochen Meyer, 1941— ）所说的那样，"常常几乎精准到令人不免产生幻觉的地步"④。1978年由德国文学档案馆举办的纪念德布林100周年诞辰展览中所展出的第76号展品，就是当时正在搜集资料的德布林从柏林皇家图书馆阅览室给他即将年满周岁的儿子彼得所写的一张明信片，明信片的邮戳为"1913年10月9日柏林"，大致内容是让小家伙要听话，"放乖些，爸爸正忙着读书呢"。⑤ 而1913年正好就是德布林创作完成《王伦三跃》的关键时期，德布林忙着查阅的书籍也就是用于小说

---

① 参见 Alfred Döblin, *Briefe*, München: Deutscher Taschenbuch Verlag, 1988, S. 58.
② 参见上书, S. 59。
③ 参见 Alfred Döblin, *Zwei Seelen in einer Brust. Schriften zu Leben und Werk*, München: Deutscher Taschenbuch Verlag, 1993, S. 29。
④ Jochen Meyer, *Alfred Döblin 1878–1978. Eine Ausstellung des Deutschen Literaturarchivs im Schiller-Nationalmuseum*, 4., veränderte Auflage, Marbach am Neckar: Deutsche Schillergesellschaft, 1998, S.133.
⑤ 参见上书。

创作的有关中国的西文资料。

德布林了解中国的第三个途径则是大众传媒。德布林阅读了那个时期为数众多的登载在报纸和杂志上的有关中国的游记、新闻报道和时事文章,并同时进行了详细记录和摘抄。例如,德布林决定创作一部中国小说的最初灵感便是来自他从报纸上看到的一则讲述中国淘金工人在西伯利亚勒拿河畔起义并遭到沙皇军队血腥镇压的新闻报道。① 又如,《王伦三跃》初稿中引子部分出现的"唐绍仪"这个名字也是源于一个真实的历史人物,德布林是在看了当时的新闻报道——登载在1908年的《德文新报》(1886年创刊于上海的德文报纸)上的新闻"唐绍仪在德国"之后,摘录出来用到小说原定的开头一章里的。唐绍仪(1862—1938)是清末民初政治活动家、外交家,作为第三批留美幼童在美国学习七年后回国效力清廷,从事外交和海关事务,受到袁世凯重用。1908年底还曾以清廷特使身份前往德国柏林"促进计划中的中德同盟"②。1912年3月中华民国第一届内阁成立,临时大总统袁世凯任命唐绍仪担任首任国务总理。③ 作为辛亥革命前夕清末官员的一个活生生的代表,德布林把他的名字放置到小说里派上用场,用来刻画小说里的一个腐败狡黠的文官——山海关道台这一人物。④ 而唐绍仪晚年

---

① 参见 Walter Muschg, „Nachwort des Herausgebers", in: Alfred Döblin, *Die drei Sprünge des Wang-lun. Chinesischer Roman*, S. 481-502, hier S. 481。
② 杨凡逸:《折冲内外:唐绍仪与近代中国的政治外交(1882—1938)》,东方出版社2016年版,第89页。
③ 同上书,第123页。
④ Alfred Döblin, *Der Überfall auf Chao-lao-sü. Erzählungen aus fünf Jahrzehnten*, München: Deutscher Taschenbuch Verlag, 1982, S. 33.

因被疑投日而命丧斧钺的结局似乎也印证了德布林将其塑造为一个负面形象的先见之明。①

德布林了解中国的第四个途径可能是直接或间接接触过当时旅居德国的中国人或留学生。之所以如此判断,是因为德布林1930年版的《袭击兆老脊》这篇短篇小说单行本的封皮上就写着"王伦三跃记"几个中国毛笔字,从字体来看,分明只能是具备一定书法功底的中国人才写得出来。而这个短篇德布林最初又是准备给《王伦三跃》作楔子用的,后因出版需要才最终取消。由此可以推知,某个懂德文的中国人曾经帮助德布林翻译过该小说书名。另外,德布林曾经求教的布伯和埃伦斯坦也都曾分别得到过中国人的帮助。布伯在研究中国神怪和选译蒲松龄小说《聊斋志异》的过程中就曾得到过一位名叫"王青韬"(音译)的中国人的"友好指教"和"帮助"。② 埃伦斯坦在改编中国四大名著之一的《水浒传》时也曾找过一位名叫"安大国"(音译)的中国文人帮忙,请后者把《水浒传》的内容先逐字逐句从中文翻译为德文,然后埃伦斯坦再以此翻译为基础创作完成了他自己的小说作品《强盗和士兵》。③

当然,说千道万,德布林认识和了解中国的最重要和最可靠的途径最终还是非专业汉学书籍莫属。德布林搜集和查阅了大量的汉学文献,尤其是深入研读了当时西方汉学领域里的权威之作。

---

① 杨凡逸:《折冲内外:唐绍仪与近代中国的政治外交(1882—1938)》,第5页。
② Martin Buber, „Vorwort", in: *Chinesische Geister- und Liebesgeschichten*, in deutscher Auswahl von Martin Buber, mit 17 chinesischen Holzschnitten, 2. Auflage, München: Deutscher Taschenbuch Verlag, 1993, S. 7–17, hier S. 9, S.17.
③ 参见 Ruixin Han, *Die China-Rezeption bei expressionistischen Autoren*, S. 119–120.

三、德布林借鉴的西方汉学名著

对于通过上述途径搜集到的各类资料，德布林或用铅笔、或用墨水笔进行了记录和摘抄，也有一部分通过油印进行了复制，各类笔记和复制汇集在一起数量相当可观，仅是保存至今的就有一大捆卷宗，研究人员从中不仅得以一窥德布林非凡的吸纳和化用海量信息的能力，同时也得以切实体会通过这种搜集资料的创作方式所反映出来的、为德布林所特有的一种创作美学模式，也就是一种全新的文学创作手法上的突破，德布林日后一系列长篇小说创作的"知识诗学"范式便由此开启。[1]

德布林的记录往往体现出"学究式的精确"[2]，这与他早年攻读医学博士学位时所接受的学术训练十分吻合。这些记录的内容涉及中国社会、历史、文化、国情等方方面面：动植物、珠宝玉石、地形地貌、城市、祭孔仪式、和尚道士着装、祭祀用品、博彩游戏、乐器、中草药、军事术语，对寺庙、节日、习俗和宗教观念的介绍，对国家各级行政治理和学衔等级的描写，乃至对皇宫中太监的描绘，记录得应有尽有，细致入微。而这些笔记大都写在各种各样规格的散页纸上，也有小部分是记录在信封上、诊所处方上以及图书馆的借书单上，这说明德布林几乎是在利用一切机会随时随地进行资料搜集。有的纸片上写满中国成语谚语，有的记着老子语录，还有一些则是李白、庄子和其他中国古代作家的作品节选，比如有一张纸

---

[1] *Döblin-Handbuch. Leben – Werk – Wirkung*, hrsg. von Sabina Becker, S. 43.
[2] Walter Muschg, „Nachwort des Herausgebers", in: Alfred Döblin, *Die drei Sprünge des Wang-lun. Chinesischer Roman*, S. 497.

片上赫然列着德布林抄录的一首乾隆皇帝诗作,另一张纸片上则记录了杜甫的一首诗歌,二者均可在正式出版的小说文本中找到明显对应。① 对于这些笔记,德布林还像写论文做研究卡片那样进行了编号和归类,比如有个保存下来的残破笔记本便是按字母编号,本子里面记满了形形色色的关键词与提示语,同时还对部分文献来源进行了说明,以便需要时能够快速找到相关资料。②

除了记录文字,德布林还抄录和绘制图片及表格。他用当时的油印法复制了不少地图和书籍插图,如中国省份图、紫禁城布局图和寺庙草图等,尤其是通过亲笔手绘的方式复制了多幅中国某一地区的地图,如1978年由德国文学档案馆举办的纪念德布林100周年诞辰展览中所展出的第77号展品就是德布林亲手抄绘的北京周边地区草图。③ 又如从德布林亲笔抄绘的埃米尔·布雷契耐德(Emil Bretschneider, 1833—1901)所著《北京平原及周边山区》(*Die Pekinger Ebene und das benachbarte Gebirgsland*, 1876)一书中所附的北京地区草图上,读者可以清晰分辨出图上用手写的、接近于今天汉语拼音拼写的多个地名,其中圆明园、昆明湖、顺义县、牛栏山、良乡县等地名最容易辨认,十分有趣的是,南苑这个地名上方还用德文标明"老猎场"字样。④ 德布林搜集材料的细致程

---

① 参见 Walter Muschg, „Nachwort des Herausgebers", in: Alfred Döblin, *Die drei Sprünge des Wang-lun. Chinesischer Roman*, S. 497–498。
② 参见上书,S. 498。
③ Jochen Meyer, *Alfred Döblin 1878–1978. Eine Ausstellung des Deutschen Literaturarchivs im Schiller-Nationalmuseum*, S.131.
④ 参见 Alfred Döblin, *Die drei Sprünge des Wang-lun. Chinesischer Roman*, hrsg. von Gabriele Sander und Andreas Solbach, München: Deutscher Taschenbuch Verlag, 2007, S. 564, S. 636–637。

度也由此可以窥见一斑,因为南苑以前就是元、明、清三个朝代的皇家园囿,为皇帝出游狩猎之地。再如,德布林在摘录《千字文》(其实很可能是1068字的《三字经》)德译本时也同时注意到书中的一幅"破瓜"插画,由此,《王伦三跃》第二章的标题为"破瓜"则可看作建立在占有翔实资料基础上的一种深思熟虑的叙事布局。此外,德布林还会亲自抄绘表格,进行归纳整理,如留存下来的记录中就有一份中国人名姓氏表和一份清朝官衔表,后表中还将从一品到九品的官衔及其对应的具有象征意义的服饰配饰如纽扣、刺绣图案、戒指等全都进行了一一罗列。①

从这些保留下来的卷宗中还可以看到,德布林所搜集资料的语言跨度不小,尽管他主要以德语文献为主,但却不止于此,还同时采纳了一定数量的英文和法文文献。如上述清朝官衔等级表便是从法语文献中抄录而来;又如在小说题为《黄土地的主人》的第三章里,被德布林大量引用的乾隆皇帝致第六世班禅额尔德尼·罗桑华丹益西(1738—1780)的信函内容及其文字细节,则是他摘录自英文文献——早期英国使团报告。②

根据德布林遗留下来的这些笔记资料,结合小说文本的具体内容以及其他各种佐证材料,德布林研究界经过多年的考据研究,确定了下列有关中国的书籍和资料对德布林创作他的"中国小说"《王伦三跃》贡献颇大,而其中又有几部著作可谓贡献巨大,它们分

---

① 参见 *Döblin-Handbuch. Leben‐Werk‐Wirkung*, hrsg. von Sabina Becker, Stuttgart: J. B. Metzler Verlag, 2016, S. 42。
② 参见 Walter Muschg, „Nachwort des Herausgebers", in: Alfred Döblin, *Die drei Sprünge des Wang-lun. Chinesischer Roman*, S. 498。参见 *Döblin-Handbuch. Leben‐Werk‐Wirkung*, hrsg. von Sabina Becker, S. 42。

别是：葛禄博的《中国文学史》《中国人的宗教与图腾》《北京民俗》《古代中国人的宗教》；高延的《教派和宗教迫害在中国》、六卷本《中国的宗教体系》；卫礼贤对中国哲学经典的系列翻译如《论语》《老子》《列子》《庄子》；普拉特的两卷本《满洲各民族》；恩斯特·波施曼的《普陀山——慈悲女神观音的圣岛》；卡尔·弗里德里希·科彭的《喇嘛教的等级制度和教会》；萨穆埃尔·图尔内尔的《班禅府之行》。① 这些权威书籍从各种不同角度，有时甚至是从针锋相对的立场出发对中国文化、宗教、哲学等进行介绍、分析和评价。下面分别以德布林实际研读并化用较多的四位著名汉学家普拉特、高延、葛禄博和卫礼贤的著作或译作及其前言为例来进行具体分析。

四、汉学家普拉特对中国人宽容的论述

约翰·海因里希·普拉特是19世纪德国汉学先驱，出身于汉堡的一个市民之家，青少年时代开始接触东方语言和文化。20岁后到哥廷根大学攻读神学专业，中文知识主要靠刻苦自学而来。普拉特博士毕业之后留在哥廷根大学任编制外讲师，主讲埃及学，同时也讲授关于中国文化与历史的课程。他这一时期撰写完成的两卷本巨著《满洲各民族》先后于1830年和1831年出版。此书至今仍受西方学者重视。可惜风华正茂的普拉特却因信奉自由派思

---

① 参见 Walter Muschg, „Nachwort des Herausgebers", in: Alfred Döblin, *Die drei Sprünge des Wang-lun. Chinesischer Roman*, S. 481 – 502, hier S. 481 – 483, S. 487, S. 497 – 499。参见 Fang-hsiung Dscheng, *Alfred Döblins Roman „Die drei Sprünge des Wang-lun" als Spiegel des Interesses moderner deutscher Autoren an China*, S. 192 – 201。

想而卷入1831年爆发的哥廷根自由派与保守派之间的政治斗争，不幸被判入狱12年。出狱后的他一度穷困潦倒，身体衰败，先后供职于慕尼黑和法兰克福的图书馆。1848年革命失败后，他移居慕尼黑，晚年因学识渊博而被推选为巴伐利亚科学院院士并在院刊上发表诸多关于中国古代文明与儒家经典的论文。他的由多篇论文组合而成的《孔子及其弟子的生活与学说》一书，以其丰富的史实与精湛的分析为德国汉学界所称道，对20世纪德国汉学的发展产生重要影响。① 普拉特早期研究成果《满洲各民族》是德布林创作《王伦三跃》的主要蓝本之一，晚年杰作《孔子及其弟子的生平与学说》则是德布林流亡期间编撰《孔子的不朽思想》一书的重要参考资料。

《满洲各民族》标题中的"各民族"按照普拉特在其作者前言中的解释，分别指的是建立辽朝的契丹族、建立金朝的女真族和建立清朝的由女真族发展而来的满洲族（1635年皇太极废除旧有族名"女真"，定族名为"满洲"）。② 全书讲述了从辽朝建立到清朝道光年间的满洲历史，尤其是十分全面、生动、翔实地记录了康熙、雍正和乾隆三朝的文治武功与盛世景象。尽管此书重点在于历史和战争叙事，但也十分注意补充有关"宗教、国家机构、正义维护、文学、语言之间内在关系"③的信息。仅就中国朝廷及其民众对待宗教的态度而言，普拉特就在书中反复进行了论说。他首先在前言

---

① 参见张国刚：《德国的汉学研究》，中华书局1994年版，第22—23页。
② 参见 Johann Heinrich Plath, *Die Völker der Mandschurey*, erster Band, Göttingen：in der Dieterischen Buchhandlung, 1830, S. VII‑VIII。
③ Ebenda, S. X.

中强调清朝皇帝对欧洲文化的兴趣远大于对欧洲宗教的兴趣,基督教在中国的传播是不成功的;与之相反的却是,满人对汉文化进行了全方位的接纳和吸收,完全"沉醉其中"。[①]而在论述康熙之后新继位的雍正皇帝对待基督教的态度时,普拉特这样写道:"他完全不是宗教狂热者或者是敌视基督教本身。他乐于让每种信仰都拥有自身价值,也乐于让每个异族人信其自身所信,但他希望,他们也应该让他的汉人和满人信其自身所信,而不要做有损于国家机构的事情。"[②]普拉特继而指出,雍正对待基督教传教的这种态度和原则也为乾隆所继承,但乾隆在处理传教士问题上总的来看则要比雍正表现得更加宽松一些。然而,即便如此,由于传教士内部始终纷争不断,最终还是导致乾隆不得不收紧政策,加大限制力度,直至禁教。[③]而在探讨乾隆1784年对甘肃回民叛乱进行镇压的原因和背景时,普拉特又通过与伊斯兰教进行对比,特意强调了中国人在宗教问题上所一贯持有的包容态度:"中国治下有很多信仰穆罕默德的人,他们在那里被称作回子。……中国人完全不会因为他们的这种信仰而去打扰他们,因为中国人生性宽容,犹太人、伊斯兰教徒、基督徒在他们那里能够以同样方式获取功名利禄,任何官职和荣誉,只要有,他们都同样可以获得。但狂热的穆斯林却不是这样的,他们甚至连自己人都容不下,如果这些人不是跟自己一个宗系的话,他们都要纯粹出于信仰的缘故而对之进

---

① 参见 Johann Heinrich Plath, *Die Völker der Mandschurey*, erster Band, Göttingen: in der Dieterischen Buchhandlung, 1830, S. X‑XI。

② Johann Heinrich Plath, *Die Völker der Mandschurey*, zweiter Band, Göttingen: in der Dieterischen Buchhandlung, 1831, S. 534.

③ 参见上书,S. 534‑535。

行迫害。"①普拉特的这种认为中国对待宗教是宽容的看法并非其本人自创,而是参考了深受康熙赏识的法国传教士巴多明(Dominiqu Parrenin,1663—1741)以及深得乾隆信赖的法国耶稣会士钱德明(Joseph-Marie Amiot,1718—1793)的著述。而比普拉特晚出生半个世纪的另外一位欧洲汉学家杨·雅各布·玛利亚·德·格罗特,中文名高延,也同样在其早期论述中国民间宗教的著作中表达了类似的看法。事实上,德国大哲康德(Immanuel Kant,1724—1804)早在18世纪下半叶便已在其自然地理学讲义中谈到过中国人对待宗教的淡然态度,认定中国不存在宗教狂热:"这里对待宗教的态度相当冷淡。很多人不信任何神;另有一些接受一种宗教的人也并不因此而多事。"②这种由耶稣会士、哲学家以及汉学家等知识精英普遍抱持的中国宗教自由论一直以来都是西方客观认知中国文化总体特征的一个较为主流的观点。也正因如此,这种观点后来还在西方探讨义和团运动爆发根源以及谴责八国联军对义和团进行镇压方面发挥了重要的理论指导作用。③ 当然,义和团运动也促使一些人的看法发生改变,前面提到过的学者高延便是其中的一个典型例子。

五、汉学家高延和葛禄博对儒道关系的论述

高延是荷兰著名汉学家。1873—1876 年他在莱顿大学学习汉

---

① Johann Heinrich Plath, *Die Völker der Mandschurey*, zweiter Band, Göttingen: in der Dieterischen Buchhandlung, 1831, S. 689.
② Immanuel Kant, „China. Gesamtdarstellung. Diktattext", in: Helmuth von Glasenapp, *Kant und die Religionen des Ostens*, Kitzingen am Main: Holzner Verlag, 1954, S. 83 - 90, hier S. 88.
③ 参见 J. J. M. de Groot, *Sectarianism and religious persecution in China. A Page in the history of religions*, in two volums, Vol. I, Amsterdam: Johannes Müller, 1903, p. 1 - 2。

学,毕业后到荷属印度担任口译员。1877—1878年高延前往福建省旅行并考察中国南方民俗和生活方式,五年后出于健康原因放弃口译工作,返回荷兰。1884年高延在德国莱比锡获得博士学位,1886—1890年他获准第二次前往中国研究习俗,利用这次机会他从厦门穿行至南京,一路探寻中国宗教和民俗根源。他以此为中心研究中国所取得的成果逐渐令他声名鹊起,1888年他入选阿姆斯特丹科学院院士,1891年成为莱顿大学民族学讲席教授,1902年美国哥伦比亚大学和德国柏林大学竞相邀请他前往讲授汉学,但均被他拒绝。他继续留在祖国荷兰,于1904年转为汉学讲席教授,重点研究中国宗教和历史,著述颇丰。1911年他最终决定接受柏林大学的再度邀请,前往任教,1912年正式履职并于同年入选柏林科学院院士。第一次世界大战期间,思想保守的高延无条件站在德意志帝国一边,还把收入的一半拿出来做慈善。高延此后一直客居柏林并于1921年在当地去世。① 高延以研究中国宗教著称,他的代表作是1892—1910年陆续发表的六卷本巨著《中国的宗教体系》和1903年发表的两卷本《教派和宗教迫害在中国》。如前所述,这两部用英文撰写的专论都是德布林创作《王伦三跃》的重要蓝本。值得注意的是,高延来柏林任教的1912年恰好是德布林开始密集搜集资料并撰写其"中国小说"的关键时间节点,不排除德布林当面向高延请教的可能。倘若如此,那么研究界之前一直百思不得其解的问题,即英语不够好的德布林到底是如何能够大面积引用高延的英文原著并转换为德文的,似乎就可以迎来解决的曙光了。

---

① 参见熊文华:《荷兰汉学史》,学苑出版社2012年版,第130—136页。

高延凭借其对中国宗教状况的长期研究提出"整体主义"（Universismus）的概念，以此强调儒释道三教的融合一体。但1900年义和团运动爆发之后，高延对中国宗教的认识开始发生很大改变。1903年出版的《教派和宗教迫害在中国》便是在这一背景下急就章式地出版的一本专著，目的是为八国联军镇压义和团张目，对19世纪末期以来发生在中国的针对西方传教士的暴力攻击及其动因进行强盗逻辑式的理论阐释。① 在此书中，高延决意站在西方传教士一边，做传教士吹鼓手，一心要为传教士歌功颂德，因而在该书的前言中，高延上来便露骨地宣称要收回他之前坚持多年的、其实是比较客观公允的信念和判断——"对中国宗教自由的笃信不疑"，不止于此，他甚至还要再迈出一大步，来它个一百八十度大转弯，来它个彻底反转，完完全全、彻彻底底地只把中国作为世界上"最不宽容、宗教迫害最严重"的国家来呈现。② 高延毫不讳言地告诉他的读者，他尤其反对当时西方流行的认为在中国儒释道这三大宗教是三教合一、"和谐共生"③的看法。更有甚者，高延还处心

---

① 1897年11月，在当时山东曹州府的巨野县发生群众反教会斗争，打死两名作恶多端的德国传教士，史称"巨野教案"。蓄谋已久的德国借机派兵舰占领胶州湾。1898年3月，清廷被迫与德国签订"胶澳租界条约"，同年4月27日，德皇威廉二世正式宣布胶州湾为德意志帝国管辖区。德国的侵略激起山东人民的反抗，各种反洋教的拳会组织传播开来。1899年这些拳会组织改称义和团，对外国教会势力进行了猛烈冲击。1900年7月，德国为镇压义和团运动派出一支由7 000人组成的海外远征队，威廉二世亲自到汉堡港送行并作了臭名昭著的"匈奴演说"。参见姚宝、过文英：《当代德国社会与文化》，上海外语教育出版社2002年版，第142—143页。参见王守中：《德国侵略山东史》，人民出版社1988年版，第86—96页，第139—152页。
② 参见J. J. M. de Groot, *Sectarianism and religious persecution in China. A Page in the history of religions*, p. 3。
③ Ebenda, p. 16.

积虑地对儒家进行了极为负面的评价,认定后者是国家正教,因而从一开始就以残酷无情和决不宽容的态度来对待诸如佛教徒和道教徒之类的其他宗教的信徒。[1] 为了对自己的这一观点作出所谓的有力证明,高延可谓挖空心思,无所不用其极,把一些但凡能够同所谓的"邪教和迫害"[2]沾上点边儿的段落与文字从儒家经典四书五经中专门搜罗出来,对它们进行断章取义式的肆意歪曲乃至篡改,其赤裸裸的殖民主义姿态和欧洲中心主义心态昭然若揭。即便如此,这位荷兰大汉学家、柏林大学讲席教授,终究还是没有能够对儒释道三教的密切关系,尤其是对儒道两家的共同归属性,完全做到视而不见的地步。例如,当涉及需要证明佛教作为外来宗教比本土的道教所受迫害更多且程度更为严重的时候,高延就会顾此失彼、自相矛盾地论说起儒道这两种中国本土哲学体系的相互渗透与交融,并且一点也不含糊地一并指出两者之间的诸多主要共同之处,也就是说,反动如高延者最终也还是不得不承认,儒道两家均是以"道或宇宙的进程,即一切善的本原"作为其共同的形而上学基础,两家在伦理方面也具有极大的相似性,都信仰一些古老的神祇,而且也都同样地重视"对祖先的崇拜"——祭祖。[3]

高延攻击中国宗教状况的这种极具倾向性的偏颇之言遭到了来自葛禄博的有力驳斥,后者同样也是在当时和如今的德国及欧洲均享有盛誉的一位德国汉学家。葛禄博早年师从著名汉学家甲

---

[1] 参见 J. J. M. de Groot, *Sectarianism and religious persecution in China. A Page in the history of religions*, p. 7-15。

[2] Ibid., p. 7.

[3] Ibid., p. 16-17.

柏连孜(Georg von der Gabelentz, 1840—1893),获得博士学位后经甲柏连孜推荐,于1883年出任柏林民俗博物馆东亚部主任,从此建立起该博物馆和柏林大学之间密切的联系。葛禄博著作等身。他是德国女真研究的开创者,1896年发表的《女真的语言和文字》(*Sprache und Schrift der Jucen*)一书历来都是相关方面的权威之作。不过,相比之下,他对中国文化与文学的研究建树更大,既翻译有《封神演义》,又著有《北京民俗学》和《中国文学史》。《北京民俗学》出版于1901年,是葛禄博1897年秋—1898年初春在华旅行考察的成果,颇受好评。《中国文学史》于1902年发表,后又再版,为德国第一部由专家撰写的中国文学史著作,代表了当时德国汉学的研究水平。此书一共由十章组成,厚达近500页:前九章讲先秦至唐宋时期的文学与哲学,先秦主要讲儒道典籍和屈原的《楚辞》,唐宋时期则讲唐诗宋词、朱熹理学和唐宋八大家的散文;最后的第十章专讲元代戏曲与明清小说。葛禄博在此书前言中开宗明义:这本文学史撰写的时代背景是德国攫取胶州湾、山东教案、义和团运动以及八国联军侵华等"近年来发生的一系列政治事件"所引发的德国国内对中国及其国民性的高度关注,但学界的兴趣点主要集中在社会政治和军事层面,对"最能代表中国精神生活本质的因素——文学"的研究反倒是少之又少,因此决定写一部"勉力填补空白"的中国文学史。[①] 葛禄博同时还兼任柏林大学副教授,他的遗著《中国人的宗教与图腾》,就是他1903—1904年在柏林大

---

① 参见 Wilhelm Grube, *Geschichte der chinesischen Litteratur*, Leipzig: C. F. Amelangs Verlag, S. VII。

学讲课的整理稿,也是一部影响深远的扛鼎之作。① 这里还有必要补充的一点是,德布林也正好是1900—1904年于柏林大学就读,学医之余广泛旁听各种人文社科课程和讲座,如此看来,德布林与葛禄博直接接触的可能性并不能排除。

葛禄博在其1910年发表的《中国人的宗教与图腾》一书中同高延展开争鸣,从学理上坚决地批判了以后者为代表的有关歪理邪说。葛禄博认为,高延在《教派和宗教迫害在中国》一书中的论证"一点也不成功"②。他的理由是,在中国,就算是要对各个宗教教派进行迫害,那么动机绝大多数情况下也都是政治的性质要多于宗教的性质本身,更何况各家学说之间所展开的斗争一般也都是"用笔",而不是"用剑"来进行。③ 葛禄博特别指出,清廷镇压基督徒的原因众多,其中的一个重要原因实则应该归结为传教士本身,正是这些传教士鉴于其自身招人痛恨的行为而咎由自取:"但凡通过亲眼所见来了解中国的人,但凡是看到过外国人如何在当地人面前招摇过市的人——就会,如果他的双眼还不至于被偏见所彻底蒙蔽的话,那么,他恐怕就会不得不遗憾地承认,这种充斥在这个帝国的每一个角落里的对于外国人的仇恨并非完全没有根据,因而也就不是完全没有道理。"④ 与此同时,葛禄博还作出了令人信服的进一步论证:孔子不是宗教创始人,儒家也不是一种宗教

---

① 参见张国刚:《德国的汉学研究》,第26—27页。
② Wilhelm Grube, *Religion und Kultus der Chinesen*, Leipzig: Rudolf Haupt, 1910, S. 11.
③ 参见上书,S. 11-12。
④ Ebenda, S. 11.

信仰,而是一个学派或学术观点,尽管儒家已经被正统化和典范化,但儒家却并不因此就排斥其他学说或学派;再者,作为这样一个已经被典范化了的学说,儒家并不认为自己享有唯我独尊的特权,也无意要求把自己奉为唯一正确的最高律条。① 在严密论证的基础上,葛禄博最终得出下述结论:正是由于中国人面对宗教时所表现出来的这种不敏感的、可有可无的态度,因此中国人的所谓宗教狂热便也"无从说起"②。总而言之,葛禄博在《中国人的宗教与图腾》一书中以其对中国古代文化的高度赞赏而旗帜鲜明地展现出了一种完全不同于殖民主义汉学家高延的看待中国和认识中国的态度与思路。

六、汉学家卫礼贤对儒道关系的论述

葛禄博的这种对中国的较为客观和积极的评价在卫礼贤那里得以延续和深化。卫礼贤是西方20世纪最重要的一位汉学家,好几代德国人所获得的中国知识都要归功于他,他在汉学方面所取得的卓越成就即便是在可以预见的将来也难以被超越。同葛禄博相比,卫礼贤对中国的评价更加正面,更加全面,也更加充满欣赏和崇拜之情。不仅如此,卫礼贤关注的重点同时也从宗教维度转向了哲学维度。由于他本人十分推崇孔子,有志于大力宣传儒家学说,故而他首先把孔子的《论语》翻译为德文并于1910年在德国出版。而在接下来的两年里,他又以惊人的勤奋、热情和才干连续

---

① Wilhelm Grube, *Religion und Kultus der Chinesen*, Leipzig: Rudolf Haupt, 1910, S. 9。

② Wilhelm Grube, *Religion und Kultus der Chinesen*, S. 9 - 10.

翻译出版了道家典籍《老子》《列子》《庄子》。他的翻译工作自身极为认真严谨不说，他还为每一个译本都配备了详尽的注释和科学性很强的前言、后记以及注疏评论，并在其中也同样有意识地对儒道两家错综复杂的交互关系进行了明晰的阐述。

在《老子》德译本的前言中，卫礼贤首先提到了广为流传的孔子和老子的相会，即我们耳熟能详的孔子适周问礼于老聃。他把这两位智者并称为中国古代的"两个焦点"[1]，称他们二位均是"一种古老的中国思想方向的延续"[2]。根据卫礼贤接下来的相关论述，儒道两家既有完全一致之处，又有截然对立之处，如在国家和社会政治问题上，两家其实在根本上是一致的，都对作为君主为政原则的"无为"给予高度重视和积极评价，两家都反对暴力、反对僵化教条地治理国家、反对干涉个人幸福；再者，两家也都把"道"及"德"等范畴用作各自经典中的核心概念。[3] 卫礼贤认为，儒道两家最大的区别在于二者对待文化的迥异立场和态度，两家在对待道德和礼仪的评判方面明显存在着"不可调和的矛盾"，比如在孔子这里占据中心地位的"礼"，却在老子那里被视为一种"堕落现象"。[4] 尽管如此，卫礼贤仍然继续通过把中国古代的这两位哲人和以德谟克里特、柏拉图及亚里士多德等哲学家为代表的古希腊思想体系进行比较，进而令人信服地指出中国思想与后者所走的道路完全不同，从而得出"老子和孔子都没有离开过人道主义的领

---

[1] Richard Wilhelm, „Einleitung", in: Ders. (Übers.): *Tao te king. Das Buch vom Sinn und Leben/Laotse*, 13. Auflage, München: Hugendubel, 2000, S. 9–37, hier S. 14.
[2] Ibid., S. 17.
[3] 参见上书，S. 17–18。
[4] 参见上书，S. 18。

地"、二者的学说均具有"社会伦理"性质的结论。①

卫礼贤在其《列子》德译本的前言中,也十分详尽地阐述了儒道两家的交互关系。他的前言开篇便提及老子和孔子,说二者在《列子》一书中"扮演特别突出的角色",尤其是"孔子被提到的频率甚至还超过了老子"。② 而在随后的论述中,卫礼贤首先指出老子至少对列子产生过间接影响,不过随即又将笔锋一转,连说此书也同时喜欢而且是不带偏见地引用了孔子的言论。③ 此外,卫礼贤还用较多篇幅生动形象地描述了"热诚的儒家布道者孟子"对墨翟和杨朱的批判。之后,他又笔酣墨饱地解析了孔子本人及其弟子们在《列子》一书中所呈现出来的独特形象,并强调在《列子》一书中孔子本人和他的弟子们占据着"一个特别突出的位置",不仅如此,孔子依然还是那个和远古的圣人们处于同一级别的人物,依然还是那个"百姓有难便可以跑去向其求助",同时也"极富人情味的"人物,这位大师的头上还没有被罩上官方赐封的"神圣光环"。④ 卫礼贤指出,《列子》一书中有时会把孔子塑造成"一切混乱的始作俑者",而有时又会不带偏见地展示孔子对老子的看法,书中还有一些地方甚至对孔子的某些弟子表示了不满。但卫礼贤随后又赶紧补充修正说:"即便如此,那也谈不上本书对孔子的弟

---

① Richard Wilhelm, „Einleitung", in: Ders. (Übers.): *Tao te king. Das Buch vom Sinn und Leben/Laotse*, 13. Auflage, München: Hugendubel, 2000, S. 9–37, hier S. 27。
② 参见 Richard Wilhelm, „Einleitung", in: Ders. (Übers.): *Das wahre Buch vom quellenden Urgrund. Tschung Hü Dschen Ging. Die Lehren der Philosophen Liä Yü Kou und Yang Dschu*, 6. und 7. Tausend, Jena: Eugen Diederichs, 1921, S. XIII–XXXIII, hier S. XIII。
③ 参见上书,S. XV。
④ 参见上书,S. XVII。

子怀有敌意。"卫礼贤继而进一步强调,《列子》并不敌视孔门弟子,相反,还对孔子最著名的几个弟子的美好品质给予了不怀成见的承认和肯定,而在把孔子和他的弟子进行比较时,此书又能够特别准确地道出孔子远高于其弟子之处在于孔子相对于其弟子的片面性而言所具有的那种"内心的平衡"。① 在接下来的论证中,卫礼贤再度将儒道两家对待历史的态度进行比较,揭示出两家截然不同的历史观:"孔子把他的体系建立在历史之上",而对作为道家队伍中一员的列子而言,则根本不存在这样的障碍,对列子而言"某些过眼云烟只不过是一个比喻而已",因此列子"并不重视历史事实"。② 最后,卫礼贤还提到了儒家对中国神怪世界的影响:"在儒家的影响下,整个中国的神怪世界都被人性化了。"③

而在《庄子》德译本的前言中,卫礼贤同样在尊孔原则指导下,在开篇的第二自然段中便直截了当地特别声明"庄子至少是间接属于过孔子的儒家学派",尽管他随后又把话锋一转,指出庄子并不因为和儒家之间存在着这样一种渊源而在儒家面前丧失其自主而独立的个性。④ 卫礼贤认为,庄子的这种主观独立性主要表现在以下两个方面:其一,庄子将孔子所倡导和颂扬的那些古代典范批评为没落衰败现象;其二,庄子甚至还会直言不讳地对孔子进行批

---

① 参见 Richard Wilhelm, „Einleitung", in: Ders. (Übers.): *Das wahre Buch vom quellenden Urgrund. Tschung Hü Dschen Ging. Die Lehren der Philosophen Liä Yü Kou und Yang Dschu*, 6. und 7. Tausend, Jena: Eugen Diederichs, 1921, S. XIII–XXXIII, hier S. XVIII。
② 参见上书,S. XXVI。
③ Ebenda, S. XXVI.
④ 参见 Richard Wilhelm, „Einleitung", in: Ders. (Übers.): *Dschuang Dsi. Das wahre Buch vom südlichen Blütenland*, Köln: Eugen Diederichs, 1986, S. 7–26, hier S. 8。

评。而卫礼贤为了避免读者因此产生误解，便又在接下来的论述中援引苏东坡"庄子盖助孔子者"观点，断言庄子的嘲讽对象并不是孔子本人，而是孔子的学说传到那些"低级"的孔门弟子手中之后所生发的畸变和"弊端"。① 行文至此，卫礼贤似乎意犹未尽，于是又进一步补充说，对于孔子这位大师本人，庄子不仅不带任何偏见，反而是心怀"诚挚的敬意"，为此，卫礼贤特别指出，《庄子》一书中所有从孔子口中说出的话语无不"包含对人类生活的真知灼见"。这里，卫礼贤甚至还以《庄子·寓言》第二节庄子与惠子的对话为例，再度强调庄子对孔子"弃绝用智，未尝多言"的高度景仰。② 在阐明了庄子和孔子及其弟子的基本关系之后，卫礼贤最后也对庄子与其所属的道家的关系进行了概括和总结。卫礼贤认为，庄子的视野不仅不狭隘，反而是十分的开阔，因为即便是他自己这一派的诸子，如列子等，他也照样能够凌厉地洞穿他们身上的薄弱之处，甚至于"在所有基本点上"都得到他的绝对认同的老子本人也没有办法"完全幸免于"庄子的批评。③

七、结论

综上所述，德布林在创作《王伦三跃》的过程中，通过各种可能

---

① 参见 Richard Wilhelm, „Einleitung", in: Ders. (Übers.): *Dschuang Dsi. Das wahre Buch vom südlichen Blütenland*, Köln: Eugen Diederichs, 1986, S. 7-26, hier S. 9。
② 参见 Richard Wilhelm, „Einleitung", in: Ders. (Übers.): *Dschuang Dsi. Das wahre Buch vom südlichen Blütenland*, S. 10。参见《庄子今注今译（下）》，陈鼓应注译，中华书局 1983 年版，第 732—734 页。
③ 参见 Richard Wilhelm, „Einleitung", in: Ders. (Übers.): *Dschuang Dsi. Das wahre Buch vom südlichen Blütenland*, S. 10。

的途径,通过各种广泛、深入、密集、高强度的前期调研和案头准备工作,得以熟悉和占有大量丰富翔实的中国素材和资料,同时也获得和掌握了他那个时期所能掌握的几乎涉及中国社会生活各个方面的广博的汉学专业知识。具体就宗教宽容性和儒道两家的主张及相互关系而言,通过对诸多相关专业书籍,尤其是对西方汉学名家名著如普拉特的《满洲各民族》,高延的《中国的宗教体系》《教派和宗教迫害在中国》,葛禄博的《中国人的宗教与图腾》《中国文学史》以及卫礼贤的中国哲学经典系列翻译——《论语》《老子》《列子》《庄子》等德译本的认真研读,德布林既全面知悉和掌握了中国文化基本特征以及儒道两家最基本的思想宗旨和最重要的本质内涵,同时又对儒道两家在中国文化和历史上的特殊地位及其错综复杂的交互关系达到了如指掌的程度。

正是凭借这种细致扎实的汉学研习,德布林为创作《王伦三跃》打下了十分坚实的汉学基础,也正因如此,德布林才得以在展开汪洋恣肆的文学想象的同时,做到尊重客观历史事实,对中国传统思想和文化采取科学态度,进行合理判断,在借鉴、截取和吸收丰富多彩的中国思想元素和文化题材为我所用的过程中,使用适宜的方式和手段,从而最终保证作家在《王伦三跃》里所刻意追求的那种对"环境描写的万无一失"完全符合其自身的理想预期,同时也无愧于其自封的"中国小说"这一既富于异国情调又确乎是货真价实的定位标签。

总而言之,无论是从现代叙事理论及文本分析的角度,还是从同时代汉学发展的角度,即从 19 世纪末、20 世纪初德国及西方汉学发展的层面,都同样可以证明:德布林在《王伦三跃》中对儒家和道家的态度是兼收并蓄和兼容并包,而不是厚此薄彼和非此即彼。德布林的汉学知识和素养近乎专业水准,德布林熟知儒道两家在中国传统文化中既相互补充、又相互排斥的关系,这也是他能够在创作《王伦三跃》这部"中国小说"时做到儒道并重的关键因素之一。事实也表明,《王伦三跃》一举成为几近不惑之年的德布林在文学道路上所取得的重大突破,成为德语文学史乃至世界文学史上的名篇佳作。小说1915年发表之后,旋即成为德语文坛的一件盛事,德布林成长为伟大作家的道路由此开启。如今,这部现代德语文学的经典之作在经受了百年岁月的洗礼之后,亦被世人一致认为是德语文学对中国传统文化接受史上的重要里程碑。

(部分原载《中南民族大学学报》2012年第3期,第166—168页)

从德中文学关系研究实践看"侨易学"的意义与问题

"侨易学"考察人的重要观念的形成与物质位移和精神位移之间的关系,尤其是在异质性文化启迪刺激下创造性思想产生的可能。"侨易学"的理念和方法可以在比较文学分支领域——德中文学关系研究中得到印证,以卡夫卡和中国文化的关系为例,从卡夫卡小说《一道圣旨》创造性思想的产生,到考察卡夫卡和中国诗歌的关联,及至回溯海尔曼中国诗歌德译本生成过程,继而深挖其汉学参考书目中重要著译者履历,通过这种逆向爬梳,一个复合多元的因"侨"而致"易"的过程在宏大的历史经纬中清晰浮现。卡夫卡没有到过中国,对中国文化的吸纳借鉴基本依赖资料阅读,以卡夫卡为代表的这种"精神漫游"现象是一种广泛存在的常态。如果不拘泥于"侨"的自我主体性,而以更为宽泛和灵活的方式把它同时也理解为他者,甚至是"集体"他者或"复合"他者,那么,"精神漫游"就可以被视为一种自然的"侨易现象","因侨而致易"适用于比较文学乃至其他更多学科和领域的途径应该就会变得更加顺畅与便捷。

叶隽在对德语文学、比较文学、中德文化关系和中西文化交流等多方面展开长年研究并取得丰硕成果的基础上，经过缜密思考酝酿，大胆提出"侨易学"基本理念，一方面致力于从形而上的高度探寻异质文化间交互关系以及人类文明结构形成的总体规律，另一方面又努力使得这一理论构想能够落到实处，从而把"侨易学"界定为具有宽厚哲理依托的一种相对方便实用的具体操作模式。叶隽的这种高度的理论自觉特别值得肯定。这是从作者的角度来看。而从受众的角度来看，叶隽的"侨易学"理论思路也以其充分契合时代之需的面貌逐渐开始引起国内外同行较为广泛的关注。2011年4月，他的中文论文《侨易学的观念》[①]在北京发表；2011年11月，他又有一篇相关的德语论文经过激烈竞争和重重筛选入选北京大学举办的高端学术论坛"北京论坛"分论坛"他者的视角：德国 欧洲 中国"并在论坛上进行宣读，继而又入选论坛会议论文集；2014年1月，叶隽乘胜追击，出版更为成熟的集"侨易学"思路之大成的专著《变创与渐常》[②]，为当前国内相关研究领域本已活跃的理论构建尝试再度注入独特视角和新鲜活力。从2015年至今，围绕叶隽"侨易学"理论展开的学术探讨高潮迭起，"侨易学"理论与实践的结合之路也在热烈争鸣中日趋成熟和完善，"侨易学"成为我国中西文化比较研究大花园中一道青春靓丽的风景。

笔者长期从事德语文学和中德比较文学的研究与教学，深知理论对于研究的重要意义，也希望能有合适的理论创新，以应对现有理论方法不足以很好解决的问题。正在笔者翘首以盼之际，叶

---

① 参见叶隽：《侨易学的观念》，《教育学报》2011年4月第2期，第3—14页。
② 参见叶隽：《变创与渐常》，北京大学出版社2014年版。

隽的"侨易学"理论思路成形了,于笔者而言这真是恰逢其时,犹如一场及时雨,直接为笔者所从事的工作提供了极富启发性和实操性的模式与可能。其实,对于叶隽"侨易学"理论框架下的一些思想因子和早期判断,笔者近年来早已开始不自觉地予以采纳和借鉴,如叶隽主编的"中德文化丛书"及其"总序"①中的诸多基本观点就都已经在2013年前后被毫不犹豫地应用到了笔者在北大新开设研究生课程"中德文学文化关系"的教学实践中,并且取得了很好的效果。而2016年由笔者为北大本科生开设的、一举入选北大核心通选课程的"德语名家中国著述选读",叶隽的"侨易学"也同样为其提供了一个重要的理论背景和支撑。现在,借着大家集体研讨《变创与渐常》这部"侨易学"理论奠基性著作的契机,笔者拟以更加自觉的方式和更具批判性的视角,主要从笔者多年从事的德中文学关系研究的具体案例出发,来探究"侨易学"理论思路的重要意义与可能存在的一些问题。

一

在《变创与渐常》上篇"观念与方法"中,叶隽对作为学科的"侨易学"的基本概念与核心内容进行了界定,指出"侨易学"的"基本理念就是因'侨'而致'易'","侨易学"研究的对象就是"由'侨'而致'易'的过程",故此,"侨易学"主要考察人的重要观念的形成与物质位移和精神位移之间的密切关系,尤其是考察在异质

---

① 参见叶隽:《中德文化丛书总序》,载吴晓樵:《中德文学因缘》,上海外语教育出版社2008年版,第I—V页。

性文化启迪和刺激下创造性思想产生的可能性。[1] 叶隽的这个思路是完全可以在比较文学领域,尤其是其中的分支之———德中文学关系的研究中得到印证的,具体就现代德语文学对中国传统文化的接受而言,我们碰到的一个较为奇特的隐遁变形的相关例子就是卡夫卡(Franz Kafka,1883—1924)通过杜甫《秋兴八首》之四创作《中国长城建造时》(Beim Bau der chinesischen Mauer)的核心篇目《一道圣旨》(Eine kaiserliche Botschaft)。

卡夫卡于1917年开始写作《中国长城建造时》,但一直没有完成,在他死后7年才由其挚友马克斯·布罗德(Max Brod,1884—1968)等人出版。《一道圣旨》是其中的一个片段,但却是卡夫卡在生前就由自己单独拿出来发表了的。它收录在1919年发表的小说集《乡村医生》(Ein Landarzt)中。由此也可窥见卡夫卡对它的重视程度。据布罗德在其所撰写的《卡夫卡作品中的绝望和救赎》(Verzweiflung und Erlösung im Werk Franz Kafkas,1905)一文中所讲,由汉斯·海尔曼(Hans Heilmann,1859—1930)转译为德文的中国诗歌集《公元前十二世纪至今的中国抒情诗歌》(Chinesische Lyrik vom 12. Jahrhundert vor Christus bis zur Gegenwart,1905)对卡夫卡具有"特别本质性的影响"。卡夫卡非常热爱此书,有时甚至会将其作为阅读的首选。卡夫卡在这段时间里特别钟爱中国诗歌,并对中国诗歌进行了非常细致的研读。这些诗歌给卡夫卡以灵感和启发。按照布罗德的回忆,卡夫卡会经常为他朗读其中的内容。此书的导言长达56页,约莫为全书篇幅的四分之一,比较

---

[1] 参见叶隽:《变创与渐常》,北京大学出版社2014年版,第17—20页。

客观准确而又系统全面地介绍了中国诗歌各个历史发展时期的背景和语言特色。卡夫卡也非常喜欢这个引言。卡夫卡特别喜欢的诗人和诗作有李白《侠客行》、袁枚《寒夜》、白居易《松声》、杜甫《寄李十二白二十韵》和《秋兴八首》等。布罗德在此书中还特别强调指出,《一道圣旨》的构思便是首先发端于杜甫组诗《秋兴八首》之四中的"直北关山金鼓振,征西车马羽书迟"①两句。②

鉴于布罗德和卡夫卡的密切关系,布罗德的提示是特别值得注意的。从创作过程和创作心理来看,《中国长城建造时》这部作品对中国大环境的选择显然是得益于卡夫卡对中国诗歌的研习以及卡夫卡对其他介绍中国的书籍的广泛阅读,其创作过程无疑是明显被中国文化所推动和赋予灵感的。然而,奇特的是,借此而生成的文学文本中中国文化显性影响的痕迹却并不多见,具体到《一道圣旨》这里,语言层面仅保留有"皇帝""信使"等不典型词语指征,内容方面也只能让人隐约感到卡夫卡对杜甫原诗③中某种苍凉氛围的截取。如果将杜甫中文原诗、卡夫卡所看过的德文译诗及《一道圣旨》的主题意向进行细致比对,除格律之类不太可译的形式特征无法做到一一对应的转换外,我们仍可以认定德文译诗在

---

① 此诗句中文原诗就有两个版本,一为"驰",一为"迟",卡夫卡接触到的是后一个。
② Max Brod, *Über Franz Kafka*, Frankfurt am Main: Fischer Taschenbuch Verlag, 1974, S. 344 – 345.
③ 此处指的是海尔曼译本中的杜甫诗歌德译文,如诗句"百年世事不胜悲"中的"悲"字在此忠实地译为"traurig"(悲伤),"鱼龙寂寞秋江冷"中的"寂寞"和"冷"的意向也被相应地用德文的"Schweigen"(沉默或寂)、"sich zurückziehen"(隐退)、"eisesstarr"(冻僵)、"Winter"(冬)表达出来。参见 *Chinesische Lyrik vom 12. Jahrhundert vor Christus bis zur Gegenwart*, in deutscher Übersetzung, mit Einleitung und Anmerkungen von Hans Heilmann, München und Leipzig: R. Piper, 1905, S. 79.

内容上做到了忠实于中文原诗，翻译环节的变异基本上也是可以忽略不计了的；另外，还有一点可以认定的是，与"征西车马羽书迟"一句对应的德文译诗"Im Westen sind alle Straßen voller Reiter und Kriegswagen, selbst die kaiserlichen Eilboten finden den Weg versperrt"①所传递出来的一个具体的"此路不通"的意象成为卡夫卡《一道圣旨》所要表达的主旨——"没有出路"的催化剂和助推器。

实际上，即便是通过比对能够确定和锁定具体的吸收接纳痕迹，对内容的理解却也助益不大。② 卡夫卡非常巧妙地对中国元素和中国意象进行转换，从而最终创造性地呈现出他自己的世界图景。微型短篇小说《一道圣旨》③开篇便用一个大写的德文"你"

---

① 此段德文直译为中文是："在西部所有的道路上全都是骑兵和战车，甚至于皇帝的特急信使都发觉路走不通了。"参见 *Chinesische Lyrik vom 12. Jahrhundert vor Christus bis zur Gegenwart*, in deutscher Überseztung, mit Einleitung und Anmerkungen von Hans Heilmann, S. 79。

② 参见 Karl Brinkmann, *Franz Kafka. Erzählungen. Das Urteil. Die Verwandlung. Ein Landarzt. Vor dem Gesetz. Auf der Galerie. Eine kaiserliche Botschaft*, 9. Auflage, bearbeitet von Robert Hippe, Hollfeld/Obfr.: C. Bange Verlag, 1979, S. 58-62。

③ 为方便读者理解下文的分析，特将笔者参考叶廷芳译文修改译出的《一道圣旨》兹录于此："皇帝，据说，向你这位可怜的臣民，在皇天的阳光下逃避到最远的阴影下的卑微之辈，恰恰是向你，这位皇帝在他弥留之际发布了一道圣旨。他让信使跪在床前，悄声向他交代了圣旨；皇帝如此重视他的圣旨，甚至还让信使在他的耳根重复一遍。他用点头示意信使的重复无误。他当着向他送终的满朝文武——所有碍事的墙壁均已拆除，帝国的巨头们伫立在那摇摇晃晃、又高又宽的玉墀之上，围成一圈——皇帝当着所有这些大臣派出了信使。信使立即出发；他是一个孔武有力、不知疲倦的人，一会儿伸出这只胳膊，一会儿又伸出那只胳膊，左右开弓地在人群中开路；如果遇到抗拒，他就指着胸前那标志着皇天的太阳；他就如入无人之境，快步向前。但人口是这样众多，他们的家屋无止无休。如果是空旷的原野，他便会迅步如飞，那么不久你就会听到他那响亮的敲门声。但事实却不是这样，他的力气白费一场；他仍在一直奋力地穿越内宫的殿堂，他永远也过不去；即便他过去了，那也无济于事；下台阶他还得经过奋斗，如果成功，也仍无济于事；还有许多庭院必须穿越；过了这些庭院还有第二圈宫阙。（转下页）

(Dir)来招呼读者，直接和读者进行交流，明确地告诉读者下面所要讲述的事情其实和他有关。这个故事关系到这世上每一个人的生活和命运。小说中濒死的皇帝(Kaiser)委派一个专使或特急信使(Eilbote)给"你"送达一道圣旨。这位信使必须把身子俯得很低才能听清垂死的皇帝下达的旨意。接受委派后，信使即刻启程，一路向"你"飞奔。可是皇宫的殿堂密密麻麻，里三层外三层被围得水泄不通，他只能一点一点往外挤。他奋力开路，大步疾走，为完成圣令不遗余力。可泱泱皇宫似乎没有尽头。好不容易冲破重围的他却又总是不断遭遇新阻碍。前路漫漫，他永远无法到达。正当读者和这位信使一样感到无比绝望的时候，小说收尾的一句却突然话锋一转，由过去回到当下和现实："而当夜幕降临时，**你**却坐在**你**的窗前对这道圣旨梦寐以求。"①

这篇微型小说因其多义性而有各种解读，莫衷一是。有学者认为，《一道圣旨》是理解卡夫卡全部作品的钥匙，小说似乎向那些

（接上页）接着又是石阶和庭院；然后又是一层宫殿；如此重重复复，几千年也走不完；就是最后冲出了最外边的大门——但这是决计不会发生的事情——，面临的首先是帝都，这世界的中心，它的沉渣已经堆积如山。没有人会在这里拼命挤了，即使有，则他所携带的也不过是一个死人的圣旨。——而当夜幕降临时，**你**却坐在**你**的窗前对它（这道圣旨）梦寐以求。"（笔者依据德文原文将叶廷芳译文开头的"有这么一个传说"修改为"据说"，将叶廷芳译文末尾的"坐在窗边遐想"修改为"**你**却坐在你的窗前对它梦寐以求"；另在德文原文中第二人称单数及与之相关的变体均为大写，笔者也相应地在中译文中用粗体的"**你**"来表示。）参见卡夫卡：《一道圣旨》，叶廷芳译，载叶廷芳主编：《卡夫卡全集》(第1卷，短篇小说)，河北教育出版社1996年版，第185—186页。参见 Franz Kafka, *Beschreibung eines Kampfes. Novellen, Skizzen, Aphorismen aus dem Nachlaß*, Frankfurt am Main: Fischer Taschenbuch Verlag, 1983, S. 60。

① 此处对应的德文原文为："Du aber sitzt an Deinem Fenster und erträumst sie Dir, wenn der Abend kommt."参见 Franz Kafka, *Beschreibung eines Kampfes. Novellen, Skizzen, Aphorismen aus dem Nachlaß*, S. 60。

经历外部世界失望的人暗示了一种通过内心幻觉经历彻悟的可能性。① 这是一种乐观的解读。笔者认为，这里所表达的是一种彻底的绝望：没有出路，再努力也是徒劳，人生就是梦一场！如此一来，该文所蕴含着的"人生如梦"的这个主题就在另一个层面上和李白的"人生如梦"发生了某种呼应。只不过李白用的是一种浪漫主义的情怀来应对人生的痛苦，卡夫卡却是用一种深重的恐惧感的呈现来以毒攻毒。

二

通过上面这个小例子，我们可以大致清晰地看到在异质性文化启迪和刺激下一种全新的创造性思想产生的可能性。不过，这却只是一个内部微观层面的点而已，即作为个体的卡夫卡和中国文化发生精神层面接触所带来的创造性结果。而把这个点放到一个外部宏观层面上去做一次横向和纵向的考察，同样会有十分有趣的发现。

从前面所述可知，卡夫卡阅读的是汉斯·海尔曼从其他语言（而非汉语）转译为德文的《公元前十二世纪至今的中国抒情诗歌》。海尔曼的这个德译本于1905年作为皮佩尔出版社"果盘"丛书的第一卷面世。该书的翻译特点是：使用朴素简洁的散文诗体，紧扣原文不改写，语言朴实自然，不矫揉造作。该书售罄后也没有再版。

---

① 参见[美]乔伊斯·欧茨：《卡夫卡的天堂》，载叶廷芳编：《论卡夫卡》，中国社会科学出版社1988年版，第680页。

那么,我们首先来横向厘清一下为什么恰恰是由海尔曼来做这个中国古诗的德译本?海尔曼其实也并非主动请缨,而是被动应出版商赖因哈德·皮佩尔(Reinhard Piper,1879—1953)之邀才来辑译这个德译本的:皮佩尔和海尔曼都是德国自然主义理论家和诗人阿诺·霍尔茨(Arno Holz,1863—1929)的好友。霍尔茨本人迷恋东亚文化,尤其是日本木刻或木版画(即浮世绘),他的这种热情也感染了他的朋友们。皮佩尔同时还是霍尔茨的一个弟子。1899 年皮佩尔发表了一个用新风格写成的诗歌小集子,专门献给霍尔茨。皮佩尔的诗歌成就不大,今天已经被人遗忘,但作为出版商的皮佩尔却对在德国传播东亚诗歌贡献颇大。霍尔茨不仅把他对日本浮世绘的迷恋传染给皮佩尔,还把德理文(Le Marquis d'Hervey de Saint Denys,1822—1892)翻译的《唐诗》(*Poésies de l'époque des Thang*)拿给皮佩尔看过。皮佩尔后来自己开了一家出版社后,就想起这本书来。据皮佩尔回忆,大概在 1904 年,当他问霍尔茨谁合适来做此书翻译时,霍尔茨就向他推荐了老朋友、《柯尼希斯堡报》编辑海尔曼。[①] 而继 1905 年推出海尔曼的中国诗歌选集之后,1909 年皮佩尔出版社又推出了一本日本诗歌选集。

其次,我们再来纵向整理一下这个海尔曼德译本的具体产生过程。19 世纪末、20 世纪初德国的汉学水平还落后于英国和法国。在欧洲范围内,法国的汉学历史悠久,英国紧随其后。因而,对于不懂汉语、但却精通欧洲语言的德国出版商和译者而言,自然就会首先想到去借鉴汉学先进的欧洲其他国家。这在当时也是德

[①] Ingrid Schuster, *China und Japan in der deutschen Literatur 1890 – 1925*, Bern und München: Francke Verlag, 1977. S. 26.

国译介东亚文化的一个常用套路。海尔曼也是如此。他的这个德译本主要参考了下面三本书：其一是英国汉学家翟理斯的《中国文学史》(A History of Chinese Literature, 1911)。翟氏编写的这本文学史，诚如作者自己在"序言"中所说，作为"最早为中国文学写史的尝试"[1]，第一次以文学史的形式向西方读者展现了中国文学发展概貌，在中国文学西传过程中发挥了特别重要的作用。此书1901年由伦敦的威廉·海涅曼公司出版，是19世纪以来英国译介中国文学最早的杰出成果；而翟理斯本人早在1867年22岁时就通过英国外交部选拔，远涉重洋，来到中国，成为英国驻华使馆的一名翻译生，此后历任天津、宁波、汉口、广州、汕头、厦门、福州、上海、淡水等地英国领事馆翻译、助理领事、代领事、副领事、领事等职，直至1893年返回英国，翟理斯客居中国近25年之久。[2] 除这本英文书外，另两本则是法文书，即19世纪法国汉学界最重要的两个中国诗歌法译集：按出版年代先后，首先是1862年由法国著名汉学家德理文侯爵在巴黎出版的《唐诗》——最早在西方出版的唐诗法译集，其次就是五年后于1867年由法国女作家、翻译家、评论家，对东方文化，特别是中国古代文化情有独钟的朱迪特·戈蒂耶(Judith Gautier, 1845—1917)，在其中国家庭教师丁敦龄(Tin-Tun Ling, ?—1886)帮助下出版的法译中国古体诗选集《玉书》(Le livre de Jade)。这两本诗歌集很快就被翻译为德文，在德语区

---

[1] Herbert Allen Giles, A History of Chinese literature, London: William Heinemann, 1911, p. v.
[2] 参见葛桂录主编：《中国古典文学的英国之旅——英国三大汉学家年谱：翟理斯、韦利、霍克思》，大象出版社2017年版，第37—133页。

反响热烈,影响深远。《唐诗》的译者德理文是法国重要的汉学家和中文教授,同时参与法国政府对华事务咨询,以他这样的身份译介中国文化自然是分内之事,不足为奇。相比之下,倒是戈蒂耶翻译发表《玉书》颇具传奇色彩:戈蒂耶的父亲、法国高蹈派大诗人,同时也是剧作家、小说家和文艺评论家的泰奥菲尔·戈蒂耶(Theophile Gotiers,1811—1872)致力于研究中国多年,戈蒂耶家族一直认为自己有东方血统。德理文《唐诗》的出版更是增强了戈蒂耶对中国的兴趣,1863年他甚至把一个名叫丁敦龄的中国人请到家里为他的两个女儿教授汉语。这位丁敦龄具体何许人也?丁敦龄祖籍中国山西太原,为清朝秀才,因与太平天国运动有染,为躲避清军搜捕镇压,逃到澳门,为谋生计,便替途经澳门的西人充任通事。后应澳门主教加勒利(Callery,1810—1862)之邀,协助编纂法汉字典,并于1860年前后和主教一起前往法国。不料,加勒利主教抵法不久即病故,语言不通、陷于经济困境的丁敦龄遂流落巴黎街头,时年约30岁。不久,泰奥菲尔·戈蒂耶在火车站偶遇丁敦龄,遂将其接到家中做豪门清客,兼教汉语。自此,丁敦龄便成为戈蒂耶的两个女儿朱迪特和露易丝的中文家庭教师。戈蒂耶是当时法国社会的名流,不仅同巴尔扎克、雨果交好,府邸更是经常有波德莱尔、福楼拜这样的名人雅士聚会,丁敦龄迅速成为戈蒂耶家中的一道迷人风景,被待为不可或缺的座上宾。也是在丁敦龄的帮助下,22岁的朱迪特·戈蒂耶于1867年出版了法译中国古体诗选集《玉书》。[①] 虽然丁敦龄有"悄然取物"的陋习,还

[①] Ingrid Schuster, *China und Japan in der deutschen Literatur 1890–1925*, S. 90.

因重婚罪被捕入狱，但朱迪特依旧维持同他的师生关系。丁敦龄于1886年离世，最后仍是朱迪特为他举办葬礼，将其安葬在戈蒂耶家族墓地。朱迪特对她的这位中国老师始终满怀感激之情，她后来这样追忆逝者说："他用远方祖国的种种珍闻来滋润我的心田，我们一同诵读中国诗人的作品。他向我描绘那边的风土人情，奇幻般地讲述异国流传的神话，让我的想象里充溢东方光洁的梦境。多少年流逝了，但我不改初衷，依然是一个中国女性。"①

海尔曼在创作这个译本的过程中，体现了德国人严谨的治学传统。在《导言》之后的《译本序》中他专门给出了一份他的译本使用过的参考书目，共有13部，除上述德理文、戈蒂耶和翟理斯三人的相关著译外，这份书目还包含了近代英国著名传教士汉学家理雅各的《中国经典》(*The Chinese Classics*)、德国汉学家硕特(Wilhelm Schott，1807—1889)的《中国文学纲要》(*Entwurf der Beschreibung der chinesischen Literatur*)、德国汉学家葛禄博的《中国文学史》。② 理雅各在汉学史上的历史地位和贡献在此毋庸多言，唯一要强调一下的是他的"侨"的经历：出身于英国富商家庭的他1839年受伦敦会派遣到马六甲传教，从1843年起长年侨居香港，1873年到中国北方游历，其间参观孔府，同年离开香港并游历

---

① 转引自沈大力：《清代山西秀才巴黎当家教　法国才女承继中国梦》，《人民日报》2011年11月14日。参见孟华：《试论汉学建构形象之功能——以19世纪法国文学中的文化中国形象为例》，《北京大学学报（哲学社会科学版）》2007年第4期，第98页。
② *Chinesische Lyrik vom 12. Jahrhundert vor Christus bis zur Gegenwart*, in deutscher Übersetzung, mit Einleitung und Anmerkungen von Hans Heilmann, München und Leipzig: R. Piper, 1905, S. LIV.

美国后回国，1876年开始担任牛津大学首任汉学教授。[1] 两位德国汉学家的国际名气虽不及理雅各，但在德国汉学史上却也都是响当当的人物。硕特1819年开始在哈勒攻读神学和东方语言，虽然没有到过中国，但当时哈勒有两个中国人，硕特同他们交往密切，并因此对中文产生浓厚兴趣，1826年他以用拉丁文撰写的题为《论中国语言特点》的论文获得博士学位，同年又通过了以研究孔子为内容的教授论文，1832年他被聘为柏林大学阿尔泰语、满文和芬兰语教授，同时也讲授汉学，是德国学术性汉学的奠基者，他于1854年出版的《中国文学纲要》是德文中该类著作的第一部。相比硕特，葛禄博约莫晚出生半个世纪，但他的"侨"的经历却是相当丰富，他出生于俄国圣彼得堡，曾任柏林民俗博物馆东亚部主任，1885年起还兼任柏林大学编外教授，教授汉语、满语和蒙古语，1897—1898年他还来华旅行并在北京从事民俗研究，此行收获便是1901年出版并成为其代表作之一的《北京民俗学》，由于这部书中的一些内容是葛禄博在北京实地考察得来的结果，所以直到今天这部书依然是研究北京民俗史的重要参考文献。葛禄博1902年发表的《中国文学史》则是德国第一部由专家撰写的中国文学史著作，全书分为十章，第一章到第八章从先秦儒道经典及屈原《楚辞》讲到唐代诗歌，第十章讲戏曲与小说，相比之前硕特撰写的《中国文学纲要》要完备许多不说，更由于葛禄博在此书中大量引用了由他自己译为德文的丰富的中国文学经典原文，使得该

---

[1] 参见岳峰：《架设东西方的桥梁——英国汉学家雅各研究》，福建人民出版社2004年版，第1页。

书一版再版,在之后长达半个世纪的时间里一直是德国汉学界不可多得的名著。①

三

至此,从辨析卡夫卡微型小说《一道圣旨》创造性思想的产生过程,到考察卡夫卡和中国诗歌的内在关联,及至回溯海尔曼中国古代抒情诗歌德译本的生成经过,继而深挖该德译本所列参考书目中最具代表性的重要著译者的生平履历,通过这样一种环环相扣的逆向爬梳,一个复合多元的因"侨"而致"易"的过程便在较为宏大的历史经纬中得以清晰地浮现出来。依据叶隽对侨易现象的具体划分②,上述翟理斯客居中国25年之久的"驻外现象",丁敦龄从中国内地经澳门流亡到法国并最终作为海外华人客死他乡的"流民现象",理雅各所体现的"传教现象"和"游历现象",硕特在哈勒和两个中国人交往的"移民现象",葛禄博在华实地考察的"游历现象",这些侨易现象共同作用,引发错综复杂的叠加和化合效应,最终导致一系列后续的文化传播上的奇异变化,具体到卡夫卡身上就是借鉴中国文化元素完成精神质变和现代性创生。像卡夫卡这样,本人没有到过中国,也不识汉字,其发生的"精神质变"不是由自身直接的"物质位移"所促成,类似的例子在德语文学与中国文化关系的研究实践中比比皆是,如德语文学古典时期的"诗坛

---

① 参见张国刚:《德国的汉学研究》,中华书局1994年版,第23—27页。参见李雪涛:《日耳曼学术谱系中的汉学——德国汉学之研究》,外语教学与研究出版社2008年版,第36—37页,第42—43页。
② 参见叶隽:《变创与渐常》,第111—116页。

君王"歌德和席勒、德语现代先锋派文学发动机德布林[1]、德语戏剧大师布莱希特等也都曾借鉴中国文化资源完成重大文学创新,但他们均未到过中国,也不懂汉语,对中国思想文化的吸收接纳主要依赖西文资料阅读,是真正的诚如德布林所说的"关起门来的旅行"[2]。

需强调的是,这种情况绝不只限于比较文学领域,而是广泛存在的常态,对此叶隽也是给予了足够关注的。在《变创与渐常》的第一章中,他专门使用了"精神漫游"这个概念,并且首先以歌德为例,明确指出歌德是通过"精神漫游"式的异文化资源补给而形成其"古典和谐观"的。[3] 接着,在第二章阐述"侨易现象组成"时,为充分证明蔡元培因留德留法而发生精神变化是"一种自觉的侨易行动",叶隽又以歌德为例启用"精神侨易"一词:"当然值得提出的还有一种纯粹的精神侨易现象,譬如歌德在书斋里不断地周游世界,譬如阿拉伯—波斯,以及遥远的印度、中国与日本,都在他的精神侨易过程之中,这也应可算作一种侨易行动。这不尽符合我们的'物质位移,精神质变'的原则,但确实也是一种特殊的侨易现象。"[4]从此段措辞中通过使用"也应可算作""不尽符合""但确实也是"等表述所流露的让步性和限定性语气,读者可以感觉作者对"精神漫游"作为侨易现象的判断变得有些含糊和不确定起来。而在此后的第三章论述"侨易方法"重要性时,作者似乎又恢复到了最初的

---

[1] 德布林被誉为"德语文学接受中国文化的里程碑"的长篇小说《王伦三跃》其实是更典型的由"复合侨易"而致"精神质变"的例证,但因文章篇幅有限,此处不再展开。
[2] Alfred Döblin, *Schicksalsreise. Bericht und Bekenntnis. Flucht und Exil 1940 – 1948*, München: R. Piper, 1986, S. 113.
[3] 参见叶隽:《变创与渐常》,第 19—20 页。
[4] 参见上书,第 38 页。

坚定:"譬如还有根本就不发生物质位移的例子,譬如康德,他的一生中就根本没有出现我们强调的物质位移的现象,也就是说,毛泽东的省侨、京侨,蔡元培的京侨、外侨,他一次都没有经历过,但这并不妨碍他成为一代大哲……但这里必须提及'精神侨易'的重要性,也就是说即便不发生物质位移,精神侨易也是可能产生的。"作者随即还顺势把"侨易"提升到"是一种普遍之法的高度"。① 然而,值得注意的是,在接下来的第四章论及"侨易现象"是"物质现象和精神现象的结合"处,作者又通过举出同样的康德的例子而在一定程度上重蹈削弱自己在前一章中已达到坚定性的覆辙:"譬如康德在柯尼斯堡小城独居以终天年却成就了伟大的哲学体系的事例,这是否属于侨易现象呢?物质位移始终是存在的,但其局限在一定的范围之内,并不属于具有明显侨易过程与特征的侨易现象,则也是事实。"②这样的犹豫反复并未就此结束,在第五章探讨"作为研究对象的侨易现象"时,作者再度特意用一个注释作出如下断言:"值得指出的是,徐光启、李之藻这批士大夫,他们并没有发生涉外性质的物质位移,但同样出现了精神侨易现象,即因接受基督教而发生的精神质变。"③

由此可以看出,《变创与渐常》的作者已经开始高度关注"精神漫游"这一现象的普遍存在,并努力尝试在其"侨易学"思维模式内去解释这一现象,但结果似乎并未十分圆满,所以出现了左右摇摆的状况。笔者以为,原因可能在于:首先,"侨易学"思路首先在很大程度上是由研究"留学史"和"留学现象"的数据推导而出;其次,作者

---

① 参见叶隽:《变创与渐常》,第85页。
② 参见上书,第91页。
③ 参见上书,第113页。

似乎有一个预设,即自身的"侨"导致自身的"易",至少是过于看中自身的"侨"。如此一来,这种留学的主体的"侨"和"易"往往比较容易从第一眼看上去就得出一致的印象,实则不然。就拿蔡元培来讲,即便他是自身主动有意识地"侨"到德国、"侨"到法国,如果仅靠这种单纯的"位移",而没有他此外展开的众多的"精神漫游"——听课、学习、社会交往,他也不可能全面吸收西方古今文化精华,产生思想上的神奇变化。同理,康德虽一生不离自己的故乡城市柯尼希斯堡,没有发生浅层或表层意义上的"侨动",但他的各种"精神漫游"却始终存在,如在大学学习、授课,在图书馆等各种场所博览群书,等等,不一而足;除此之外,在他精力旺盛的人生阶段,他还每天都会固定利用长达数小时的午餐时间在家里不分高低贵贱地宴请各色人等,和他们高谈阔论,听取他们"侨动"过程中获取的各种见闻。[①]

总之,如果不拘泥于"侨"的自我主体性,而是以更为宽泛和灵活的方式去理解它,即这个"侨"的主体同时也可以是他者,甚至是一个"集体的"他者、"复合的"他者,那么,"精神漫游"就应该可以顺理成章地被视为一种自然的"侨易现象","因侨而致易"适用于比较文学乃至其他更多学科和领域的途径应该就会变得更加顺畅与便捷。

以上是笔者对"侨易学"这个正在日臻完善的新生事物的一点初步认识,不当之处,还望海涵。

(原载《跨文化对话》(33 辑),生活·读书·新知三联书店
2015 年版,第 194—202 页)

[①] 参见 Hans Joachim Störig, *Kleine Weltgeschichte der Philosophie*, überarbeitete Neuausgabe, Frankfurt am Main: Fischer Taschenbuch Verlag, 2002, S. 440-441。

布莱希特笔下的"老子出关"

布莱希特对老子及道家文化的借鉴研习贯穿一生。道家哲学的核心要义反复出现在布莱希特的各类文学作品之中,道家哲学创始人老子的生平经历和相关传说也一再被布莱希特当作文艺素材反复进行加工利用,其中,布莱希特尤其对老子出关典故情有独钟,在跨度近十五年的时间里四次运用同一素材进行文艺创作和思想表达。理论上布莱希特获悉老子其人其事其思的途径众多,在迄今为止的考据研究实践中可以被初步认定为最重要途径的则是卫礼贤1911年《道德经》德译本。通过对比分析卫礼贤蓝本和布莱希特笔下老子出关文本,可以发现,就作家和素材之间的交互关系而言,素材对作家创造性的激发作用似有被低估之嫌。此外,布氏的老子出关文本也不应被孤立看待,需纳入布莱希特和中国传统文化整体关系框架中进行考察。

一

1920年9月15日,22岁的布莱希特首先通过阅读德布林的"中国小说"《王伦三跃》间接接触到道家哲学的"无为"思想,9月16—21日,他又通过朋友推荐的德译本得以直接领略老子在《道德经》中的智慧断言,可谓心领神会,大有相见恨晚之意。[①] 从此,布莱希特对老子其人其作其思的借鉴和研习便从未间断,一直持续到生命的最后时刻。不仅是道家哲学的核心要义反复出现在布莱希特的各类文学作品之中,道家哲学创始人老子的生平经历和相关传说也一再被布莱希特相中,作为素材反复进行加工利用。其中,布莱希特尤其对老子出关典故情有独钟,在跨度二十多年的时间里,他至少四次运用同一素材进行了文艺创作和思想表达。

(一) 1925年的短篇故事《讲礼的中国人》

1925年布莱希特首次运用老子出关素材创作短文《讲礼的中国人》(Die höflichen Chinesen)。全文翻译如下:

在我们这个时代,只有很少人知道,一件造福于黎民百姓的事情是多么需要为之进行辩解(Entschuldigung)。这不,讲礼的(höflich)中国人就非常敬重他们的伟大智者老子(Laotse),

---

[①] Bertolt Brecht, *Werke. Große kommentierte Berliner und Frankfurter Ausgabe*, hrsg. von Werner Hecht, Jan Knopf, Werner Mittenzwei, Klaus-Detlef Müller, Band 26: *Journale 1. 1913–1941*, Berlin, Weimar: Aufbau-Verlag, Frankfurt am Main: Suhrkamp Verlag, 1994, S. 167–168.

据我所知，他们的这种敬重要胜过其他任何一个民族对自己老师（Lehrer）的敬重，而且还是通过虚构出下面这个故事。老子从青年时代起就向中国人传授生活的艺术，而当他白发苍苍寿登耄耋（Greis）之时，他却要离开这个国度，因为这里的人们愈演愈烈的失道之举（Unvernunft）令这位智者感到生活难以为继。要么忍受人们的失道之举，要么起而反之，面对这样的抉择，他决定离开这个国度。于是，他上路启程，抵达这个国度的边境，这时，一个关令（Zollwächter）向他迎面走来，请求他为他这个关令写下他的谆谆教诲（Lehren），老子见状，生怕失礼（unhöflich），遂顺从了他的心愿。他为关令逐一写下他的生活经验，写出一本薄书（in einem dünnen Buche），只待书写好之后，他方才离开他出生的这个国度。中国人就用这个故事来为《道德经》一书的产生进行辩解，而且他们至今都在遵循此书的教诲生活。[1]

此文形成于 1925 年 1—4 月，同年 5 月 9 日首先发表在《柏林交易所信使报》（*Berliner Börsen-Courier*）上，从该报配发在此首发文前的编者按可知，这则逸闻故事本是布莱希特专为广播电台所写，而布莱希特确实也如这家报纸所预告的那样于两天后，即 1925 年 5 月 11 日周一傍晚，在柏林一家名为"柏林广播时刻"的电台所举办的朗诵会上为听众们朗诵了这个短篇故事，从而为 20 世纪 20

---

[1] Bertolt Brecht, *Werke. Große kommentierte Berliner und Frankfurter Ausgabe*, hrsg. von Werner Hecht, Jan Knopf, Werner Mittenzwei, Klaus-Detlef Müller, Band 19：*Prosa 4. Geschichten, Filmgeschichten, Drehbücher 1913 – 1939*, Berlin, Weimar：Aufbau-Verlag, Frankfurt am Main：Suhrkamp Verlag, 1997, S. 200. 为后文考据研究方便，此段中文译文里重要语汇的德文原文系笔者自加括号标出。

年代德国兴起的老子热增添了一段佳话。①

这个微型文本也引起研究界一定程度的重视。有学者认为布莱希特以此揭示出中德两国对待智者及其智慧乃至知识文化的不同态度,从而表达了对礼仪之邦中国的景仰并批判了文化没落的德国对诗人学者的轻慢。② 也有学者认为布莱希特对老子及其哲学的理解并不流俗,这个小故事用意颇深,其首尾两句均使用"辩解"一词看似怪异,实则影射的是老子哲学基本命题"无为而无不为"自身所具有的种种内在矛盾和深度悖论。③ 笔者以为,后一种看法或许更有道理一些。

(二) 1933 年写给卡尔·克劳斯的一封信

1933 年,已经逃离纳粹德国并流亡到丹麦的布莱希特数次写信给好友——奥地利记者、作家兼评论家卡尔·克劳斯(Karl Kraus,1874—1936),鼓励后者放弃沉默和政治短见,继续发挥自己的语言和文化批判特长,勇敢地向资产阶级和纳粹敌人宣战。④

---

① 参见 Bertolt Brecht, *Werke. Große kommentierte Berliner und Frankfurter Ausgabe*, Band 19: *Prosa 4. Geschichten, Filmgeschich-ten, Drehbücher 1913 – 1939*, S. 616。
② 参见 Antony Tatlaw, „Legende von der Entstehung des Buches *Taoteking*", in: *Brecht-Handbuch in fünf Bänden*, Bd. 2: *Gedichte*, hrsg. von Jan Knopf, Stuttgart: J. B. Metzler, 2001, S. 299 – 302, hier S. 300。参见谭渊:《从流亡到寻求真理之路——布莱希特笔下的"老子出关"》,《解放军外国语学院学报》2012 年第 6 期,第 121 页。
③ 参见 Heinrich Detering, *Bertolt Brecht und Laotse*, Göttingen: Wallstein Verlag, 2008, S. 61。
④ 参见 Bertolt Brecht, *Werke. Große kommentierte Berliner und Frankfurter Ausgabe*, hrsg. von Werner Hecht, Jan Knopf, Werner Mittenzwei, Klaus-Detlef Müller, Band 28: *Briefe 1. Briefe 1913 – 1936*, Berlin, Weimar: Aufbau-Verlag, Frankfurt am Main: Suhrkamp Verlag, 1998, S. 368 – 369, S. 697 – 698。

布莱希特笔下的"老子出关"

为了更好地说服这位曾经叱咤风云的《火炬》(*Die Fackel*)杂志创办人,布莱希特又在当年夏天写给克劳斯的一封信中调动东方文化资源,让老子的出关故事和孔子的"春秋"笔法轮番上阵,以表明自己在大敌当前的非常时期有责任有义务给克劳斯,也给自己加油打气。① 信中涉及老子出关的文字是这样写的:

> 您的那本语言论著,我们之前曾经谈论过的,我想再次催促您赶紧把它完成。(您可知道,中国人就把《道德经》[Taoteking]一书的形成归结为一个关令[Zollbeamter]的请求,当时老子[Laotse]为避开其国人同胞的失道之举[Unvernunft]和卑劣行径即将离境去国,这位关令就恳请老子多少写点什么再走不迟,于是先哲老子便遂了他的心愿,从而一举为后世类似的请求永远开了绿灯。)②

这个文段的第一句话指的是1933年3月布莱希特在维也纳和克劳斯见面时谈过的一本后者准备撰写的题为《语言》(*Die Sprache*)的著作,但此书直到克劳斯去世后才得以发表。③ 接下来的第二句话是括在圆括号里的,圆括号是原文自带,可以看出布莱希特对老子出关典故的借用意图。这里布莱希特把自己比作诚心诚意的恭请者关令,而把克劳斯比作当时已在西方备受仰慕的东

---

① 参见张黎:《布莱希特与孔子》,《中华读书报》2010年12月15日。
② Bertolt Brecht, *Werke. Große kommentierte Berliner und Frankfurter Ausgabe*, Band 28: *Briefe 1. Briefe 1913-1936*, S. 369. 为后文考据研究方便,此段中译文中重要语汇的德文原文系笔者自加方括号标出,以与原文自带的圆括号相区别。
③ 参见上书,S. 697-698。

117

方先贤老子,一来暗示对方要向古人看齐以答应自己的请求,二来也给对方戴高帽子,给足对方面子,其鞭策激励之用意和殷切期待之情谊跃然纸上,慷慨激昂的斗争要求以含蓄委婉的方式提出,既令自纳粹上台以来思想和行动均陷入困境的对方在心理上更容易接受,又在文字和意韵上给人古雅风趣的印象,显得十分机灵巧妙。

不过,不知是何原因,这封信最终没有能够发出。与此同时,克劳斯也于同年5—9月写出一部意欲揭露第三帝国恐怖行径的作品,即他死后16年才出版的《第三个瓦普几司之夜》(*Die Dritte Walpurgisnacht*, 1952),并将其纳入当年的《火炬》杂志发表计划,但就在清样已出,即将付印之时,他却又突然决定撤稿,以至于1933年10月出版的第888期《火炬》只含有一篇悼念奥地利建筑学家阿道夫·罗斯(Adolf Loos, 1874—1933)的悼词和一首收尾的诗歌《别问》(Man frage nicht),以区区4页篇幅成为其发行史上最短的一期。[1] 克劳斯面对纳粹统治的白色恐怖最终选择沉默以对的举动令对他寄予厚望的人们大失所望,同时也让他自己在生命的最后几年里陷入孤立无援之境。但即便是在克劳斯饱受争议之时,布莱希特依然对他的困境给予了尊重和理解。[2]

---

[1] 参见 Paul Schick: *Karl Kraus in Selbstzeugnissen und Bilddokumenten*, Reinbek bei Hamburg: Rowohlt Taschenbuch Verlag, 1965, S. 138 – 139。参见 Jens Malte Fischer: *Karl Kraus. Der Widersprecher. Biographie*, 4. Auflage, München: Paul Szolnay Verlag, 2020, S. 810。

[2] 参见 *Meyers Enzyklopädisches Lexikon in 25 Bänden*, Band 14: *Ko-Les*, neunte, völlig neu bearbeitete Auflage, Mannheim, Wien, Zürich: Bibliographisches Institut, 1975, S. 307 – 308。参见 Paul Schick: *Karl Kraus in Selbstzeugnissen und Bilddokumenten*, S. 139。

（三）1939年发表的诗歌《老子流亡路上著〈道德经〉的传奇》

1939年仍在丹麦流亡的布莱希特发表了叙事诗《老子流亡路上著〈道德经〉的传奇》。[①] 这一次，老子出关典故在布莱希特笔下得到了别样的演绎。典故中的两个主角——老子和关令均一改素有的仙家风范，关令变化最大，改头换面为下层贫苦百姓中积极向上的一员，为改变命运而主动向智者索求智慧；相比而言，老子虽仍保留有"隐君子"的基本特征，举手投足间却多了几分安贫乐道、仁者乐山、智者乐水的学者韵味，而他之所以最终愿意把自己的智谋写成《道德经》一书留给关令，完全是出于对这位关令所代表的穷人和弱者的同情与友善之心。全诗由十三个诗节组成，每个诗节又由五个诗行组成，语言素朴、格律舒缓、风格轻快诙谐，是中外文学中刻画老子和关令形象的独特之作。

《老子流亡路上著〈道德经〉的传奇》一诗形成于1938年4、5月间，具体完稿日期为1938年5月7日。一杀青，布莱希特便将其寄给德国作家托马斯·曼负责编辑出版工作的《尺度与价值》（*Maß und Wert*）杂志，却被拒绝发表。半年多后，该诗最终得以首发于由德国诗人、后来担任民主德国教育部长的约翰尼斯·罗伯特·贝歇尔（Johannes Robert Becher，1891—1958）在莫斯科主办的流亡（月刊）杂志《国际文学》（*Internationale Literatur*）1939

[①] 德文原诗参见 Bertolt Brecht, *Werke. Große kommentierte Berliner und Frankfurter Ausgabe*, hrsg. von Werner Hecht, Jan Knopf, Werner Mittenzwei, Klaus-Detlef Müller, Band 18: *Prosa 3. Sammlungen und Dialoge*, Berlin, Weimar: Aufbau-Verlag, Frankfurt am Main: Suhrkamp Verlag, 1995, S. 433—435。中文译诗参见贝·布莱希特：《老子流亡路上著〈道德经〉的传奇》，谭渊译，载叶隽主编：《侨易》（第二辑），社会科学文献出版社2015年版，第137—140页。

年第 1 期上。同年该诗还被收录于布莱希特出版的《斯文堡诗集》(*Svendborger Gedichte*)。① 同样,也是在这一年的 4 月 23 日,该诗再度连同瓦尔特·本雅明(Walter Benjamin,1892—1940)的一篇评论一道登载于《瑞士星期天报》(*Schweizer Zeitung am Sonntag*)上。本雅明是德国犹太学者、西方马克思主义者和文学评论家,也是布莱希特的好朋友,他的这篇文章结合纳粹德国气焰嚣张的时代政治背景,着重发掘了该诗的现实意义,指出诗中所传递的"刚强居下"的讯息可以同"任何弥赛亚式的预言媲美"。② 不久,这份载有老子出关诗和本雅明评论的报纸又被辗转带到法国关押德国流亡者的几家收容所,后来的德裔美国社会学家汉娜·阿伦特(Hannah Arendt,1906—1975)当时正好就被关押在其中的一家拘留营,事后她这样回忆道:"这首诗就像野火一样在营地内蔓延,如同一个好消息被奔走相告,上帝知道,在这堆积如山的绝望之中没有什么是比这更被渴望的了!"③

布莱希特的这首老子出关诗在其诞生之初便肩负起伟大的历史重任,成为鼓舞人们在逆境中顽强进行反法西斯斗争的文学利器。然而,它又绝非一首简单的趋时性政治诗歌,斗转星移,随着时光的流逝,其超越时代的永恒性质亦日益凸显。如今,它跻身于

---

① 参见 Bertolt Brecht, *Werke. Große kommentierte Berliner und Frankfurter Ausgabe*, Band 18: *Prosa 3. Sammlungen und Dialoge*, S. 663–664。
② 参见 Walter Benjamin, *Gesammelte Schriften*. Band II·2: *Aufsätze, Essays, Vorträge*, hrsg. von Rolf Tiedemann und Hermann Schweppenhäuser, 2. Auflage, Frankfurt am Main: Suhrkamp, 1999, S. 572。
③ 转引自 Erdmut Wizisla, *Benjamin und Brecht. Die Geschichte einer Freundschaft*, mit einer Chronik und den Gesprächsproto- kollen des Zeitschriftenprojekts „Krise und Kritik", Frankfurt am Main: Suhrkamp, 2004, S. 220–221。

20世纪最美德语诗行列,不仅为学界所推崇,而且被德国教育部门指定为中学生普及读物,受到广泛传诵。

(四) 1948年4月写给卡尔·提默的一封信

1948年4月8日,曾经和本雅明通信频繁的历史学家、神学家及政论家卡尔·奥托·提默(Karl Otto Thieme, 1902—1963)把自己1946年4月发表在《瑞士周报》(*Schweizer Rundschau*)上的文章《和无神论者的对话?》(Gespräch mit dem Gottlosen?)寄赠给当时生活在瑞士的布莱希特看。布莱希特在同年4月回复提默的致谢信中这样写道:"我听说,我的这首被您所援引的老子出关诗,本雅明在他最后逗留的法国拘留营里还多次凭借记忆背诵过。然而,他自己却终究没有找到哪怕就只是让他过一下关的关令。"①这里"关令"的德文布莱希特用的是"Grenzwächter",与卫礼贤1911年老子德译本的用词一模一样。这一次布莱希特则是借老子出关典故委婉地暗示出本雅明之死的直接原因,含蓄深沉地表达了对老朋友不幸遭遇的深切悲悯:1939年9月4日在巴黎,在法国对纳粹德国宣战的前一天,本雅明同其他许多德国流亡者一样被法国当局当作战时敌侨予以拘留,他们先是被羁押在巴黎郊区的哥伦布体育场,而后又被关押在讷韦尔拘留营;1940年6月14日,本雅明和妹妹朵拉一起抢在德国军队即将占领巴黎前离开巴黎城,经过长达三个多月时间的艰难跋涉,终于在当年9月26日抵达法国与

---

① 转引自 Erdmut Wizisla, *Benjamin und Brecht. Die Geschichte einer Freundschaft*, mit einer Chronik und den Gesprächsproto- kollen des Zeitschriftenprojekts „Krise und Kritik", Frankfurt am Main: Suhrkamp, 2004, S. 221, S. 113 - 114。

西班牙接壤处的边境小镇波特博,准备从那里入境西班牙,然后再从西班牙前往美国以逃脱纳粹魔掌,据说救援的人已经给他买好赴美船票,然而,就在这胜利的前夜,他却因证件被边境官员怀疑有假而遭到扣留,无法过境!绝望之极的本雅明于1940年9月27日在西班牙边境的一家旅馆内以服用致命剂量吗啡的方式自杀身亡。①

二

布莱希特的这首老子出关诗在文学史上占有重要地位,对后世产生巨大影响,也因此受到研究界的高度关注。半个多世纪以来,学者们从各个角度对它进行研究,其中就包括研究布氏老子出关诗的创作与向他提供这一素材的资料来源之间的关系问题。

我们知道,布莱希特从未到过中国,也不识汉字,对中国思想文化的深入了解肯定必须借助"精神漫游"②,也就是主要通过阅读研习介绍中国各方面情况的西文资料。具体就他熟悉知晓老子其人其思的途径而言,理论上讲,19世纪末—20世纪初德国形成和出现的老子热应该使得客观上可供布莱希特选择的相关译介资料数量众多。不过,由于实证性研究方法受历史条件限制较大,存在各种实际困难,因而相关的考据研究在相当长的时间里都做得不甚理想。例如,就有中国学者空泛笼统地指出,布莱希特创作老子出关诗的素材来源为含有司马迁《史记》有关老子记载的众多德文

---

① 转引自 Erdmut Wizisla, *Benjamin und Brecht. Die Geschichte einer Freundschaft*, mit einer Chronik und den Gesprächsproto- kollen des Zeitschriftenprojekts „Krise und Kritik", Frankfurt am Main: Suhrkamp, 2004, S. 347。
② 参见叶隽:《变创与渐常》,北京大学出版社2014年版,第19—20页。

译介,并在缺乏具体考证的情况下高调夸赞布莱希特"不囿于材料"地"替老子添加了一头坐骑,添了一个牛童,给全诗增加了一份野趣"。[①] 殊不知,除文字内容外,图片作为蓝本也是应该予以考虑的一个重要因素。这一点倒是有德国学者很早就注意到了,如一位名叫玛丽安妮·凯司廷(Marianne Kesting, 1930—2021)的德国文学评论家和布莱希特传记作者就在其所著书中引述布氏老子出关诗全文时专辟一页地配了一幅老子出关图与之对排,从而暗示出该诗作与老子出关图的关联。[②] 但遗憾的是,该书除了配图并未再对创作蓝本多说一个字且对配图的来源也是含糊其辞,而读者若以这幅配图为标准来对比和衡量的话,依旧可以得出该图与布莱希特老子出关诗关系不大,该图并非其创作蓝本的结论,从而从另一个角度又一次强化了布莱希特老子出关诗极具原创性的印象。

如前所述,布莱希特的第一篇老子出关文本完成于 1925 年,而他早在 1920 年 22 岁时便已接触到了老子及其思想,那么主要围绕这两个时间节点,尤其是对 20 世纪 20 年代之前出版的老子德文及西文译介进行梳理比对,理论上应该不难找出他的创作蓝本。事实上,学者们也是这样做的。经过布莱希特研究界自 20 世纪 70 年代以来所展开的不懈探索,目前可以初步确定的一点是:德国著名汉学家卫礼贤 1911 年发表的《道德经》德译本为布莱希特吸收借

[①] 参见卫茂平:《中国对德国文学影响史述》,上海外语教育出版社 1996 年版,第 472—473 页。
[②] 参见 Marianne Kesting, *Bertolt Brecht in Selbstzeugnissen und Bilddokumenten*, Hamburg: Rowohlt, 1959, S. 84-85。

鉴包括老子出关典故在内的道家思想文化资源的最重要途径。然而，由于1911年的这个德译本100年来一直一版再版，负责再版的出版社和编辑也通过各种方式不遗余力地强调这些再版是依照1911年卫礼贤老子德译本首版原文复制，因而使得很多研究者甚至是不假思索地直接拿这些当代再版作为研究和考察依据，从而跟前述中外研究者一样得出布莱希特老子出关诗之于其蓝本具有极高独创性的结论。

诚然，只要仔细研读一个世纪以来的不断再版的卫礼贤老子德译本各版本，就不难发现，1911年首版的绝大部分文字内容确实最大程度地得到了沿袭和保留。但需要注意的是，除属于卫礼贤本人的前言、导论、翻译和注疏部分几乎悉数保持恒定外，众多的再版却也出于各种原因对首版文字、配图与引用文献根据各自的需要进行了某些删减或添加。如1982年的再版就删除了卫礼贤友人对老子学说的社会学简介，而相应地增设了一个长达70余页的、由选自卫礼贤1925年所著《老子与道家》一书的第3、4、5、6、7章及第9章组成的题为《老子的学说》(Die Lehren des Laotse) 的专论，从而使得这个再版的篇幅大大超过首版篇幅。[①] 不过，由于文字部分的变化对我们讨论布莱希特老子出关诗创作蓝本的意义不大，故而笔者在此只聚焦于对于研究布氏老子出关诗的创作具有重要意义的相关配图的变化情况。

[①] 参见 Lao-tzu, *Tao Te King. Das Buch vom Sinn und Leben. Laotse*, übers. u. mit einem Kommentar von Richard Wilhelm, Köln: Diederichs, 1982, S. 8。参见 Richard Wilhelm, *Lao-tse und der Taoismus*, Stuttgart: Fr. Frommanns Verlag (H. Kurtz), 1925, S. 30 - 72, S. 101 - 128。

布莱希特笔下的"老子出关"

纵观卫礼贤老子德译本近百年来的再版版本,它们在配图方面所发生的与首版迥异的变化可谓一目了然。鉴于影像、图片对受众所天然具有的强大影响力,各个再版版本所用插图因而也就成为需要我们格外给予重视的对象,因而也就有必要结合版本史和接受史对它们进行一番细究。下面笔者依次以1911年、1921年、1923年、1978年及2000年的卫礼贤《道德经》德译本为例,对这些版本各自的插图变化情况进行详细说明。

1911年首版在全书开头的扉页部分依次插入一小一大两幅均没有标明作画者信息的老子出关图,因下文还有专门的相关论述,在此不再赘述。

1921年的印数为10 001—14 000册的再版与首版不同的是,它有了专门的版权页,版权页之后便是一个双页对排的老子出关图,该图及其配文都与首版一模一样,是这个再版的唯一插图,1911年首版的小图则已经不见踪影。[①] 令笔者感到幸运的是,北京大学图书馆特藏部收藏有三册1921年的再版,其中两册竟然还是译者卫礼贤本人的亲手赠书:一册的标题页右下方盖有带"卫礼贤先生捐助"字样的北京大学图书馆捐书章,另一册的卷首留白页上则是卫礼贤的英文亲笔题赠"给我的朋友胡适博士"以及其本人的德文签名。1923年则可以视为一个重要的分水岭,因为在1923年的15 001—19 000册印量的再版里就连双页对排的老子出关大图的影子也没有了,就是说从1923年起,1911年首版的两幅插图被

[①] 参见 Laotse, *Tao Te King. Das Buch des Alten vom Sinn und Leben*, aus dem Chinesischen verdeutscht und erläutert von Richard Wilhelm, zehntes bis vierzehntes Tausend, Jena: Eugen Diederichs, 1921。

出版社彻底放弃，转而代之以一幅全新的人物立像，占幅一页，排在版权页之后。该人物画画外边框右上配文为"老子"，右下配文为"仿中国木刻"，仅此而已，至于其作者是谁，出版社并没有主动给予任何说明。① 不过，细心的读者可以从这幅老子木版画中隐约可见的落款"文晁"两字推知，作画者很可能是日本江户时代著名画家谷文晁（1763—1841）。不管怎样，1921年和1923年的再版标注的都是1921年的版权。

与1921年和1923年的再版都只剩下一幅孤零零的老子配图相比，半个多世纪后制作的1982年扩展版则不论是在文字内容上还是在插图的匹配上，都显得格外丰盛和豪华。这一版从头到尾依次安排了五幅画作，首先是与标题页对排的卷首插画，即置于全书第二页整页上的一幅由清末画家何元俊（生卒年不详）所作的题为《紫气东来》的老子骑牛图，但该图画外边框下方的德文配文并没有指出作画者是谁，而只是配了一行表示该图主题和类别的直译为中文是"骑在牛上的老子。道家画"的德文说明。② 这一方面表明出版社和编辑可能对这些插画并不十分了解，而只要求它们与老子出关内容相关便可；另一方面也说明以老子出关为题材的中外画家和画作众多，要想弄清楚并非易事，所以出现在接下来的版权页上的有关封面设计"使用了宋朝晁补之的《水牛上的老子》一画"的声明就明显与此书所有插图不相符合，因为五幅插图中没

---

① 参见 Laotse, *Tao Te King. Das Buch des Alten vom Sinn und Leben*, aus dem Chinesischen verdeutscht und erläutert von Richard Wilhelm, fünfzehntes bis neunzehntes Tausend, Jena: Eugen Diederichs, 1923。
② 参见 Lao-tzu, *Tao Te King. Das Buch vom Sinn und Leben. Laotse*, übers. u. mit einem Kommentar von Richard Wilhelm, S. 2。

布莱希特笔下的"老子出关"

有一幅是出自这位中国古代大画家之手。[1] 当然,版权页标注的版权时间是1978年,笔者手头没有1978年的版本,或许还有个1978年的再版也是可能的,但笔者手头的1982年版却没有标注任何版次,这又表明1982年版就是扩展版第一版,总之这些次要问题只能暂且留待后续解决了。再回到1982年这个扩展版,接在其版权页之后的是目录、卫礼贤撰写的译本前言和导论,而在导论之后,《道德经》第一部分"道"开始之前则插入了全书的第二幅配图,即完全沿袭1923年再版里首次出现的谷文晁作老子画像,只是画下的一行配文与之前有所不同:标题仍是"老子",画的类别则变为"水墨画",之前缺失的画的出处也已补充为"出自《妙迹图录》"。[2]《妙迹图录》是由一位名叫神木犹之助的日本人于明治四十一—四十一年,即1908年前后,在日本辑录出版的多卷线装本画册,收录中国名画和日本南画精品百余种。[3] 由此可以进一步确定1982年版的第二幅插图是日本画家谷文晁所作南画——中国水墨画《老子》。1982年版的第三幅插图位于第一部分"道"结束和第二部分"德"开始之间,根据图下配文可知,这同样是一幅"出自《妙迹图录》的水墨画",画作题名为"老子骑青牛图"。[4] 这幅画同样没有给出作画者信息,画中落款也模糊不清,但画中题诗却清晰表明是宋末元初

---

[1] 参见 Lao-tzu, *Tao Te King. Das Buch vom Sinn und Leben. Laotse*, übers. u. mit einem Kommentar von Richard Wilhelm, S. 4。

[2] Ebenda, S. 38。

[3] 参见布衣书局:拍好书第十八期:艺术图册专场,载搜狐网 https://www.sohu.com/a/253936487_299821,2024年11月5日。

[4] Lao-tzu, *Tao Te King. Das Buch vom Sinn und Leben. Laotse*, übers. u. mit einem Kommentar von Richard Wilhelm, S. 78。

画家兼诗人郑思肖(1241—1318)的《老子度关图》:"紫气东来压万山,老聃吐舌笑开颜。青牛车外天风阔,摇动当年函谷关。"①即便如此,依旧无法确认作画者到底是谁。当然,这个问题在此并不重要,只要知道这是一幅典型的老子出关图就足够了。第四幅插图紧随在《道德经》第八十一章结束后出现,这是一幅石拓老子全身像,画面右上方可见"吴道子亲笔"字样,而从画面左下方落款则可知,该画并非唐代大画家吴道子(约680—759)真迹,而是康熙年间的后人仿作,但该插画下方的德文配文仅是"老子。唐代石拓",同样没有给出作画者信息。② 全书的第五幅图插在以《老子的学说》为题的卫礼贤述评结束之后和卫礼贤所作注释部分开始之前,这同样又是一幅没有标明作者、也看不出创作年代的老子出关图,出版社为该画所配德文说明直译为中文是:"老子在边境碰见尹喜。木版画。"③

这个1982年版的卫礼贤《道德经》德译本在千禧年时迎来了它的第13次再版。2000年的这个再版,其书内的文字内容、插图数和插图位置以及排序可以说与1982年版完全一致,甚至连页码都是一样的。但其版权页上的信息却是发生了变化的,版权所属的出版社及出版地点均有所变更,设计和制作团队亦有所不同,1982年版有关封面设计借用晁补之绘画的声明也不复存在。就插图而言,2000年版在数量上多用了一幅,即对位于卷首的何元俊所作老子骑牛图黑白原图进行了二次加工,将其着色后重复使用到

---

① 参见(宋)郑思肖:《郑思肖集》,陈福康校点,上海古籍出版社1991年版,第二〇五页。
② Lao-tzu, *Tao Te King. Das Buch vom Sinn und Leben. Laotse*, übers. u. mit einem Kommentar von Richard Wilhelm, S. 125.
③ Ebenda, S. 197.

布莱希特笔下的"老子出关"

封面上,以强化图书宣传效果,吸引读者,同时也进一步凸显老子骑青牛出关的传说。①

总之,自1923年再版起至今,卫礼贤译注的老子《道德经》德译本配图发生了巨大变化,如果只以这些配图为参照标准的话,那么任何人都会不假思索地断定:布莱希特老子出关诗与这些配图的内容、画面以及人物形象之间存在很大差异,从而进一步坐实布氏老子出关诗极具原创性的结论,进而顺理成章地把中国素材的作用降格为一种非常抽象模糊的"药引子"功能。这当然是不符合事实的。实际上,从1921年的14 001册版回溯至1911年首版,这最初10年间的首版和再版都配有一幅占据两个对开页的老子出关大图,只要将它拿来与布氏出关诗仔细比对,就不难得出与之前大不相同的结论:布氏出关诗当然有其独创性,但这幅老子出关图对他的影响却是不言而喻的,某种意义上布莱希特这首老子出关诗的大部分内容其实相当于一种"看图说话"。

现在我们再回到之前提到过的布莱希特传记作者凯司廷在其书中所配的老子出关图上,这幅图与1911年首版所用的老子出关图完全不同,但凯司廷为该图所配的文字却异常奇怪地与卫礼贤1911年首版所配出关图的德文配文一模一样!② 据此笔者有理由

---

① 参见 Laozi, *Tao Te King. Das Buch vom Sinn und Leben / Laotse*, übers. und mit einem Kommentar von Richard Wilhelm, 13. Auflage, Kreuzlingen;München:Hugendubel, 2000。
② 该德文配文为"Laotse, der das Reich verläßt, übergibt sein Werk Tao Te King dem Grenzwächter. Chinesische Zeichnung"。详见 Marianne Kesting, *Bertolt Brecht in Selbstzeugnissen und Bilddokumenten*, S. 84。卫礼贤1911—1921年老子出关大图德文配文详见本文第三章第五小节以及本文出现的第二幅插图。

129

怀疑凯司廷其实知道1911年首版的这幅老子出关图,那其为何没有沿用这幅图,而是另起炉灶呢？或许有图片版权使用问题,抑或是其已对布氏出关诗的"看图说话"性质心知肚明,因而不作任何说明地,也不惜花费一整个页面篇幅地配个可以反衬布氏出关诗原创性的出关图。无论这位作者兼研究者真实意图如何,其做法客观上都已构成误导。

总之,即便研究者不乏考据意识,却也由于忽略卫礼贤1911年《道德经》德译本一百年出版史的发展情况,尤其是其配图的反复变化情况,几乎所有此类研究[①]都在相关问题上无法取得关键性突破,而只能满足于猜测。可喜的是,这种局面在2008年终于通过德国学者戴特宁发表的德文专著《布莱希特与老子》(*Bertolt Brecht und Laotse*)得到一定程度改观,因为此书首次注意到卫礼贤1911年《道德经》德译本首版与后续再版版本之间的不同并强调指出了此首版内一幅老子出关图的重要性。但遗憾的是,因侧重点不同,此书并未就版本史以及作家与素材之间的关系继续展开探讨。[②] 有鉴于此,也限于篇幅,笔者接下

---

① 参见 Antony Tatlaw, *The Mask of Evil. Brecht's Response to the Poetry, Theatre and Thought of China and Japan. A Compara- tive and Critical Evaluation*, Bern: Peter Lang Verlag, 1977, p. 84–87, p. 190, p. 373–376, p. 482。参见 Yun-Yeop Song, *Bertolt Brecht und die chinesische Philosophie*, Bonn: Bouvier, 1978, S. 116, p. 296。参见 Fang-hsiung Dscheng, *Alfred Döblins Roman „Die drei Sprünge des Wang-lun" als Spiegel des Interesses moderner deutscher Autoren an China*, Frankfurt am Main: Peter Lang, 1979, S. 88–92。参见 Bertolt Brecht: *Werke. Große kommentierte Berliner und Frankfurter Ausgabe*, hrsg. von Werner Hecht, Jan Knopf, Werner Mittenzwei, Klaus-Detlef Müller, Band 12: *Gedichte 2. Sammlungen 1938–1956*, Berlin, Weimar: Aufbau-Verlag, Frankfurt am Main: Suhrkamp Verlag, 1988, S. 366–367。

② 参见 Heinrich Detering, *Bertolt Brecht und Laotse*, Göttingen: Wallstein Verlag, 2008, S. 96。

来会专门关注布氏的多个老子出关文本,而非老子出关诗一个文本,与卫礼贤《道德经》德译本首版之间到底存在何种具体联系。

布氏的4个老子出关文本前面已作勾勒,为了方便下文的比对和分析,笔者也先在此把卫礼贤《道德经》德译本首版的编排结构再作一简要介绍。

卫礼贤1911年《道德经》德译本首版,如果从封面开始翻阅的话,要翻十来页才能翻到标有罗马数字"I"的"前言"部分,而这之前没有页码标识的十来页,姑且就称作"内封扉页"吧,按照先后顺序,除去留白页不算,这些"内封扉页"上依次出现的内容是:德国迪德里希(卫礼贤译作"德得利")出版社狮子侧身坐像社徽;覆盖有透明宣纸的源自木刻的中文书名"老子道德经"、译者和出版社及出版年,大概为内封第5页的样子;德文书名、译者和出版社及出版年,大概为内封第7页的样子;两幅取材于老子出关说的中国画①:前一幅占一页篇幅,呈现的是老子、书童及关令在一起相谈甚欢、其乐融融的情景(见图1);后一幅占两页篇幅,大概为

图1 卫礼贤1911年《道德经》首版插图一

---

① 本文的两幅中国画均出自 *Laotse Taoteking. Das Buch des Alten vom Sinn und Leben*, aus dem chinesischen verdeutscht und erläutert von Richard Wilhelm, Jena: Eugen Diederichs, 1911。

"内封扉页"第10—11页的样子,呈现的是穿戴考究的关令向由一书童陪伴、骑一头青牛出关的老子作揖行礼的场景(见图2)。需要指出的是,配有如此多"内封扉页"的图书其实是很少见的。这些"内封扉页"之后便出现用罗马数字标明页码的"前言"和"导论":"前言"占据第Ⅰ—Ⅲ页,为卫礼贤写于1910年12月;"导论"为卫礼贤给译本所写,用罗马数字标明为从第Ⅳ—XXV页。"导论"之后紧接着的是用罗马数字标明为第XXVI—XXXII页的文章《论老子哲学的社会层面》,作者为与卫礼贤熟识的、当时新成立的青岛德华大学法律系讲师、法学博士哈拉尔德·古特赫尔茨(Harald Gutherz,生卒年不详),卫礼贤在"前言"的末尾就已提到过古特赫尔茨的这篇"论述老子对于人类社会之思考"的文章并在译本的注释部分里引用了由古特赫尔茨翻译为德文的东晋陶渊明(约365—

图2 卫礼贤1911年《道德经》首版插图二

427)所作《桃花源记》。古氏文章之后,正文开始。而自正文起的页码全部采用阿拉伯数字标示,正文上部为"道",下部为"德",上下部页码横跨第1—86页;正文之后为"注疏",第87—113页;再往后就是"所用文献",第114—115页;最后压轴的是"目录",第116—118页。

卫礼贤在全书前面的"导言"中强调自己大量使用了中文文献,并对自己占有文献之丰富引以为傲,同时重点介绍了先秦至六朝时期的王弼《道德真经注》和河上公《老子道德经》,而在后面"所用文献"中卫礼贤也列出了重要的中外文参考文献:中国方面有初唐至五代时期陆德明的《老子音义》(依照王弼本注音),明代薛蕙的《老子集解》和从儒家观点去看老子的洪应绍的《道德经测》,清代王夫之有关老子的文章等;外国方面近代则有18世纪日本太宰春台的《老子特解》以及英法德三国已有的对老子哲学的代表性译介等。

三

通过借鉴现有研究,并在此基础上作进一步分析、爬梳、比对和整理,笔者现将卫礼贤1911年《道德经》德译本之所以为布莱希特创作老子出关文本最重要蓝本的具体代表性例证总结如下:

(一)"老子"(Laotse)、"《道德经》"(*Taoteking*)和"道"(Vernunft)

大家知道,《道德经》注本众多,其中流传最广的是王弼本《道德真经注》和河上公《老子道德经》。王弼本为一般学者所推崇,河上本则为普通民间所通用,河上本使用非常广泛。① 卫礼贤1911年德译本所用的底本便是河上本,所以他把《老子道德经》这一书名译作德文时既用了直译"Laotse Taoteking",完全与中文书名一一对应,也用了意译"Das Buch des Alten vom Sinn und Leben"作为解释,其中的"das Buch"对应"经","des Alten"(为"der Alte"的第二格,表所属)对应"老子的","Sinn"对应"道",而"Leben"则对应"德",因此这句话对应的中文就是"老子的论说道和德的经书"。这个书名的原文木刻版专门设在大概为"内封扉页"的第5页上,此页上面还覆盖一张透明的丝质宣纸,宣纸上用直译的德文对应标明中文词义,显得十分精致、古雅而珍贵,给人印象极为深刻。

经过前面十来张"内封扉页"的渲染造势而令人过目难忘之后,卫礼贤又在正文之前的"导言"中对老子其人其作进行了非常详细的介绍。根据布莱希特创作老子出关文本所受影响大小,以下仅有针对性地聚焦卫礼贤对老子姓氏、《道德经》书名由来和老子哲学核心概念"道"的阐释。

卫礼贤撰写的长篇"导言"由四节组成。在第一节"作者其人"里,卫礼贤依据司马迁《史记》记载,特别详细地介绍了老子的姓氏情况:"老子在欧洲为大家所熟悉的'Laotse'这个名字,根本不是本名,而是一个称号,最好译作'der Alte'。他的家族姓氏是李,这在中国是个大姓,其使用频率甚至超过了德国的大姓麦耶;他的乳名叫耳(耳朵),学名叫伯阳(伯爵+太阳),他去世后的谥号为聃,即老聃(字面意思为:老的长耳朵;意译为:老的先生)。"这里"老

---

① 《老子今注今译》,陈鼓应注译,商务印书馆2003年版,第369页。

的先生"对应的德文是"alter Lehrer",按照卫礼贤的处理,这就是老聃的德文意译。① 而关于老子姓名问题,中国历来有两种说法:其一说"老"是尊称,"老子"即后人所谓老先生的意思;其二说"老"是姓氏,当时称"子"的都在氏族下面加"子"字。② 由此看来,卫礼贤接受了第一种说法。而布莱希特又从卫礼贤,如此一来,在其相关文本中出现的"Lehrer"指的就是"先生""老师",出现的动词"lehren"(教书,教导)和名词"Lehre"(学说,教诲)则是由此生发的具有因果关系的合理联想。而具体就老子出关诗而言,布莱希特根据卫礼贤的介绍对老子这个名字进行了多角度的运用:在该诗的标题中使用的是为欧洲人所熟悉的老子的音译名"Laotse",在第一诗节中使用的是意义为德文"alter Lehrer"的老子谥号老聃,而在第三、第七、第九和第十诗节里使用的则是意译为德文"der Alte"的老子称号。总之,布莱希特本人非常清楚这三个都是老子的名号,也就是说该诗中多次出现了老子的各种名字。但读者和研究者如果不了解布莱希特的这种创作过程及其细节,就往往容易"望文生义",把对应于老聃的"alter Lehrer"单纯理解为"老师"或"大师",对应于老子的"der Alte"及其变种理解为"老者"或"老人",而只认定标题中出现的"Laotse"为老子之名。③ 这种有趣的误会甚至连本雅明都未能幸免。在他

---

① 参见 Richard Wilhelm, „Einleitung", in: *Laotse Taoteking. Das Buch des Alten vom Sinn und Leben*, aus dem chinesischen verdeutscht und erläutert von Richard Wilhelm, Jena: Eugen Diederichs, 1911, S. IV‐S.XXV, hier S. IV。
② 陈鼓应:《修订版序》,载《老子今注今译》,陈鼓应注译,商务印书馆2003年版,第8页。
③ 参见贝·布莱希特:《老子流亡路上著〈道德经〉的传奇》,谭渊译,载叶隽主编:《侨易》(第二辑),第137—139页。参见卫茂平:《中国对德国文学影响史述》,第469—472页。

发表于《瑞士星期天报》上的诗评中,他就调侃布莱希特说,老子出关诗充满了老子的智慧,"可诗中却没有点出他的名字"①。

在"导言"第二节"老子其作"里,卫礼贤勾勒了《道德经》在中国受到重视和研究的历史脉络。当进一步谈及历代老子注疏解说时,卫礼贤特别推介了王弼《道德真经注》和河上公《老子道德经》,指出汉代"文景之治"便是老子学说运用于国家政治治理的直接成果,汉文帝研究老子学说据说用的就是河上注本,而《道德经》这一书名也是最终确定于汉文帝之子汉景帝统治时期。介绍到这里时,卫礼贤又赶紧随后用括号标明《道德经》(按当时标准)的汉语拼音拼法"Dao De Ging"及其对应的德文"das klassische Buch vom Sinn und Leben"。② 卫礼贤在此节末尾还专门声明说,他这个德译本所沿用的上部"道"37章及下部"德"44章的划分方法据说也可以追溯到河上公,而其中又以宋(代木)刻本最为古老。③ 以此与前面"内封扉页"中所插入的同样也是刻意强调的中文原文木刻标题"老子道德经"相呼应。

接下来,在"导言"第三节"《道德经》的内容"里,卫礼贤详尽地说明了他对"道"这个核心概念的翻译方法。卫礼贤首先介绍迄今为止西方对"道"的各种译法:"就这个词的正确译法而言,从一开始就存在非常严重的意见分歧。一些人建议译作'上帝''道路''理性''言'(希腊文的)Logos',又有一部分译者选择不翻译,而是将'道'的音译'Tao'直接收入欧洲语言。"卫礼贤还专门指出"道"这一中文

---

① Walter Benjamin, *Gesammelte Schriften*. Band II · 2: *Aufsätze, Essays, Vorträge*, S. 570.
② Richard Wilhelm, „Einleitung", in: *Laotse Taoteking. Das Buch des Alten vom Sinn und Leben*, S. VII.
③ Ebenda.

词的初始意思为"道路"并"由此衍生出'方向''状况'之意,而后再衍生出'理性''真理'之意"。① 卫礼贤继而将中文词"道"和德文词"Sinn"进行词义探源和对比,又引歌德诗剧《浮士德》第三场《书斋》中翻译《新约》的浮士德将《约翰福音》第一章第一句译作"太初有思"②以及圣经多种中译本中此句大都被译作"太初有道"为据,力证自己将"道"译作"思"(Sinn)的合理性。③ 值得注意的是,布莱希特在这个问题上并未接受卫礼贤的译法,反倒是对卫礼贤所介绍的其他译法中的一种,即将"道"译作"Vernunft"(理性)表现出浓厚兴趣,因为在1925年《讲礼的中国人》和1933年给克劳斯的信中他都用了"Unvernuft"这个词,这也是笔者为何在前面翻译这两个相关文本时对应使用中文"失道"或"大道废"来表达的一个依据。当然,也不排除布莱希特受卫礼贤介绍启发去专门查阅了将"道"译作"Vernunft"的那种《道德经》德译本的可能性。

(二)"海关税吏"(Zöllner)、"海关管理者"(Zollverwalter)、"海关官员"(Zollbeamte)、"海关守卫"(Zollwächter)和"边境守卫"(Grenzwächter)

"关令"一词中的"令"为古代官名,指主管某个方面的官员;④"关"的含义则要复杂一些。按照《古代汉语词典》,"关"可指关

---

① Richard Wilhelm, „Einleitung", in: *Laotse Taoteking. Das Buch des Alten vom Sinn und Leben*, S. XV.
② 歌德:《浮士德》,钱春绮译,上海译文出版社2007年版,第35—36页。
③ Richard Wilhelm, „Einleitung", in: *Laotse Taoteking. Das Buch des Alten vom Sinn und Leben*, S. XV.
④ 《古代汉语词典》,《古代汉语词典》编写组编,商务印书馆1998年版,第995页。

口、关卡,设在边界上以稽查商旅;[①]按照《现代汉语词典》,"关"既指古代在交通险要或边境出入地方设置的守卫处所,也指货物出口或进口查验收税的地方,如海关等;另外,"关卡"则是为收税或警备而在交通要道设立的检查站、岗哨。[②]

卫礼贤将"关令"译作"Grenzbeamter"(边境官员)或"Grenzwächter"(边境守卫),布莱希特的四个文本均提到了"关令",但只有第四个文本直接复制了卫礼贤的"Grenzwächter",取的是中文"关"字中的"边境哨卡"之义,以与实际情况相符;前三个文本则没有直接沿用卫译,而是改用了与之意义相近的四个不同的德文近义词"der Zöllner""Zollverwalter""Zollbeamter""Zollwächter"[③],从而把中文"关"字中所包含的用以稽查商旅或收税的类似于海关这类的"关卡"之意特别渲染出来,并以此为基础设计出关令这个人物要老子"上缴关税"和"呵斥走私犯"的情节,从侧面烘托出老子在物质生活上的清贫和精神生活上的富有以及关令对他的景仰。

(三)"薄书"(das dünne Buch)和"小书"(das Büchlein)

卫礼贤1911年德译本中多次提及《道德经》是一本意义重大但却篇幅短小的著作。在其所写"前言"中,卫礼贤先是称《道德

---

① 《古代汉语词典》,《古代汉语词典》编写组编,商务印书馆1998年版,第498页。
② 《现代汉语词典》,中国社会科学院语言研究所词典编辑室编,商务印书馆2012年版,第476—477页。
③ 参见 *Der Duden in 10 Bänden. Das Standardwerk zur deutschen Sprache*, Band 8: *Sinn- und sachverwandete Wörter*, hrsg. u. bearb. von Wolfgang Müller, 2., neu bearb., erw. u. aktualisierte Auflage, Mannheim, Wien, Zürich: Bibliographisches Institut, 1986, S. 301 u. S. 789。

经》为影响力巨大的"小薄书"(das kleine Büchlein)[1],然后又说研习这本"薄薄的中国小册子"(das kleine chinesische Werkchen)令他享受到"美妙的静观时光"[2]。在接下来的"导言"中,卫礼贤在阐述《道德经》为公元前的古代经典名家如列子、庄子、韩非子、淮南子等广泛引用从而表明其非后世伪作时,再一次强调了《道德经》是"一本简短的小册子"(ein Werkchen von der Kürze)[3]。这里,卫礼贤后两次所用"Werkchen"一词同他第一次所用的"Büchlein"在德文中均是小化词,分别源自名词"Werk"和"Buch",而"Werk"的常用释义之一便是"Buch"[4],另在德语近义词词典中也可发现它们互为近义词[5]。总之,卫氏对"小书""小册子"的这种强调应是令布莱希特印象深刻的,因为1925年文本中出现"das dünne Buch"字样,而1933年老子出关诗第二诗节则原封不动地用了"Büchlein"一词。

老子出关诗的这个第二诗节描述了老子为出关而准备的简单行囊,其中包括烟斗、面包和小书一本。有学者认为这三样东西恰好是老子生活的春秋时期所没有的,这种有悖历史真实的"时代错误"布莱希特想必是故意为之,借以暗示躲在老子身后的诗人自

---

[1] Richard Wilhelm, „Vorwort", in: *Laotse Taoteking. Das Buch des Alten vom Sinn und Leben*, aus dem chinesischen verdeutscht und erläutert von Richard Wilhelm, Jena: Eugen Diederichs, 1911, S. I – S. III, hier S. I.
[2] Ebenda, S. II.
[3] Richard Wilhelm, „Einleitung", in: *Laotse Taoteking. Das Buch des Alten vom Sinn und Leben*, aus dem chinesischen verdeutscht und erläutert von Richard Wilhelm, Jena: Eugen Diederichs, 1911, S. IV – S. XXV, hier S. VI.
[4] *Wörterbuch der deutschen Sprache*, hrsg. von Gerhard Wahrig, München: Deutscher Taschenbuch Verlag, 1978, S. 886.
[5] *Großes Wörterbuch. Synonyme*, Köln: Buch und Zeit Verlagsgesellschaft, 2000, S. 88 u. S. 426.

己,用老子出关来影射作者逃离纳粹德国、被迫流亡的经历,从而达到借古喻今之目的。① 笔者认为,这种细致的解读总的来说可以令人信服,只是对"小书"的分析似有诠释过度之嫌,值得商榷,理由如下:首先,如前所述,卫礼贤1911年德译本已使用该词且布莱希特从卫礼贤,在两次相关创作中均使用该词及其变种;其次,从词源上讲,德文词"Buch"本身就包含"木简"的意思。查阅十卷本《杜登字典》可知,此词在古高地和中古高地德语中最初指的是"捆扎在一起的用于写字的山毛榉木片",只是后来经过不断发展演变这个词才被用来表示所有种类的被装订起来的一沓纸,如今尤其被用来指称印刷出来的书籍;②最后,卫礼贤1911年德译本多页"内封扉页"中还插有一幅以老子骑青牛出关为内容的中国画(请见图2),画中人物之一的书童右肩上扛着一根长长的竹竿,竹竿粗的一头向其身后上方翘起,竹竿正中部位则挂着一个用带子捆扎成一沓的简牍,细数一下,这个简牍大概由五六块竹简或木简组成,算得上是一本名副其实的小简册,即古代的"小书"呢!按照这幅图所给出的画面和传递的信息,老子倒的确也是带着一本小书才踏上西去的路途的。

(四)"辩解"(Entschuldigung)

1925年完成的《讲礼的中国人》中多次出现的"辩解"一词,

---

① 参见 Heinrich Detering, *Bertolt Brecht und Laotse*, Göttingen: Wallstein Verlag, 2008, S. 70。参见谭渊:《从流亡到寻求真理之路——布莱希特笔下的"老子出关"》,《解放军外国语学院学报》2012年第6期,第121—122页。
② 参见 *Der Duden in 10 Bänden. Das Standardwerk zur deutschen Sprache*, hrsg. vom Wissenschaftlichen Rat der Dudenredaktion, Band 7: *Etymologie. Herkunftswörterbuch der deutschen Sprache*, Mannheim: Bibliographisches Institut, 1963, S. 86。

同样可从卫译本中找到，这应该不是巧合。在"前言"一开头，卫礼贤就为自己为何在已有许多译本的情况下仍坚持再译《道德经》进行辩护："如果今天有谁要翻译老子，那么这件事情在全体专业汉学家看来就需要一个特别的辩解，因为近百年以来没有哪一本中国典籍像《道德经》一样如此吸引翻译家们蜂拥而至。"① 接下来卫礼贤提出三个理由来力证自己再译的合理性：第一，《道德经》内容的奇特性、神秘性和晦涩性留给读者巨大阐释空间，使得各种个性化解读成为可能；第二，作为迪德里希出版社重点出版计划——"中国宗教和哲学原典"系列丛书不可缺少《道德经》这样影响巨大的著作；第三，这个具有新意的译本在翻译和注释方面都以中国原始文献为主，欧洲文献只起辅助作用。② 卫礼贤这里的"辩解"是德文名词"Entschuldigung"，其本来含义之一为"为某一行为方式找理由"或"说明某一行为举止是正当的"③，相当于中文的"辩解""申辩""借口""托词"等，而卫礼贤所用的动词"需要"是要求搭配第二格的"bedürfen"的第三人称单数，时态为现在时，而《讲礼的中国人》开头第一句用的就是"Entschuldigung bedarf"这个搭配，语言层面的模仿痕迹一目了然；而在《讲礼的中国人》一文的最后布莱希特则使用了"Entschuldigung"的动词形式"entschuldigen"。④

---

① Richard Wilhelm, „Vorwort", in: *Laotse Taoteking. Das Buch des Alten vom Sinn und Leben*, aus dem chinesischen verdeutscht und erläutert von Richard Wilhelm, S. I.
② 参见上书, S. I－II。
③ [德]瓦里希（Wahrig, G.）编：《瓦里希德语词典》，影印本，商务印书馆 2005 年版，第 420 页。
④ Bertolt Brecht, *Werke. Große kommentierte Berliner und Frankfurter Ausgabe*, Band 19: *Prosa 4. Geschichten, Filmgeschichten, Drehbücher 1913－1939*, S. 200.

(五)"牛儿"(Ochse)、"小童"(Knabe)和"青松"(schwarze Föhre)

卫礼贤1911年德译本首版最突出的一个特点是对老子出关说所进行的图文并茂的介绍。

卫礼贤在"导言"第一节第一自然段,除叙述的顺序有所改变外,基本上是依据司马迁《史记·老子韩非列传》前三个自然段的内容来依次介绍了老子的个性、姓氏、籍贯、出生日期、从事职业、与孔子的相遇(即众所周知的孔子适周问礼于老子)以及去国出关的情况。

具体就老子出关而言,司马迁的《史记》是这样记载的:"老子修道德,其学以自隐无名为务。居周久之,见周之衰,乃遂去。至关,关令尹喜曰:'子将隐矣,强为我著书。'于是老子乃著书上下篇,言道德之意五千余言而去,莫知其所终。"[1]

卫礼贤的描述则是这样的:"当公共状况变得越来越糟糕,以至于建立秩序的希望完全化为泡影时,据说老子就归隐了。据说,当他——按照后来的流传是骑着一头青牛(参见插图)——来到函谷关时,边境官员(der Grenzbeamte)尹喜便请求老子,写点什么东西留下来给他。于是老子就写下共计5 000多汉字的《道德经》交给尹喜,然后向西而去,没有人知道他去了哪里。"[2]

如果将卫礼贤的这段描述和司马迁原段进行对比的话,很容易发现两个不同之处。第一个是卫礼贤在此去掉了原文的第一

---

[1] 司马迁:《史记》,七传(一),史记卷六十三:老子韩非列传第三,中华书局1959年版,第二一三九到二一四三页,此处为第二一四一页。
[2] Richard Wilhelm, „Einleitung", in: *Laotse Taoteking. Das Buch des Alten vom Sinn und Leben*, aus dem chinesischen verdeutscht und erläutert von Richard Wilhelm, S.V. 为考据研究方便,此段中文译文中重要语汇的德文原文系笔者自加括号标出。

句:"老子修道德,其学以自隐无名为务。"不过,这句话的省却对老子出关说的内容影响倒不大,何况卫礼贤也并没有真的略掉它,而是把它挪到"导言"第一节第一自然段开头部分用作说明老子的性格特征去了。对于我们研究布莱希特运用老子出关素材详情意义重大的是第二个变化,即卫礼贤在用第一虚拟式客观转述司马迁相关内容时所插入的一个第一分词扩展词组"按照后来的流传是骑着一头青牛(参见插图)",德文为"nach späterer Tradition auf einem schwarzen Ochsen reitend(vgl. Abbildung)"。至此,事情就很清楚了:卫礼贤在此所介绍的是老子乘青牛出关说,但这种说法并不见载于《史记》,而是见载于《列仙传》《太平御览》等,属秦汉神仙家的附会之谈。不过,这个老子乘青牛出关说对后世的影响却不可小觑,仅就其对中国绘画领域的作用而言,自古以来便是最受欢迎的绘画题材之一,历代都有大小名家据此作画,一般画师就更多了。在层出不穷的老子出关图中,老子大都是大耳垂肩、白发白须、飘逸达观、老成持重的得道仙人形象。[①] 卫礼贤看来对中国绘画也有相当了解,因为他在他的这个译本中既附了一幅仙气飘飘的白须老子图,也相得益彰地附了一幅老子骑青牛出关图,且在前述介绍中特地插入"(参见插图)"几个字提醒读者去看图。而当读者按照提示去看图时,便会发现,卫礼贤这里的德文"插图"一词用的是单数,外加对"青牛"的明示,读者很清楚他所指的"插图"不是第一幅刻板印象的老子出关图,而是第二幅老子骑青牛出关图,而通过此图画外框右上边角处所配的大写德文说明,读者同样可

[①] 参见彭永捷:《龙、凤、青牛与老子》,《中华文化论坛》1997年第2期,第93页。

以立马确认这就是卫礼贤在"前言"中请读者"参见"的那幅"插图"。这份简短的说明由上下两部分组成,中间由一空行隔开,为方便辨认,笔者将全部为大写的原文改用常规的大小写转录于此,上面八行是"Laotse, der das Reich verläszt, übergibt sein Werk Taoteking dem Grenzwächter",其中的老写法"verläszt"(离开)等于今天的"verläßt"及其2006年之后的新写法"verlässt",这句话直译为中文就是"离开帝国的老子把他的著作《道德经》转交给边境守卫",也就是说通过这句德文对插图内容作出了言简意赅的说明;下面两行是"Chinesische Zeichnung",直译为中文是"中国(素描)画",也就是告诉读者这是一幅地地道道出自中国画师之手的中国画。这幅老子骑青牛出关图也很是特别,因为出现在这个图上的老子完全不是程式化的仙风道骨,而是一个一点没有被神化的,态度和蔼可亲、平易近人的,身体瘦弱、物质生活清贫的小老头。这个另类的老子形象应该说对布莱希特出关诗中的老子形象塑造影响强烈。另外,布氏出关诗中出现的"小童"人物、"青松"景物也都是源于这幅中国画,因为在别处尚找不出任何与之相关的图文介绍。(请见图1和图2)

(六)"柔弱之水"(Weiches Wasser)和"刚强"(das Harte)

布莱希特对老子"柔弱胜刚强"思想的吸收接受集中体现在老子出关诗第五诗节中书童对关令询问老子学说奥秘的回答上:"柔弱之水,奔流不息,日复一日,战胜强石。刚强居下,你定懂得。"这里的"柔弱""水""刚强"所对应的德文原文是"weich""Wasser""das Harte",这三个词均同时出现在卫礼贤1911年德译本第七十八章中,如"天下莫柔弱于水"一句卫礼贤译为"Auf der ganzen Welt gibt es nichts Weicheres und Schwächeres als das Wasser",用直译法回译为中文是"在这个世界上没有什么东西是比水更柔和更弱的了";又如"弱之胜强,柔之胜刚,天下莫不知"一句卫礼贤译为"Daß Schwaches das Starke besiegt, und Weiches das Harte besiegt, weiß jedermann auf Erden",用直译法回译为中文是"弱战胜强,而柔战胜刚,世人皆知"。[1] 此外,"weich"和"hart"这对反义词还可见于卫译老子第四十三章。此章中"天下之至柔,驰骋天下之至坚"一句被卫礼贤译为"Das Allerweichste auf Erden überholt das Allerhärteste auf Erden"[2],用直译法回译为中文则是"世上最柔的东西超过世上最刚的东西"。

四

通过上面的这些例子可知,无论是在语言层面、思想层面,还是在外在情节框架和人物形象塑造方面,乃至写景状物等的细节处理上,布莱希特老子出关文本和卫礼贤1911年《道德经》德译本首版之间都具有高度关联性。由此可以窥见,虽然作家的主观能动性和文艺创造性是毋庸置疑的,但所谓巧妇难为无米之炊,所选题材和素材自身的惯性和特性,素材对作家创造性灵感的激发和推动,也是一个复杂微妙有趣的系统工程,理应得到足够的重视。具体就布莱希特老子出关文本及其所化用素材之间交互关系的现

---

[1] *Laotse Taoteking. Das Buch des Alten vom Sinn und Leben*, aus dem chinesischen verdeutscht und erläutert von Richard Wilhelm, Jena: Eugen Diederichs, 1911, S. 83.
[2] Ebenda, S. 48.

有研究而言，素材对作家创造性的激发作用似有被低估之嫌。不过，这一点诺贝尔文学奖得主埃利亚斯·卡内蒂应该是早在四十多年前就已经清楚地意识到了，否则——姑且先将他的世界观偏见撇开——他便不会这样酸溜溜地眼红布莱希特说："他对人评价不高……他尊敬那些对他持久有用的人，另外那些人，只要他们能够强化他那有些乏味的世界观，也能够得到他的重视。他的这种世界观越来越多地决定着他的戏剧的性质，但他在诗歌上……后来……却在中国人的帮助下找到了一种智慧。"①

当然，最后还需要指出的一点是，卫礼贤1911年《道德经》德译本虽然重要，但并非唯一，仅凭它来诠释布氏老子出关文本，仍会有一些深层问题不能得到解决，如贯穿和渗透在布氏老子出关文本中的"礼"的问题、道家和道教及农民起义关系问题等。总之，布莱希特对中国文化的研究和领悟具有相当的深度和广度，自20世纪20年代中期起，布莱希特开始同时对孔子及儒家、墨子及墨家等进行深入研究和化用，因而，布氏的老子出关文本也不可孤立看待，需纳入布莱希特和中国传统文化整体关系框架中进行考察。

[部分原载叶隽主编：《侨易》(第2辑)，社会科学文献出版社2015年版，第119—136页]

---

① Elias Canetti, *Die Fackel im Ohr. Lebensgeschichte 1921－1931*, München und Wien: Carl Hanser Verlag, 1980, S. 257.

德布林和庄子

在符合德布林原意的《王伦三跃记》完整手稿中，德布林从头至尾依次吸纳了出自中国道家经典《庄子》的多则谈话和寓言。德布林对它们加以不同程度的运用转化，使之巧妙融入小说文本，创生出新奇独特的文学意境和艺术风貌。德布林没有到过中国，也不懂汉语，对庄子思想和意象的借鉴以"精神漫游"为主，即尽可能多地研读相关西文译介。通过对《庄子》当时在西欧和德国译介情况的梳理，以及将其中代表作与德布林借用《庄子》所生成的文本进行多角度比对分析，可以确定德布林研习《庄子》途径多样，而此前为学界所普遍看重的卫礼贤《庄子》德译本不仅译者操纵色彩浓厚，对德布林创作这部"中国小说"所起的作用也有被高估之嫌。

阿尔弗雷德·德布林是享有世界声誉的现代德语经典作家，对现当代德语文学影响深远。德布林的作品形式多样，内容丰富，气势磅礴，尤以长篇小说见长。德布林的成名作是1915年发表的"中国小说"《王伦三跃记》。这部取材于中国清代乾隆年间历史的作品被誉为"表现主义叙事艺术经典"[1]和"现代德语小说开山之祖"[2]，成为德布林日后一系列鸿篇巨制的发端，奠定了德布林文学创作的基本主题和艺术风格，在德语文学史和德布林个人创作发展史上均占有重要地位。而就德布林对中国文化的研习及其文学再现的广度、深度和精度而言，《王伦三跃记》也堪称是德语文学对中国接受史上的一个里程碑。

正因为如此，从《王伦三跃记》入手探讨德布林和中国传统文化的关系一直以来便是学界的热点话题，而重中之重又首推德布林和道家关系的研究。但迄今为止，德布林接受老子和列子思想的研究较多，德布林和庄子关系的研究则有些止步不前。为此，本文尝试在这个方面做一点推进工作。本文由四个部分组成：第一部分从理顺小说手稿与小说付印稿关系入手，确定以小说手稿作为研究德布林接受庄子学说的基础文本；第二部分按照该文本顺序，依次发掘并分析德布林对道家经典《庄子》多则篇目的借用情况以及这种借用的方式方法与特点；第三部分转移阵地，从微观的文本内分析转向宏观的文本外历史语境溯源，主要在最新的侨易

---

[1] Walter Muschg, „Nachwort des Herausgebers", in: Alfred Döblin, *Die drei Sprünge des Wang-lun. Chinesischer Roman*, S. 481–502, hier S. 481.
[2] Walter Falk, „Der erste moderne deutsche Roman *Die drei Sprünge des Wang-lun* von A. Döblin", in: *Zeitschrift für deutsche Philologie* 98 (1970), S. 510–531.

学理论思路启发下,爬梳德布林"精神漫游"①的主要外围条件——1913年前西方《庄子》译介概况;第四部分再用内外夹击、里应外合之术,进行多角度双向文本比对分析,从而试图最终找出德布林在吸纳庄子思想过程中可能使用过的西文蓝本。

一

德布林从1912年1月或更早一些时候开始着手《王伦三跃记》创作的前期准备工作,广泛深入的整体资料搜集至少持续有半年之久。1912年7月德布林正式动笔,1912年10月27日第一章完成,1913年5月小说完稿。小说形成时期恰逢德布林遭遇人生危机,正所谓"诗人不幸诗之幸",德布林全力以赴以写作求解脱,用他自己的话说,"走哪写哪,才思喷涌"如"决堤"。② 最终小说在十个月内一气呵成,小说原稿体量达到两卷本将近一千六百页的鸿大篇幅。但小说的发表起初并不顺利,先后遭到几家出版社的拒绝,直到1914年初才被德国菲舍尔出版社确认接受。又由于第一次世界大战随后爆发,所以尽管出版年标的是"1915",小说实际上直到1916年3月底才真正上市发行。③

然而,出于尽快出版等种种原因,小说付印稿同原稿相比体量却被迫压缩了将近一半,致使小说在叙事情节的紧张性、结构的对

---

① 参见叶隽:《变创与渐常》,北京大学出版社2014年版,第19—20页。
② 参见 Alfred Döblin, *Zwei Seelen in einer Brust. Schriften zu Leben und Werk*, München: Deutscher Taschenbuch Verlag, 1993, S. 36。
③ 参见 Alfred Döblin, *Die drei Sprünge des Wang-lun. Chinesischer Roman*, hrsg. von Gabriele Sander und Andreas Solbach, München: Deutscher Taschenbuch Verlag, 2007, S. 501−504, S. 656。

称性以及内在文本细节的一致性等方面都遭到不同程度削弱。①其中一个特别需要引起注意的压缩是,当时还是根基尚浅的青年业余作者的德布林听从了当时在德国出版界乃至文化场域均极具权威性的著名犹太学者同时也是德语区较早的《庄子》转译者马丁·布伯的建议,将自己原本刻意模仿《三国志演义》等中国古典小说特有形式"楔子"而设定的、起类似"入话"作用的第一章开头引子部分彻底删除,客观上造成这部"中国小说"形式上的源于中国古典文学影响的革命性和试验性被一笔勾销,从而相应地,也是符合作为宗教哲学家的布伯的趣味的,令小说内容上的宗教层面超越社会政治维度而得以突出和强化。② 这种删减尤其对研究德布林和中国文化真实关系造成不利影响。好在德布林本人初心不改,对这一节引子念念不忘,一俟时机成熟,便稍作修改,将其中百分之九十五的内容分成两个短篇发表出来,这就是 1921 年登载于《天才》(Genius)杂志上的、占原先引子一节六分之五强篇幅的短篇小说《袭击兆老脊》和 1925 年登载于《艺术报》(Das Kunstblatt)杂志上的、占原先引子一节十分之一篇幅的短篇小说《皇帝和准噶尔人》(Der Kaiser und die Dsungeren)。③ 1928 年 12 月 10 日,已是

---

① 参见 Alfred Döblin, *Die drei Sprünge des Wang-lun. Chinesischer Roman*, hrsg. von Gabriele Sander und Andreas Solbach, S. 501 – 504。
② 参见 Fang-hsiung Dscheng, *Alfred Döblins Roman „Die drei Sprünge des Wang-lun" als Spiegel des Interesses moderner deutscher Autoren an China*, Frankfurt am Main: Peter Lang, 1979, S. 227。
③ 参见 Alfred Döblin, *Die drei Sprünge des Wang-lun. Chinesischer Roman*, hrsg. von Gabriele Sander und Andreas Solbach, S. 515 – 533。参见 Alfred Döblin, *Der Überfall auf Chao-lao-sü. Erzählungen aus fünf Jahrzehnten*, München: Deutscher Taschenbuch Verlag, 1982, S. 22 – 39, S. 329。参见 Alfred Döblin, *Der Kaiser und die Dsungeren*, in: Kunstblatt 9 (1925), S. 135 – 136。

普鲁士艺术科学院院士的德布林应邀到柏林大学做了一场关于小说理论的报告,该报告又于 1929 年 6 月以《叙事作品的结构》(Der Bau des epischen Werkes)为题在德国重要报刊《新周报》(Neue Rundschau)上登载。在这篇被学界公认为德布林小说诗学纲领之一的文论中,德布林再度从正面发声,强调指出:当年被删除的那个描绘一场"地下革命"酝酿生成的引子章节才是其精心设计的《王伦三跃记》的真正开头。[1] 1930 年德布林还出了一个《袭击兆老胥》的短篇小说单行本,其扉页上写有"王伦三跃记"几个中文大字,字迹飘逸华美,只有书法功底深厚的中国人才写得出来。[2] 由此也可以推知,德布林请某个旅德的中国人为自己翻译过小说标题,且德布林本人也很认可这个翻译。

基于以上这些原因,另外也是由于这个实际的小说开篇中恰好就包含一则庄子寓言的运用,所以笔者在本文探究德布林与庄子关系时所选定的基础文本是《王伦三跃记》原稿文本,而不仅仅局限于现在通行的小说印刷文本;本文所用小说中文标题亦服从德布林认可的译法,取"王伦三跃记"之名,而放弃现在一般通行的从德文字面直译为中文的"王伦三跳"或"王伦三跃"。

二

小说原稿和付印稿一样,也由"王伦""破瓜""黄土地的主人"

---

[1] 参见 Alfred Döblin, *Schriften zu Ästhetik, Poetik und Literatur*, hrsg. von Erich Kleinschmidt, Olten/Freiburg im Breisgau: Walter Verlag, 1989, S. 238 – 239, S. 657 – 658。
[2] 参见 Fang-hsiung Dscheng, *Alfred Döblins Roman „Die drei Sprünge des Wang-lun" als Spiegel des Interesses moderner deutscher Autoren an China*, S. 200。

"极乐世界"①四章构成。按照小说原稿顺序,德布林依次在第一章前半部和第四章后半部不同程度地借用了出自道家典籍《庄子》的多个篇目。

小说原稿第一章内容主要讲述主人公王伦受朴素正义感驱使,如何由村野顽主变为白莲教分支——无为教教主的过程。这一章开篇第一节,也就是后来被删除的由五小节组成的引子一节,其内容也与其形式上所起的"入话"作用相匹配,通过铺陈一个欺侮民女的纨绔子弟遭遇底层民众袭击,从而引发官官相护的暴力事件,一举拉开小说宏大叙事的序幕并同时暗示后续王伦起义的根本原因所在。然而,耐人寻味的是,在这总体氛围紧张阴森、"地下革命"暗流涌动的开篇一节的开篇,也就是小说原稿最开始的三个自然段,作者却用特别舒缓的笔触描绘了18世纪中国"北直隶湾"傍晚瑰丽的自然景象。宛如电影远镜头一般,首先映入读者眼帘的是山海关一带沿海蜿蜒巍峨的群峦叠嶂、一望无垠的烂漫山花,然后镜头慢慢推近,给出海水、沙滩、海潮、海上落日全程特写,最终目的在于渲染沉沉夜幕的降临。而为了形象描绘阳光退去、落日之时海面的黯淡朦胧,德布林还在其间插入这样一段景物描写:"太阳光……现在开始抽身而退。只见大海被一张甲壳盖住,传说那就是大鹏鸟的背;当大鹏鸟怒而起,飞往南

---

① 这一章标题是德布林直接抄录自德国汉学家葛禄博所著《北京民俗》一书的第三章第一节"丧葬习俗",该书在讲解每一个习俗或概念时都会让相应的中文紧随其后,在该书中与德文"das westliche Paradies"匹配的中文是"极乐世界",故笔者在翻译这章标题时也与此书保持一致,而不另译作"西方净土"或"极乐净土"之类。参见 Wilhelm Grube, *Zur Pekinger Volkskunde*, Berlin: W. Spemann, 1901, S. 40。

冥时,其布满鳞片的身躯,横亘好几百万里,其巨大的双翼,能够扇动天边的云。"[1]读到这里,熟悉道家经典的读者会很容易想起《庄子·逍遥游》开头的"鲲鹏"寓言:"北冥有鱼,其名为鲲。鲲之大,不知其几千里也。化而为鸟,其名为鹏。鹏之背,不知其几千里也;怒而飞,其翼若垂天之云。是鸟也,海运则将徙于南冥。南冥者,天池也。"[2]当然,德布林并没有悉数照搬原文,而是根据自己文学创作实际需要,巧妙截取其中部分意象为己所用,是一种创造性的改写。不过,这种巧妙不止于写景状物。众所周知,包括"鲲鹏"寓言在内的《逍遥游》全篇都是庄子"忘形骸、无物我""无所待而游于无穷"的"绝对自由"人生观的具体体现。[3] 故而,德布林在小说开篇就运用这则庄子寓言用意不可谓不深远,一下就开宗明义地点出了《王伦三跃记》这部小说反对物质主义、渴望个体自由的思想主旨。

这个含有"鲲鹏"寓言的引子一节之后是第一章其余部分,也就是现在通行的小说印刷版第一章全部的十二个小节。在这里,德布林正式开始转入对王伦及其领导的无为教活动的描述。不过,在真正的主人公王伦亮相之前,作者又卖了一个小关子来吊足读者胃口:在小说原稿紧随引子一节的第六节,即小说印刷版第一章开头的第一小节,德布林首先勾勒出无为教势力迅猛壮大的局面以及其信仰主张对正统家庭和社会伦理带来的严重冲击。在描

---

[1] 参见 Alfred Döblin, *Die drei Sprünge des Wang-lun. Chinesischer Roman*, hrsg. von Gabriele Sander und Andreas Solbach, S. 515。参见 Alfred Döblin, *Der Überfall auf Chao-lao-sü. Erzählungen aus fünf Jahrzehnten*, S. 22。
[2] 《庄子今注今译》(上),陈鼓应注译,中华书局1983年版,第一页。
[3] 徐中玉主编:《大学语文》(修订本三版),华东师范大学出版社1985年版,第34页。

绘这群自称"真弱之人"的教徒打着自然无为旗号离家出走、以逃避世俗伦理和责任义务时，德布林让他们口中传诵出这样一则"古老的寓言"："从前有个人，他害怕自己的影子，厌恶自己的足迹。为了摆脱这两样东西，他起身逃跑。可是，他抬脚的次数越多，他留下的影子就越多。而且，不管他如何疾走快跑，他的影子就是不离开他的身体。于是，他以为自己还跑得不够，就开始更快地跑起来，一刻也不停息，直到筋疲力尽，气绝而亡。他不曾知道，他只消待在一个阴凉的地方，就可以摆脱他的影子。他只消静止不动，就不会留下任何足迹。"①读到这里，了解道家典籍的读者自然也会比较容易就想到《庄子·渔父》中所载孔子与渔父的一段对话。在这段对话里，孔子被塑造成一位毕恭毕敬的讨教者，而渔父则作为文中的得道隐者"客"对孔子大行训诫之能，只见他这样嘲讽孔子道："甚矣子之难悟也！人有畏影恶迹而去之走着，举足愈数而迹愈多，走愈疾而影不离身，自以为尚迟，疾走不休，绝力而死。不知处阴以休影，处静以息迹，愚亦甚矣！"②接着，渔父拿这则"畏影恶迹"寓言类比孔子，对儒家礼乐人伦观念又是一顿大批特批，最后这段对话以宣扬道家"修身""守真""还以物与人"的"保真思想"收尾。③ 对比德布林在小说中的选用和《庄子》原文可知，德布林掐头去尾抽取了原文中最能形象生动阐释道家学说的故事部分，娴熟老到地将之嵌入小说之中，浑然天成，毫无造作之感。而这则寓

---

① Alfred Döblin, *Die drei Sprünge des Wang-lun. Chinesischer Roman*, hrsg. von Gabriele Sander u. Andreas Solbach, S. 13.
② 《庄子今注今译》（下），陈鼓应注译，中华书局1983年版，第八二三页。
③ 参见上书，第八一五页和第八二三页。

言背后于其原文语境之中所承载的儒道之争也成为德布林营造后续小说情节戏剧性冲突的一个必不可少的要素。因此,德布林研究界普遍注重德布林对这则庄子寓言的移植,视之为理解小说的一个关键所在。

如果说德布林上述对庄子寓言的借鉴因对原文特色内容保留较多而比较容易识别的话,那么,小说第四章出现的对同一对象的深度转换就让情况变得复杂起来。第四章主要讲述王伦起义遭到乾隆皇帝下令镇压的过程。德布林把小说的高潮,同时也是点题,安排在这一章后半部:在王伦与官军决一死战前夕的一天下午,王伦来到被他叫作"奈河"的水边,用三次飞身过河的跳跃,向好友"黄钟"坦陈自己从暴力到非暴力再到以暴制暴抗击官府的人生抉择过程。① 然而,也就在他下定这一决心的当晚,他的思想便又开始发生动摇,而且当夜他就做了一个渴望回归自然无为的美梦:"他幸福地进入梦乡。他梦见自己站在一棵桑树下,他整个人紧紧贴在树干上。在他的头上,桑树的树梢长啊长,又高又大,郁郁葱葱,直长到沉甸甸的树枝向下垂落,将他完全包裹,他沉醉在清凉的绿叶丛中,信步路过的众人惊羡于这树永无止境的生长,却再也没有谁能够看见他的影子。"②从这天起,直至最后被围堵得走投无路、跑到房顶纵火自焚,王伦夜夜都做这样的梦,甚至还会在集体祈祷时心醉神迷地把自己的这个梦讲与他的教徒们分享,只听他这样告诉他们说:"他靠在树干上;刚开始好像是棵桑树。渐渐地,

---

① Alfred Döblin, *Die drei Sprünge des Wang-lun. Chinesischer Roman*, hrsg. von Gabriele Sander u. Andreas Solbach, S. 480–481.
② Ebenda, S. 482.

那树开始在他四周疯长,又细又长,一蓬又一蓬,宛如垂柳一般将他罩住,宛如一口绿色的棺椁将他封存。有时一觉醒来,他脑子里的这个梦仍不退去,于是他仿佛觉得,那细细的树干如同顽固的寄生虫,在他的腿、躯干和胳膊上四处生根发芽,他深陷这水汪汪的木髓,无法抽身,他完全被这富饶的植物所吸收,所有人看到这株植物都会喜不自禁。"[1]可以看出,后一个梦是在重复前一个梦的基础上作出的进一步发挥。这两段描写的性质和功能是一样的,都从一个侧面表现了王伦在有为和无为之间难以取舍的深刻矛盾性,同时向读者细腻地揭示出主人公面临即将到来之死亡的微妙心理和思绪。借助这些梦境,王伦不断尝试从道家学说之中为自己找到克服死亡恐惧的精神信念。

不过,读到这里,即便是对《庄子》一书比较熟悉的读者,恐怕也不会马上就想到这两处梦的原型可以追溯到《庄子》一书的内容!而两家文本之间的直接关联度之所以不太明显,也主要是因为德布林高超的综合转化能力和非同寻常的艺术想象力。不过,只要他确实有过借鉴,那么就肯定会留下痕迹。首先,循着这两段梦所涉及的天人合一、梦境、物化与死亡主题,可以发现它们与《庄子·齐物论》之五中"天地与我并生,而万物与我为一"[2]、《齐物论》之七末尾"庄周梦蝶"[3]一段,以及《庄子·列御寇》之十二"庄子将死"一段中庄子所说"吾以天地为棺椁"[4]等,在精神气质上十

---

[1] Alfred Döblin, *Die drei Sprünge des Wang-lun. Chinesischer Roman*, hrsg. von Gabriele Sander u. Andreas Solbach, S. 487.
[2] 《庄子今注今译》(上),陈鼓应注译,第七一页。
[3] 同上书,第九二页。
[4] 《庄子今注今译》(下),陈鼓应注译,第八五〇页。

分相似。其次,循着这两段中具体所出现的树木意向,可以发现它们与《庄子·逍遥游》之三结尾部分庄子和惠子关于"大树""无用"[1]的讨论,尤其是与《庄子·人间世》之四"散木"全篇和之五"材之患"全篇,在具体内容和语言层面上存在诸多对应,如"大树""枝""观者如市""未尝见材如此其美也""棺椁""栎社见梦""大木""仰而视其细枝""桑"等。[2] 而与此同时,德布林却完全脱离"无用之用"和"有用之害"为旨归的原文语境,只零散截取其中一些意向,并按自身目的和意图对这些意向进行拼贴重组,从而创造性地生成和造就出别具一格的文学图景。需要强调的是,德布林对这几则《庄子》篇目的借用虽然比较隐蔽,不易识别,但这种借用所产生的艺术效应对于作家后续文学创作所具有的意义却不容小觑。在德布林后来创作的诸如《华伦斯坦》《山、海和巨人》《柏林,亚历山大广场》等一系列长篇小说巨著里,均一再出现起源于这些《庄子》篇目变体的变体。为此,德布林的忠实拥趸、1999年诺贝尔文学奖获得者君特·格拉斯早在其五六十年前所作的一篇题为《论我的恩师德布林》(Über meinen Lehrer Alfred Döblin)的报告中,就已敏锐捕捉到贯穿德布林作品的"树干意向"和"森林母题",提请人们关注蕴含在这些意向和母题背后的独特自然生态观,殊不知,他"恩师"的这些极具超前意识的"绝活"原来还有一个更加古老深厚的渊源——道家典籍《庄子》。[3]

---

[1] 《庄子今注今译》(上),陈鼓应注译,第二九到三〇页。
[2] 同上书,第三一到三六页。
[3] Günter Grass, *Werkausgabe in zehn Bänden. Band IX. Essays. Reden. Briefe. Kommentar*, hrsg. von Daniela Hermes, Darmstadt und Neuwied: Hermann Luchterhand Verlag, 1987, S. 251-253.

三

德布林匠心独运,对中国文化经典《庄子》进行不同程度的自主转化,使之巧妙融入自身小说创作,塑造出别具一格的文艺形象,由此我们也更为清晰地看到了叶隽在构建侨易学理论框架时所指出的那种"在异质性文化启迪和刺激下一种全新的创造性思想产生的可能性"①。与此同时,我们也不免会感到好奇,像德布林这样的外国知识分子,从未踏足中华大地,汉语也不懂一句,他是如何做到对中国传统文化信手拈来、运用裕如的呢?对于这个问题,我们同样能借助叶隽在其侨易学理论中提出的另一个概念——"精神漫游"来找寻答案。具体就熟悉知晓庄子思想和意象的途径而言,德布林最重要的"精神漫游"就是大量研读抄录相关的西文资料。理论上讲,1913年德布林完成《王伦三跃记》原稿之前已有的相关西文译介都可能成为他的研读对象。那么,1913年前《庄子》在西方乃至德国的译介情况又大致如何呢?

19世纪下半叶开始,《庄子》在欧洲的翻译和介绍逐渐增多。德国19世纪著名汉学家花之安(Ernst Faber,1839—1899)曾经把《庄子》从中文翻译为德文,他的这个德译本是《庄子》第一次被翻译为一种欧洲语言,但这个译本还没等到出版就被大火烧毁了,十分可惜。② 花之安1877年还出过一本以译介列子为主的著作——《古

---
① 参见叶隽:《变创与渐常》,第17—20页。
② 参见 *Dschuang Dsi. Das wahre Buch vom südlichen Blütenland. Nan Hua Dschen Ging*, aus dem Chinesischen verdeutscht und erläutert von Richard Wilhelm, Jena: Eugen Diederichs, 1923, S. XIV。

代中国人的自然主义》(*Der Naturalismus bei den alten Chinesen*)。1888年,德国又有汉学家甲柏连孜在莱比锡出版《庄子的语言》(*Die Sprache des Čuang Tsï*)一书。

不过,这一时期欧洲的《庄子》译介以英国贡献最大。1881年贝尔福(Frederic Henry Balfour,1846—1909)在伦敦出版《南华真经》(*The divine classic of Nan-Hua*)英译本,1884年和1887年他又继续在伦敦推出《道家文本》(*Taoist texts*)和《中国拾零》(*Leaves from my Chinese scrapbook*)。由贝尔福打头阵之后,《庄子》外译史上最重要的两个英译本接踵而至:1889年,英国汉学家、剑桥大学汉学教授赫尔伯特·艾伦·翟理斯在伦敦发表了《庄子,神秘主义者、道德家和社会改革家》(*Chuang Tsŭ, Mystic, Moralist and Social Reformer*)一书。翟理斯的这个《庄子》译本尽管翻译较为主观,所作注释不多,但影响广泛,可读性强。翟理斯这个英译本发表两年后,英国著名传教士汉学家理雅各于1891年在英国牛津出版了又一个《庄子》英译本,收录在其鸿篇巨制"东方圣书"之"中国圣书"系列的第一和第二卷中。理雅各的翻译比翟理斯更为细致准确。但理雅各个人似乎对庄子好感太少,以至于不能够完全公正地给予庄子以应有的尊崇。[①] 1891年同时诞生了一个《庄子》法译本,是由哈雷兹(Charles de Harlez,1832—1899)在巴黎发表的《道家的文本》(*Textes Taoïstes*)。

同英法的《庄子》译介相比,德国人虽然起步不晚,高潮却姗姗

[①] 参见 *Dschuang Dsi. Das wahre Buch vom südlichen Blütenland. Nan Hua Dschen Ging*, aus dem Chinesischen verdeutscht und erläutert von Richard Wilhelm, Jena: Eugen Diederichs, 1923, S. XIV。

来迟。在德语区,进入 20 世纪,直至第一次世界大战爆发之前,《庄子》译介才开始逐渐在向英法学习的过程中出现红火局面。1902—1912 年,德国相继出版了三部对后世影响颇大的《庄子》德文译介。

首先是德国著名汉学家葛禄博于 1902 年在莱比锡出版的《中国文学史》。在该书专辟的"老子和道家"一章里包含了对庄子其人其作的一部分介绍。在这里,葛禄博把庄子定位为中国历史上"最富于哲思的人物"和"最为光彩夺目的作家"之一,强调了庄子对中国散文风格极其深远的影响和庄子前无古人的艺术创造力与想象力。葛禄博指出《庄子》一书由三十三篇组成,内容丰富多彩,而他限于篇幅,只能通过为数不多的几个例子来对庄子的特点略作说明。葛禄博分别对《庄子》第二篇《齐物论》中第三节的最后一段、第四节的"朝三暮四"、第六节的"丽姬"一段和第七节末尾的"庄周梦蝶",第十八篇《至乐》中第四节"庄子援髑髅而枕"一段,第二十九篇《盗跖》的主要内容和第三十一篇《渔父》进行了详细论说和引用。葛禄博还专门作注说明这部分参考文献主要来源于翟理斯和理雅各的《庄子》英译本。[①]

其次,如果说葛禄博的重点是阐述而非翻译,即便翻译也只是小范围节译的话,那么,马丁·布伯 1910 年在莱比锡岛屿出版社出版的《庄子的谈话和寓言》则称得上是一个真正意义上的德文选译本。该书主要从英文转译而来。全书由正文、后记、寓言人物注释、《庄子》原书篇幅和此译本说明外加内容提要五部分组成。正

[①] 参见 Wilhelm Grube, *Geschichte der chinesischen Litteratur*, Leipzig: C. F. Amelang, 1902, S. 152 - 162。

德布林和庄子

文共计80页,包括五十四篇谈话和寓言;后记则有将近40页,占幅长达全书约1/3,布伯在此对道家学说进行了十分宽泛的充满宗教和神秘意味的解读与评析,令人印象深刻。后记之后,布伯还对寓言中出现的部分重要人物如孔子、老子、列子等人的生平事迹以注释形式进行介绍,并同时注明参考书目,其中就有前面已经提到过的花之安著《古代中国人的自然主义》、贝尔福著《中国拾零》、哈雷兹著《道家的文本》等。[1] 在随后的译本说明中布伯又再次强调翟理斯和理雅各的《庄子》英译本为其转译本的重要蓝本。[2] 布伯的这个选译本在当时很受欢迎,1921年时就已经出了第四版。[3]

最后,继布伯的《庄子》选译本之后,又有20世纪最重要的汉学家、德国在华传教士卫礼贤于1912年春夏之交在德国狄德里希斯出版社推出《庄子,南华真经》(*Dschuang Dsi. Das wahre Buch vom südlichen Blütenland*)。正如瑞士作家、1946年诺贝尔文学奖获得者赫尔曼·黑塞在其1912年11月10日就此译本而作书评中所正确界定的那样,这只是一个同布伯选译本相比"更加完整"[4]的译本,而不是像后来一些研究者所长期误传的那般,是一个"完整"[5]的

---

[1] 参见 *Reden und Gleichnisse des Tschuang-Tse*, deutsche Auswahl von Martin Buber, Leipzig: Insel-Verlag, 1910, S. 118 – 121。
[2] 参见上书,S. 122。
[3] 参见 *Reden und Gleichnisse des Tschuang-Tse*, deutsche Auswahl von Martin Buber, vierte Auflage, Leipzig: Insel-Verlag, 1921。
[4] Hermann Hesse, *Sämtliche Werke in 20 Bänden*, hrsg. von Volker Michels. Band 17: *Die Welt im Buch II. Rezensionen und Aufsätze aus den Jahren 1911 – 1916*, erste Auflage 2002, Frankfurt a. M.: Suhrkamp Verlag, 1998, S. 158.
[5] 参见 Adrian Hsia, *Hermann Hesse und China*, erweiterte Neuausgabe, Frankfurt a. M.: Suhrkamp Taschenbuch Verlag, 2002, S. 99。参见 Ruixin Han: *Die China-Rezeption bei expressionistischen Autroen*, Frankfurt a. M.: Peter Lang, 1993, S. 106 – 107。

《庄子》德文全译本。卫礼贤1912年《庄子》德译本由前言、导言、中西文参考文献、庄子左手揽抱《南华经》画像、正文、导言注释和正文注释七个部分构成,每个部分都力求精细,给人以严谨认真、值得信赖的美好印象。然而,卫礼贤在坚持其"尊孔"的立场上也是严肃认真、毫不含糊的,从而使得他的《庄子》翻译具有浓厚的主观倾向。卫礼贤十分赞同苏东坡在《庄子祠堂记》中提出的"庄子盖助孔子者"一说,在将《庄子》从中文译为德文的过程中,完全按照苏东坡所言行事:"得其《寓言》之意……去其《让王》《说剑》《渔父》《盗跖》四篇,以合于《列御寇》之篇……是固一章也。"①如此一来,卫礼贤这个《庄子》德译本的正文部分就一共只有二十七篇,同常见的由三十三篇组成的《庄子》相比,"内篇"七(一到七)、"外篇"十五(八到二十二)保持不变,"杂篇"十一(二十三到三十三)中的二十三到二十七也没变,而二十八《让王》、二十九《盗跖》、三十《说剑》、三十一《渔父》则被去除,三十二《列御寇》紧接二十七《寓言》末尾合为二十七,剩下的三十三为《天下》,也被这位德译者以将其主要内容改写到导言中的方式给消解掉了。② 这个卫译本岂止是篇目上少了五个"杂篇"!它还刻意避免相同或相似内容的重复。如果是《庄子》一书内部的重复,译者会放弃翻译,在正文相应处标注出与之关联的已译篇目和小节数,在正文后对应的目录上则显示为空白;如果是《庄子》一书与《列子》一书的重复,译者就

---

① 苏轼:《苏轼全集》(中),傅成、穆俦标点,上海古籍出版社2000年版,第873页。
② 参见 *Dschuang Dsi. Das wahre Buch vom südlichen Blütenland. Nan Hua Dschen Ging*, aus dem Chinesischen verdeutscht und erläutert von Richard Wilhelm, S. XXIII, S. 206, S. 217, S. 245。

会标明自己1911年发表的《列子》德译本相关章节数,请读者参看。① 甚至《庄子》全文真正的开头,即"内篇"第一篇《逍遥游》从开篇"北冥有鱼,其名为鲲"到"汤之问棘也是已"一段也直接被甩掉,而以"穷发之北有冥海者,天池也"为首的一段则成为卫译本的开头。② 至于为何偏要如此处理,卫礼贤给出的理由是:这一段有"两个版本","这第一个版本中间所插入的一些论说,其思路在欧洲读者看来难以跟上",所以就弃之不译了。③ 不过,尽管不是全译本,卫礼贤的这个《庄子》德译本仍然受到读者欢迎,影响也比较广泛,但这都是后话了。单就我们现在所探讨的它可能之于德布林的作用而言,我们预先了解它的这些特点是有意义的。

四

从以上对1913年前西文《庄子》主要译介情况的梳理可知,客观上可供德布林选择的资料十分丰富。结合德布林自身主观需要以及他的个人经历、社会交往、外语掌握程度、资料获取程度、时间契合度等多种因素综合考虑,他应该是以德文资料为主,英法文资料为辅。大致按照这个思路,德布林研究界经过半个多世纪的努力,在相关考据研究方面取得一定成绩:完全确定《王伦三跃记》

---

① 参见 *Dschuang Dsi. Das wahre Buch vom südlichen Blütenland. Nan Hua Dschen Ging*, aus dem Chinesischen verdeutscht und erläutert von Richard Wilhelm, S. XXIII, S. 267–268。
② Ebenda, S. 3. 参见徐中玉主编:《大学语文》(修订本三版),第34页。参见《庄子今注今译》(上),陈鼓应注译,第一到一一页。
③ 参见 *Dschuang Dsi. Das wahre Buch vom südlichen Blütenland. Nan Hua Dschen Ging*, aus dem Chinesischen verdeutscht und erläutert von Richard Wilhelm, S. XXIII, S. 219。

第一章德布林所用"畏影恶迹"寓言几乎是"逐字逐句"摘录自葛禄博著《中国文学史》中对《庄子·渔父》部分的译介;[①]倾向于认为布伯和卫礼贤《庄子》德译本是德布林熟悉《庄子》的渠道并把卫译本抬到很高的位置。[②] 但奇怪的是,对于后者,大家似乎只满足于得出这样一个笼统的结论,至于这个结论是如何得出的,这个结论是否合理,却鲜有人去具体求证。笔者不揣冒昧,愿意在此一试。

如前所述,德布林在小说第一章引子一节所用"鲲鹏"寓言是《逍遥游》开篇的"化而为鸟"的那一个,即第一个,因为德布林的改写中提到大鹏"布满鳞片的身躯",说明他知道这鸟是由鱼转化而来。而卫礼贤《庄子》德译本开头则用的是《庄子》原文中的第二个"鲲鹏"寓言:"穷发之北有冥海者,天池也。有鱼焉,其广数千里,未有知其修者,其名为鲲。有鸟焉,其名为鹏,背若太山,翼若垂天之云。抟扶摇羊角而上者九万里,绝云气,负青天,然后图南,且适南冥也。"[③]卫礼贤此段德文翻译没有问题,十分忠实于原文。所以,仅此一点就可推出德布林运用"鲲鹏"寓言的蓝本不是卫译本。尽管目前仍无法确定这个蓝本到底是谁的译本,但语言层面的对

[①] 参见 Ingrid Schuster, „Alfred Döblins *Chinesischer Roman*", in: *Wirkendes Wort. Deutsches Sprachschaffen in Lehre und Leben*, 20. Jahrgang, 1970, S. 339–346, hier S. 342。参见 Wilhelm Grube, *Geschichte der chinesischen Litteratur*, S. 161。
[②] 参见 Walter Muschg, „Nachwort des Herausgebers", in: Alfred Döblin, *Die drei Sprünge des Wang-lun. Chinesischer Roman*, S. 481–502, hier S. 487–488。参见 Fang-hsiung Dscheng, *Alfred Döblins Roman „Die drei Sprünge des Wang-lun" als Spiegel des Interesses moderner deutscher Autoren an China*, S. 194–195。
[③] 参见徐中玉主编:《大学语文》(修订本三版),第 34 页。参见《庄子今注今译》(上),陈鼓应注译,第一一页。

比却多少指向了理雅各的英译本：德布林所用大鹏鸟的德文拼写"Pang"与理雅各所用的英文拼写"Phǎng"类似；德布林所用德文句型"[…] wenn sich der Pang erhebt und nach den südlichen Seen fliegt […] und seine riesigen Flügel vermögen die Wolke zu treiben（当大鹏鸟怒而起，飞往南冥时……其巨大的双翼，能够扇动天边的云）"①和理雅各所用英文句型"When this bird rouses itself and flies, its wings are like clouds all round the sky（当这只鸟怒而起飞时，它的双翼好像垂天之云）"②都是用时间连词"wenn/when（当……时候）"来启带的时间从句，且其中表达"怒而起"之意的德文动词"sich erheben"和英文动词"rouse itself"也比较相近；再者，理雅各的"鲲鹏"寓言也是"化而为鸟"的那一个，理雅各与此对应的英文是"It changes into a bird（它变成一只鸟）"③。

布伯的《庄子》选译本也没有收录"鲲鹏"寓言，故而德布林在小说第一章借用的两则《庄子》寓言，其蓝本均排除布伯和卫礼贤德译本。但德布林在小说第四章中对庄子几则篇目的综合运用，其蓝本却很可能有布伯和卫礼贤译本的份。

布伯选译本的正文中含有：《无用之树》，即《庄子·逍遥游》之三结尾部分庄子和惠子关于"大树""无用"的讨论；《蝴蝶》，即

---

① Alfred Döblin, *Der Überfall auf Chao-lao-sü. Erzählungen aus fünf Jahrzehnten*, S. 22. 括号中对应的中文为笔者直译。本文第四部分所有外文对应的汉语翻译均用紧随其后的括号内中文表示。
② *The Sacred Books of China. The Texts of Tâoism. Part I: The Tâo The King. The Writings of Kwang-3ze. Books I - XVII.*, translated by James Legge, second Impression, London: Oxford University Press, 1927, p. 164.
③ Ibid.

《庄子·齐物论》中的"庄周梦蝶"全篇;《神圣的树》,即《庄子·人间世》之四"散木"从开头"匠石之齐"到"而几死之散人,又恶知散木!"的部分。① 布伯选译本的后记中则专门提到庄子临死却不让弟子厚葬他的情形,并引用了《庄子·列御寇》之十二"庄子将死"一段中庄子所说"吾以天地为棺椁,以日月为连璧,星辰为珠玑,万物为赍送。吾葬具岂不备邪?何以加此?"一段。② 特别值得一提的是,布伯不仅在正文中收录《无用之树》,还在后记中再度突出这则寓言所具有的意义,说它与其他寓言一道,正是庄子对自己所处时代的有力回击。布伯这样生动地描绘庄子在世时的处境:"庄子的时代,儒家智慧当道,伦理统领生活,人生须尽义务、求功名,庄子在自己的时代便被称作无用之徒。"③ 这里同时透露出些许儒道对立的信息。由此看来,德布林对"散木"意向的注意,布伯的影响或许能够拔得头筹。

卫礼贤《庄子》译本正文中含有:《无用的树》,篇名和篇幅同布伯几乎完全一样;《蝴蝶之梦》,即布伯处的《蝴蝶》,为"庄周梦蝶"全篇;《古老的橡树》,即布伯处的《神圣的树》,但篇幅比布伯完整,即《庄子·人间世》之四"散木"全篇;《庄子将死》,即《庄子·列御寇》之十二"庄子将死"全篇,也是卫译本正文的终

---

① *Reden und Gleichnisse des Tschuang-Tse*, deutsche Auswahl von Martin Buber, vierte Auflage, S. 2 - 3, S. 9, S.19 - 20.
② 参见 Nartin Buber, „Nachwort", in: *Reden und Gleichnisse des Tschuang-Tse*, deutsche Auswahl von Martin Buber, vierte Auflage, S. 82 - 122, hier S. 101。参见《庄子今注今译》(下),陈鼓应注译,第八五〇页。
③ Nartin Buber, „Nachwort", in: *Reden und Gleichnisse des Tschuang-Tse*, deutsche Auswahl von Martin Buber, vierte Auflage, S. 82 - 122, hier S. 101.

结篇目。① 同样值得一提的是,卫礼贤在导言的第二节中就已提前论述了庄子对死的态度:"随着自我局限的消除……死变得不再令人痛苦。在本书结尾,庄子临死和他的弟子道别。他原本来自宇宙万物,现在他又要回归宇宙万物,他的生命与天地为一。"② 由此来看,德布林对"死亡"主题的运用,卫礼贤应该也有贡献。

从语言层面的对比来看,布伯和卫礼贤译本都载有的《庄子·人间世》之四"散木"寓言部分似乎对德布林创作《王伦三跃记》第四章里的两处梦直接发挥了作用。德布林在这里使用的名词如"Traum(梦)""Baum(树)""Äste(枝)""Sarg(棺椁)"在布伯和卫礼贤的译文中都能找到名词或动词的等义对应;德布林使用的词组或句子如"[…] von den vielen Menschen, die vorüberspazierten und sich an dem unerschöpflichen Wachstum ergötzten(信步路过的众人惊羡于这树永无止境的生长)""[…] von der reichen Pflanze, an deren Anblick sich alle beglückten(所有人看到这株富饶的植物都会喜不自禁)",相比于布伯译文"Eine Menschenmenge stand davor und gaffte ihn an(众人站在那树下目不转睛地看啊看)""Sein Geselle hingegen sah sich satt daran(他的徒弟相反却把那树看了个够)""[…] sah ich nie solch ein prächtiges Stück Holz wie dieses(……我还从未看过跟它一样华美的木材)",相比于卫礼贤

---

① Dschuang Dsi. Das wahre Buch vom südlichen Blütenland. Nan Hua Dschen Ging, aus dem Chinesischen verdeutscht und erläutert von Richard Wilhelm, S. 7, S. 21, S. 33-34, S. 213. 参见《庄子今注今译》(下),陈鼓应注译,第八五〇到八五一页。
② Richard Wilhelm, „Einleitung", in: Dschuang Dsi. Das wahre Buch vom südlichen Blütenland. Nan Hua Dschen Ging, aus dem Chinesischen verdeutscht und erläutert von Richard Wilhelm, Jena: Eugen Diederichs, 1923, S. IX-XXIII, hier S. XIV.

译文"Er galt als eine Sehenswürdigkeit in der ganzen Gegend(那树被视作当地一景)""Sein Geselle sah aber sich satt an ihm(他的徒弟却把那树看了个够)""Meister, habe ich noch nie ein so schönes Holz erblickt(师傅,我还从未见过这么漂亮的木材)",均明显表现出整体意义和意向上的相近与类同。① 而这些德译文所对应的中文《庄子》原文就是"观者如市""弟子厌观之""未尝见材如此其美也"。②

不过,德布林在小说第四章两处梦的描绘中所使用的语汇"Stamm(树干)""Blatt(叶)""Sykomore(桑)"在布伯的"散木"节选译文《神圣的树》中没有出现,但却能够在卫译本对《庄子·人间世》之四和之五的翻译中找到直接对应或间接关联。③ 限于篇幅,此处不再展开。笔者最后再来解释一下为何不将"Sykomore"一词译作"无花果"而译作"桑"。"Sykomore"由拉丁文"sycomorus"演变而来,而这个拉丁单词又由希腊文演变而来,其希腊文形式"sykómoros"由表"无花果"之意的"sȳkon"和表"桑树"之意的"móron"前后组合而成,转换到德文等于"Feigenmaulbeere",即"无花果桑树"之意。④ 也就是说,从词源和构词上就可看出以

---

① 参见 Alfred Döblin, *Die drei Sprünge des Wang-lun. Chinesischer Roman*, hrsg. von Gabriele Sander und Andreas Solbach, S. 482, S. 487。参见 *Reden und Gleichnisse des Tschuang-Tse*, deutsche Auswahl von Martin Buber, vierte Auflage, S. 19 – 20。参见 *Dschuang Dsi. Das wahre Buch vom südlichen Blütenland. Nan Hua Dschen Ging*, aus dem Chinesischen verdeutscht und erläutert von Richard Wilhelm, S. 33 – 34。
② 《庄子今注今译》(上),陈鼓应注译,第三一到三二页。
③ 参见 *Dschuang Dsi. Das wahre Buch vom südlichen Blütenland. Nan Hua Dschen Ging*, aus dem Chinesischen verdeutscht und erläutert von Richard Wilhelm, S. 33 – 35。
④ 参见 *Duden. Das große Wörterbuch der deutschen Sprache in zehn Bänden*, hrsg. vom Wissenschaftlichen Rat der Dudenredaktion, Band 8: *Schl-Tace*, 3., völlig neu bearb. u. erw. Auflage, Mannheim, Leipzig, Wien, Zürich: Dudenverlag, 1999, S. 3827。

"Sykomore"命名的事物属"果实长得很像无花果的桑科植物"[1]。卫礼贤译本中的《庄子·人间世》之五又被拆分为"不材之木"和"材之患"两小节,卫礼贤将"材之患"一节开头"宋有荆氏者,宜楸柏桑"[2]中的"桑"译作德文"Maulbeere"[3]。由此看来,德布林的"Sykomore"和卫译本的"Maulbeere"或许存在某种联系。

综上所述,我们有比较充分的理由认为,德布林研习《庄子》的途径多种多样,德布林在《王伦三跃记》中对庄子思想的吸收借鉴参考了多个《庄子》西文译本。译者操纵色彩浓厚的卫礼贤《庄子》德译本只是德布林可能的蓝本之一。卫译本《庄子》之于德布林创作其"中国小说"的作用总体来看似有被高估之嫌。总之,德布林和庄子关系的考据研究,乃至德布林和中国文化整体关系的研究,尽管早已开始,却还远未结束,还需要德布林研究界共同努力。

[原载《同济大学学报(社会科学版)》
2016年第6期,第2—11页]

---

[1] *Das Duden-Lexikon A-Z*, hrsg. u. bearb. von Meyers Lexikonredaktion, 5. neu bearb. Auflage, Mannheim, Leipzig, Wien, Zürich: Dudenverlag, 1997, S. 681.
[2] 《庄子今注今译》(上),陈鼓应注译,第一三五页.
[3] *Dschuang Dsi. Das wahre Buch vom südlichen Blütenland. Nan Hua Dschen Ging*, aus dem Chinesischen verdeutscht und erläutert von Richard Wilhelm, S. 35.

下 编

现当代德语文学在中国的接受

《柏林,亚历山大广场》:德布林哲学思想的演绎

《柏林,亚历山大广场》是现代德语经典作家德布林创作的一部关于世界大都会柏林的长篇小说,也是一部能与乔伊斯和多斯·帕索斯等英美现代派的伟大艺术实践相匹敌的文学力作。它在德国文学史上占有重要地位并享有世界盛誉。小说出版以来已有众多介绍和评论。本文试图从德布林的哲学思想和观念出发,来对小说的思想性进行一个初步的探讨。

一、德布林的哲学思想是《柏林,亚历山大广场》的基石

在1932年2月15日应邀撰写的一篇回顾小说创作过程的文章里,德布林强调指出了《柏林,亚历山大广场》同他的哲学著作《自然之上的我》之间的关系:"我还要触及一条哲学的、也就是形而上的路线。我的每部规模较大的叙事作品都以一种精神的基础为前提。我想说,叙事作品是用艺术的形式发挥、体现和检验那种在精神的准备工作中已经获得了的思想观点。"[1]很明显,这是作家本人亲自证实,他的哲学思想是奠定这部小说的基石。

1920年,德布林用林克·波特的笔名在报纸杂志上发表大量评论文章,与此同时,他也重新开始进行自然科学方面的研究。他还于同年发表了《拥护自然主义》(Bekenntnis zum Naturalismus)一文,次年又写了《佛与自然》(Buddho und die Natur)一文,1922年再度连续发表了《自然及其灵魂》(Die Natur und ihre Seelen)以及《水》(Das Wasser)两篇文章。他1927年出版的哲学著作《自然之上的我》的核心内容主要就是由这几篇文章构成。该书的中心论点后来又在他1933年发表的哲学著作《我们的存在》(Unser Dasein)一书里得到保留和发挥。

德布林哲学体系里最为本质的信条是:"自然当中只存在赋有灵魂的生物;物理—化学的自然也是具有灵魂的。"[2]德布

---

[1] Alfred Döblin, *Zwei Seelen in einer Brust. Schriften zu Leben und Werk*, München: Deutscher Taschenbuch Verlag, 1993, S. 216.
[2] Alfred Döblin, *Das Ich über der Natur*, erste bis vierte Auflage, Berlin: S. Fischer Verlag, 1928, S. 243.

林认为:"世界从整体上看就是一个原始自我,一种原始意义的多维体现。"①世界可以不断地被分解为更小的组成部分,可以被分解为原子和分子,那个"原始自我"和"原始意义"就隐藏在这些微粒的后面。这个"原始自我"无处不有,无时不在,全部的时空都是从它的某一个点发展而来的。由此可知,世界具有一个精神的本原。这个精神的本原早已把自然之中的万事万物塑造成型。因此,德布林呼吁人们及时大胆承认精神本原就是塑造万事万物的力量,认为只有信仰了这种力量,人类才能看见一个完整而真实的世界。②

通过"原始自我"作为媒介,德布林找到了极大提升人的价值的途径。既然"原始自我"和"原始意义"无时不在,无处不有,那么这世上的万物——自然、技术、人类等最终便被统一起来,一切矛盾和对立也在这种统一之下被取消了。"既然世界由一个自我所承载,具有精神的性质","那么认识就是一种巨大的力量,而我们的身上蕴藏着这种力量"③。因而,人由于拥有意识而在世上一切其他生物和现象面前享有优越地位。只有人能认识世界!德布林对人持乐观态度,这说明他属于积极入世、相信人类进步和社会发展的那类作家。当然,他同时也看到,人类的认识道路曲折而艰险,并不会一帆风顺,而是要付出艰苦努力。他特别强调指出,人获得认识的前提就是行动:"如果这就是世界……我该怎样去认识

---

① Alfred Döblin, *Das Ich über der Natur*, erste bis vierte Auflage, Berlin: S. Fischer Verlag, 1928, S. 243.
② 参见 Roland Links, *Alfred Döblin. Leben und Werk*, Berlin: Volkseigener Verlag Volk und Wissen, 1980, S. 90。
③ Alfred Döblin, *Das Ich über der Natur*, S. 244.

它呢？用这个脑袋？用这个想法？但愿没有人对我说：用苦思，用冥想。认识这个世界就意味着：去经历，去感受，去准备，去计划，去干预。"①这样一来，德布林就把行动力摆到了首位。只有不懈地去行动和实践，人才能认识世界和改造世界。于是，德布林把每个个体的人提升为"行动家和世界的创造者"②。

以这种"原始自我"观念为基础，德布林提出了新人和新伦理的思想。在德布林看来，无意识的、盲目的、在环境面前束手无策的人，也就是完全被异化的人，是不能认识世界，也不能成为"世界的创造者"的。由于这个无意识的人意识不到"原始自我"，也意识不到其自身的精神存在，因而这种人的存在实际上是不真实的。③德布林反复强调，只有有意识地去自觉生活和行动的人才可以收获下面这句话："你和存在挂上了钩，所以你存在着。"④德布林同时强调指出，要想从无意识的、盲目的人转变成有意识的、自觉的人，就必须完成下面这个重要的中间环节，即首先用谦卑而恭顺的态度去承认自己的缺陷和弱点："必须走完那条通向完全清除、消灭和摧毁的道路。"⑤

在涉及个人与集体的关系时，德布林运用了自己的辩证法。⑥在《我们的存在》一书中，他形象地指出，分开看个体什么都算不

---

① Alfred Döblin, *Das Ich über der Natur*, S. 84.
② Ebenda, S. 244.
③ 参见 Roland Links, *Alfred Döblin. Leben und Werk*, S. 91。
④ Alfred Döblin, *Unser Dasein*, München: Deutscher Taschenbuch Verlag, 1988, S. 476.
⑤ Ebenda.
⑥ 参见 Roland Links, *Alfred Döblin. Leben und Werk*, S. 92。

上,只是"树上飘落下来的枯叶"①。不过,人虽然和每片叶子一样,也是自然的一个渺小的组成部分,但却是必不可少的组成部分。只是人必须在意识到自己渺小的同时也意识到自己的伟大,每个人都必须放弃自身并有意识地加入那充盈着"原始自我"的永恒的自然循环之中。② 人作为由自然元素组成的有机体是通过对营养的摄入,通过呼吸,通过自己的感觉器官依赖于周围的环境并同环境必不可分的,因而,人必须使自己有意识地置身于和周围事物的联系之中。这种联系不仅仅是生物的或者化学的联系,同时也是社会的联系。所以,加入永恒的自然循环便还意味着有意识地进入社会生活的普遍关联之中,加入社会大集体的行列。个体只有跻身于集体的行列才能真正发挥其作为"行动家"和"世界的创造者"的作用。这样的人才是"和存在挂上了钩",这样的人才"存在着"。

综上所述,德布林展开哲学思考的最终结论便是对人提出了自觉、恭顺、行动和团结的要求。③ 这些核心要求在德布林1929年面世的大城市小说《柏林,亚历山大广场》里通过高超的文学演绎被鲜明生动地表达了出来。

二、毕勃科普夫是一个盲目的、丧失了意识的典型

作为罪恶社会猎物的毕勃科普夫在被损害、被践踏的同时,又是一个盲目而无知的人的典型。这个人物身上具有十分浓厚的非

---

① Alfred Döblin, *Unser Dasein*, S. 476.
② 参见 Roland Links, *Alfred Döblin. Leben und Werk*, S. 92。
③ 参见上书。

理性色彩。最突出的一点就是他常常受制于某种冲动或情绪。他于盛怒之下对移情别恋的女友伊达大打出手,致其死亡。尽管他为此坐了几年牢,但却并未真心忏悔,从中吸取教训;他刑满释放出狱后,一来到大街上便立刻被大都市柏林的喧嚣和嘈杂所吓倒,于是逃进街旁阴暗的小胡同,在无人的院落里大声吼叫,以发泄内心的恐惧(15—17)①;他强行同伊达的妹妹发生性关系,不惜通过强奸来证明自己的性能力,从而获得原始的自信(37—43);当后来的新女友米泽向他表示忠诚,坦率告诉他自己曾对另一个男人有过好感时,毕勃科普夫却恼羞成怒地对她大打出手。此外,这个人又很傲慢和自负。他那所谓"永远正直、永远独行"(67)的信条其实是建立在对世界一无所知的基础上,缺乏任何理智和认识作为前提。他也曾接近过革命的工人,参与过法西斯分子的活动,甚至还同一个无政府主义者交过朋友;他旁听过各种团体和派别的政治集会和辩论,但他却没有能力确立起明确的政治信仰。他并不知道自己在说什么、干什么,毫无目的、毫无意识,浑浑噩噩、随波逐流。他的思想是一片混乱,正如小说中一位共产党人对他所发出的警告那样:"对你,同志,说什么话都没用了。你的头脑很迟钝。……你不懂得无产阶级的主要事业:团结。"(298)他在时代政治风云的变幻莫测中不知所措,麻木不仁,最后干脆远离了政治。他幻想依靠个人的力量在这个世界上立足,瞧不起那些搞政

---

① Alfred Döblin, *Berlin Alexanderplatz. Die Geschichte vom Franz Biberkopf*, hrsg. von Walter Muschg, Jubiläums-Sonderausgabe zum hundertsten Geburtstag des Dichters, Olten und Freiburg im Breisgau: Walter-Verlag, 1977. 出自此书的引用均在正文中采取括号内标注页码的方式。

治的人。在他眼里,别人都不懂得生活,都没有思想,只有他才是这个世界上"建立秩序"(213)的人,只有他才知道"路该往哪里走"(214)。他时时处处想着显示自己的强大。他向一起叫卖的小贩吕德斯炫耀吹嘘他和一个寡妇的偷情,他在流氓头子赖因霍尔德面前摆出一副道德说教姿态,甚至得意忘形地宣称:"我有一双拳头。瞧瞧,我身上都长着什么样的肌肉。"(175)再者,这个人狂妄放肆不说,性格还十分孤僻。他明明知道是吕德斯欺骗了他,他却不去找对方算账;当熟人梅克和莉拉想帮助他时,他却只是一味地沉默,对发生的事情闭口不谈;他明明知道是赖因霍尔德把他从飞驰的车里推出,害他变成残废,他却不去告发后者;而当朋友赫尔伯特和爱娃关心他,要去找流氓团伙理论替他伸张正义时,他心里想的却是:"他们说的话和我无关。如果他们做什么事,那也和我无关。我的手臂不会因此就长出来。"(252)这种把自身所遭受的不幸视作命运的"惩罚"(120)的被动态度,这种盲目的、是非不分的、听天由命的人生观,使得他在后续的情节发展中再次沦为罪犯,再次遭受来自赖因霍尔德的变本加厉的打击和陷害:毕勃科普夫一再莫名其妙地"感到"被赖因霍尔德"强烈地吸引"(192),他在后者面前夸耀他的新女友米泽对他如何之好,以此刺激后者生出邪念,利用一次森林漫游的机会杀死米泽,甚至设计嫁祸于他。凡此种种终于使得这个盲目、无知、自负而又孤独的人在精神上被彻底击溃。

德布林通过柏林底层社会的流氓无产者——弗兰茨·毕勃科普夫的故事,向我们展示了一个完全受制于欲望和本能的,完全被周围环境的威力所操纵的,在充满敌意的世界面前坐以待毙的人的典型。盲目、无知、缺乏认识能力和明辨是非的能力,这几点构成了这一非理性范例的本质特征。这个人身上所具有的性格特点和所展示的行为方式均与德布林哲学思想对人提出的标准和要求相去甚远。这个人不自觉、被动、孤独、傲慢,蔑视团结的力量,过分看重自我,做事鲁莽、冲动,逞一时之快,生活随波逐流,他听命于欲望的调遣而缺乏理智,所以,必须让他走上并走完那条"通向完全清除、消灭和摧毁的道路",必须让他谦卑而恭顺地承认自己的缺点和错误,放弃原来那个孤傲的自我,步入社会集体的行列。只有经历了这样的"牺牲"①和"摧毁",他才有可能获得新生。

三、"特殊的揭示过程"是毕勃科普夫脱胎换骨的过程

德布林讲述毕勃科普夫的故事,目的是把他写成一个盲目的、无意识的典型,通过一个"特殊的揭示过程",展现一条经历磨难、接受考验、直至毁灭,最后凤凰涅槃、脱胎换骨成为新人的道路。

在这条道路的开头,有一个神秘的声音一直回响在毕勃科普夫的耳旁,但他却我行我素,不予理会。当他遭到吕德斯卑鄙欺骗,受到第一次打击时,那个声音和他进行了如下的对话:

"要听谁的话?谁在说话?"

"我不告诉你。你会看见的。你会感觉到的。武装好你的心灵,我再和你说话。你会看见我的。你的眼里将充满泪水。"

---

① Alfred Döblin, *Zwei Seelen in einer Brust. Schriften zu Leben und Werk*, S. 313.

"你还可以这么说上一百年。我只会一笑置之。"

"别笑,别笑。"(175)

直到毕勃科普夫的精神彻底崩溃,整个人躺在疯人院里,直到朦胧之中生命之火即将熄灭,他才开始愿意倾听那个声音所说的话。小说在此处写道:"死神慢悠悠、慢悠悠唱起它的歌。"(473)原来,冲着这个拒绝任何指教和帮助的人,冲着这个有着幼稚的自负和盲目的傲慢的人发话的是死神,吕德斯和赖因霍尔德皆是它的使者和工具,他们受它的派遣去考验他、打击他,直到他一败涂地,放弃反抗,放弃维护那个盲目的自我为止。当他终于洗耳恭听那首缓慢悠扬的死神之歌时,他便从感性走向了理性,从无知走向了认知。他认识到了自己的罪责,他为自己过去的那段荒唐而无意义的生活感到后悔。"弗兰茨没有坚持,他献身了……他投身于那灼人的烈焰,好让自己被烧死,被消灭,变成灰烬。"(487)

这时,死神再度把它的几个使者带到垂死的毕勃科普夫面前,他为自己错误的过去进行了刻骨铭心的忏悔。矮小而冷酷的骗子吕德斯首先走过来,弗兰茨现在懂得,他当初本不该躲藏逃避,不该一个人对着墙泄愤,自顾自地借酒浇愁,而是应该勇敢地去"质问他,找他说清楚"(482);他的真正对手、残暴而可怖的恶魔赖因霍尔德走过来了,弗兰茨曾对他怀有复杂的情感,总想通过他来衡量并证明自己的力量。他悔不该与他同流合污,他无法理解自己"为什么……会迷恋他"(483)。伊达,那个被他在醋意大发的暴怒之下失手打死的姑娘,也来到奄奄一息的毕勃科普夫跟前。他隐隐觉得:"好像有个人把她打到了一边。"他上去制止,直言"这可不是人干的",他气愤地责问:"谁把你打得这么惨?"(484—485)最后走过来的是这世界上唯一真正爱过他的米泽,但当他睁开眼睛时,米泽却不见了,他此刻终于开始感到自责,痛哭起来:"我做了什么了。我为什么失去了她。要是我不把她介绍给赖因霍尔德,要是我不和这家伙来往该多好啊。"(486)毕勃科普夫就这样以沉痛的心情追悔了自己的过错。他不再为自己开脱,他毫无保留地驯服了;他让自己的生命逝去,心甘情愿地把自己献给了死神:"在这个黄昏时分,弗兰茨·毕勃科普夫,从前的搬运工人、罪犯、流氓、杀人犯和靠妓女过活的软饭男,死了。"(488)

然而,这个垂死的人却并没有走上下地狱的路,而是进入了另一个天地。那里不再是社会底层乌烟瘴气的罪恶环境。早在他乔装打扮四处寻找杀害米泽的元凶时,两个天使就一直跟随着他,不离左右。它们把他的目光从人头攒动的商店橱窗前引开,它们在空中俯视他,希望他获得认识能力,承受认识带来的后果。在疯人院,"风暴巨人们"(463)刮过来,它们想尽办法,以便这个处于痴迷和抽搐状态的家伙能够灵魂开窍,良心发现。淫逸、放荡、奢靡和欲望的象征——大淫妇巴比伦也骑着那头猩红色的动物来了。在小说里,这个大淫妇的每次出现都和弗兰茨堕落的程度相关。"她窥伺弗兰茨"(467),她同死神激烈地争夺他。最后,象征"生命和真正力量"(475)的死神赢得胜利,恶毒的大淫妇只有落荒而逃。如此一来,德布林强制毕勃科普夫"走完那条通向完全清除、消灭和摧毁的道路"。这就是被德布林所强调的"牺牲"主题,这就是那个"特殊的揭示过程"的核心。

来自天堂和地狱的力量为争夺垂死的毕勃科普夫的灵魂而搏

斗。生死攸关的决定在死亡的关键时刻作出。毕勃科普夫改邪归正的可能性得到证明。如果说他的对立面赖因霍尔德是"冷酷的暴力,对他这个存在无法改变",因为他自始至终是令人发指的残忍和邪恶,那么,毕勃科普夫则是"可塑的,如同一种元素,经过一定的辐射而转变为另外一种元素"。(456)旧人的死亡,新人的诞生:圣经故事用仁慈、解脱加以解释的事物被德布林换成了一个现代科学的比喻。

通过与死神相遇而走向转变是毕勃科普夫脱胎换骨的过程,同时也是培养意识和到达认识的过程,另外还是一个告别过去、面向未来的过程。小说主人公弗兰茨决心放弃那个满目疮痍的旧我,毁灭那个无能的艰难存在,像圣经人物约伯和以撒那样学会敬畏、恭顺与服从,从而有意识地使自己加入自然循环当中,融进生活的广泛关联之中,进入社会集体的行列,以此"和存在挂上了钩",从而获得真正的存在,成为"行动家和世界的创造者"。

四、新人毕勃科普夫的问题和德布林理论与实践的矛盾

获得新生的毕勃科普夫脱离了犯罪的圈子。他进入一家中型工厂安分守己地干起一份看门人的工作。经历了生与死的洗礼之后,他具备了清醒认识世事的能力。他深刻地认识到:"个人孤独的行动是很多不幸的根源。如果多几个人,情况就会不同。每个人都应该养成听取他人意见的习惯,因为别人说的话也和我有关。那样,我才知道我是谁,我可以做什么。……一个人没有了众多的他人就不成其为人。"(500)毕勃科普夫终于领悟到这样一个道理:同自然和社会隔绝的个人是渺小的、不真实的、无力的,只有摆脱

孤立,加入群体,在同社会集体的紧密联合中,才能释放出人作为认识世界和改造世界的主体所拥有的巨大能量,才不会屈从于命运的摆布,才会勇敢地向命运发起挑战:"命运到底是什么? 当我一个人时,它比我强大。当我们是两个人时,它想要压过我就难了。当我们是10个人时,那就非常难了。……命运,命运。我们不必敬畏命运,而是应该去审视它,掌握它,摧毁它。"(500—501)这样一来,德布林之前在另外两部长篇作品《王伦三跃》和《华伦斯坦》里所表露和推崇的东方智慧,如关于什么是真正的柔弱的教诲,关于无为和归隐的教诲,在1929年发表的小说《柏林,亚历山大广场》的结尾就转化为了个人与社会集体团结一致的战斗纲领:"向着自由、向着自由而去,旧世界必然灭亡,醒来啊,清晨的空气。"(501)然而,开始学会自觉生活的新人毕勃科普夫面对窗外群情激昂的游行队伍却依然是袖手旁观,不为所动,不介入任何党派、团体和组织:"他们时常高举旗帜,在音乐的伴奏下唱着歌曲,从他的窗前迈步而过。毕勃科普夫漠然地瞅着门外,依旧长时间待在屋里,一动不动。"(500)他小心翼翼,谨慎有加,以一种反躬自省的态度冷眼旁观。"我们知道我们知道什么"(501),他死死守住这句话不放。这里所暴露出来的恰好是德布林自身理论与实践的矛盾。在他的哲学反思里,他特别重视行动与团结,可是,毕勃科普夫成为新人之后最为欠缺的恰恰是行动和团结。在《自然之上的我》里,德布林这样写道:"认识真正地推动和改变着。"[1]这种把"认识"和"改变"合二为一的观念只是一种建立在思辨层面上来

---

[1] Alfred Döblin, *Das Ich über der Natur*, S. 220.

完成的抽象结构。它虽然能使人的精神潜能得到激发和挖掘,精神状态得到改变,但这终归只是一种局限于思想层面的从不认识到认识、从一种认识走向另一种认识的改变,这种改变并不引发行动,因而逾越不了乌托邦的范畴。① 故而,"旧世界必然灭亡"在德布林那里依然只是一句空洞的口号,一种热情的幻想。作家不辞辛苦、不惜笔墨培养出来的新人,至多也不过是一个清醒的旁观者。毕勃科普夫虽然获得了认识,但却丧失了行动,而在德布林的理论中,行动才是获得认识的前提。在小说里,毕勃科普夫正是通过不停地"去经历""去感受",才达到认识的。可是现在,他却没有了任何的实践活动,更谈不上是"行动家"和"世界的创造者"了。

综上所述,通过弗兰茨·毕勃科普夫的故事所给出的道路仅仅只是一幅梦幻和空想的蓝图。这幅蓝图丝毫不具备梦想成真的基础,它缺乏实践的检验,所以在现实社会中是行不通的。因此,它是否能够真正发挥实际的指导作用,很值得怀疑。小说结尾的摇摆不定,恰恰说明作者思想上的徘徊和迷茫。德布林本来计划写两卷,打算让第一卷里行事被动的毕勃科普夫在第二卷里变得积极主动起来,但他在1931年9月18日所写的一封信里不得不承认:"我失败了。和我的意愿相违背,由于情节和计划的逻辑性,小说就这么结束了;已经不可救药了,……迄今为止我发现,二重性无法取消。"②

---

① Matthias Prangel, *Alfred Döblin*, 2., neubearbeitete Auflage, Stuttgart: Metzler, 1987, S. 61.
② Alfred Döblin, *Briefe*, hrsg. von Heinz Graber, Olten und Freiburg im Breisgau: Walter-Verlag, 1970, S. 165.

"迈步"(501)——该走向何方呢？没有答案。正如德布林的其他许多作品那样，长篇小说《柏林，亚历山大广场》也是作家自身寻找方向的一次尝试。作为道德家的德布林，他不能，也不愿意，制定一个甚至对他本人都没有约束力的律条。因为，他自己也不清楚，路该怎么走，该向什么地方走。

《柏林，亚历山大广场》是德布林文学创作的巨大成功。小说自1929年发表以来，先后被翻译成多国文字而享誉世界文坛，还被改编为电影、广播剧和长达15小时的电视连续剧，经大众媒介的传播在德国家喻户晓。2003年它的中译本也由上海译文出版社出版。国内德语文学研究学者近年来对这部作品的关注也有所增加。然而，首先，迄今为止德布林这个名字对中国文学界来说依然十分陌生，他的作品在中国的译介也依旧处于起步阶段，这不能不令人感到遗憾。其次，大众传媒在促使小说得以深入人心的同时，也导致了误解和误读，以至于很多读者往往首先把它视为一个来自柏林社会底层的风俗故事，而有意无意地忽略了作品深刻的思想内涵和超前的叙事技法。最后，国际评论界长期热衷于对小说进行形式研究，作者本人在世时则十分强调这部小说与其哲学思想之间的关系。鉴于这些情况，笔者尝试对德布林的这部作品作出以上分析，以期抛砖引玉。

（原载《外国文学评论》1993年第4期，第55—60页）

不要低估这种能量
——评沃尔夫新作《美狄亚·声音》

克里斯塔·沃尔夫是当代民主德国文学,乃至整个德语文学走向世界的一位代表人物。她对民主德国在社会主义建设过程中取得的成就和出现的失误持续给予关注。两德统一后,沃尔夫依然认为,社会主义通过改革可以变得更好。沃尔夫在两德统一进程中所保持的这种态度,为其招致原联邦德国方面一些群体的恶毒清算。沃尔夫在受到攻击、心情压抑的同时也开始进行深刻反思。1996年发表的长篇小说《美狄亚·声音》便是这一深度思考的文学成果。这部取材于希腊神话的作品塑造了一个全新的、大胆追求男女平权和充满人道主义精神的美狄亚形象,沃尔夫的批判矛头直指当今德国的社会政治弊端,释放出不容低估的能量。

克里斯塔·沃尔夫(Christa Wolf, 1929—2011)是德国著名女作家。她创作的一系列作品,如《被分裂的天空》(*Der geteilte Himmel*, 1959)、《关于克里斯塔·T 的思考》(*Nachdenken über Christa T.*, 1968)、《童年模范》(*Kindheitsmuster*, 1976)、《卡珊德拉》(*Kassandra*, 1983)、《剩下什么》(*Was bleibt*, 1990)等,不仅享誉德语文坛,而且蜚声世界文学领域,是当代民主德国文学,乃至整个德语文学走向国际的一位代表人物。作为在民主德国成长起来的新一代社会主义作家,她对这片生于斯、养于斯的土地有着强烈的依恋情结。她通过自己的文学创作,对民主德国在社会主义的尝试过程中取得的成就和出现的失误表示了极大关注。一方面,她从人道主义的观念出发,信仰社会主义,认为民主德国孕育着社会主义的萌芽和潜质,主张并赞同在民主德国实行社会主义制度;另一方面,对于民主德国在社会主义建设实践中暴露出来的问题,她也感到十分痛心,并以一种积极参与的方式,大胆地展开批评性和建设性的思考,建言献策,要求民主德国进行改革,兴利除弊,使社会主义实践更趋完善。1989 年 11 月 4 日,沃尔夫在德国柏林市中心著名的亚历山大广场发表演讲,强调指出,社会主义的尝试和民主德国是可以挽救的。此后不久,她还起草了一份"为我们的祖国呼喊"的公开信,动员一些知名人士签名。1990 年 10 月 3 日两德统一完成之后,沃尔夫依然不改初衷,坚持认为,社会主义通过改革可以变得更好。

沃尔夫在两德统一进程中所持的这种态度,自然不会受到原联邦德国方面某些人的欢迎。统一之前,出于政治宣传上的需要,

不要低估这种能量——评沃尔夫新作《美狄亚·声音》

他们曾一度津津乐道于沃尔夫作品中可以利用来引申为对社会主义进行攻击的东西,即他们只专注于片面强调和夸大沃尔夫对民主德国的批判性。统一之后,沃尔夫愈发凸显出来的对民主德国的忠诚性却令他们感到震惊和恼怒。1993年,沃尔夫在20世纪50年代末、60年代初曾当过民主德国国家安全部门非正式工作人员的档案被报界披露,一时间引起轩然大波。以此为契机,德国国内展开了一场沸沸扬扬的大讨论。沃尔夫作为民主德国社会主义文学成就的代表性人物,发生在她身上的这场辩论,可以说是联邦德国某些人对民主德国在文学领域进行否定的一个具体实例。它同时从一个侧面说明,两德虽然统一,意识形态之间的对立却依然存在,并有因经济贫困化而日趋尖锐的势头。正如《时代焦点》(Zeit-Punkte)1995年第5期上的一篇文章所指出的那样,民主德国人只想"对民主德国实行改革,……创造一种有别于联邦德国资本主义竞争社会的制度"。显然,资本主义并不是前民主德国公民追求和向往的目标。

在资本主义德国的亲身体验使怀有社会主义理想的沃尔夫在受到攻击、心情压抑的同时也进行了深度的思考。1994年,她的文集《走向塔波的路上》(Auf dem Weg nach Tabou)出版。在该书前言中,沃尔夫这样写道:"我没有失去迎接挑战的兴趣。时代用以对付我们的工具十分锐利,人们可以用来自卫和反抗的笔是无法与之相比的。但我始终在使自己做到笔不离手。"经过了几年的酝酿之后,沃尔夫于1996年初发表了她的长篇小说《美狄亚·声音》(Medea. Stimmen)。这部作品虽取材于希腊神话故事,但包容于其中的思想内涵却与当今德国乃至世界的社会政治状况联系紧密。

它可以称得上是作家这几年个人经历及思想感受在文学上的一次较为完整的积淀。

一、希腊神话故事中的美狄亚：为爱情而疯狂的仇杀者

美狄亚是希腊神话故事中给人印象最为深刻的人物之一。公元前431年，著名悲剧作家欧里庇得斯根据这一神话题材创作了流芳后世的剧本《美狄亚》，也首次虚构了她谋杀亲生儿子的骇人情节。从此，后代众多作家沿袭这一传统，争相效仿，写出众多与美狄亚相关的文学作品。尽管由于所处时代不同，创作意图和题材处理不同，这些美狄亚各有千秋，各有侧重，但在下述主干情节上却是保持了基本的一致：美狄亚爱上前来寻取金羊毛的阿耳戈英雄伊阿宋，在帮助他取得所要之物后，又同他一道乘船逃离科尔西斯。逃跑途中，为了摆脱父王军队的追赶，她杀死了同胞兄弟阿布绪尔托斯。而当她和伊阿宋逃到科林斯后，又由于伊阿宋移情别恋，另有所爱，她便再度痛下杀手，设计弄死了情敌格劳刻及其父亲克瑞翁，还要了两个亲生儿子的命，以作为对不忠的丈夫的报复。随后，她乘龙车逃走，消失得无影无踪。我国近年来翻译和出版了多种希腊罗马神话故事文本，综观同美狄亚有关的章节，除去文字渲染以显生动的成分，其精髓脉络与上述情节如出一辙。因此，无论美狄亚的个人遭遇多么令人同情和叹息，不管她有多少理由替自己辩解，她那与伦理道德格格不入的凶杀行为，她的双手沾满着别人的鲜血这一事实，不仅大大削弱了伊阿宋的背叛所引起的世人对她的怜悯，而且也使大众认定，美狄亚是一个为爱情而丧失了理智的、极尽疯狂的仇杀者。

二、沃尔夫笔下的美狄亚:为金钱社会所不容的挑战者

沃尔夫认为,把美狄亚描绘为一个为了爱情而置一切于不顾的仇杀者,是男性作家以男性的视角、为维护男权社会伦常而对历史真实所进行的掩盖和歪曲。她在1994年初所作的小说构思笔记中这样写道:欧里庇得斯不仅将谋杀亲子之罪强加于美狄亚身上,而且还把她界定为野蛮人的女巫,其实,她完全可以成为一名很好的"治病救人者"。沃尔夫随之发出诘问:为什么像欧里庇得斯这样的"最伟大的男性作家之一",非要对历史作出"不利于女性"的篡改不可呢?带着这样的疑问,怀着还历史以本来面目的决心,沃尔夫用自己的笔勾勒出一个史无前例的美狄亚:她不是杀人凶手,她既没有杀害她的兄弟,也没有害死她的情敌以及情敌之父,更没有杀害亲生儿子。这些恶行都是某些人为了欺骗公众、混淆视听而强加于她的栽赃和诬陷。美丽婀娜,才华横溢,追求男女平等,充满人道主义精神,这才是美狄亚的真实面目。

在《美狄亚·声音》中,沃尔夫保留了神话故事里对美狄亚美丽外形的定格,同时根据自己的创作需要进行了强烈的渲染。她带给读者的美狄亚,有着富于异国情调的"棕褐色的皮肤""卷曲的头发""乌黑而热情的眸子"和一双别的女人所无法比拟的"美丽的脚"。她不仅拥有非同寻常的美貌,而且风姿绰约,既"苗条可人",又"曲线尽显"。在这样一位美丽而又性感的东方女神面前,别说伊阿宋及其阿耳戈船英雄们会感到目眩神迷,就连科林斯那位嫉恨她的国王克瑞翁的首席天文学家也难以抑制内心的倾慕。然而,沃尔夫精心雕琢的这位美女绝不是供男人欣赏和愉悦的花

瓶；相反，她是一个情感炽烈、思想独立且充满自信的个体。首先，作为月神的女祭司，她具有高超的才能和本领。她掌握着许多巫术和魔法；她通晓草药知识，借此治病救人；她凭借自身的努力和能力，帮助科林斯人克服了长达两年的饥荒；她还准确地预言了地震之后瘟疫的蔓延，提醒科林斯人及早采取措施以绝后患。其次，这个人物身上洋溢着浓厚的人道主义精神。这一点主要体现在她的理性和博爱两个方面。面对丈夫的背叛、情敌的挑衅以及权贵的迫害，她始终保持克制与冷静。敌人和对手把她赶出王宫，她便搬到城边小茅屋里去居住，淡定自若，一副不急不怒、不狂不躁的样子，表现得极其理智和大度。而她在逆境中依然散发的博爱品质则使她整个人显得更加高尚。

这样一位才貌双全的人道主义者当然同那些把自己全部的幸福和希望都寄托在男人身上的传统女性大相径庭。她走自己的路，可以不依附于任何男人。不仅如此，她还有资本、也更有胆量拒绝男权社会对妇女的压迫和束缚。伊阿宋无情地抛弃她，要同科林斯的公主格劳刻结婚，好当日后的王位继承人。神话中的美狄亚由于无法承受这样的打击，便采取杀人的手段进行疯狂报复，最终受到伤害的还是她自己。这是典型的以男人为中心的传统妇女模式。相形之下，沃尔夫笔下的美狄亚努力避免遭受这样的伤害。她心平气和地处理这件事情，她不和负心人吵闹，也没有蓄意报复，而是很有理智地接受这个现实。不止于此，她还给自己也找了一个男朋友——雕刻家奥伊斯特洛斯，大摇大摆地同他交往；她依旧不拘一格，披散长发，而不是按科林斯已婚妇女的规矩把头发盘起来；"她发怒的时候，就跑到街上大喊大叫，高兴的时候，就放

不要低估这种能量——评沃尔夫新作《美狄亚·声音》

声大笑";她甚至可以继续同伊阿宋保持一种性关系。沃尔夫塑造的这位主人公带有明显的女权主义色彩。不过,如果仅仅据此一点,就认为沃尔夫是试图通过整部小说来反映男女之间不平等的问题,来揭示妇女对男权社会的反抗,那未免失之偏颇,视角也未免狭窄。美狄亚虽身为女人,但是她所代表的却不仅仅是女人,而是代表着一类人,一类追求社会公正和平等的、才貌双全的好人。通过这样一个完美形象在所谓金钱社会里的惨痛经历,行社会批判之实,这才是沃尔夫创作这部小说的主要意图所在。

小说全篇由十一章独白组成,6个不同的人物从各自的视角出发进行第一人称叙述,传统的美狄亚的故事在各种声音的交织和重叠之中得到了全新的、与流行的俗套截然不同的演绎。

人们普遍认为,起码绝大多数有关美狄亚的书籍是这样告诉他们的,即美狄亚之所以不顾一切地离开自己的祖国科尔西斯,是因为她对阿耳戈船英雄伊阿宋无法自拔的爱恋。沃尔夫虽然并未否定美狄亚和伊阿宋建立在男女自然吸引基础上的相爱,但是,性爱的因素在沃尔夫眼里已经不再具有决定性意义,来自社会政治的理由占据了最重要的位置。原来,美狄亚的出逃是源于一场政治斗争的失败。她的父亲,老迈而僵化的国王埃厄忒斯治国不力,政治腐败,百姓生活困苦,王宫却大兴土木,引起人们,特别是年轻人的不满,纷纷要求其退位,让新人当王,进行政治经济改革,搞活对外贸易,富国强民。然而,老奸巨猾的埃厄忒斯利用普通群众的愚昧和盲从心理,打着举行古老宗教仪式的幌子,派人杀害了自己的亲生儿子——王位继承人、力主改革的新王阿布绪尔托斯,并将其残忍碎尸,抛于荒郊野地。看到自己的父亲为了永掌大权,竟然不惜上演人伦惨剧,使出谋杀亲子的下作手段,美狄亚感到无比绝望。正是基于这种情况,她才被迫跑去找到前来寻取金羊毛,并因埃厄忒斯的苛刻条件而犯难的伊阿宋,答应用自己掌握的魔法帮助他达到目的,作为交换,他则必须带她离开此地。沃尔夫把神话故事中的爱情重心转移为政治重心,从前那个为爱而疯狂的私奔者如今变成了一个为政治理想而执着的逃亡者。沃尔夫对小说故事情节发生和发展基点的重新确立和调整,必然带动作品全篇在人物性格刻画和事件因果关联方面的相应改变。于是,一个令人耳目一新的美狄亚形象跃然纸上,她同科林斯社会之间的尖锐对立和激烈冲突也由此展开。美狄亚之所以流亡到科林斯,不只是因为同贫穷落后、腐化堕落的科尔西斯相比,科林斯显得富裕、繁荣和昌盛,更是由于同封闭阴暗的科尔西斯社会相比,科林斯在她心目中还象征着一个自由、开放和公正的世界。然而,随着时间的推移,主人公个人体验的增多,浮华的科林斯逐渐褪去其"明亮、夺目、诱人"的表面光彩,暴露出"阴暗、危险和死气沉沉"的本来面目。随着美狄亚在这个社会里的境遇的一步步恶化,读者和她一道完成了对这个所谓富裕和开明国家的由表及里、由浅入深的全新认识。

首先,科林斯是一个男权至上社会。在这里男女之间毫无平等可言,妇女根本没有什么地位可言,她们只作为男人的附庸和玩物而存在,不能拥有自己的思想和观点。在科林斯人看来,"坚持自己思想的女人就是一个放肆而狂妄的女人","女人如果看到男人的弱点,她肯定会为此付出代价"。美狄亚看不惯"科林斯的妻子们",觉得她们"同精心调教的宠物没有多大区别"。美狄亚作为

不要低估这种能量——评沃尔夫新作《美狄亚·声音》

不受传统思想束缚的、追求个性解放的女性,当然不会受到男权当道的科林斯人的欢迎,难怪他们会看着她"发呆",把她当作"天外来客"对待,甚至怒气冲冲地叫嚷:"外来者,难民,凭什么……显得自信?"

其次,科林斯又是一个以自我为中心的、偏执而狭隘的社会。科林斯人习惯于"自我标榜",习惯于"把自己凌驾于所有的人和事物之上",特别是当地的知识阶层,抱着盲目的孤芳自赏心态,犹如井底之蛙一般固守着自家的老本,拒绝接受和吸纳外来文化。他们把美狄亚的才能视作对自身地位的巨大威胁。当美狄亚运用所精通的动植物知识化解了一场饥荒之后,国王的首席天文学家阿卡玛斯对她的态度便"起了变化",从此,"他把她视作对自身的威胁";美狄亚运用独特的、不同于科林斯学派的医术治愈了许多人的疾病,但王宫的御医却大肆污蔑美狄亚,对外谎称她的药剂"损害了国王那长命百岁的老母之贵体",还禁止把科尔西斯的接生法传入宫内。科林斯人对美狄亚的魔力"怀有一种病态的恐惧",她那高超的技能从实践上成功地证明了他们的无能,同时也挫败了他们那目空一切的自以为是!故而,作为有才能而又不虚伪的个体,美狄亚为偏狭的科林斯社会所不容。

最后,科林斯还是一个唯利是图、金钱至上的社会。这是其最为本质的特征。"科林斯充满了对黄金的占有欲。……最让我们感到陌生的是:在科林斯,评价一个公民的价值要看他拥有多少数量的黄金,要看他给王宫上交多少数目来定。"美狄亚拒绝认同这种金钱万能、金钱至上的价值观念,认为衡量人的生活应该采用诸如美好的社会理想这一类的标准。不仅如此,她还敢于蔑视统治着这个金钱社会的一小撮权贵,并不因为自己客居他乡,寄人篱下,就去刻意逢迎讨好,用以保全自己,放弃自身做人处世的基本立场和原则,正如李白诗句所吟诵的那样:"安能摧眉折腰事权贵,使我不得开心颜!"当为了攫取权力和物质上的享乐安逸而不惜背叛爱情、出卖灵魂的伊阿宋向她发出奉劝和指责之声时,美狄亚毫不退缩。她通过敏锐的观察和坚持不懈的调查,发现了一桩欺瞒已久的秘密:国王克瑞翁为了保住自己的统治地位,竟然让人杀死了自己的亲生女儿伊菲诺俄公主,还将孩子的尸首弃置于一岩洞中,却对外谎称,她被人诱拐到别的某个国家当王后享福去了。现在,美狄亚终于搞清楚,也最后确认了,自己究竟生活在一个什么样的国家里:支撑着这座金钱大厦的基础是欺骗和谋杀,"这座城市建立在一桩罪恶之上"。美狄亚的思想和行为不啻于是对科林斯罪恶的金钱制度的挑战。统治者对此感到惊慌,感到他们习以为常的宁静和秩序受到干扰和破坏。于是,他们使出惯用伎俩,对头脑清醒的不驯服者同时具备实际攻击能力的挑战者进行迫害,把杀死兄弟和儿子的罪名硬栽到美狄亚头上;把地震的发生和震后瘟疫的流行归咎于她;明明是疾病缠身的公主因精神受到刺激而投井自杀,却非要说成美狄亚投毒所为;明明是她救了图龙,却好心不得好报,反被一口咬定事情起因于她的煽动。这还不算解恨,直至他们最终把她赶出国门并派人杀害了她的两个儿子,这才善罢甘休。毋庸置疑,一个鄙视强权并对其社会本质有着深刻体验和清醒认识的美狄亚为浸透着罪孽和欺诈的科林斯金钱社会所不容。

三、美狄亚的归宿：我该去向哪里

神话中的美狄亚乘坐龙车，向着雅典的方向腾空而逃。沃尔夫笔下的美狄亚却远没有那般幸运。被驱逐出境的主人公形容枯槁，栖身于荒野中的一个山洞内，靠食蚂蚁、甲虫勉强求生。一位曾经美艳动人的天之骄子般的女神，只因掌握了证明金钱社会罪恶本质的证据，便在精神和肉体上遭到如此不人道的压制和摧残！沃尔夫终于在小说即将结束的时候，让一贯冷静而持重的女主人公发出了如下忍无可忍的怒吼："我，美狄亚，诅咒你们。"至此，沃尔夫运用和改造神话题材对现实社会进行的批判得以完结。

细心的读者不难发现，美狄亚这个人物身上承载了沃尔夫本人的一些思想特征，而科尔西斯和科林斯之间的类比则使人分别想到了民主德国和联邦德国。它们呈现的现实状况均令致力于追求人道的社会主义社会的沃尔夫感到失望和不满。当她用自己在观念上和心目中所设想的美好社会图景去观照它们的时候，它们均显得猥琐和丑陋。特别值得一提的是，这部长篇小说全篇的批判重点旨在针对科林斯，亦即以金钱为中心的资本主义社会。具有社会主义萌芽潜质的东德未经精心呵护与培育便消失了，接踵而至的却是作家并不希望看到的、裹挟着其自身无法调和的弊病的资本主义竞争制度。在这双重痛苦的折磨之下，沃尔夫借古喻今，通过《美狄亚·声音》来倾诉郁闷与激愤之情，可谓一吐而后快。正如《时代报》文艺副刊上的评论所认为的那样："……对于沃尔夫而言，似乎该说的话也都已经说出来了。"

可是,愤怒的发泄并不能解决美狄亚的归宿问题。科尔西斯是建立在罪恶之上,美狄亚因此从那里逃了出来;科林斯也是建立在罪恶之上,美狄亚也因此被人从那里赶了出来。它们都容不下美狄亚,都同她执着追求的"人们和睦相处、均分财富"的理想社会相去甚远。往后的路该怎么走呢?面对黑暗的现实世界,美狄亚显得迷惑和茫然:"我该去向哪里?能够想得出一个我可以适应的世界和时代吗?我找不到可以询问的人。这就是答案。"小说全篇以此结束。这样一种结尾既表达了作者本人那种痛切而又无可奈何的情绪,同时也代表了社会转型时期一个群体的极度愤怒、极度失望和极度困惑的心理状态。理想与现实的巨大反差,令人们感到无所适从。脑海中的理想境界是那样的美好,眼前的残酷现实却又是这样的不尽如人意。从现实到理想该有一段多么艰苦和漫长的道路要走。放弃理想,不甘心;屈服于现实,更不甘心。于是,陷入两难境地的作家发出了这番心力交瘁的感慨。

然而,失望和沮丧的黑幕并不会永远笼罩在人们的心头,因为,在世界各国社会主义运动普遍受挫的现今阶段,资本主义虽然乘虚而入,通过对其对立面的大肆贬斥而迫不及待地标榜自己,却不料,其以金钱为轴心的、企图以新的教条强加给别人和别国的模式也日趋尖锐地暴露出它那最根本的缺陷。谁能保证,人们的这种愤怒、失望和困惑不会在条件适宜的时候转化成巨大的能量释放出来呢?难怪《法兰克福周报》驻柏林记者站的记者赫尔姆特·波提格尔(Helmut Böttiger, 1956—)在他的一篇分析沃尔夫与公众之关系的文章中指出,民主德国结束前,沃尔夫的对立面是教条主义和领导干部,而在统一后的德国,西方媒体取而代之,成为新的教条主义和领导干部。对手改变了,但沃尔夫没变,仍一如既往地扮演着批判性的角色。这位记者于是在该文末尾发出警告道:"可不要低估这种能量。"这绝不是杞人忧天,更不是危言耸听。

(原载《文艺报·世界文坛》1997 年 7 月 15 日)

《柏林,亚历山大广场》译者前言

现代德语文学经典大师阿尔弗雷德·德布林有着跌宕起伏的人生,纵然命运坎坷,历经磨难,他却始终笔耕不辍,文学成就斐然,尤为擅长结构宏大、气势不凡的长篇小说。本文着重阐述了德布林最负盛名的作品《柏林,亚历山大广场》在思想性和艺术性上的突出特征,指出犯罪小说、大城市小说、宗教小说、政治小说和哲理小说是其常见的五种解读模式,详述了小说最具特色的意识流和蒙太奇技法及其在结构、叙事和语言三大层面的具体体现。本文最后认为,对于该小说的客观考察不应孤立于德布林全部文艺创作和思想发展的总体框架之外。

《柏林，亚历山大广场》译者前言

提起阿尔弗雷德·德布林，中国的广大读者可能会感到相当陌生。然而，在德国文学发展史上，这个名字却有着非同寻常的意义。德布林不仅是屈指可数的现代德语文学大家，而且就其对20世纪，尤其是对第二次世界大战后乃至当下德语文学所产生的直接、广泛而又持久的影响而言，恐怕连一代文豪托马斯·曼都难以企及。奥地利文学大师罗伯特·穆齐尔（Robert Musil，1880—1942）很早就断言德布林对德语文学的影响在不久的将来便会为世人所认识。① 戏剧大师布莱希特生前就曾高度赞赏德布林的叙事艺术，把他尊为自己戏剧创作上的"教父"②；诺贝尔文学奖获得者君特·格拉斯则把他奉为"恩师"③，坦言自己在写作方面以德布林为榜样和楷模。更有现当代一大批具典型代表性的优秀作家，如克劳斯·曼（Klaus Mann，1906—1949）、沃尔夫冈·科彭（Wolfgang Koeppen，1906—1996）、阿尔诺·施密特（Arno Schmidt，1914—1979）、彼得·吕姆科尔夫（Peter Rühmkorf，1929—2008）和英果·舒尔策（Ingo Schulze，1962— ）等人，均明确表示深受德布林作品和思想的熏陶与启迪。④ 德布林对德语文学的杰出贡献，使他无可辩驳地成为具有国际声誉的语言大师和文坛巨匠。

---

① 参见 Jochen Meyer, *Alfred Döblin. 1878 - 1978. Eine Ausstellung des Deutschen Literaturarchivs im Schiller-Nationalmuseum*, 4., veränderte Auflage, Marbach am Neckar： Deutsche Schillergesellschaft, 1978, S. 508。
② 转引自上书, S. 279。
③ Günter Grass, „Über meinen Lehrer Alfred Döblin", in： Alfred Döblin: *Die drei Sprünge des Wang-lun. Chinesischer Roman*, hrsg. von Walter Muschg, Jubiläums-Sonderausgabe zum hundertsten Geburtstag des Dichters, Olten und Freiburg im Breisgau： Walter-Verlag, 1977, S. V – XXXI, hier S. V.
④ 参见 Jochen Meyer, *Alfred Döblin. 1878 - 1978. Eine Ausstellung des Deutschen Literaturarchivs im Schiller-Nationalmuseum*, S. 508 - 519。

一

"我始终明白,我属于穷人的行列。这决定了我的全部秉性。"①德布林晚年的这番自白可以视作他坎坷人生的真实写照。

1878年8月10日,德布林出生在当时隶属于德意志帝国的什切青城(今波兰境内)。他的父母均是犹太人,一共养育了5个子女。德布林排行老四。德布林的父亲多情而文艺,母亲则精明而务实,夫妻性格不合,夫妻关系长年紧张,给德布林的童年生活投下沉重的阴影。就在德布林10岁那年,这种紧张关系最终难以为继,走向瓦解:1888年,开裁缝店的父亲抛弃家庭,和店里一名年轻女工一起私奔去了美国。迫不得已的母亲只好拖着一身债务和一群孩子离开什切青,来到柏林,一家人蜗居在位于柏林东部的简陋出租屋里,依靠做苦工和母亲娘家亲戚接济勉强维持生活。德布林先是就近入读社区小学,小小年纪便能清醒意识到自己是贫家子弟;随着全家人在柏林城东搬来搬去,少年德布林又于1891年复活节前后以(因家庭贫困而不必交学费的)免费生身份进入科恩文理中学就读,也是从这时开始,德布林对文史哲学科的偏爱日益凸显,甚至还会背着重商轻文的母亲偷偷涂抹一些文字。当然,也是这段严苛规训的中学时光令德布林对普鲁士专制主义教育充满仇恨。② 1900年9月,德布林拿到中学毕业证书;同年10月,在工厂主舅舅和经济取得独立的大哥资助下,进入柏林弗里德里希·

---

① 转引自 Roland Links, *Alfred Döblin. Leben und Werk*, Berlin: Volk und Wissen, 1980, S. 14。
② 参见 Gabriele Sander, *Alfred Döblin*, Stuttgart: Philipp Reclam jun., 2001, S. 16–17。

《柏林,亚历山大广场》译者前言

威廉大学学习(即举世闻名的柏林大学,今柏林自由大学和洪堡大学的前身),成为全家唯一接受过高等教育的人。德布林所学专业为医学,因为家里人希望他日后能当个挣钱快的牙医。但德布林的目的却是要通过学医去了解人性的真相,所以基础阶段学习结束之后,他便于1904年5月从柏林大学转到弗莱堡大学专攻神经病学和精神病学。[①] 专业学习的同时德布林也旁听了不少哲学和文学课程并积极参与和组织文学社团活动,而通过大学期间结识的同龄人——音乐学院学生赫尔瓦特·瓦尔登(Herwarth Walden, 1878—1941),德布林也得以接触到一批新潮的作家、音乐家和艺术家,对文学创作的兴趣变得愈发浓厚起来。1905年夏末秋初,德布林拿到德意志帝国行医执照和医学博士学位证书,成为一名助理医师。[②] 接下来的6年时间德布林先后在弗莱堡和柏林的几家精神病院就职;1911年德布林结婚生子,成家立业,在柏林东部的工人区开设了自己的诊所;第一次世界大战期间德布林被征召到前线的野战医院当军医,对战争的残酷深有体会;1918年德布林加入独立社会民主党,1922年成为社会民主党党员,1924年担任德国作家保护协会主席,1928年入选普鲁士艺术科学院院士并于同年退出社会民主党。[③] 直到被迫离开德国之前,德布林都在柏林贫民区行医。这段拮据清平的职业生涯成为德布林积累创作素材的一个重要源泉。行医之余,德布林积极参与各种社会活动,坚持进行

[①] 参见 Jochen Meyer, *Alfred Döblin. 1878 – 1978. Eine Ausstellung des Deutschen Literaturarchivs im Schiller-Nationalmuseum*, S. 12 – 13。

[②] 参见 Gabriele Sander: *Alfred Döblin*, S. 19 – 21。

[③] 参见 Bernd Matzkowski: *Erläuterungen zu Alfred Döblin. Berlin Alexanderplatz*, 2. Auflage, Hollfeld: C. Bange Verlag, 2005, S. 5 – 6。

文学创作,发表了一系列重量级作品,成为魏玛共和国时期极具号召力的文化名人。

希特勒上台之后,国际社会主义战斗联盟于1933年2月14日发出一份紧急呼吁书,号召社会民主党和德国共产党组建反纳粹的统一战线。德布林所在的普鲁士艺术科学院立即于第二天开会,将参与呼吁书签名的两位院士——左派作家亨利希·曼(Heinrich Mann, 1871—1950)和左派画家凯特·珂勒惠支(Käthe Kollwitz, 1867—1945)开除出院。德布林是这次会议上很少的几名勇敢表示异议的参会人员之一。[①] 2月27日国会纵火案后,形势更是急转直下,纳粹开始大肆抓人。德布林作为进步人士、共和国拥护者和犹太人,人身安全也受到严重威胁。1933年2月28日,国会纵火案的第二天深夜,德布林在朋友们的催促之下匆匆乘火车离开柏林,从康斯坦茨徒步越过边境,进入瑞士,开始了漫长而艰辛的流亡。[②] 纳粹政权剥夺了他的德国国籍,焚烧了他的书籍。他先是在瑞士短暂停留,半年后转到法国并于1936年以两个儿子能够入伍法国军队当兵作为条件取得法国国籍。德布林在法国无法行医,他曾尝试入读商贸学校学当装饰工,终因难以适应而放弃。好在他的作品在法国和欧洲受到欢迎,这样他就时常有机会受邀四处作报告。他也参加一些探讨犹太人出路的活动,但他的精力主要还是放在文学创作之上,流亡法国的这几年里他也可谓

[①] 参见 Jochen Meyer, *Alfred Döblin. 1878 – 1978. Eine Ausstellung des Deutschen Literaturarchivs im Schiller-Nationalmuseum*, S. 34。
[②] 参见 Matthias Prangel, *Alfred Döblin*, 2., neubearb. Auflage, Stuttgart: Metzler, 1987, S. 72。

著述颇丰。① 1939年德布林还受雇于法国情报部,参与反对纳粹德国的宣传工作。当纳粹德国1940年5月入侵法国并很快攻破重要防线时,德布林和情报部人员一同匆忙撤离巴黎,疲于逃命的他中途一度和家人失联多日,这成为德布林人生中的至暗时刻,陷入绝望的他靠着不断走进大教堂凝视耶稣受难像才算是从精神上逃过一劫。② 不幸中的万幸是,德布林最终得以和妻儿团聚并在亲友、好心人以及救援组织的帮助下于1940年底成功逃往美国。在美国的第一年,德布林通过熟人介绍受雇于好莱坞的米高梅电影公司,专职撰写脚本,但他很不适应美国的商业性娱乐文化,一年雇佣合同期满后没能续签。这样在接下来的几年里,德布林先靠申领失业救济金、后靠申领作家救助金过活,救助的数额很低,有时甚至一分钱没有,德布林的妻子遭此打击甚至一度精神崩溃。③ 德布林及家人流亡美国后期的物质生活几乎可以用赤贫来形容。第二次世界大战还使德布林失去至亲,他的二儿子、数学天才沃尔夫冈在法国军队抵抗法西斯入侵的战斗中为避免被俘而自杀身亡,他自己的亲弟弟也在奥斯维辛集中营丧命。然而,纵使历尽磨难,德布林始终笔耕不辍并最终凭着对生活和未来的顽强信念得以扼住命运的咽喉,活着迎接世界反法西斯胜利的到来。

1945年5月7日和8日,纳粹德国分别同英美和苏联签署无条件投降书,消息传来,德布林立即制订回国计划,是最早返回欧

---

① 参见 Jochen Meyer, *Alfred Döblin. 1878－1978. Eine Ausstellung des Deutschen Literaturarchivs im Schiller-Nationalmuseum*, S. 34－40。
② 参见 Gabriele Sander: *Alfred Döblin*, S. 63－66。
③ 参见上书,S. 68－69。

洲参加战后重建工作的流亡作家之一。同年11月上旬，德布林以法国军官身份踏上阔别多年的德国故土，致力于清除纳粹余毒和促进德国民主化的启蒙工作。他一边负责领导法国军政府设在巴登-巴登的文学办公室，一边着手创建美因茨科学和文学院，参与创办美因茨大学，并于1946—1951年主持了一份文学杂志的编辑与发行。德布林为这本杂志取名《金门》(*Das goldene Tor*)，以资纪念联合国1946年5月在旧金山的成立，也寓意着"人类自由和世界民族大团结"[1]。1946年底，德布林还以笔名"汉斯·费德勒尔"撰写和发表了一本配合纽伦堡审判的宣传手册《纽伦堡的教育审判》(*Der Nürnberger Lehrprezeß*)，发行量高达两万册。[2] 从1946年10月起直至1952年，德布林定期参加西南广播电台主办的"时代批判"系列节目的播出，对时下的文化和政治问题发表评论。1947年德布林牵头成立西南德作家联合会，1948年发起促进德法两国知识界加强交流的倡议，他本人也多次受邀到德国各地作报告。总之，在战后最初的几年里，德布林充满热情和干劲，希望对建设美好的新世界做出自己应有的贡献。[3] 然而，随着东西方冷战的开始，尤其是西德的政局变化以及反动复辟势力的卷土重来，国际局势和战后德国的发展显然与德布林的良好愿望和乐观期待相去甚远。1953年，贫病交加的德布林怀着深重的失望再度离开德国，定居巴黎。1957年6月26日，德布林在弗莱堡附近的埃门丁根州立医院逝世。

---

[1] Jochen Meyer, *Alfred Döblin. 1878-1978. Eine Ausstellung des Deutschen Literaturarchivs im Schiller-Nationalmuseum*, S. 48.
[2] 参见上书，S. 48-49。
[3] 参见 Matthias Prangel, *Alfred Döblin*, S. 106。

《柏林,亚历山大广场》译者前言

二

文学似乎注定要和苦难结缘。德布林的发展轨迹也没有背离这一规律。不可遏止的旺盛的创作激情在灾难、困顿和凄凉的催化下勃发。从中学时代文学青年式的习作开始,直至临终前病床上一字一句的口授,德布林可谓生命不息,笔耕不辍。他的著述从小说、诗歌、戏剧到传记、政论、杂文、哲学论著和科学论文,形式多样,内容广泛,其中尤以短篇和长篇小说的创作最为见长。从古老的东方智慧、神话传说,到后工业时代的科幻人类,从中国、印度、柏林、到格陵兰的冰山和美洲大陆,德布林的文学之旅历时上下五千年,纵横古今中外,其气势之磅礴,着实令人叹为观止。由于篇幅所限,这里只按发表的顺序对德布林重要的作品作一简略介绍。

德布林的第一次文学发表是1906年4月在斯特拉斯堡的约瑟夫·辛格尔出版社自费出版的独幕荒诞剧《吕蒂娅和小马克斯》(*Lydia und Mäxchen*, 1906),尽管这部完成于1905年底的处女作反响平平,但德布林对作者与作品之关系、人与物之关系的反思,以及誓与传统戏剧样式决裂的文学先锋性却是旗帜鲜明地体现了出来。1908年德布林在由好友瓦尔登负责编辑出版的《画报》(*Das Magazin*)月刊上发表了第一篇短篇小说《老姑娘和死神》(*Das Stiftsfräulein und der Tod*, 1908),开始在文坛激起一些涟漪,有位画家还专门据此创作了一组版画。接下来的两年里德布林参与了瓦尔登其他几份杂志如《晨》(*Morgen*)、《新路》(*Der neue Weg*)和《戏剧》(*Das Theater*)的创办工作。从1910年3月瓦尔登创办的《风暴》(*Der Sturm*)周刊第一期发布开始直到1915年,德布林都是这家著名的表现主义杂志的主要撰稿人。他面世的第一部长篇小说作品《黑窗帘》(*Der schwarze Vorhang*, 1912)也是以多期连载的方式首发于这家刊物上。① 小说讲述了一个多愁善感的、孤独的、以自我为中心的青年虐待狂的毁灭故事,散发出青春风格的旨趣,同时充溢着尼采的美学虚无主义。②

1912年岁末,德布林将形成于1900—1911年、发表于1908—1911年且绝大部分是发表在《风暴》杂志上的10多篇中短篇小说结集为《一朵蒲公英的被害》(*Die Ermordung einer Butterblume*, 1913),交由慕尼黑的一家出版社出版,内容仍以展示人的精神病态和倒错现象为主,但叙事手法却不同于传统的铺陈,德布林在这里有意识地借鉴了精神病理学的研究方法。这些早期作品刻意表现出一种革命姿态,致力于挑衅爱情、亵渎宗教、驳斥市民,言辞激烈,描绘大胆,别出心裁,母题丰富,引发轰动。所以青年时期的德布林就已被视为表现主义运动中崛起的新式中短篇小说的重要代表。③

不过,德布林对"德国(长篇)小说的资产阶级传统"所进行的真正"决定性突破"④则是在两年后通过发表"中国小说"《王伦三跃》来完成的。这部作品由一个"献辞"及"王伦""破瓜"

---

① 参见 Jochen Meyer, *Alfred Döblin. 1878 – 1978. Eine Ausstellung des Deutschen Literaturarchivs im Schiller-Nationalmuseum*, S. 14 – 16。
② 参见 Walter Muschg, „Nachwort", in: Alfred Döblin, *Die Ermordung einer Butterblume und andere Erzählungen*, 8. Auflage, München: Deutscher Taschenbuch Verlag, 1992, S. 162 – 170, hier S.163。
③ 参见上书,S.162 – 163。
④ Walter Muschg, „Nachwort des Herausgebers", in: Alfred Döblin, *Die drei Sprünge des Wang-lun. Chinesischer Roman*, S. 481 – 502, hier S. 481.

"黄土地的主人""极乐世界"四章组成,逼真描绘了18世纪晚期乾隆年间广阔的中国社会历史画卷,既曲折影射了德意志帝国威廉二世统治时期危机四伏的社会现实,又深度探讨了诸如精神与权力、有为与无为等一系列抽象而富于哲理的命题。《王伦三跃》令德布林名声大噪,一举获得1916年度的冯塔纳文学大奖,在不到7年的时间里再版10多次,产生广泛影响。《王伦三跃》同时也是德布林和瓦尔登的表现主义圈子分道扬镳并形成所谓"德布林主义"[①]的开始。《王伦三跃》之后,德布林又相继创作了长篇小说《华德策克勇斗汽轮机》和大型历史小说《华伦斯坦》。前者讲述小人物同垄断资本所展开的绝望的斗争,后者则取材于1618—1648年的30年战争,讨论的重心仍然是形而上学意义上的权力问题。

在《柏林,亚历山大广场》(下文将专门介绍,在此不赘述)之前,德布林还发表有长篇科幻小说《山、海和巨人》以及取材于印度神话的史诗《末那识》(Manas, 1927)。两部作品均表现了德布林对人类的可能性及其创造的物质文明前景的超前思考,是扎根于丰厚文献与翔实材料之中的惊人的想象力的产物。尤其是《山、海和巨人》在当今的科幻文学、生态文学和乌托邦文学视域下具有极为重要的借鉴意义。这部小说由一个简短献词和标题依次为《西方大陆》《乌拉尔战争》《马尔杜克》《骗子》《城市减速》《冰岛》《格陵兰熔冰》《巨人》《维娜斯卡》的九章构成,被叙述时间

---

① Alfred Döblin, „Futuristische Worttechnik. Offener Brief an Marinetti", in: Ders., *Schriften zu Ästhetik, Poetik und Literatur*, Olten: Walter-Verlag 1989, S. 113–119, hier S. 119.

从 20 世纪横跨到 27 世纪,德布林用超凡的想象力勾勒出一幅令人不安的人类未来图景,演绎了一个在工业化的技术时代颇具普遍性的问题:"如果继续这样生活下去,人类将会变成什么样子?"①德布林提供的解决方案就是要求人类放弃贪欲,对自然怀有敬畏之心。在这部小说中,德布林对自然的膜拜也达到了前所未有的程度。②

流亡期间的德布林也相当多产。德布林的第一部流亡作品是形成于 1934 年、发表于 1935 年的家庭心理小说《绝不原谅》(*Pardon wird nicht gegeben*, 1935),这也是迄今为止德布林的第一部没有进行前期调研和资料搜集的长篇小说。与以往的富于形式试验的叙事不同,这本具有自传色彩的小说完全回归到传统的现实主义手法。小说讲述了一个贫穷的农村青年卡尔如何在寡妇母亲的操控之下背叛朋友、压抑自我,成为母亲脱贫致富、实现阶层跨越的工具,却又在当上暴发户之后遭遇世界性经济危机,从而最终重新变得一无所有的跌宕人生。在小说的结尾,落魄的卡尔站在十字路口面临抉择,他先是加入反动的市民军队,而后又决定回归他从前的阶级,就在他从资产阶级阵营跑向无政府主义阵营的途中,他遭到当年被他背叛的保尔射杀,保尔如今已是扛着无政府主义大旗对抗大资本和政治当权者的领袖人物,他根本不接受卡尔的忏悔,因为他"绝不原谅"后者的背叛。③ 这样,通过对小说中

---

① Alfred Döblin, *Zwei Seelen in einer Brust. Schriften zu Leben und Werk*, München: Deutscher Taschenbuch Verlag, 1993, S. 310.
② Roland Links, *Alfred Döblin. Leben und Werk*, S. 86.
③ 参见 *Döblin-Handbuch. Leben – Werk – Wirkung*, hrsg. von Sabina Becker, Stuttgart: J. B. Metzler Verlag, 2016, S. 135 – 136。

心人物的模式化塑造,德布林暗示了小说的真正用意其实是痛斥"德国资产阶级自工业化时代以来对其先前所肩负的自由理想的背叛"①。

《绝不原谅》出版后不久,德布林便又马不停蹄地开始了宏大的南美洲小说三部曲《亚马孙河》(Amazona-Trilogie,1937—1948)的创作。1937 年面世的小说第一部《不死之国》(Das Land ohne Tod)内容涉及 16 世纪为寻找黄金而来的欧洲白人征服者对亚马孙河流域原住民所犯下的罪恶行径;1938 年发表的小说第二部《蓝虎》(Der blaue Tiger)则讲述了 1609—1759 年耶稣会士共和国从其在巴拉圭的成立到其最终因迷失于经济和世俗利益而毁于一旦的历史;1948 年发表的第三部《新原始森林》(Der neue Urwald)重又把视线从美洲拉回欧洲,通过将 16、17 世纪发生在南美洲的殖民和基督教化与 20 世纪的欧洲进行类比,通过将美洲印第安人的神秘世界和欧洲文明进行对比,德布林对自文艺复兴以降的近代欧洲的发展历程进行了谴责。简言之,《亚马孙河》就是德布林对西方文明进行的一次文学上的总清算。②

德布林流亡时期最重要的代表作当属鸿篇巨制的长篇小说四部曲《1918 年 11 月,一场德国革命》(November 1918. Eine deutsche Revolution,1939—1950)。德布林从 1937 年写到 1943 年,花费了 6 年心血才将其完成。小说第一部《市民和士兵 1918》(Bürger und Soldaten 1918,1939)赶在第二次世界大战爆发前夜出版,从小人

---

① Matthias Prangel, *Alfred Döblin*, S. 85.
② 参见 Oliver Bernhardt, *Alfred Döblin*, München: Deutscher Taschenbuch Verlag, 2007, S. 115。

物和日常生活的角度对1918年11月德国革命爆发后的最初两周的历史进程进行了忠实的呈现；小说第二部《被出卖的人民》(*Verratenes Volk*, 1948)以柏林为情节发生地，聚焦德国封建王朝被推翻以及随之开始的革命与反革命的较量，这里尤其值得注意的是，德布林对弗里德里希·艾伯特(Friedrich Ebert, 1871—1925)和菲利普·谢德曼(Philipp Scheidemann, 1865—1939)等德国社会民主党政治家进行了负面刻画，表达了对该党的极度失望以及该党应当对德国革命失败负有不可推卸之责任的思想。① 小说第三部《部队从前线归来》(*Heimkehr der Fronttruppen*, 1948)主要讲述前线士兵返回柏林后军队遭到解散。小说第四部《卡尔与罗莎》(*Karl und Rosa*, 1950)则有血有肉地全新演绎了斯巴达克团领袖卡尔·李卜克内西(Karl Liebknecht, 1871—1919)和罗莎·卢森堡(Rosa Luxemburg, 1871—1919)等真实的历史人物形象。②《1918年11月》总篇幅长达2 000余页，这部巨著也是德布林在历史小说创作方面的登顶之作，体现了德布林对德国历史进程的严肃思考与基本见解。

德布林的最后一部长篇小说是他去世前一年发表的《哈姆雷特或漫漫长夜的终结》。全书围绕战后德国具有重大现实意义的战争罪责问题而展开。德布林从家庭模式入手，认为家庭大战和世界大战之间存在着某种内在联系，表达了每一个个体都应对历史和社会的发展后果负有责任的看法。小说首先在民主德国出

---

① 参见 Gabriele Sander, *Alfred Döblin*, S. 205－206。
② 参见 Oliver Bernhardt, *Alfred Döblin*, S. 118。

版,一年后又在联邦德国出版,反响热烈。德布林复杂而独特的心理分析使之成为"当代散文作品的典范"①。

三

在德布林包罗万象的小说体系中——如果从文学的接受史和影响史的角度来看的话——应以《柏林,亚历山大广场》最为有名。小说标志着德布林文学创作的顶峰,体现了内容和形式、思想性和艺术性的完美结合。因此,小说一经发表便引发巨大轰动,不仅成为当年的畅销书,而且受到评论界异口同声的大力推崇,更有评论家热情撰文,要求提议德布林为该年度诺贝尔文学奖的候选人。②

小说的副标题是"弗兰茨·毕勃科普夫的故事"③。小说的主要内容就是这位名叫弗兰茨·毕勃科普夫的人在世界大都会柏林的经历和遭遇。毕勃科普夫本来是个普通的运输工人,因为怀疑女友不忠而在盛怒之下将其打死,为此被判入狱四年。现在,他刑满释放,正准备离开监狱,进入柏林城。小说就从这里开始。来到柏林城里的毕勃科普夫虽然对大城市的喧嚣嘈杂已经倍感不适,但却仍旧自信十足地下定决心:要做个正直而诚实的人。他先靠倒腾小买卖谋生,发展势头颇为良好,却不料大意失荆州,惨遭杀熟,被生意伙伴吕德斯无情欺骗和愚弄。他因此变得极为沮丧。

---

① 《德国近代文学史》(上),苏联科学院编,人民文学出版社1984年版,第272页。
② 参见 Matthias Prangel, *Alfred Döblin*, S. 67。
③ Alfred Döblin, *Berlin Alexanderplatz. Die Geschichte vom Franz Biberkopf*, hrsg. von Walter Muschg, Jubiläums-Sonderausgabe zum hundertsten Geburtstag des Dichters, Olten und Freiburg im Breisgau: Walter-Verlag, 1977.

接下来，他又因一念之差而加入犯罪团伙，他和犯罪团伙头目赖因霍尔德来往密切，还自以为是地好心规劝后者不要滥情，从而引起后者怀恨在心。在一次团伙盗窃活动中，赖因霍尔德出于报复把他推出车外，致使他遭受后车碾压，身体致残，成了一个独臂人。但他不仅不吸取教训，反而无可遏制地和赖因霍尔德厮混在一起。他的新女友米泽希望找到真凶为他报仇，最后却也难逃赖因霍尔德的魔掌。毕勃科普夫在接二连三的重击之下，最终精神崩溃。他被送进精神病医院接受治疗。在这里，他认识到了自身错误，开始为过去的生活感到后悔。"在这个傍晚时分，弗兰茨·毕勃科普夫，从前的运输工人，小偷，流氓，杀人犯，死了。"[1]脱胎换骨的毕勃科普夫出院之后，在一家中型工厂找到一份门卫的工作。面对外界诱惑，他丝毫不为所动，保持冷静和沉着，因为他既认识到团结的力量，"许多不幸的根源就在于个人的踽踽独行"，同时又认识到作为人的真正的意义："人是有理性的，傻瓜才扎堆。"[2]

需要指出的是，与毕勃科普夫的大故事同时进行的还有无数个小故事，与毕勃科普夫所牵引的明线并行的还有一条由中世纪死神所执导的暗线，而在大小故事和明暗线之间又穿插着众多有关柏林真实情况的介绍和新闻报道、一系列圣经片段、古希腊神话传说节选等，它们错综复杂地相互交织缠绕，共同构筑了"浑浊得见不到底的生活本身"[3]。这种内容上、内涵上的高度丰富

---

[1] Alfred Döblin, *Berlin Alexanderplatz. Die Geschichte vom Franz Biberkopf*, hrsg. von Walter Muschg, Jubiläums-Sonderausgabe zum hundertsten Geburtstag des Dichters, Olten und Freiburg im Breisgau: Walter-Verlag, 1977, S. 488.
[2] Ebenda, S. 500.
[3] 《德国近代文学史》（上），苏联科学院编，人民文学出版社1984年版，第254页。

性和艺术表现手法及风格上的多元化使得读者在理解和诠释小说时具有了广泛的可能性。下面是最为常见的几种阅读方式：

(一) 犯罪小说

小说的主人公毕勃科普夫从工人堕落为罪犯,他活动的范围以柏林东部的黑社会为主,小偷、流氓、妓女和皮条客们在柏林市中心的亚历山大广场一带出没,酗酒、嫖娼、卖淫、凶杀、斗殴、坑蒙拐骗等各种各样的犯罪随处可见,故而,小说出版后,不是被许多人看作情节紧张、引人入胜的犯罪小说,就是被看作描绘都市底层生活的风习小说。《柏林,亚历山大广场》的普及性和通俗性显然与这种阅读方式不无关系。然而,这种阅读方式只关注小说描写的一个"奇特的角度"[1]而忽略了其后面所蕴含着的更为重要的东西,难免流于简单化和肤浅。当然,就算是把这部1929年出版的小说当作真正的犯罪小说来解读,即便小说里的盗窃团伙也同样被德布林描绘为资本主义企业,但其社会批判性和艺术姿态的革命性仍然都远不及同期上演的布莱希特戏剧《三毛钱歌剧》来得犀利。[2]

---

[1] Alfred Döblin, „Mein Buch ‚Berlin Alexanderplatz' (1932)", in: Alfred Döblin, *Berlin Alexanderplatz. Die Geschichte vom Franz Biberkopf*, hrsg. von Walter Muschg, Jubiläums-Sonderausgabe zum hundertsten Geburtstag des Dichters, S. 505 – 507, hier S. 505.

[2] 参见 Walter Muschg, „Nachwort des Herausgebers", in: Alfred Döblin, *Berlin Alexanderplatz. Die Geschichte vom Franz Biberkopf*, hrsg. von Walter Muschg, Jubiläums-Sonderausgabe zum hundertsten Geburtstag des Dichters, S. 509 – 528, hier S. 513。

（二）大城市小说

在小说中，德布林对主人公活动的场所柏林进行了细致入微的介绍和刻画。柏林的地理位置，它的天气状况，它的工商业、行政管理、交通布局、公交路网及行车路线，它的光怪陆离的市中心亚历山大广场及其周围繁华喧嚣的商业街区，它的充满暴力和血腥的屠宰场，它的幸福的与不幸的人们……。大量精确的城市数据和新闻报道式的写实把一个既充满着魅力和勃勃生机，又充斥着丑恶和龌龊肮脏的现代大都会呈现在读者面前，令人触目惊心，也令人爱恨交加，20世纪20年代的柏林风貌就这样在德布林的笔下化作了永恒。故而，自小说出版以来，很多评论家都乐意把它定义为一本关于大城市柏林的小说。这虽说是一种具有浓郁的地方主义情结的阅读方式，但却一直流传至今并得到普遍认可。不过，需要指出的是，同传统的城市小说相比，德布林笔下的大都市柏林已然上升为叙事的主体，而不再是用于衬托小说人物及其活动的背景板，城市和人在这里平起平坐，城市甚至压倒人，向人发起挑战。也正因如此，德布林最初只给小说取名"柏林，亚历山大广场"，目的就是要让柏林城自身成为小说叙事主体，可惜他的出版商萨穆埃尔·费舍尔（Samuel Fischer, 1859—1934）还跟不上他超前的步伐，无法接受小说仅用柏林的一个地铁站命名，担心故事性不强不能吸引读者，硬是敦促德布林加了一个副标题"弗兰茨·毕勃科普夫的故事"方才放心。[①]

[①] 参见 Gabriele Sander, *Alfred Döblin*, S. 176。

(三) 宗教小说

流亡美国期间,陷入赤贫和举步维艰之境的德布林于1941年底携家人退出犹太教,改信天主教。这令与他亲近的犹太族群以及一向视他为无神论者的自由派和左派友人们感到震惊,他的崇拜者布莱希特还专门为此写下一首题为《尴尬事》(Peinlicher Vorfall)的小诗表示失望和无奈。[①] 而在《柏林,亚历山大广场》中人们的确也可以找到为数不少的旧约片段,诸如约伯的故事、以撒的故事、巴比伦大淫妇、传道书选段等。于是,便有人将这两件事情联系起来解读,从而得出《柏林,亚历山大广场》是德布林的"第一部"宣扬基督教教义的宗教小说的结论。[②] 德布林本人后期的一些相关言论也一定程度地助推了这种研究方向。此种尝试本身虽然无可厚非,但其结论却是建立在无视具体时代背景、把手段和目的混为一谈的基础之上的,因而断章取义之嫌明显,看问题片面,不能令人信服。这里需要明确的是,德布林对基督教作为信仰意义上的关注的萌芽最多开始于流亡法国末期,具体而言就是纳粹德国占领法国、德布林从巴黎一路逃亡、中途一度妻离子散万念俱灰之时。也就是说至少在1935年之前,德布林是一位公认的战斗的无神论者,其青年时代的一些作品甚至被一些研究者视为具有宗教亵渎意味。另外,即便是在正式皈依天主教之后,德布林也不

[①] 参见 Jochen Meyer, *Alfred Döblin. 1878 – 1978. Eine Ausstellung des Deutschen Literaturarchivs im Schiller-Nationalmuseum*, S. 294 – 295。
[②] 参见 Walter Muschg, „Nachwort des Herausgebers", in: Alfred Döblin, *Berlin Alexanderplatz. Die Geschichte vom Franz Biberkopf*, Jubiläums-Sonderausgabe zum hundertsten Geburtstag des Dichters, Olten und Freiburg im Breisgau: Walter-Verlag, 1977, S. 509 – 528, hier S. 519。

认为自己是正统严格的天主教徒,而只把自己当作一般意义上的基督徒看待,他对待包括天主教会之类宗教机构在内的一切机构的怀疑态度始终没有改变。在德布林生命的最后几年里,他甚至还表现出了一种对基督教的明显背离,而与此同时,那种对自然的神秘观念则在他的世界观中越来越占据统治地位,这也是他一生中从未有过动摇的终极立场。①

(四)政治小说

《柏林,亚历山大广场》写于世界性经济危机来临之际和希特勒攫取政权的前夜,年轻的魏玛共和国摇摇欲坠,国内各种党派林立,社会矛盾和政治斗争日趋尖锐和白热化。而从政治观念上来看,德布林属于具有人道主义思想的资产阶级作家中的左派。他同情革命,研究马克思主义,拥护社会主义,但反对有组织的阶级斗争。德布林的这种政治观无疑也在《柏林,亚历山大广场》中得到反映。因此,小说发表后,立即遭到了来自左翼阵营的批判。德国共产党中央机关报《红旗》(*Die Rote Fahne*)1929 年 12 月 17 日刊登的一篇题为《这就是我们的亚历山大广场?》(Ist das unser Alex?)的文章就公开指责"这本书里没有出现一名共产党员",径直给小说扣上"反革命"的帽子。② 德国无产阶级革命作家联盟机关刊物《左翼路线》(*Die Linkskurve*)也同期发文指责德布林所塑造的主人公严重损害了革命工人的高大形象,并据此断言"所谓的资

---

① 参见 Matthias Prangel, *Alfred Döblin*, S. 95–96。
② 转引自 Bernd Matzkowski, *Textanalyse und Interpretation zu Alfred Döblin. Berlin Alexanderpaltz*, S. 105。

产阶级左翼作家对无产阶级意味着一种政治上的危险"①。这些左翼报刊的过激言辞无疑是失之偏颇的,因为它们没能正视德布林通过蒙昧的小说人物所要传达的一种鉴于当时的局势而显得更为迫切的意图。在德布林笔下,毕勃科普夫是个流氓无产者,谈不上任何的政治觉悟,他和革命的工人发生冲突,对革命进行恶毒攻击,而与此同时,他却崇拜具有极右倾向的钢盔团的首领,热衷于售卖种族报纸,也为自己的雅利安血统感到自豪。种种迹象表明,他很有可能成为纳粹运动的追随者。德布林对这个人物明显持批判和否定态度。他让旧的毕勃科普夫死亡,让悔过自新的毕勃科普夫重归工人队伍。小说在一阵又一阵的警告声中结束。对于小说的反法西斯内涵,研究界基本上达成了共识,其中,又以评论家罗兰德·林克斯(Roland Links,1931—2015)的总结最为到位:"今天,经历了12年的野蛮之后,……我们被德布林的小说深深打动,我们震惊地断定,在这里,在离1933年1月30日还差5年的时候,德布林就已经凭着一种非同寻常的敏感,对日益临近的法西斯疯狂……提前进行了预言。"②

(五) 哲理小说

从哲学的角度入手去解析《柏林,亚历山大广场》,应该说是最符合德布林个人意愿的一种阅读方式。1932年,在应读者会邀请

---

① 转引自 Alfred Döblin, *Schriften zur Politik und Gesellschaft*, Olten und Freiburg im Breisgau: Walter-Verlag, 1972, S.488‑489。
② Roland Links, *Alfred Döblin. Leben und Werk*, Berlin: Volks und Wissen, 1980, S. 139.

而作的一场晚间报告里,德布林强调指出了《柏林,亚历山大广场》和他的哲学著作《自然之上的我》的密切关系:"我还要触及一条哲学的也就是形而上的路线。我的每部规模较大的叙事作品都以一种精神的基础为前提。我想说,叙事作品是用艺术的形式发挥、体现和检验那种在精神的准备工作中业已取得的思想观念。"①《自然之上的我》发表于1928年,其重要论点后来又在德布林1933年发表的另一部哲学著作《我们的存在》里得到保留和发展。由于这两本书概括了德布林哲学思想的基本内容,因而,在研究《柏林,亚历山大广场》的哲学内涵时一般都要把这两本著作同时考虑进去。根据德布林的哲学反思,人和自然是一种辩证统一的关系,人既是"自然的一部分",又是"自然的对立面"。② 一方面,作为"自然的一部分"的人是渺小的,他必须放弃自我,进入永恒的自然循环,其中也包括进入社会集体的关联之中;另一方面,作为"自然的对立面"的人又因为拥有意识而在自然中占据独一无二的特殊地位:"既然世界是由一个自我所承载,具有精神的性质,那么认识就是一种巨大的力量。而我们的身上蕴含着这种能力。"③用德布林的这种哲学观念来审视毕勃科普夫,就不难发现,毕勃科普夫是一个完全受制于欲望和本能的,受制于周围的环境并在充满敌意的世界面前束手就擒、坐以待毙的人的典型。他不自觉、无知、傲慢、狂妄、孤独,生活随波逐流,处处表现出典型的非理性特征。他和德

---

① Alfred Döblin, „Mein Buch ‚Berlin Alexanderplatz' (1932)", in: Alfred Döblin, *Berlin Alexanderplatz. Die Geschichte vom Franz Biberkopf*, S. 506.
② Alfred Döblin, *Unser Dasein*, München: Deutscher Taschenbuch Verlag, 1988, S. 51, S. 475.
③ Alfred Döblin, *Das Ich über der Natur*, Berlin: S. Fischer Verlag, 1928, S. 244.

布林哲学对人的要求相去甚远。所以,德布林强制他走完了一条"通向彻底清除、消灭和摧毁的道路"[1]。然而,在小说的结尾,尽管德布林让"旧世界必然灭亡"[2]的呐喊振聋发聩地响起,然而,获得认识和理性的"新人"[3]毕勃科普夫却依旧只能以旁观者的姿态和面目出现,最终没有能够迈出任何实质性行动的步伐。德布林思想观念上的矛盾性也在此暴露无遗。

四

与小说内容的多层次和多维性相辅相成的则是小说在艺术风格上的多元化和多样性。《柏林,亚历山大广场》几乎汇总了过去50年里涌现出来的各种艺术风格。自然主义的对社会底层的细致入微的描写,象征主义的朦胧隐喻,未来主义的运动感和对速度的追求,表现主义的激情澎湃与荒诞离奇,达达主义的拼贴艺术,还有新实际主义的准确记载事实,等等,都在德布林的笔下得到了淋漓尽致的发挥和展示。无论是从语言上,还是从形式上,小说均集中体现了现代小说所应具备的一系列典型特征:蒙太奇,时空错乱,意识流,放弃心理化的叙述,强调无意识的过程,叙述姿态频繁地交替变换,自由掌握叙述时间,等等。这里,尤以蒙太奇和意识流的运用最为突出,也最具独特性和创新性。

一些评论家常把《柏林,亚历山大广场》同爱尔兰作家詹姆斯·乔伊斯(James Joyce, 1882—1941)的《尤利西斯》(*Ulysses*,

---

[1] Alfred Döblin, *Unser Dasein*, S. 476.
[2] Alfred Döblin, *Berlin Alexanderplatz. Die Geschichte vom Franz Biberkopf*, S. 501.
[3] Ebenda, S. 488.

1922），以及美国作家约翰·多斯·帕索斯（John Dos Passos, 1896—1970）的《曼哈顿中转站》(*Manhatten transfer*, 1925)进行比较。诚然，就小说技巧而言，这三部作品在蒙太奇技术和意识流手法的运用方面的确存在着某些相似之处。然而，我们同时也应当看到，它们之间的差异是主要而巨大的。首先，德布林的意识流更为"物质化"，因为它展示的更多的是生活的外在印象，在亚历山大广场上，人与世界之间的壁障变得更薄了。① 其次，德布林更为注重的是非文学性的手段——蒙太奇效果、短场景和快速变换的电影镜头。② 德布林运用蒙太奇技术的高频率、高强度和高品质恐怕在其德国同人当中无人能出其右。事实上，蒙太奇也成为《柏林，亚历山大广场》在艺术风格的革新和反传统方面最为重要的先锋特征之一。

蒙太奇一词源于法文"montage"的音译，原为"组合、装配"之意，后专门用以指代电影艺术中的一种剪辑和组合的技术。按照这种技术，胶片可以剪开，再用药剂黏合，摄影机可以放在不同位置，从不同的角度和距离拍摄，各种镜头采用不同的方法可以产生各种惊人的效果。这种蒙太奇技术的运用使电影得以摆脱传统舞台表现手段的束缚。在电影蒙太奇的经典范例中，最为有名的一个例子是苏联导演爱森斯坦（Sergei Michailowitsch Eisenstein, 1898—1948) 1925 年导演的电影《战舰波将金号》(*Panzerkreuzer Potemkin*)中的奥德萨阶梯场景。在这一场景中，执行镇压命令的

---

① 《德国近代文学史》（上），苏联科学院编，人民文学出版社 1984 年版，第 253 页。
② Theodore Ziolkowski, „Berlin Alexanderplatz", in: *Zu Alfred Döblin*, hrsg. von Ingrid Schuster, Stuttgart: Ernst Klett, 1980, S. 130.

沙皇士兵队伍、走下阶梯的士兵的脚、士兵举枪齐射的镜头,与仓皇逃命的群众的镜头反复交替出现;士兵穿着大皮靴的脚和被打死的人的尸体的镜头交替出现;怀抱被打死的孩子朝军队走去的女人、趾高气扬走下阶梯的军队与枪口齐射的镜头交替出现;上述这些内容的镜头、一辆滚下阶梯的婴儿车和睡在车内的婴儿的镜头交替出现。另一个更早一些的蒙太奇典范则是美国导演格里菲斯1920年执导的爱情片《东方之路》中的瀑布浮冰场景。在这里,孤女安娜晕倒在浮冰上的镜头和跳过一块块浮冰去救她的人的镜头被反复剪接在一起,使观众感到安娜只是在浮冰就要被大瀑布冲入旋涡的那一刹那才最终获救。蒙太奇手段强化了表现生活的自如和操纵时空的能力,交替变换的视角使得叙事变得丰富灵巧,观众的心理也通过镜头画面更替运动的节奏而受到影响,观众的情绪和理智被纳入创作过程之中,经历作者在创造形象时所经历过的同一条创作道路。①

蒙太奇技法不只局限于电影,其在文学和各种艺术领域也得到运用。在文学上,蒙太奇意味着把语言上、文体上和内容上来源完全不同,甚至是风格迥异的部分并列、拼合在一起。德布林将这一电影技术植入小说创作,所以有学者称之为"电影式的写作方法"②。当然,需要指出的是,德布林本人深度接触过这种电影艺术,他甚至是一个电影迷,早在1913年他便在文论《致小说作者及

---

① 参见《中国大百科全书·电影》,中国大百科全书出版社1991年版,第282—283页。
② Ekkehard Kaemmerling, „Die filmische Schreibweise", in: Matthias Prangel (Hrsg.), *Materialien zu Alfred Döblin. Berlin Alexanderplatz*, Frankfurt am Main: Suhrkamp, 1981, S. 185–198.

其评论者》中发出了新时期文学创作需要采用"电影风格"[1]的呼吁,并在更早一些的文学实践中大力展开尝试,直至在《柏林,亚历山大广场》中臻于完善。根据日耳曼语言文学学者艾利希·屈尔泽(Erich Hülse, 1926—)的研究,《柏林,亚历山大广场》的蒙太奇化主要体现在结构、叙事和语言三大层面。[2]

就小说的结构而言,全书由九章组成,每一章又由数个小节组成,每个小节都有一个自己的标题。毕勃科普夫的故事作为全书的主要情节线索贯穿始终。顺着这一主线,作者同时将众多的、内容看似毫不相干而作为整体实则具有意义的大大小小的段落和故事或插入其间,或与之并列交织,以发挥提供暗示、激发联想的功能,如约伯的章节,屠宰场的章节,亚伯拉罕的故事,波那曼的故事,同性恋男子的故事,关于柏林的政治、经济、文化各领域生活的缤纷场景,希腊神话选段,等等。

就小说的叙述层面而言,从叙事要素来看,全书大致囊括了七类,即叙事报道、内心独白、非纯直接引语、对话、事实报道、引文或改写过的引文变体、抒情性诗文歌曲及其选段或片段。这些叙事要素犹如五彩斑斓却又千差万别的马赛克,一块一块地拼贴出《柏林,亚历山大广场》的情节织体。伴随着各种叙事要素的蒙太奇化而来的自然是叙事角度的不断变换。小说总体上触及了以下五种

---

[1] Alfred Döblin, „An Romanautoren und ihre Kritiker. Berliner Programm", in: Ders., *Schriften zu Ästhetik, Poetik und Literatur*, Olten: Walter-Verlag, 1989, S. 119 – 123, hier S. 121.

[2] 参见 Erich Hülse, „Alfred Döblin. Berlin Alexanderplatz", in: *Möglichkeiten des modernen deutschen Romans*, hrsg. von Rolf Geissler, Frankfurt am Main: Verlag Moris Diesterweg, 1965, S. 45 – 101。

叙述视角:作者报道;作者跨越叙述与读者或作品中的人物展开对话;作品中的人物自己描述自己;作品中的人物自己描述自己的内心活动;作者采用完全陌生的伪装来表达一定的意图。

就小说的语言层面而言,不同的叙事要素分别属于不同的语言类型。《柏林,亚历山大广场》的语言可以划分为五大类型:一是圣经的语言。二是事实报道的语言:最能说明这类语言客观性的一个极端例子出自小说第二章的最后一节。在那里,醋意大发的毕勃科普夫操起一只搅拌器将女友伊达活活打死,叙事者却在叙述过程中放弃一切针对施暴者的道德评判,而只用一堆医学术语和两个物理公式来冷冰冰地告知读者导致受害者悲惨结局的科学原理。[①] 三是抒情性的诗歌语言,包括赞美诗、流行歌曲、军旅歌曲、民歌、街头小调、成语俗语惯用语、节选自经典作品的引文等。四是叙事报道的语言,口语属于其中之一,大量口语的应用也是小说的决定性特征之一。五是对话和内心独白的语言,具有浓郁地方特色的柏林方言也属于这一类。

柏林方言,黑话,书面语,口语,流行歌曲,说明书,打油诗,公共指示牌上的图形,科学公式……;大小故事,圣经,神话,天气预报,股票行情……;画面,意识流,内心独白,心理直觉,自由联想……总之,通过无孔不入和无处不在的蒙太奇化,小说人物的心理活动和别人随口的一句话,或报纸上的一则标题,或电影院里正在放映的一部电影挂上钩,城市与人汇集,汹涌澎湃的城市生活与

[①] Alfred Döblin, *Berlin Alexanderplatz. Die Geschichte vom Franz Biberkopf*, S. 105. 下文出自本书的引用均直接在引文后括号内标注页码。

人物隐秘的内心世界紧密结合起来。《柏林，亚历山大广场》因此而被誉为"蒙太奇写作手法的样板"①也就不足为奇了。为了对德布林的蒙太奇技法有一个更为形象直观的了解，这里最后再举两个相对容易理解而又不乏典型性的例子。

（一）第一章第五节涉及主人公买春的情节

在小说第一章第五节里，被言情片唤醒情欲的毕勃科普夫急不可耐地冲出电影院，冒雨跑到威廉皇帝大街拐角处和一个肥胖的妓女搭上讪，蠢蠢欲动地跟随后者来到其住处，一进屋便欲立马行事，却被妓女一把拦下，要求他先给钱，他一边付嫖资，一边跟妓女解释他如此急切的原因是蹲了几年大狱很久没有碰过女人。小说在接下来描述妓女的反应和两人的后续行为时出现了下面这样一段文字：

那臃肿的女人放开喉咙大笑起来。她解开上身衬衣的扣子。昔有两王儿，相互殊爱悦。如果狗衔着香肠跳过下水道。她伸手抓住他，让他紧紧贴到自己身上。咯、咯、咯，我的小母鸡，咯、咯、咯，我的大公鸡。（33）

这个文段一共由 6 个句子组成，其中的第一、第二和第五句（严格按照原文标点符号，以句号结尾的句子才算一句）是作者对正常情节的讲述，第三、第四和第六句则算不上作者自创，而是作

---

① 《德国近代文学史》（上），苏联科学院编，人民文学出版社 1984 年版，第 252—253 页。

者插入的先有文本片段。第三句出自一首由17个诗节构成的古老民歌的第一诗节:"昔有两王儿,相互殊爱悦;彼此不能亲,一水深深隔。"[①]该民歌盛行于16—17世纪,19世纪被收录进浪漫派民歌集《男童的神奇号角》中,取名《尊贵两王儿》,广为传唱,至今在德国依然家喻户晓;第四句"如果狗衔着香肠跳过下水道"则是德布林对同时代流行的一首祝酒歌中的一句歌词的陌生化改写;第六句"咯、咯、咯,我的小母鸡,咯、咯、咯,我的大公鸡"同样也来自同时代流行歌曲,是德布林对儿歌《小小弗里茨对爸爸说》的副歌的部分截取。[②] 这些经过作者拣选或改写之后再组装进叙事过程中的真实的文本碎片能够起到激发联想、提供暗示等多重作用,为读者理解具体的小说内容开启多种可能。由于"昔有两王儿,相互殊爱悦"一句是直接跟在肥胖妓女解开上衣的动作之后,这使得读者很容易顺理成章地联想出这位妓女的胸部很丰满;不过,如果读者熟悉《两王儿》的内容,即以叙事歌谣的形式吟唱了一对有情人未成眷属、被坏人陷害双双赴死的爱情悲剧,上述所引该民歌第一诗节的后两个诗行"彼此不能亲,一水深深隔"更是开门见山地对这一悲惨结局进行了明确的预示,如果读者熟悉相关内容的话,那么他更可能会产生另外一种较为复杂的联想,即他会预感到事情有些不妙,毕勃科普夫的做爱过程恐怕不会顺利;而接下来的那句祝酒歌歌词改写则意味着狗在跳跃下水道时稍不小心便会弄丢嘴里叼着的香肠,以此类比有人虽然很努力,但很可能也要丧失一些

---

① 《德国名诗一百首》,张威廉译注,上海译文出版社1988年版,第15页。
② 参见Gabriele Sander: *Alfred Döblin. Berlin Alexanderplatz*, Stuttgart: Phlipp Reclam jun., 1998, S. 11。

东西,白忙活一场,事实上,小说后文接续的阳痿说明也恰恰佐证了主人公这一次的确是丧失了作为一个男人的性能力。而紧接在这些暗示之后的描写则与这些暗示形成鲜明对照,因为胖妓女还在卖力地对毕勃科普夫进行爱的诱惑,上述引文中最后插入的儿歌副歌片段更是进一步确认和强化了这种诱惑,两相对比,某种颇为讽刺滑稽的效果也跃然纸上。[①]

(二)第七章第七节的米泽之死

弗兰茨失去一只胳膊后死性不改,依然和赖因霍尔德厮混在一起(从心理分析视角来看弗兰茨对赖因霍尔德怀有某种难以启齿的同性情感),甚至还向后者炫耀自己的新女友米泽,刺激后者决意以占有和抢夺米泽进行报复,而米泽这边也试图找出残害弗兰茨的凶手,于是两人通过普姆斯团伙成员马特尔的牵线搭桥开始进行接触。第一次接触没有达到目的,赖因霍尔德于是又通过马特尔刻意安排了第二次接触。第七章第七节就是对这两次接触的全程描述。这个第七节又被德布林细分为三个小节,第一小节讲述三人来到柏林东郊的福来恩森林聚会,中间人马特尔找了个借口回避,只剩下赖因霍尔德和米泽两人单独面对,但通过此处作者对赖因霍尔德心理活动的简明勾勒,读者已经能够感知赖因霍尔德有了强奸并杀害米泽的念头;第二小节便是对这一杀害过程的详细描写;第三小节则是通过对狂风大作的森林等自然景物的描绘来表达对米泽悲惨遭遇的哀恸。就叙事技法的新颖性而言,

---

[①] 参见 Bernd Matzkowski, *Erläuterungen zu Alfred Döblin. Berlin Alexanderplatz*, S. 89。

第一小节和第三小节较为传统平实,第二小节则较为充分地展示了德布林的蒙太奇技法。

第二小节的头两个自然段首先给读者营造出一种赖因霍尔德和米泽在鸟语花香的林间愉悦漫步的祥和景象,但却突然在紧随其后的第三自然段笔锋一转,插入一支神秘阴森歌曲的选段:"有个收割人,他的名字叫死神,他拥有伟大上帝之威力。他正在磨刀霍霍,他的刀锋利了许多。"(379)这是德布林对产生于17世纪的一首题为《收割人之歌》的德国民歌的自由引用。这首歌曲19世纪被浪漫派作家克莱门斯·布伦塔诺(Clemens Brentano,1778—1842)收录歌集《男童的神奇号角》而广为流传,该歌曲将死神形容为"拿着镰刀收割的人",其主题为宣扬人生苦短、生命易逝。[1] 德布林在此借用"磨刀霍霍"的死神之歌早早地为米泽后来的遇害埋下伏笔。接下来的文字描述又回到米泽和赖因霍尔德之间看似打情骂俏的大段对话,但紧接着这份轻松惬意之后,德布林却又借助拟人化手法让林子里的树木们集体发声,进行了下述透射出不祥意味的布道:

> 他们笑得很欢,他们手挽着手溜达,9月1日。周围的树木在歌唱,一刻不停。那就像是一次长长的布道。
>
> 凡事,凡事都有定期,天下万务都有定时,凡事皆有其岁,生有时,死有时,栽种有时,拔出所栽种的也有时,凡事,凡事都有其时,扼杀有时,医治有时,拆毁有时,建造有时,寻找有

---

[1] 参见 Timotheus Schwake, *Alfred Döblin. Berlin Alexanderplatz ... verstehen*, Paderborn: Schöningh Verlag, 2012, S. 113.

时,失落有时,皆有其时,保守有时,舍弃有时,撕裂有时,缝补有时,静默有时,言语有时。凡事都有定期。所以我知道,莫强如终身喜乐。莫强如喜乐。喜乐,让我们喜乐。日光之下,莫强如欢笑喜乐。(380)

如果把这段文字与《圣经》相关原文[①]进行比对,我们很容易发现,德布林并非原封不动地去照抄照搬,因为上述引文中的第二自然段其实主要是对出自《圣经·传道书》第三章第1—3节、第6—7节及第12节内容的一个有所改动的重新排列和组合,其中的"日光之下"则是摘自《传道书》第三章第16节、第四章第1节和第7节、第九章第11节和第13节、第十章第5节中多次反复出现的同一个用语。[②] 我们知道,《传道书》属于《圣经》中的诗歌篇章,其作者是以色列著名的国王所罗门,其主题是感叹人生之虚空,提醒人们生命在永恒中的短暂。德布林将《传道书》中不同部分的内容裁剪出来,进行重组或改编之后又将其组装进叙事织体,借以表达某

[①] 《圣经·传道书》第三章第1—13节内容为:"1. 凡事都有定期,天下万务都有定时。2. 生有时,死有时;栽种有时,拔出所栽种的也有时;3. 杀戮有时,医治有时;拆毁有时,建造有时;4. 哭有时,笑有时,哀恸有时,跳舞有时;5. 抛掷石头有时,堆聚石头有时;怀抱有时,不怀抱有时;6. 寻找有时,失落有时;保守有时,舍弃有时;7. 撕裂有时,缝补有时;静默有时,言语有时;8. 喜爱有时,恨恶有时;争战有时,和好有时。9. 这样看来,作事的人在他的劳碌上有什么益处呢? 10. 我见神叫世人劳苦,使他们在其中受经练。11. 神造万物,各按其时成为美好,又将永生安置在世人心里。然而神从始至终的作为,人不能参透。12. 我知道世人,莫强如终身喜乐行善,13. 并且人人吃喝,在他一切劳碌中享福,这也是神的恩赐。"摘自《圣经》,中国基督教三自爱国运动委员会、中国基督教协会2003年版,第644页。
[②] 参见《圣经》,中国基督教三自爱国运动委员会、中国基督教协会2003年版,第645—646页,第649页。

种人生短暂、不如及时行乐的意向，同时也暗自传递出有人大限将至的恐怖讯息，比如上述引文中的"扼杀"二字就是对米泽即将被扼死的精准预告。

在接下来紧随这个预告性暗示之后的第二小节剩余部分里，德布林细致入微地叙述了赖因霍尔德对米泽的引诱纠缠、步步紧逼直至将欲逃脱的她完全控制并最终杀害，在这整个叙述过程中，德布林又根据情节发展的需要适时插入多种先有文本及其重组变体。当赖因霍尔德开始动手动脚、强行与米泽亲热时，德布林第二次插入《传道书》第三章第1节的变体："万物都有定期。凡事，凡事。"（381）当赖因霍尔德得寸进尺开始搂抱亲吻米泽时，德布林第三次插入《传道书》第三章第1、2、6节部分引文的重组："凡事都有定期，栽种有时，拔出有时，寻找有时，失落有时。"（382）当赖因霍尔德动作越来越大，开始从米泽的鞋子一路向上亲吻她的袜子、裙子、双手并就要吻向她的脖颈，但尚未真正吻到之时，德布林第四次插入《传道书》第三章第1节的第一个诗行的省略形式"凡事定期"（382），连谓语部分"都有"都省掉了，以通过微小细节彰显灾难来临前的丝丝紧张。当赖因霍尔德引诱米泽和他一起躺到一个草坑里去，米泽因想查清伤害弗兰茨的凶手便将计就计乘机向他打听他和弗兰茨以前的事情，当真相一点一点逼近的时候，米泽的处境也变得越来越危险。在这一走向叙述高潮的过程中，德布林又两次插入出自《传道书》诗行的变体。当米泽听到赖因霍尔德大骂她心爱的弗兰茨并要求她离开后者时，米泽开始意识到赖因霍尔德的危险可怖，从而有了赶紧抽身离开此地的念头，德布林于是在此先插入《传道书》第三章第1节的变体："凡事都有定期，凡事，凡事。"(384)隔了几行又插入交错组合自《传道书》第三章第2、4、7节内容的变体:"播种有时,根除有时,缝补有时,撕裂有时,哭有时,舞蹈有时,哀恸有时,笑有时。"(384)作者以此再一次巧妙衬托米泽的心理恐慌和死期临近。意识到危险的米泽开始奋起反抗,试图逃跑,但她哪里是其对手,只能乖乖地受制于赖因霍尔德,被后者再次胁迫着走向草坑。这时德布林又加入小说前半部里已经多次运用的屠宰场母题片段,即一段描写小牛犊在柏林屠宰场被残忍宰杀的文字,借以强化米泽孤苦伶仃、只有束手就擒、坐以待毙的绝望处境:"若要宰杀一条小牛,首先得往它脖子上系一根绳,然后把它牵到工作台。然后再把这头小牛抬起来,放到工作台上捆紧。"(385)

随后在草坑里,露出狰狞面目的赖因霍尔德无所顾忌地告诉米泽,他自己就是当年把弗兰茨推出车外的那个凶手,得知真相的米泽随即大骂其无耻,但转眼就被赖因霍尔德一把捂住嘴巴,致使她的身体开始在这个恶魔手中拼命挣扎起来,至此故事的讲述进入最高潮,与之相匹配,德布林顺势密集联用了多个母题的变体:先是第七次插入用《传道书》第三章第1、3、7节部分诗行进行的文字重组:"定期!定期!凡事都有定期。扼杀有时,医治有时,拆毁有时,建造有时,撕裂有时,缝补有时。"(386)小说紧接着描写赖因霍尔德用双手死死掐住米泽的脖子,直至将她掐死,这时德布林又第八次配以出自《传道书》第三章第1、2节的重组变体:"定期,生有时,死有时,生有时,死有时,凡事。"在这个米泽之死的最高潮处,德布林还紧跟着插入一段死神之歌变体:"威力,威力,有个收割人,他拥有来自至尊上帝的威力。"(387)当米泽的身体随着窒息而逐渐僵硬时,德布林另外又添加了一段之前已插入过的屠宰场宰杀小牛文段的续篇:"接着再用一根木棒击打这只动物的脖颈,用刀割开脖子两边的动脉。流出的血用金属盆来接。"(387)在凶手找来同伙就地掩埋被害人并逃之夭夭后,德布林第九次使用《传道书》第三章引文来给整个第二小节收尾:"树木在晃动,在摇曳。凡事,凡事。"(387)但这一次所引用的仅为单个单词,用以表示连草木都为米泽之死而绝望悲伤得语不成句。

如此一来,讲述米泽之死的第二小节一共使用了九次《圣经·传道书》引文及其变种、两次死神之歌节选及其改写和两次屠宰场母题片段。这些被精心组装进情节织体的事先已经存在的预制文本片段与作者的正常情节编排和叙事者常规叙述相呼应、相匹配、相应和,使得整个叙事过程变得极为生动、细腻和饱满,从而对读者施以强烈的心灵影响并促使读者深度参与其中。简言之,通过这种蒙太奇手段的综合运用,米泽之死的血腥、残忍、悲凉和无助被丰富立体地、极富感染力地展现出来。

《柏林,亚历山大广场》是德布林唯一的畅销书。自1929年发行以来,它先后被改编为广播剧、电影和系列电视剧,通过大众媒体的传播在德国家喻户晓;与此同时,它还被相继译为英、法、俄、意、中等多国文字而享誉世界文坛,以至于在很多人眼里,《柏林,亚历山大广场》几乎成了德布林的同义词和代名词,德布林的整个艺术实践也在某种程度上被自觉或不自觉地简化为一部脍炙人口的柏林小说。对此,德布林本人已经多次表示过不满:"这本书受到了读者的热烈欢迎,人们于是便把我和……《亚历山大广场》牢牢地钉在一起。但这种情况并未能够阻止我继续追寻自己的路,从而让那些要求陈词滥调的人感到失望。"①1955年《柏林,亚历山大广场》在当时的民主德国再版,几近杖朝之年的德布林依旧不忘在该版后记中再度发声,以刻意与这种简单化标签保持距离:"每当人们提及我的名字的时候,就总会添上《柏林,亚历山大广场》。可是,我那时要走的路还长着呢。"②因此,《柏林,亚历山大广场》虽然从读者接受角度来看是德布林最负盛名的作品,但就德布林的总体创作而言,却终归也只能算是德布林全部作品中的一分子,唯有将其纳入作家恢宏的创作和思想发展体系之中去进行全面深入的剖析,我们才能得出更为客观的结论,作出更为公允的评价。

(部分原载[德]阿·德布林:《柏林,亚历山大广场》,罗炜译,上海译文出版社2003年版,第1—11页)

---

① Alfred Döblin, *Aufsätze zur Literatur*, Olten: Walter-Verlag, 1963, S. 391.
② Alfred Döblin, *Zwei Seelen in einer Brust. Schriften zu Leben und Werk*, München: Deutscher Taschenbuch Verlag, 1993, S. 465.

《最后一个威英斐尔特》译本序

　　《最后一个威英斐尔特》是瑞士当红畅销书作家、专栏作者和脚本作者马丁·苏特的第六部长篇小说。苏特在小说中倾力打造了一个高度理想化的主人公形象，大资产阶级几乎丧失殆尽的人格魅力在这个人物身上得以复活。小说还向读者揭示出艺术及艺术拍卖行业的光鲜外表下不为人知的阴暗之处。小说兼具一般通俗文艺作品所包含的喜剧性、惊悚性和言情元素，收获了文学评论界的关注和赞誉。多位德语书评人认为，此书再度证明苏特是当之无愧的欧洲"娱乐作者"和"娱乐文学排头兵"。苏特在娱乐性与思想性之间找到完美平衡。作为一道品质精美的文化快餐，《最后一个威英斐尔特》仍不失其充当心灵鸡汤的思想价值，不辱其抚慰人类心灵的精神使命。

一

马丁·苏特(Martin Suter, 1948—),瑞士当红畅销书作家、专栏作者和脚本作者,1948年2月29日生于苏黎世。苏特早年曾是著名的广告人,写过许多脍炙人口的广告词,搞创意策划也是才华横溢,26岁便担任著名的巴塞尔广告公司GGK的创意总监,其后又与人合办了斯泰德尔和苏特广告公司并担任"瑞士艺术总监俱乐部"主席。1991年,苏特转行专事写作,成为自由作家。由于苏特具有多年的广告业、新闻业和娱乐业从业经验,谙熟读者心理及好恶,又由于苏特的作品能够准确把握时代脉搏和当下趋势,因此深受广大读者喜爱,苏特本人因而也被视作目前最具市场价值的德语作家之一。

1992—2004年初,苏特负责为《世界周报》(*Weltwoche*)的每周专栏"商务舱"撰写专栏文章,于是许多有关商务人士的俏皮故事便纷纷问世,不断收获好评,从而奠定苏特小品文作家地位。1995年,苏特借此参加在克拉根夫特举办的"约瑟夫·罗特竞赛",一举获得"奥地利工业奖"。"商务舱"专栏文章中的相当一部分随后也分别于1994年、1995年、1998年、2000年、2002年、2005年、2007年、2009年陆续结集出版了单行本。2010年苏特因针砭商界人士弱点和陋习的讽刺专栏"商务舱"而获得德国市场经济基金会所设置的"斯威夫特经济讽刺作品奖"。这个以乔纳森·斯威夫特(Jonathan Swift, 1667—1745)命名的奖项自2008年开始每两年颁发一次,专门用以奖励那些特别促进自由市场经济社会秩序的出版物。此外,苏特还为《新苏黎世报》(*Neuer Zürcher Zeitung*)专刊

《佛里奥》撰写标题为《和歌瑞·魏伯尔一起好好过》的专栏文章，同样大获成功，这些文章随后也分别于2001年、2002年、2005年陆续结集出版了单行本。

在写专栏、出文集的同时，苏特还创作有数量不菲的歌词、舞台剧、电影及电视剧剧本和脚本。1982年和1985年，苏特先后发表方言喜剧《谢莱尔一家》(*Familie Chäller*)和《夏歌》(*Sommersong*)。自1986年起，他创作完成多部脚本，1994年他还曾为德语区家喻户晓的著名电视连续剧《犯罪现场》(*Tatort*)写过一集题为《绅士拳击手》(*Herrenboxer*)的脚本。另外，目前仍在瑞士、德国和奥地利热映的电影《失踪的朱丽叶》(*Guilias Verschwinden*)和《莉拉，莉拉》(*Lila, Lila*)也均由苏特撰写脚本。其中由瑞士电影导演克里斯多夫·邵普（Christoph Schaub, 1958— ）执导的电影《失踪的朱丽叶》还是直接于2009年8月8日在洛迦诺电影节上进行的首映，并获得该电影节的观众奖，该片仅在瑞士就已拥有15万观众，被评为2009年最成功的瑞士电影。不仅如此，苏特还为苏黎世新市场剧院写下《超然物外》(*Über den Dingen*)和《木乃伊》(*Mumien*)两部喜剧，分别于2005年3月8日和2006年11月29日在苏黎世新市场剧院首演，同样受到观众的热烈欢迎。

苏特的创作题材丰富多样，且均取得不俗成绩，故而说他是文坛多面手实不为过。但是，纵观他的全部作品，我们却不难发现，主要奠定和稳固苏特在当今德语文坛新锐地位的仍然要数他的长篇小说。从1997年到2010年，他一共创作了七部长篇小说，每一部都获得世界性成功。其中甚至有四部进入畅销书行列，堪称畅销书专业户和获奖专业户。就内容而言，苏特的这些长篇小说游走在悬疑犯罪与温情生活之间,融入老练世故的人际关系与行业专业知识,同时又不乏社会批判内涵,并暗含对传统道德和价值观念的执着褒扬与渴望。

1997年苏特发表《小世界》(Small World),这部作品是他在长篇小说创作方面取得重要突破的标志。《小世界》主人公身因罹患阿尔茨海默病,即早老性痴呆,在逐渐丧失短期记忆的同时,一步步回归婴幼儿时期的原始记忆,由此最终揭开和揭穿自己的身世之谜和豪门秘史。苏特在该书中对疾病的描摹细致逼真,令读者禁不住怀疑小说家可能是科班出身的神经病理学家。凭借《小世界》,苏特迅速走红,并于同年获得苏黎世州荣誉奖和1998年度的法国最佳外国文学作品奖。

自《小世界》起,苏特的长篇小说创作开始渐入佳境。此后,几乎每隔两年左右他都会有一部新作问世。2000年他发表《月亮暗的那一面》(Die dunkle Seite des Mondes),2002年又发表了《完美朋友》(Ein perfekter Freund),而《完美朋友》随即就被授予2003年度的"德国侦探小说奖",并在法国被法国导演弗朗西斯·吉罗(Francis Girod, 1944—2006)改拍成同名电影。2004年和2006年,苏特又相继发表了《莉拉,莉拉》(Lila, Lila)和《米兰的魔鬼》(Der Teufel von Mailand),前者也被改编为电影,其中文译名为《爱情谎言》。2007年,苏特又凭借《米兰的魔鬼》一书捧回德语地区另一个重要的侦探小说大奖——"弗里德里希·克劳瑟奖"。2008年和2010年,苏特继续乘胜追击,竞相发表了他的第六部和第七部长篇小说《最后一个威英斐尔特》(Der letzte Weynfeldt)与《厨师》(Der Koch)。这两部小说也均无一例外地受到了读者的热烈追捧,一经推出,便在德语国家的各大畅销书排行榜上遥遥领先。

家庭生活方面,苏特有过一次失败的婚姻。他的现任妻子,亦即他的第二任妻子玛格丽特·娜依·苏特是时装设计师。他们抱养了年龄相仿的一儿一女。然而,十分不幸的是,他们抱养的年仅三岁的儿子2009年夏季却因午餐时食物不慎进入气管窒息而亡。近年来,苏特及其家人主要游居在西班牙的伊维萨岛和危地马拉阿蒂特兰湖畔的玛雅文化气息浓郁的帕纳哈萨城镇。

二

《最后一个威英斐尔特》是马丁·苏特的第六部长篇小说,发表于2008年,迄今为止已经被译成英、法等国文字,并于2010年由德国和瑞士合拍成了同名电影,导演为瑞士苏黎世出生的电影新锐阿兰·葛斯彭纳(Alain Gsponer, 1976—)。小说以瑞士德语区大资产阶级的生活环境为背景。小说主人公阿德里安·威英斐尔特出身名门望族,年龄五十多岁,至今未婚,作为一位瑞士实业家的独生子,他在父母去世之后继承了大笔丰厚遗产,在苏黎世中心城区拥有数栋豪宅不说,还收藏有大量珍贵的古玩字画。除去祖上的护佑,他本人也是博士毕业的高级知识分子,事业有成,职业生涯一帆风顺,在他所供职的拍卖行里身居高位,是业内尽人皆知的艺术品鉴赏专家。更为难能可贵的是,他不仅有钱、有才,同时还有德,因为他乐善好施,为人正派。他有着自己特立独行的生活方式和处世态度,他始终恪守传统的资产阶级道德习俗和礼仪风尚,这使得他在当下这个商业化、向钱看的浮躁媚俗社会里显得如同天外来客一般,在许多庸人的眼里则和白痴无异。他自己似乎也刻意要和现在这个世道保持距离。他浑身上下透出一股子韵味十足的老欧洲味儿；他的头发采用的是美国前总统肯尼迪那样的边分头发型；他的衣服鞋帽是清一色的高级定制，"他有十四套睡衣，全都是他的衬衣裁缝专门为他量身定做，全都标有花押字，六套浅蓝色的偶数日穿，六套蓝白条的奇数日穿，两套白色的星期天穿"；他的生活起居也极有规律，因为他相信这样可以益寿延年。然而，不经意之间，他的这种循规蹈矩的老贵族式的生活却被一个陌生女人彻底改变。由于这个出身并不高贵的女人长得很像他数十年前不幸死于车祸的初恋女友，因此他开始不由自主地爱上她，开始方寸大乱。却不料，这位穷困潦倒的美女却很快就在金钱上打起了他的主意。与此同时，他交往多年的老朋友也开始欺骗他。他陷入一连串的圈套和危险之中。读者读到这里，会情不自禁地为我们善良忠厚的主人公感到揪心，会情不自禁地替他捏一把汗。小说的情节编排极为精致巧妙，看似平静的表面之下可谓暗流涌动，读者在经历了一波三折，享受了高潮迭起之后，最后还要面对一个完全意想不到的结局。小说家以此表明，老天有眼，阿德里安·威英斐尔特绝非令世人所担忧的那种傻瓜。

对于为什么要给小说取名叫《最后一个威英斐尔特》，苏特在2008年2月21日登载于瑞士报纸《周报》上的一篇专访中作出了明确的解释。他对向他提出这个问题的采访记者说，"从生物学意义上来讲"，威英斐尔特"还有生育能力，找个女人对他也是轻而易举的事情。最后的威英斐尔特不只意味着他是他们家族的最后的苗裔，而且意味着他是他这类人中的最后一个。我这是在向一个濒危物种致敬"。苏特坦言，威英斐尔特善解人意，彬彬有礼，格调高雅,举止文雅,而能把这些品质素养与金钱财富同时组合在自己身上的人,现在几乎可以说是绝迹了。他很担心像阿德里安·威英斐尔特这样德才兼备的富人会灭绝:"这样的人当今已经不多见了。我的小说也可以说是对这种形式的礼仪的呼唤。瑞士今天一点也不缺乏富人,但却缺乏有教养的富人。从这个意义上来说他是最后一个。"

同样也是本着这一宗旨,苏特在小说中倾力打造了一个高度理想的主人公形象。大资产阶级几乎已经丧失殆尽的人格魅力在这个人物的身上重新得以复活。阿德里安·威英斐尔特成为富裕的有教养的瑞士市民阶层的一个代表和典范。通过这样一个美好的人物形象的塑造,小说家苏特传递出他自己的人生观、价值观和社会情怀。事实上,苏特的这部作品在娱乐大众的同时,也饱含了诸多对于我们当今时代迫切问题的思考和回答。当然,除对主人公进行不遗余力的完美塑造外,苏特对小说里的其他人物也是竭尽全力精雕细刻,从而使得他们个个呈现出丰满、立体、生动、鲜活的风貌。从这个意义上来讲,这部小说也不啻为一幅栩栩如生的时代众生相,如为了一己私利而无所顾忌的投机家拜尔,得到了别人的帮助却并不心怀感激的画家斯特拉塞尔,眼高手低的电影工作者豪斯曼,忠心耿耿却不免琐碎唠叨的老太太管家豪瑟尔太太,乃至良莠不齐的各色人等,不胜枚举。即便是特别小的角色,苏特也会妙笔生花地赋予他们一个引人瞩目的出场,例如那个被威英斐尔特雇用来运画的出租车司机,他在等待雇主下车办事期间,竟然一直让他的汽车发动机开着,而没有为了节约或者为了净化环境着想赶紧去关掉它,更有甚者,他对自己的这种做法还理直气壮得很,因为他认为当今的气候变化和气候灾难是不可逆转的,所以关了也没用。又比如在小说中,苏特甚至连 2007 年时尚界吹起复古风的表现之一,即重新流行穿鞋带在踝骨上交叉的高原鞋这样的细节也没有漏掉。此外,瑞士画家菲利克斯·瓦洛东(Félix Vallotton, 1865—1925)的一幅名画《壁炉边的裸体女人》(*Femme nue devant une Salamandre*, 1900)也在小说中扮演特殊角色,为小说增添几分性爱和神秘阴森色彩。小说同时还向读者揭示出艺术及艺术拍卖行业光鲜外表之后不为人知的阴暗之处。小说兼具一般通俗文艺作品所包含的喜剧性、惊悚性和言情元素。

三

《最后一个威英斐尔特》受到文学评论界的关注。2008 年 3 月 11 日的《南德意志报》(*Süddeutsche Zeitung*)登载了书评人克利斯朵夫·巴尔特曼(Christoph Bartmann, 1955—)撰写的《灼热壁炉边的裸体女人》(*Nackte Frau vor glühendem Salamander*)一文,对马丁·苏特的这部小说极尽溢美之词。巴尔特曼首先对苏特在娱乐性方面所进行的尝试大加肯定,认为苏特非常善于娱乐,也娱乐得极为成功,而这种成功又主要归功于苏特掌控读者的强大能力。他同时指出,苏特也非常能够造梦,他可以轻快娴熟、不费吹灰之力地展开充满幻想的游戏,这在当代作家中实属少见。其次,巴尔特曼将苏特及其作品《最后一个威英斐尔特》归入"模式文学"范畴,认为该书是一种"程式化"书写,写作技法已经达到炉火纯青之境。小说的情节编排也极为引人入胜,令读者爱不释卷,大有非一口气读完不可之势。一个持重高雅的艺术品鉴赏专家在情爱和名画造假的双重夹击之下生活完全失去平衡的故事,被苏特这个"老练灵活的魔术师"演绎得妙趣横生,完美而轻盈。

罗泽-玛丽·格洛普(Rose-Maria Gropp,1956—)则于2008年2月29日在《法兰克福汇报》(*Frankfurter Allgemeine Zeitung*)上撰写题为《一个不合时宜的当代人》(*Ein unzeitgemäßer Zeitgenosse*)的评论,从电影式书写、虚构与真实和娱乐性等方面对《最后一个威英斐尔特》进行了激赏。格洛普首先提请读者注意苏特别具一格的电影式叙事手法,点明他的这种叙事不仅异常经济简洁,而且就叙述视角的转换而言,其频率也是极其惊人的频繁,评论者因此禁不住发出"读苏特的书,就像看电影"这样的惊叹。其次,格洛普认为,小说的情节编排引人入胜,叙事策略简洁经济,小说的视角既多重变换,又神奇诡异,通过对男主人公的精心刻画,大资产阶级的魅力重新获得提升,再加上作者对侦探小说元素的自如驾驭,对细节的偏爱和悉心处理,也使得一幅"流传后世的时代图像"跃然纸上。再次,作者在构思和谋篇布局方面所显示出来的老谋深算也令格洛普拍案叫绝。这位评论家指出,虽然小说是大团圆的结局,但依然是虚晃一招,苏特一边揭开谜底,一边却又重新开始摆起乌龙,结果还是落得个似是而非、悬而未决和无解,令人回味无穷。最后,格洛普甚至不惜冒夸张之嫌,一举将苏特和乔治·西默农(Georges Simenon,1903—1989)以及弗雷德·瓦尔加斯(Fred Vargas,1957—)相提并论。前者是被誉为"不可思议的天才"的比利时法语侦探小说家,发表作品超过450部之多,全球销售超过5亿;后者则是享有"法式推理"天后美誉的法国女历史学家、考古学家及侦探小说家。格洛普认为,无论就创造才能的丰盈和虚构故事的离奇与优雅而言,还是以文体风格和驾驭文字的强大功底而言,苏特都和他们有得一比。

综上所述,《最后一个威英斐尔特》,正如多位德语评论家所指出的那样,再度证明了马丁·苏特无愧为"欧洲伟大娱乐文学家"的声誉,马丁·苏特是名副其实的欧洲"娱乐作者"和"娱乐文学排头兵"。他具有过人的调研和驾驭素材的能力。他的落笔干净利落,行文轻快幽默,场景切换频繁。他既是讲故事的高手,也是运用文字的高手,尤其是写对话的高手。他的语言于简洁之中蕴含巨大张力。苏特在小说创作方面所具有的这些特点和才气,在《最后一个威英斐尔特》中继续得到发扬光大。不仅如此,同苏特以前的作品相比,苏特在《最后一个威英斐尔特》中更加自觉地、有意识地强化了小说的娱乐性倾向。《最后一个威英斐尔特》完全称得上是一本娱乐性极强的书,可读性极强的书,可以充分满足广大读者的娱乐性需要。尽管如此,作为一道品质精美的文化快餐,《最后一个威英斐尔特》仍然不失其充当心灵鸡汤的思想价值,不辱其抚慰人类心灵的精神使命。

(原载[瑞士]马丁·苏特:《最后一个威英费尔特》,罗炜译,上海译文出版社2011年版,第1—9页)

暴戾和沦丧的村庄
——试析赫塔·米勒处女作《低地》

2009年诺贝尔文学奖获得者、德国女作家赫塔·米勒的处女作《低地》是一部具有自传色彩的反牧歌式作品。米勒用清新奇特而富于浓郁诗意的德语，用近乎自然主义的写实手法，向世人讲述了巴纳特士瓦本人——罗马尼亚说德语的少数民族——古老闭锁的生活形态，勾勒出一幅暴戾沦丧、阴暗压抑的乡村图景。《低地》同时也是一幅破败不堪的德意志精神图景。作者对父辈不光彩的历史和所谓德意志民族特性进行了无情的揭露和批判。

瑞典皇家科学院2009年10月8日下午1点宣布,该年度诺贝尔文学奖授予德国作家赫塔·米勒(Herta Müller,1953—),理由是:这位女作家的语言"狂热而充满力量",她"用诗意的浓郁和散文的客观"描绘了各种"无以为家的景象",而且,她在展开这种描绘的时候"对自己毫不留情"。瑞典皇家科学院的新院长彼得·恩格伦德(Peter Englund,1957—)也这样评价米勒说:"她是一个逃离自己家园的流亡者。过去对于她始终是活生生的。这让我在读完了她的书后内心深受震动。她写得极为诚实,她是用一种令人难以置信的强度在写作。她真的有一段历史要讲述。"①

一

赫塔·米勒1953年8月17日生于罗马尼亚的尼茨基多夫,其家庭属于罗马尼亚说德语的少数民族——巴纳特士瓦本人。米勒的祖父是富裕农民和商人,后被剥夺财产。她的母亲第二次世界大战结束后曾被流放到苏联接受劳动改造五年。她的父亲做过纳粹武装党卫队队员,战败返乡后靠当卡车司机谋生。对于自己父亲的这段不光彩的历史,赫塔·米勒不仅从未有所隐瞒,而且用写作对他进行清算。在她的笔下,父亲是个暴躁而残忍的人。她在接受德国《时代报》专访时这样说她父亲道:"他在党卫队干过,战后回了村,结了婚,生了我。我父亲的死亡就是一种疾病的死亡。"②

---

① 转引自Cornelia Geissler, „Eine laute Stille", in: *Berliner Zeitung* (9.10.2009), S.2.
② 转引自Norbert Raabe, „Müller über ihren SS-Vater: ,Sein Tod war der Tod einer Krankheit' ", 载www.tagesanzeiger.ch/kultur/buecher, 2009年10月9日。

暴戾和沦丧的村庄——试析赫塔·米勒处女作《低地》

赫塔·米勒自己的人生道路也很曲折。中学毕业后,她于1973年开始在蒂米什瓦拉大学学习日耳曼语言文学和罗马尼亚语言文学,1976年起在一家机器制造厂任翻译,1979年因拒绝和罗马尼亚安全部门合作而从此和罗马尼亚政府部门结仇,她不仅因此遭到解雇,而且不断受到监视和攻击,甚至一度还落得只能靠教德语和当幼教勉强度日的田地。1987年她和她当时的丈夫同时也是作家的瓦格纳一起移居联邦德国。来到德国之后,米勒融入新环境的过程并不顺利,爱情和婚姻生活也不尽如人意。而更令她没有安全感的是,由于在政治见解和诸多问题上存在重大分歧,米勒继续受到来自罗马尼亚安全部门的监视和一部分移居德国的巴纳特士瓦本人无休止的指责。

相对于曲折的生活道路,米勒的文学道路可谓顺风顺水,呈现出一条清晰的上升直线。20世纪70年代末,米勒开始发表一些诗歌,对于这些诗歌,她后来这样说道:"我的诗歌不是过渡阶段。它们是青春期的我不知所措的结果。那时的我有的只是与生俱来的脆弱和敏感。"[①]1982年,米勒真正意义上的处女作——小说集《低地》(*Niederungen*)在罗马尼亚出版,1984年又在联邦德国出版,新人米勒借此名声大振并获得数种奖项。1987年米勒移居联邦德国后,文学创作上继续取得长足进步,发表多部极具影响力的长篇小说、诗歌作品和文艺理论著述,频频荣获众多重要奖项,如欧洲文学奖、都柏林文学奖、克莱斯特奖、卡夫卡奖、德国批评家奖等,并

---

① 转引自 Helmuth Frauendorfer, „Politische Biographie. Die Poesie hat gesiegt", in: *Rheinischer Merkur*, Nr. 42(15.10.2009)。

于1995年入选德意志语言文学科学院院士。与此同时,米勒还应邀到多所国内外知名大学讲学,如1998年在卡塞尔大学、2005年在柏林自由大学做客座教授。[①] 因此,但凡熟悉米勒作品的人,对于她此次能够获得诺贝尔文学奖均不会感到意外。

在联邦德国,米勒作品所显示出来的令人惊奇的语言力量,早在她发表第一部作品《低地》时,就有慧眼的评论家特别地指了出来:那种"醇厚浓郁的""纯净的"德语,在她这一代德语作家中几乎是独一无二的。[②] 仅从她作品的书名就可窥见其语言风格独特之一斑,如《人是这世上的大野鸡》(*Der Mensch ist ein großer Fasan auf der Welt*, 1986)、《光脚的二月》(*Barfüßiger Februar*, 1987)《单腿旅行者》(*Reisende auf einem Bein*, 1989)、《魔鬼坐在镜子里》(*Der Teufel sitzt im Spiegel*, 1991)、《狐狸那时就已是猎人》(*Der Fuchs war damals schon der Jäger*, 1992)、《温暖的土豆是温暖的床》(*Eine warme Kartoffel ist ein warmes Bett*, 1992)、《心兽》(*Herztier*, 1994)、《国王鞠躬,国王杀人》(*Der König verneigt sich und tötet*, 2003)、《呼吸秋千》(*Atemschaukel*, 2009)。她所使用和制造的很多语言意象都是现代标准德语中所没有的。她的语用秉承了奥匈帝国时期多种语言如匈牙利语、罗马尼亚语、俄语、乌克兰语、意第绪语(犹太人的德语)和德语并存共生的传统。她的德语是一种"来自远方"的德语,是一种"清晰而又宛如童话一

---

① 参见 https://de.wikipedia.org/wiki/Herta_M%C3%BCller, 2019年4月3日。
② 参见 Friedrich Christian Delius, „Jeden Monat einen neuen Besen", in: *Der Spiegel*, 31/1984, S. 119–123, 此处为 S. 121。

暴戾和沦丧的村庄——试析赫塔·米勒处女作《低地》

般"的德语。① 如上述标题中的"人是这世上的大野鸡",本身就是一句罗马尼亚成语谚语,原本形容的是野鸡这种野禽因翅膀受伤瘫痪而变得行动迟缓或行动受限。② 米勒把这一成语谚语转用到人类身上,以此来暗喻她第二本小说中名叫温迪什的主人公及其家人在从巴纳特移居西方过程中所遭遇的种种坎坷与不幸,从语言层面来看,这种移用的效果是颇为奇特和清新的。

二

散文作品集《低地》为赫塔·米勒的处女作,具有自传色彩,形成于20世纪70年代末80年代初,正是米勒大学毕业后因拒绝和罗马尼亚安全部门合作而不断遭到刁难,从而生活落入险境的人生阶段,也正好是在这个时期,她开始思考她和她患癌症去世的父亲一直以来很成问题的父女关系。小说集1982年在罗马尼亚布加勒斯特的克利特里翁德语出版社经过审查删改后出版,1984年经过修订后又在联邦德国西柏林的红书出版社出版并随即获得"观点"文学奖。1984年的这个版本共收录了15篇小说并多次再版重印。但这个版本撤掉了《那是在五月》《意见》《英格》《乌尔赤曼》四篇,即使没有撤掉的各篇,其中有一些的章节乃至排列顺序也有所改动。本文采用最新的版本,即经过作者本人重新亲自校阅和修订的2010年版。这个版本共收录了19篇。作者以新鲜纯粹的

---

① 参见 Ina Hartwig, „Das Wunder der Sprache", in: *Frankfurter Rundschau* (09. 10. 2009), S. 2。
② 参见 Herta Müller, *Der Mensch ist ein großer Fasan auf der Welt*, 3. Auflage, Frankfurt am Main: Fischer Taschenbuch Verlag, 2009, S. 2。

语言，以近乎自然主义的写实手法，向世人讲述了巴纳特士瓦本人——罗马尼亚说德语的少数民族——不为外人所知的闭锁落后的生活形态，迅速在德语文学界掀起波澜，引发诸多震撼。全书由《墓前悼词》《我的家》《士瓦本浴》《低地》《烂梨》《压抑的探戈》《窗》《乡村纪事》《德意志分头和德意志髭须》《乌尔赤曼先生》等近二十个短篇小说结集而成。

这些短篇都拥有一个共同而明确的空间架构——罗马尼亚的一座散发着腐烂气味的偏远村庄，小说集很多地方触及暴力和精神暴力问题，尤其是家庭内部成员之间彼此施以精神折磨的问题。小说集的整体时间框架则比较不确定，有的短篇似有回到百多年前之嫌。小说集主要以一个内心撕扯、心怀怨恨且充满惊恐的青春期少女的视角，以一个半大不小的毛孩子的眼神、动作、姿势和幻想，同成年人的暴行形成对照，描绘了毫无乐趣可言的童年生活，控诉了成年人世界的残暴、冷酷、道德败坏、淫荡、酗酒和吝啬。通过抽丝剥茧般地撩开这座德意志小村庄的面纱，作者勾勒出一幅阴暗压抑的乡村图景，将世人对于诗情画意的田园生活的美好想象予以无情摧毁。

《低地》首先是一幅暴虐的乡村图景。这个村庄的村民彼此冷漠、仇恨，这种冷漠和仇恨渗透到生活的各个角落，夫妻关系是如此，父母儿女的关系亦是如此，村民之间的关系更是如此。在被选作小说集题名的篇幅长达八十多页的主打小说《低地》里，母亲回忆自己婚礼当天的情形时，这样告诉她的孩子说："你父亲和我，我们自己去摘樱桃。我们当时在摘樱桃的时候就发生了争吵，我们在回去的路上也互不理睬。我们在偌大的葡萄园里摘樱桃，园子

暴戾和沦丧的村庄——试析赫塔·米勒处女作《低地》

里空无一人,即便这样,你父亲也没有说摸摸我。他站在我边上,像个木头桩,口里不停地往外吐着湿漉漉的樱桃核,那个时候我就知道,我们往后一起过日子他会经常揍我的。等我们回来时,村里的女人们已经把整筐整筐的点心烤好,男人们也宰掉了一头漂亮的小牛犊。牛蹄子被扔在牛粪上……我于是就跑到阁楼上去哭,我不想被人看到,我不想让人知道,我是一个不幸的新娘。我其实当时很想说我不要结婚,但我看见那头被宰杀的牛,倘若不结婚的话,我爷爷怕是会杀了我的。"[1]这位母亲把自己所遭受的情感伤害毫无保留地传递给她的孩子,用自己的愤懑不满和恐惧去折磨她的孩子。而她的丈夫,孩子的父亲则是粗鲁鄙陋的、哼着小曲的、几乎每天都会喝得醉醺醺回家的酒鬼模样。父母之间的关系极为冷淡,形同陌路。夫妻俩很少说话,即使说话,内容也无外乎是牲口跟"钱",白天两人因为干活不曾谋面,"夜里背对背睡觉,彼此都不看对方一眼"。[2]祖父母的情况同样令人感到绝望。他们愚昧迷信,给孩子讲的故事都是陈芝麻烂谷子,千篇一律的老一套。祖父尽管也是为孙女好,但艰苦贫穷的生活似乎也把他的心肠磨炼得跟铁石一般,他告诉孙女什么花草野果不能吃,理由是吃了"会变成个傻子",见虫子爬进孙女的耳朵,他就用往她耳朵里灌酒精的办法给她驱虫,孩子因内耳被酒精烧灼而感到天旋地转,痛苦万分,而他老人家面对孩子的哭泣和痛苦难耐却还能无动于衷地坚持说:"必须这样做,不然虫子就要爬进你的脑袋去,那样你就会变

---

[1] Herta Müller, *Niederungen*, München: Carl Hanser Verlag, 2010, S. 20.
[2] Ebenda, S. 74.

成个傻子。"①祖母更是脾气古怪、控制欲极强的老妇人,见孙女不按时睡午觉就会连扇她几耳光,致使小女孩对她异常仇视,乃至于看见祖母摔断胳臂,小女孩居然会变态地大笑起来。邻居和村里其他人也都一个一个没正形。一个叫文德尔的男孩因为有口吃的毛病,就遭到全村人无休无止的讥讽和嘲笑;村里的牧师听到孩子们提些天真的问题,就会拿尺子狠抽他们的手,害得孩子们的手指头好几天都直不起来;村医则会随手把病人的假牙从窗子里扔出去,以此来羞辱他们。而这村里的人,包括这个家的每个家庭成员,有一天也终于不得不认识到:"我们懒得去看我们的孤独,懒得去看我们自己,我们容不下别人,也容不下我们自己,而我们身边的别人也容不下我们。"②

村民对这种穷困、屈辱、压抑的生活习以为常,见怪不怪,没有人对此感到吃惊,也没有人对此感到生气郁闷。只有那个小女孩感到难受,感到愤怒,可又有谁会去理睬她,听她倾诉呢?她别无选择,只能独自忍受心灵的煎熬,逃进草丛,逃向河边,逃向梦境。在这座村子里,暴力相向就跟家常便饭一般,养育孩子的目的就是为了驯服出具有实用价值的苦力。为此,小孩子吃饭不准出声,女孩子也不准哭泣。而为了能够痛痛快快哭上一场,小女孩就只有跑到臭气熏天的厕所里去把自己反锁起来:"我不想被人发现在哭,只要一听见外面传来脚步声,我的哭泣就会戛然而止,因为我知道,在这个家里是不允许无缘无故地哭泣的。有的时候,母亲看

---

① Herta Müller, *Niederungen*, München: Carl Hanser Verlag, 2010, S. 17.
② Ebenda, S. 93.

暴戾和沦丧的村庄——试析赫塔·米勒处女作《低地》

见我哭,就会狠狠地揍我,一边揍还一边说:'叫你哭,现在你总算有个哭的理由了。'"[1]在这里,父母儿女之间最正常的关怀简直就是奢侈,家庭成员之间很难见到最基本的温存和爱抚。女儿为父亲梳头,只因一丁点儿不慎就会遭到父亲大声呵斥,就会被父亲用胳膊肘狠狠推开:"每次我都会跌倒在地,我开始哭泣,而也是在这一刻我明白了,我没有父母,这俩不是我任何人,我问我自己,我为什么还要和他们一起坐在这房子里,坐在这灶屋里,熟悉他们的锅碗瓢盆,熟悉他们的习惯,……我为什么还不逃离……"[2]

随着爱情、亲情、友情和归属感的摧毁,成年人日益变为孩子眼中的屠夫。[3] 只要看见成年人杀鸡宰鹅,杀猪宰牛,孩子便会瑟瑟发抖,惶恐不安,感觉自己受到威胁,感觉自己就是那砧板上的鱼肉。成年人随便一脚就可以踹死一条狗;为了得到宰杀小牛的许可证,父亲不惜弄虚作假,先残忍地用斧头砍断小牛的一条腿,然后再去贿赂兽医,最终达到宰杀小牛的目的;母亲面对动物也毫无母性和恻隐之心,相反,竟然能够若无其事地把从屋檐水槽里掏出的一窝雏鸟随手扔在地上喂了猫;村里扎扫帚卖的夫妇就更加恐怖了,他们家七只猫生的猫崽,冬天出生的就"放在一个桶里用滚烫的开水淹死",夏天出生的就"放在一个桶里用冰凉的冷水淹死"。[4] 成年人正是通过这种方式,兴味盎然地、娴熟地炫耀着他们对弱者的生杀予夺。据米勒的作家老乡赫尔穆特·福劳恩多夫

---

[1] Herta Müller, *Niederungen*, S. 49.
[2] Ebenda, S. 72.
[3] 参见 Friedrich Christian Delius, „Jeden Monat einen neuen Besen", S. 120。
[4] 参见 Herta Müller, *Niederungen*, S. 76。

（Helmuth Frauendorfer，1959—2024）回忆，米勒后来在谈到《低地》的写作时，曾就此进行过非常明确的表态："我感觉家里和园子里的任何一项劳作都是一种摧毁，宰杀家禽，杀猪，给树木喷洒防治毛虫的药剂，给马铃薯喷洒防治马铃薯瓢虫的药剂……某个东西只因有用才有权生存，对此，还是孩子的我就已经不能接受了。我本能地站到了家禽、毛虫、马铃薯瓢虫的一边，也就是站到了被摧毁者的一边。"①

其次，伴随着家庭内部几代人之间的冲突和整个村庄人与人之间关系的扭曲，小说集《低地》同时呈现出一幅道德沦丧的乡村图景。在第三篇《我的家庭》中，通过第一人称叙述者"我"的故作冷静的讲述，这个家庭从曾祖父母到祖父母再到父母三代人之间极其丑恶混乱的男女关系浮出水面：近亲结婚、为钱结婚、背叛、谋杀、男盗女娼在这个家族里一样也不少，通奸则是这个家族的常态，连"我"甚至都是"裹得严实的"②看似规矩保守的母亲和一个邮递员的野种。第五篇《烂梨》中的父亲与小姨子偷欢，偷得毫无廉耻，偷得若无其事，母亲呢，虽然有所怀疑，但她对金钱的关心完全超越了对夫妻感情的关心。第六篇《压抑的探戈》也是在大片景物描写的掩盖下，转弯抹角地暗示出母亲和小叔子不道德的男女关系。不忠诚的无爱的婚姻、家庭生活中的寡廉鲜耻乃至乱伦是这三个短篇的共同主题，成年人的道德沦丧透过压抑的文字和对丑的诗意的描绘喷薄而出。

---

① 转引自 Helmuth Frauendorfer, „Politische Biographie. Die Poesie hat gesiegt", in: *Rheinischer Merkur*, Nr. 42 (15. 10. 2009)。
② Herta Müller, *Niederungen*, S. 15.

暴戾和沦丧的村庄——试析赫塔·米勒处女作《低地》

再次,《低地》还是一幅背负沉重历史包袱的乡村图景。第一篇小说《墓前悼词》就直接以托梦的形式触及巴纳特士瓦本人追随纳粹政权以及他们在纳粹德国败亡后遭受惩罚的那段历史。小说的主人公,也是第一人称叙述者"我"在死去的父亲的葬礼上,从前来吊唁的众人口中得知了父亲罪恶的过去和病态的一生。这位父亲"参加过那场战争","对很多人的死亡负有责任",还"和另外四个士兵一起"轮奸了"一位俄国妇女",并令人发指地把萝卜塞进受害者的下体。[①] 即使在和平时期,他也是长年和有夫之妇勾搭并四处讹诈和偷人钱财。因为有这样一个父亲,"我"梦见自己被"判处死刑",梦见"所有的人都把他们的枪口对准我"。[②] 但"我"同时也梦见我的母亲被流放到俄国做苦工,忍受各种痛苦,过着饥寒交迫的劳改生活。而"我"还在梦中听见母亲说:"在俄国他们剃了我的头。这是最轻的惩罚。"[③] 如果说第一篇小说中对父辈历史的清算还留有那么一丝基于血缘关系的含糊的话,那么,第十七篇《乌尔赤曼先生》中则对以乌尔赤曼先生为代表的不愿直面历史、固守军国主义思想残余的一部分巴纳特士瓦本人进行了毫不含糊的挖苦和讽刺。

最后,《低地》又可被视作一幅破败不堪的德意志心灵图景。在《低地》中,作者也用相当篇幅描绘了这个古老落后乡村的各种陈规陋习,巫婆迷信,各种僵化的丧葬和节庆仪式。通过一个画面连着一个画面的不懈推出,通过一个故事连着一个故事的顽强叙

---

① Herta Müller, *Niederungen*, S. 9.
② Ebenda, S. 11.
③ Ebenda, S. 11-12.

述,作者对那种只以服从、秩序、干净、勤奋、虔诚为基础的德意志民族性发起攻击。[①] 在此,特别需要指出的是,在以文学手段揭自家之短方面,米勒的表现可谓相当逆反,甚至称得上有些极端。这里仅以米勒对德意志民族标杆性的两种品质——勤劳和讲究卫生所进行的无情攻击和肆意挖苦为例来加以说明。如在最长的第四篇《低地》中,母亲终日操劳,牛马不如地苦干不已,可谓勤劳至极,"但村里人就是不夸她勤劳"[②],因为村里人都去注意村里一个只看书而不干家务活的女人了,都只顾着去骂那女人以及容忍其懒惰的丈夫"一文不值"[③]了。成为干活机器的勤劳母亲,她岂止是爱劳动,她还特爱清洁,做梦都梦见家具上落满灰尘。她爱清洁爱到同时拥有分工明确的十几种扫帚,她有诸如"里屋扫帚、厨房扫帚、前院扫帚、后院扫帚、牛棚扫帚"[④]等各种扫帚,五花八门,不一而足,可她还嫌不够,进而到了每个月都要买把新扫帚的病态地步。同样,在第二篇《士瓦本浴》当中,米勒用类似冷幽默的笔触直接瞄准的仍是巴纳特德意志族人的清洁癖好。在这个只有一页多一点的小短篇里,一个巴纳特士瓦本人的五口之家祖孙三代,按照小孙子、母亲、父亲、祖母、祖父的顺序依次共用一盆洗澡水洗澡,从他们每个人身上搓下来的脏污——"灰色的面条"[⑤]将澡盆的边都染成了黑色。这种士瓦本洗澡法简直就是肮脏透顶,哪里还有什么干净可言?读完之后着实令人作呕。如此一来,通过讥讽或轻慢

---

① 参见 Friedrich Christian Delius, „Jeden Monat einen neuen Besen", S. 121.
② Herta Müller, *Niederungen*, S. 75.
③ Ebenda.
④ Ebenda, S. 79.
⑤ Ebenda, S. 13.

暴戾和沦丧的村庄——试析赫塔·米勒处女作《低地》

或贬低一个人或一个群体最看重的价值,通过这种近乎残忍的揭伤疤的方式,被揭一方的难受程度便可想而知了。这篇讥讽同胞清洁癖的小短篇早在其收录小说集前就已经于1981年5月先行登载在蒂米什瓦拉的报纸《新巴纳特报》上,结果引来读者骂声一片,故而很多巴纳特士瓦本人其实早在米勒的小说集《低地》出版之前就已经开始对她怀有很深的成见了。[①]

三

米勒认为,巴纳特德意志人对其在纳粹德国时期所扮演的角色并没有进行反思,他们面对这段历史所表现出来的姿态是狭隘和令人窒息的装腔作势。根据米勒作家老乡福劳恩多夫回忆,早在《低地》还未发表的1981年,米勒就在接受一次采访时公开对她的同胞展开批评:"谁如果能把某件事情看透,谁就会被贬为'疯子'。要想被接受,'正常'是前提。谁怀疑他们的'永恒价值':爱干净、勤奋、秩序、自豪感、壮志雄心,谁就会被赶出这个牧群。"而同样是在这次采访中,她随后又进一步补充道:"你经常会听见他们说'肮脏的瓦拉尼亚人''暴躁的匈牙利人'。而他们自己却是机会主义者,他们并没有为反对这个国家做一丁点儿事情,他们一心只想着移民……,他们从未搞过政治……"不过,这一段最终却未能见报,而是在审查的时候就被删除了。[②]

其实,总的看来,赫塔·米勒在《低地》中,正如德国作家兼评

[①] 参见 http://de.wikipedia.org/wiki/Niederungen,2011年4月7日。
[②] 转引自 Helmuth Frauendorfer, „Politische Biographie. Die Poesie hat gesiegt", in: *Rheinischer Merkur*, Nr. 42(15. 10. 2009)。

论家弗里德里希·克里斯蒂安·德里乌斯(Friedrich Christian Delius, 1943—2022)早就指出的那样,更侧重的是展示和呈现,她实际上更愿意让读者自己去思考,去判断,而不是草率匆忙地得出某个固定和确切的结论。① 因此,米勒的作品应该说是给读者预留了广阔的诠释空间的,这也正是她作为一个文学大家的高明之处。然而,小说集发表之后,米勒的反牧歌式的、反歌功颂德式的乡村图景描绘,既引起习惯了推行高大全正面政治宣传的罗马尼亚官方的不满,也引起本民族的巴纳特士瓦本人的不满。米勒由此受到双面夹击,日子自然很不好过。米勒和二者的关系自然也一直处于剑拔弩张的状态。尤其是来自巴纳特士瓦本人方面的反应极为激烈,由于难以容忍米勒在《低地》中对德意志民族劣根性的揭露和对一些民族禁忌的触犯,他们公开指责米勒这是在"自曝家丑""自揭老底",给故乡抹黑,给族人抹黑。一些保守的巴纳特士瓦本同乡还激烈地指责她这是在为罗马尼亚共产党写作,大骂她是罗共党员和"赤色分子"。更有甚者,同样是出生在罗马尼亚的另一个德意志族人聚居区特兰西瓦尼亚的某位作家,直到前两年还在继续为此对米勒纠缠不休。在其本人2008年出版的关于罗马尼亚自由工会运动的《自由交响曲》一书中,吉普松思仍然耿耿于怀地斥责米勒以其"发乎仇恨的作品",首先是通过她的《低地》,间接成为齐奥塞斯库时期罗马尼亚执政党的帮凶。② 米勒家乡尼茨基多夫村的村民也从小说的各个人物里隐隐约约地看到了自己的

---

① 参见 Friedrich Christian Delius, „Jeden Monat einen neuen Besen", S. 121。
② 参见 Dirk Pilz, „Das Gedächtnisherz", in: *Berliner Zeitung* (9.10.2009), S. 3。

影子。一直以来,只要听到有人提起米勒的名字,他们的脸色都会骤然生变,态度也都会随之变得异常冷淡起来。今天,由于德国长期执行鼓励海外德意志族回迁的政策,留在罗马尼亚的巴纳特士瓦本人数量锐减,目前连10万也不到了。不过,米勒这次获得诺贝尔文学奖的消息似乎有冰释前嫌之效。她出生地的现任市长日前就已经发出了一些和解的声音:"以后人们会更多地谈论尼茨基多夫。我们为此感到自豪。"①

(原载《中南民族大学学报》2011年第6期,第143—147页)

---

① 转引自 Norbert Mappes-Niedek, „Rumänien. Fessselnde Heimat", in: *Berliner Zeitung* (9.10.2009), S.2.

一部纳粹暴政的史前史
——论《学生托乐思的迷惘》的自传色彩和政治寓意

奥地利作家罗伯特·穆齐尔的处女作《学生托乐思的迷惘》以其题材的特殊性、突破传统的心理化叙述手法和大胆的语言试验而著称于世,被学界视为现代德语小说鼻祖。因为小说同时具有较强自传色彩,所以小说的自传背景自其发表以来始终为研究者所津津乐道,成为诠释小说的一种主要模式。但作者本人并不乐见此种阅读方式。相比而言,稍后出现的另外一种至今常见的主流解读模式,即结合纳粹德国的那段恐怖历史来挖掘小说的政治象征意义,则是源于穆齐尔本人生前有意识地主动划归、提示和指引。

一部纳粹暴政的史前史——论《学生托乐思的迷惘》的自传色彩和政治寓意

奥地利作家罗伯特·穆齐尔是20世纪最重要的德语文学大师之一。穆齐尔的作品已有一部分译介到我国,我国研究界也开始日益对他产生浓厚兴趣。而反过来看,穆齐尔生前和中国应该说也多少有一些缘分。据较近的一项研究[①]表明,穆齐尔对中国传统文化有所了解,阅读过德国汉学家卫礼贤翻译的《道德经》和《太乙金华宗旨》德译本。后者的德译本题名为《金华的秘密——一本中国养生书》,1929年同时在苏黎士和斯图加特两地出版,同时附有瑞士著名心理学家卡尔·古斯塔夫·荣格(Carl Gustav Jung,1875—1961)所写的述评,而穆齐尔则为这个译本撰写过一篇书评;另外,自1938年和他犹太裔妻子转道意大利流亡瑞士期间,穆齐尔还曾有过流亡上海的计划:1939年1月3日,经他提出申请,中华民国驻苏黎士领事馆给他签发了一年期签证,有效期至1940年1月2日,可多次出入境。不过,穆齐尔最终未能成行,而是继续客居日内瓦。直到1942年4月15日突发脑溢血辞世,作家都在顽强地同命运抗争,坚持于孤独和贫困之中苦苦求索,笔耕不辍。

穆齐尔大学工科毕业,拥有自己的发明专利,而后又获得哲学博士学位,是一位不折不扣的、具有深厚人文和科学素养的高知作家。作为现代德语文学的拓荒者,他的创作在内容上富于深刻的哲思和冷静的科学精神,在形式上则表现为不拘一格地突破传统和大胆试验。穆齐尔的创作体裁丰富多样,既有长篇小说、短篇小说和剧本,又有散文和理论著述,其中尤以未完成的长篇巨著《没有个性的人》(*Der Mann ohne Eigenschaften*, 1930—1943)和长篇

[①] 参见吴晓樵:《中德文学因缘》,上海外语教育出版社2008年版,第28—29页。

小说《学生托乐思的迷惘》(*Die Verwirrungen des Zöglings Törleß*, 1906)最为有名。1999年,应德国贝特斯曼文学家出版社和慕尼黑文学之家的要求,由作家、评论家和德语语言文学专家各33名组成的评委会,评出了一份20世纪最重要的德语长篇小说排名表,位居榜首的就是穆齐尔的《没有个性的人》。① 2002年,德国最著名的文学评论家,素有"文评教皇"之称的马塞尔·赖希-拉尼茨基(Marcel Reich-Ranicki,1920—2013)在为德国六家出版社联合推出的德语戏剧、诗歌、散文、长篇和中短篇小说经典系列出版计划所开具的20部德语文学爱好者必读经典书目中,穆齐尔的《学生托乐思的迷惘》也同样榜上有名。②

一、小说的形成和出版

《学生托乐思的迷惘》是穆齐尔的处女作。穆齐尔于1902年下半年开始提笔创作这部小说,小说的写作历时两年有余。这个时期也正好是年轻的穆齐尔完成人生最初几次重大抉择的时期:1902年他通过第二次国家考试,结束了在布吕恩技术大学机械制造专业的学习并于同年开始服兵役一年;1902—1903年他在斯图加特技术大学做助教;1903年他开始在柏林攻读哲学、心理学、数学和物理学,这为他创作《学生托乐思的迷惘》提供了最重要的思想基础。穆齐尔后来回忆他的创作动机时这样说道:"我自己那时毫无定性,我不知道我想要什么,我只知道我不想要什么……我当时22岁,年纪虽然不大,却已经当上工程师,但我对自己的职业感

---

① 参见佚名:《德语巨著〈没有个性的人〉问世》,《作家杂志》2001年第3期,第96页。
② 参见吴晓樵:《中德文学因缘》,第226—227页。

一部纳粹暴政的史前史——论《学生托乐思的迷惘》的自传色彩和政治寓意

到不满。……斯图加特,这种状况的发生之地,在我看来是陌生和不友好的,我想放弃我的职业去攻读哲学(我也是马上说到做到),我逃避我的工作,在我的工作时间搞哲学研究,而每当下半晌,当我觉得自己的脑子再也装不进去任何东西的时候,我就会感到百无聊赖。所以在这种情况下,我就开始写东西,素材似乎信手拈来,正好就是《学生托乐思的迷惘》里的那些。"①

小说1905年2月完稿,但小说的出版起先并不顺利,穆齐尔四处碰壁,一连找了好几家出版社都遭到拒绝。心有不甘的穆齐尔于是就向当时著名的评论家阿尔弗雷德·凯尔(Alfred Kerr, 1867—1948)寻求帮助,对此穆齐尔后来在自己的日记中这样回忆道:"我那时既想成为作家,又想取得哲学执教资格,但我在评价自己的才能方面并无把握。所以我就决定请个权威来评判一下。"②此举果然奏效,凯尔对这位年轻的作家表示高度赞赏,并热情地向他提出宝贵的修改建议。在凯尔的鼓励、指点和推荐下,事情从此峰回路转。小说于1906年10月在奥地利诗人兼出版人弗里茨·弗洛恩德(Fritz Freund,1879—1950)开办的维也纳出版社出版。而凯尔的影响广泛的重量级评论也于当年的12月21日刊登在柏林的《天天》杂志上。③ 小说激起强烈反响,引起极大轰动,到1907

---

① Robert Musil, *Gesammelte Werke in neun Bänden. Band 7: Kleine Prosa, Aphorismen, Autobiographisches*, hrsg. von Adolf Frisé, Reinbek bei Hamburg: Rowohlt, 1978, S. 954.
② Robert Musil, *Tagebücher. 2 Bände. Band 1 (Heft 33)*, hrsg. von Adolf Frisé, neu durchges. und erg. Auflage, Reinbek bei Hamburg: Rowohlt, 1983, S. 912f.
③ 参见 Renate Schröder-Werle, *Erläuterungen und Dokumente. Robert Musil. Die Verwirrungen des Zöglings Törleß*, Stuttgart: Philipp Reclam jun., 2001, S. 58。

年时就已再版四次。① 受此鼓舞,穆齐尔甚至放弃在大学工作的机会,一心一意当起了职业作家:1908 年穆齐尔以研究哲学家和物理学家恩斯特·马赫(Ernst Mach, 1833—1916)认识论的论文获得哲学博士学位,学术生涯有了良好的开端;1909 年初,格拉茨的一位试验心理学教授向他提供助教职位,但穆齐尔却再度拒绝了这个可以在大学获得执教资格的机会,下定决心继续做自由作家,为报社撰稿。② 这个重大的抉择被证明是一条光荣的荆棘路,事实表明,穆齐尔此后的作家生涯并非一帆风顺。尽管如此,每当他日后遭遇写作事业进展困难,乃至在纳粹德国吞并奥地利后被迫流亡瑞士,生活颠沛流离,心情极为郁闷沉重之时,他也总是喜欢用他的这部成功的处女作来给自己加油鼓劲。

二、小说题材的特殊性和语言的试验性

小说的成功首先是由于小说题材的特殊性,即小说以客观冷静的笔法和心理化叙述手段等别样的文学方式触及了被视为禁忌的题材:青春期的性、手淫、同性恋、恋母情结、施虐狂和受虐狂等变态行为;其次则是由于小说扣人心弦地描写了一个青年人在一定的社会条件下的自我体验和现实体验,以及伴随这种体验所出现的认识论上的不确定感。

---

① 参见 Helmut Pfotenhauer, „Robert Musil: Die Verwirrungen des Zöglings Törleß", in: Sabine Schneider (Hrsg.), *Lektüren für das 21. Jahrhundert. Klassiker und Bestseller der deutschen Literatur von 1900 bis heute*, Würzburg: Königshausen & Neumann, 2005, S. 1 - 16, hier S. 1。
② 参见 Renate Schröder-Werle, *Erläuterungen und Dokumente. Robert Musil. Die Verwirrungen des Zöglings Törleß*, S. 69。

一部纳粹暴政的史前史——论《学生托乐思的迷惘》的自传色彩和政治寓意

小说共分为篇幅长短不一的二十九个章节。大的时代背景是19世纪末20世纪初处于崩溃前夜的奥匈帝国。故事发生的具体地点则是位于今天捷克境内的一所军事寄宿学校。主人公名叫托乐思，16岁，出身奥匈帝国一个高官家庭。他性格内向，喜欢沉思默想，对军校的生活不是十分适应。初来乍到，他开始想家，但正统的父母的安慰却并不能解决他那基于对世界的全新体验而产生的重重疑问。在课堂上，他对一向被视作精确科学的数学居然有"无理数、虚数、在无穷大中……相交的平行线"①感到震惊和不安，他跑去向数学老师请教，但貌似专业大牛的老师却不能给他满意的答复；他又按照这位老师的提示去阅读作为理性化身的康德的著作，不仅看不懂，反而越看越糊涂。于是，陷入茫然和神秘冥想的他便开始向另外两个年长一些的同学赖亭和白内贝靠近。赖亭是一个以"煽动人斗人"为乐并"对反抗他的人毫不留情"的"暴君"②，白内贝则是一个打着哲学旗号害人且坚信"能够借助于非凡的精神力量来保证自己获得一个统治地位"③的冷血动物。托乐思和他们结成团伙，充当他们以大欺小、以强凌弱的狗头军师。赖亭和白内贝发现同学巴喜尼有偷窃行为，但他们不是向学校报告，而是利用教学楼的一个隐蔽的储藏室私设公堂，对巴喜尼进行精神和肉体上的残酷折磨和虐待，甚至是性虐待。托乐思从一开始就是这种迫害的参与者和见证人，他会不时地给赖亭和白内贝出些

---

① Robert Musil, *Die Verwirrungen des Zöglings Törleß*, in: Robert Musil, *Gesammelte Werke in neun Bänden. Band 6. Prosa und Stücke*, hrsg. von Adolf Frisé, Reinbek bei Hamburg: Rowohlt, 1978, S. 7–140, hier S. 81.
② Ebenda, S. 40.
③ Ebenda, S. 20.

绝妙的点子，但他自己却从不像后者那样兽性大发，诉诸暴力，而是怀着既迷恋又反感的唯美姿态冷眼旁观这一切。巴喜尼最后实在忍受不了折磨，便跑来向他求救，托乐思一边表示拒绝和厌恶，一边却又鬼使神差地和巴喜尼发生了同性间的肉体关系。之后，随着赖亭和白内贝二人对巴喜尼的折磨不断升级，托乐思决定和他们分道扬镳。面临死亡威胁的巴喜尼最终也在托乐思的警告之下向学校自首。面对学校的调查，赖亭和白内贝巧舌如簧，成功地将自己的罪责开脱得一干二净。最后，巴喜尼被学校开除，托乐思则自愿退学。

　　小说的外在情节发展清晰而引人入胜。但这条简洁明确的线索却频繁地被大段大段的心理描写所打断，就好比是一个树干又生出许许多多细小的枝杈，通过它们对主干的干扰和撕扯，穆齐尔把主人公托乐思难以言状的复杂的内心体验、微妙的莫名的思想发展过程和叙述者对其言行举止的感同身受的诠释最大限度地呈现出来。这种通过插入大量沉思性片段而突显出来的内在层次的丰富性也是这部文学佳作的深刻之处和魅力所在。与此相适应，小说的语言也呈现出明显的"试探性"和"摸索性"①，主要体现在以下三个方面：首先，作者在描写人物的思想感情时通篇频繁使用"一种""某种"或"似乎""好像""也许"之类表达模糊性和不确定性的语汇；其次，作者运用了大量丰富奇特的比喻和非同寻常的修辞，如"沉默的音色"②"内疚的荆冠"③"旋律的激情犹如深色的大

---

① Manfred Eisenbeis, *Lektüreschlüssel. Robert Musil. Die Verwirrungen des Zöeglings Törleß*, Stuttgart: Philipp Reclam jun., 2004, S. 69.
② Robert Musil, *Die Verwirrungen des Zöglings Törleß*, S. 11.
③ Ebenda, S. 110.

鸟们在拍动翅膀"①等；最后，作者在小说中突破常规地使用标点符号达近三百处之多②，这也成为小说在实验性和文体风格上的一个特别突出的重要特征，如根据表意需要，任意将问号和感叹号组合使用，尤其是随意延长或缩短破折号与省略号等。

三、小说的自传色彩

《学生托乐思的迷惘》具有较强的自传色彩。虽然对于是否应该把该小说归为自传小说学界至今意见不能统一，但小说中诸多细节和穆齐尔生平经历的类同之处却是完全有据可依和有证可考的。

小说主人公托乐思身上就有穆齐尔本人的不少影子。例如，小说情节的发生地就是对穆齐尔 1892—1894 年就读的埃森斯塔特军事初级实科学校和 1894—1897 年就读的位于今捷克境内的麦理施-魏斯基尔岑军事高级实科学校的一种整合。又如，小说中多次隐晦地将托乐思的母亲与性及性行为联系起来，这其实也可以被视为作者对自己父母成问题的家庭生活的一种影射：穆齐尔的父亲阿尔弗雷德·穆齐尔是机械工程师，头脑清醒，思路清晰，凡事以事业为重，发表过多部专著和多篇论文，一些发明甚至还申报了个人专利，后来成为大学教授，官至大学校长并被晋升为贵族，但为人却性格内向，有点胆小怕事不说，还缺乏足够的热情和激情，作为男人则更是缺乏阳刚之气。相比而言，他的母亲赫尔米涅则

---

① Robert Musil, *Die Verwirrungen des Zöglings Törleß*, S. 91.
② 参见 Renate Schröder-Werle, *Erläuterungen und Dokumente. Robert Musil. Die Verwirrungen des Zöglings Törleß*, S. 8。

头脑较为混乱,处事较为感性,行为举止表现出一些歇斯底里和神经质的特征。她对丈夫感到失望,在结婚七年之后,即自1881年起开始和她丈夫的一个名叫海因里希·莱特尔的熟人发展不正当的男女关系,并把这种关系一直保持到她1924年去世为止。阿尔弗雷德对此持容忍态度,莱特尔于是堂而皇之地出现在他们的家庭生活中,甚至在她临死时,照顾和守护她的居然不是她的丈夫,而是她的这位情人。① 家庭内部的这种类似于"一女二夫"②的反常关系,尤其是母亲的出轨行为,很大程度上决定了穆齐尔的孤独感以及他对女人的矛盾态度。在小说中,主人公托乐思一再有意无意地忍不住把自己的母亲和妓女波热娜等同起来;同时,小说也特别提到托乐思对幼年遭受成年人遗弃经历的回忆,以及这种遭遇所遗留下来的那种挥之不去的、刻骨铭心的孤独恐惧感。再如,小说中托乐思上军校和想家的情节也是照搬的穆齐尔1892年被父母送去上军事初级学校的亲身经历:小穆齐尔希望自己能像个大人那样被人看得起,母亲希望他受到更为严格的管教,父亲则出于较为实际的考虑,希望他今后有稳定的工作和前途,衣食无忧。对此,穆齐尔后来这样描绘道:"所以我们大家就我们分开达成一致。可是刚一分开,身在埃森斯塔特的我就忍不住发疯似的想家了。"③

---

① 参见 Wilfried Berghahn, *Robert Musil mit Selbstzeugnissen und Bilddokumenten*, Reinbek bei Hamburg: Rowohlt, 1973, S. 21－22。
② Manfred Eisenbeis, *Lektüreschlüssel. Robert Musil. Die Verwirrungen des Zöglings Törleß*, S. 81.
③ 转引自 Wilfried Berghahn, *Robert Musil mit Selbstzeugnissen und Bilddokumenten*, S. 27－28。

一部纳粹暴政的史前史——论《学生托乐思的迷惘》的自传色彩和政治寓意

除纯粹源于自身的素材外，根据有关专家，特别是根据著名的穆齐尔传记作者卡尔·科里诺（Karl Corino, 1942— ）考证，小说里的其他几个重要人物身上也或多或少地显现出穆齐尔同学的影子。小说里的另外两个主角赖亭和白内贝，其原型分别为来自蒂洛尔的雅尔托·赖兴·封·赖兴格尔（Jarto Reising von Reisinger）和出身骑兵上尉家庭的理夏德·封·伯内贝-冷斯费尔德（Richard Freiherr von Boineburg-Lengsfeld）。他俩和穆齐尔从上埃森斯塔特军事初级实科学校的时候开始就是同学，穆齐尔只对他们的名字稍稍作了一点改动，这两个原型与小说中的两个对应人物不仅名字相似，而且性格和行为也相似，其中伯内贝和白内贝的情况尤为相似。而更为令人吃惊的是，真人伯内贝后来一路从军、获军功章无数，甚至随八国联军跑到中国镇压义和团运动，直至最后落得伤病致死的人生轨迹竟也奇特地印证了穆齐尔对小说人物的文学塑造，俨然其合乎逻辑的必然结果。相比而言，小说里的受害者巴喜尼则至少是由两个以上真人的真事及其性格特点拼合而成。其中最重要的原型名叫弗兰茨·法比尼（Franz Fabini），出身作风轻浮的商人家庭，虽为男儿，却长相俊美，明眸大眼，性感红唇，颇似女子，只是按学校的评价学习"不勤奋"，为人也"不诚实"。巴喜尼的外形和性格描述跟他大致类似，不过，偷窃行为却是发生在另外一个名叫胡戈·霍因克斯（Hugo Hoinkes）的真正的坏学生身上。此外，小说中所说的小亲王 H 也确有其人，就是年轻的托斯卡纳大公海因里希（Heinrich von Toscana），他和他的两个兄弟一样都曾就读魏斯基尔岑军事学校。不过，可以确定的是，小说里托乐思与小亲王交友的情节是虚构的,亲王在穆齐尔入校之前数月就已离校,所以二人其实从未谋面。①

四、小说的政治寓意

小说的自传背景自其发表以来始终为研究者所津津乐道,成为诠释小说最为常见的模式之一。但穆齐尔本人生前却并不乐见此种阅读方式,还曾进行过多次辩解。相比而言,稍后出现的另外一种至今常见的主流解读模式,即结合纳粹德国的那段恐怖历史来挖掘小说的政治象征意义,则是源于穆齐尔本人生前有意识地主动划归、提示和指引。

随着时代政治发生巨大变化,外加自身因此而遭受的流离失所的生存痛苦,20世纪30年代中后期起,一向被认为是不问政治的穆齐尔本人也开始注意到他的这部处女作中所包含的现实意义。1936年春,他在自己的日记中这样写道:"托乐思。搞政变的军官有朝一日竟会成为这世上指点江山的领导人物,我们那个时候哪里想得到啊?!但伯内贝就想到了!"②1937年,穆齐尔又在自己的日记中这样记录道:"和政治的关系。赖兴,伯内贝:本质上的当今独裁者。还有那种认为'群众'是可以被强迫的看法。"③如前所述,文中的"赖兴"和"伯内贝"就是小说人物赖亭和白内贝的真实原型。1940年作家又一次强调托乐思是阿道夫·希特勒的"一

---

① 参见 Renate Schröder-Werle, *Erläuterungen und Dokumente. Robert Musil. Die Verwirrungen des Zöglings Törleß*, S. 43-52。
② Robert Musil, *Tagebücher. 2 Bände. Band 1 (Heft 31)*, S. 834.
③ Ebenda, S. 914.

个时代同人"①。另外,穆齐尔本人还曾发表过这样的言论:"第三帝国的性本能前提已经由我在《托乐思》里提前作了点明。"②最后,直至去世前10天,即1945年4月5日,穆齐尔还写信给罗贝·勒热纳(Robert Lejeune,1891—1970),一位在他流亡期间给予照顾和帮助的牧师,就后者关于阅读自己作品的提问,推荐和建议后者在当前的形势下就不要看他的涉及谈情说爱的小说集《结合》(Vereinigungen,1911)了,而是最好去阅读他的具有政治现实意义的长篇小说《学生托乐思的迷惘》:"相反,一个聪明男人前不久谈起《托乐思》时还这样说过,即他在自己充满幻想的青年时代所描绘的那种类型的人,正好就是当今给世界带来混乱和迷惘的那类人;而在几乎四十年前就能写出这样的东西来,应该说不无预言的意味吧。"③

遵循作者本人生前的亲自定调,再加上第二次世界大战结束之后欧美各国,尤其是联邦德国反思历史的迫切需要,国际穆齐尔研究界掀起一股对《学生托乐思的迷惘》进行政治诠释的热潮,这种政治解读热在20世纪六七十年代达到顶峰。1962年法国著名的日耳曼语言文学专家罗伯特·敏德尔(Robert Minder,1902—1980)率先撰文指出可以从穆齐尔的这部处女作里读出"未来纳粹

---

① 转引自 Herbert Kraft, *Musil*, Wien: Paul Zsolnay Verlag, 2003, S. 81。
② 转引自 Robert Minder, „Kadettenhaus, Gruppendynamik und Stilwandel von Wildenbruch bis Rilke und Musil", in: Robert Minder, *Kultur und Literatur in Deutschland und Frankreich. Fünf Essays*, Frankfurt am Main: Insel Verlag, 1962, S. 73 – 93, hier S. 83 – 84。
③ Robert Musil, *Briefe 1901 – 1942. 2 Bände. Band 1*, hrsg. von Adolf Frisé unter Mithilfe von Murray G. Hall, Reinbek bei Hamburg: Rowohlt, 1981, S. 1417。

专制的幻影",小说人物赖亭对巴喜尼的种种诸如先文后武、先"温存"后"殴打"的变态施虐狂行为同后来对纳粹集中营头目们所做的"精神病学鉴定"及其"自白"如出一辙。[1] 在战后的联邦德国,这种政治解读的继承者、促进者和权威人士当数穆齐尔的权威传记作者之一薄格汉(Wilfried Berghahn,1930—1964)。在其1963年发表的《自述和图片文献中的罗伯特·穆齐尔》一书中,薄格汉认为穆齐尔尽管是位不问政治的作家,但却凭借非同寻常的直觉,于不经意之间描绘了"20世纪专政的史前史"[2],人们从小说里几个年轻人胡闹似的残暴中可以窥见日后纳粹"集中营的方法论"[3]。他同时指出,小说的意义已经远非"一个青春期的故事"所能涵盖,穆齐尔在这里一举打破了那种以为人类本能可以被驯服、理性不可战胜的乐观神话,故而,《学生托乐思的迷惘》可以说是"第一次世界大战之前写下的目光最为敏锐的书"[4]。

薄格汉的政治解读产生了较大影响,1966年德国新电影代表人物沃尔克·施隆多夫(Volker Schlöndorff,1939—)将穆齐尔的这部小说改编和拍摄成名为《青年托乐思》(*Der junge Törleß*)的电影时,就是由他来担任文学顾问。不过,施隆多夫对穆齐尔原著的理解却较薄格汉更为激进,表现手段也更为直白。这位新锐导演以自己所定下的"权力及其滥用"的基调来裁剪这部原本内涵相

---

[1] 参见 Robert Minder, „Kadettenhaus, Gruppendynamik und Stilwandel von Wildenbruch bis Rilke und Musil", in: Robert Minder, *Kultur und Literatur in Deutschland und Frankreich. Fünf Essays*, S. 81。

[2] Wilfried Berghahn, *Robert Musil mit Selbstzeugnissen und Bilddokumenten*, S. 28.

[3] Ebenda, S. 29.

[4] Ebenda, S. 33.

一部纳粹暴政的史前史——论《学生托乐思的迷惘》的自传色彩和政治寓意

当丰厚深邃的名著,使之完全被简化为一个单纯的纳粹专制时代的政治譬喻。施隆多夫的这部电影迎合了当时西方的对德处置立场,因而在甫一上映的1966年便斩获了多个奖项:荣获德国本土电影节的马克斯—欧菲斯奖(Max-Ophüls-Preis);荣获第十九届戛纳电影节主竞赛单元金棕榈奖提名并获得国际电影批评协会荣誉奖(FIPRESCI),即国际影评人费比西奖;在第十届旧金山国际电影节上又获得"金门杯"大奖。[1] 尽管如此,这部电影也同时在德国国内引发争议,受到来自各方的批评,如1966年5月18日的《前进报》上就登载了一篇明确表示不满的文章:"那两个折磨另外一个较弱学生的学生,对他而言就是那个专政的代表,被这两人凌辱的巴喜尼对他而言就是'犹太人',那个聪明的坐视这些下流行径发生的学生托乐思对施隆多夫而言就是'德意志民族'的化身。在我们看来这种构建是令人怀疑的,因为普通的电影观众几乎不会这样去理解它。"[2] 当时联邦德国的官方反应则更为强烈。据2007年5月12日登载于德国《每日镜报》上的一篇施隆多夫本人的回忆文章说,1966年5月这部电影在戛纳电影节放映大厅首映时,时任联邦德国驻法国大使馆文化参赞的封·迪朔维兹先生,一位素有教养且机智敏锐的绅士,突然从座位上跳将起来,一边怒斥这部电影太不像话,这不是德国电影,一边以德国代表团领队身份离开了放映大厅,以示抗议。他对电影中一个寄宿生残酷虐待小白鼠的场

---

[1] 参见 Robert Musil, *Die Verwirrungen des Zöglings Törleß*, Hamburg: Rowohlt Taschenbuch Verlag, 1959, S. 2。
[2] Kurt Habernoll, „Aufwind in Cannes", in: *Vorwärts*, 18. Mai 1966, S. 22. 转引自 Renate Schröder-Werle, *Erläuterungen und Dokumente. Robert Musil. Die Verwirrungen des Zöglings Törleß*, S. 114。

景尤其感到愤怒。在这位参赞看来,寄宿生们的虐待行径似乎证实了国外有关"德国施虐狂"的偏见。他对这部电影所持的拒斥态度和德国外交部的态度是一致的,外交部认为这是在自曝家丑,作为报复,联邦德国最重要的官方文化机构——歌德学院当时甚至都没有购进这部电影。①

尽管有简单片面之嫌,同时也不免给人造成过犹不及的印象,但由于国际国内清算纳粹德国历史的需要,类似的政治解读似乎已经成为一种思维定式和经典模式。1969 年,有评论家继续发文指出《学生托乐思的迷惘》是"对后来的思想和行为的提前预示",小说里白内贝对巴喜尼所作的那种"像巴喜尼这样的人……毫无意义可言",只是"一个空洞的、偶然的形式",只是用来"折磨"、用来"牺牲"、用来"当工具使唤"的价值评判②,同 1933 年纳粹上台之后流行起来的那些所谓"毫无价值的生命"的说辞极为相似。③ 直到今天,仍旧有评论家乐此不疲。2003 年,在奥地利出版的一本专著就属此列。该书以扎实的文本分析为基础,再度沿着上述传统的政治诠释路径,尤其是施隆多夫的所谓电影"构建",对小说的政治内涵进行了更为深入细致的发掘,断言小说的最大贡献在于其"对作为历史前景的暴力图像的投射"。特别值得注意的是,该书将巴喜尼和托乐思分别具体定位为受虐狂类型和纳粹专政"跟

---

① 参见 Volker Schlöndorff, „Wenders kam mit dem Reisebus", in: *Der Tagesspiegel*, 12. 05. 2007, 载 www. Tagesspiegel. de/kultur/wenders-kam-mit-dem-reisebus/847456. html, 2012 年 2 月 12 日。
② Robert Musil, *Die Verwirrungen des Zöglings Törleß*, S. 58 – 59.
③ Günter Bien, „Das Bild des Jugendlichen in modernen Dichtungen", in: *Der Deutschunterricht*, 21/1969, H. 2, S. 5 – 27, hier S. 10.

风者"类型的做法,明显具有文学批评服务于政治路线的特点。[1]

五、小说的接受史和研究新趋势

《学生托乐思的迷惘》是穆齐尔生前和生后最畅销的作品。小说早在20世纪20年代就已经被相当多的读者视为文学经典。在纳粹德国时期,这部小说也被列为"堕落的艺术"而遭到禁止。1957年,《学生托乐思的迷惘》被收录穆齐尔全集再度刊印出版。1959年,这部小说在战后的第一个袖珍单行本出版。迄今为止,小说已经再版50多次并被译成多国文字。中译本如今也有了两个,分别在2009年和2012年由同济大学出版社和人民文学出版社出版。穆齐尔研究在20世纪60年代开始勃兴,与穆齐尔遗稿的整理出版同步进行。国际穆齐尔研究主要分为英美、法国和德奥三大块。20世纪70和80年代欧美再度掀起穆齐尔热,在联邦德国,这部小说还被列入中学语文教学大纲推荐书目。

从小说1906年发表至今,100多年过去了,也有众多评论家和学者从各个不同角度,运用各种不同理论对小说进行了研究和发掘,但似乎依然意犹未尽。而由于时代的要求和出发点不同,小说各个层面被突出的情况也会有所不同。就小说的研究史而言,前期人们比较注意探究小说中蕴含的认识论问题、语言危机问题和欧洲文化危机问题,到了中后期则兴趣点开始发生较大变化,如前所述,鉴于纳粹德国的那段历史,小说的社会和时代批判内涵以及政治象征意义逐渐成为最重要的几个诠释对象。除此之外,20世

---

[1] Herbert Kraft, *Musil*, S. 75 – 76.

纪 60—70 年代穆齐尔研究的另一个激烈议题是：用心理分析方法分析穆齐尔生平和包括《学生托乐思的迷惘》在内的作品是否合理，尤其是对隐藏于其后的作家生平与文学创作关系的讨论持久而热烈。到了 80 年代末，心理分析和生平研究法趋于饱和，学者们于是开始尝试转向其他理论和视角。[①]

近几十年来，国际穆齐尔研究界又出现了一些新动向，在上述这种政治解读和心理分析及生平研究模式继续得到保持和加强的同时，小说的社会学层面和心理学层面中的青少年心理越来越受到人们的重视。青春期的自我定位问题，青少年在团体中的行为方式问题以及性和暴力的关系问题，成为时下研究该小说的热点问题。

(原载《长江论坛》2012 年第 1 期，第 74—79 页)

[①] 请参阅 Matthias Luserke, *Robert Musil*, Stuttgart und Weimar: J. B. Metzler, 1995, S. 1-2。

《浮士德博士》译者序

《浮士德博士,一位朋友讲述的德国作曲家阿德里安·莱韦屈恩的生平》是德国诺贝尔文学奖获得者托马斯·曼流亡美国时期完成的一部长篇小说,也是作家晚年的集大成之作。曼在创作《浮士德博士》的过程中,在获取必要的现代音乐理论和专业知识方面特别受到哲学家、社会学家和音乐理论家阿多诺的指点。小说虽然讲述的是一个同浮士德的魔鬼结盟的音乐家的生平故事,但这个故事的意义已经超越个体范畴,具有代表一个民族和国家发展成长历程的示范性。《浮士德博士》成为一个德国的譬喻。曼试图对德意志精神的堕落与纳粹主义兴起之间的联系给出某种以文化批判为出发点的心理学解释,不过,这一解释模式背后的宿命论色彩和政治冷漠态度持续遭人诟病。就小说的叙事技巧而言,《浮士德博士》既是一部影射真人真事的小说,更是一部旁征博引的艺术杰作。而就小说的权威版本而言,学界分歧主要在于斯德哥尔摩首版和维也纳二版之争。

《浮士德博士,一位朋友讲述的德国作曲家阿德里安·莱韦屈恩的生平》(*Doktor Faustus. Das Leben des deutschen Tonsetzers Adrian Leverkühn, erzählt von einem Freunde*, 1947)为1929年诺贝尔文学奖获得者、德国大文豪托马斯·曼流亡美国时期创作的一部长篇小说,也是作家晚年最令人揪心和震撼的鸿篇巨制。托马斯·曼本人更是对其青睐有加,视其为"一生的忏悔"[1],称之为"最大胆和最阴森的作品"[2]。在生前最后几年接受的一次问卷采访中,托马斯·曼非常明确地表示这本艺术家小说是他的最爱:"这部浮士德小说于我珍贵之极……它花费了我最多的心血……没有哪一部作品像它那样令我依恋。谁不喜欢它,我立刻就不喜欢谁。谁对它承受的精神高压有所理解,谁就赢得我的由衷感谢。"[3]

一、形成

《浮士德博士》的构思最早可以追溯到1905年前后托马斯·曼记在笔记本上的一个简短计划:"梅毒艺术家形象;作为浮士德博士和把灵魂出卖给魔鬼的人。这种毒药具有迷醉、刺激、激发灵感的作用;允许他在欣喜若狂的状态下创作天才般的、神奇的作品,魔鬼向他伸出援手。但他最终还是去见了鬼:脑软化。"[4]不

---

[1] Thomas Mann, *Doktor Faustus. Die Entstehung des Doktor Faustus*, 2. Auflage, Frankfurt am Main: S. Fischer Verlag, 2001, S. 698.
[2] Erika Mann (Hrsg.), *Thomas Mann. Briefe 1937 – 1947*, Berlin und Weimar: Aufbau-Verlag, 1965, S. 258.
[3] Thomas Mann, *Gesammelte Werke in dreizehn Bänden*. Band XI, 2., durchgesehene Auflage, Frankfurt am Main: S. Fischer Verlag, 1974, S. 686.
[4] Karlheinz Hasselbach, *Thomas Mann, Doktor Faustus: Interpretation*, 2., überarb. u. erg. Auflage, München: R. Oldenbourg Verlag, 1988, S. 7.

过,这个计划一搁便是三十七年。机缘巧合,直到 1942 年,托马斯·曼才又重新开始考虑它。1943 年初,时值第二次世界大战开始发生不利于纳粹德国的重大转折,德军在斯大林格勒遭受失败,盟军在非洲发动反攻,托马斯·曼脑海里再度浮现创作《浮士德博士》的念头。这一次他的创作欲望十分强烈,故而,四部曲《约瑟和他的兄弟们》(*Joseph und sine Brüder*, 1933—1943)一杀青,作家便立即展开了搜集相关资料的准备工作。①

《浮士德博士》的写作动笔于 1943 年 5 月 23 日,结束于 1947 年 1 月 29 日,总共历时三年零八个月。其间,托马斯·曼勤学好问,博览群书,大量涉猎了欧洲中世纪以来直至 20 世纪的思想史、文化史、哲学史、音乐史、文学史等相关文献和资料。如音乐方面,托马斯·曼不仅熟读了有关莫扎特(Wolfgang Amadeus Mozart, 1756—1791)、贝多芬(Ludwig van Beethoven, 1770—1827)、赫克托尔·伯辽兹(Hector Louis Berlioz, 1803—1869)、胡戈·沃尔夫(Hugo Wolf, 1860—1903)等音乐家的专论和传记,同时也亲自结交了同时代著名音乐家如伊戈尔·斯特拉文斯基(Igor Fedorovitch Stravinsky, 1882—1971)、阿诺尔德·勋伯格(Arnold Schoenberg, 1874—1951)、汉斯·艾斯勒(Hanns Eisler, 1898—1962)等人并向他们认真讨教。又如神学、哲学、文学和历史学方面,托马斯·曼对马丁·路德时代的文献、三十年战争时期史料、传统浮士德题材

---

① 参见 *Thomas Mann. Große kommentierte Frankfurter Ausgabe.* Band 10.2. *Thomas Mann: Doktor Faustus. Das Leben des deutschen Tonsetzers Adrian Leverkühn, erzählt von einem Freunde*, Kommentar von Ruprecht Wimmer unter Mitarbeit von Stephan Stachorski, Frankfurt am Main: S. Fischer Verlag, 2007, S. 11。

的多种文本、中世纪文学作品和成语集录以及尼采著作乃至几乎所有关于尼采的传记作品基本上全都了如指掌，运用裕如。

在《浮士德博士的形成：一部小说的小说》(*Die Entstehung des Doktor Faustus: Roman eines Romans*, 1949)一书中，托马斯·曼对他创作这部长篇巨著过程中所使用的资料进行了较多透露。在这里，需要指出的是，托马斯·曼在创作《浮士德博士》的过程中，在获取必要的现代音乐理论和专业知识方面特别得到了哲学家、社会学家和音乐理论家西奥多·魏森格伦德·阿多诺(Theodor Wiesengrund Adorno, 1903—1969)的大力帮助和指点。托马斯·曼对阿多诺音乐思想吸收和运用程度之深之广，别说一般读者，甚至连阿多诺本人都不免会怀疑他有剽窃之嫌。最新研究表明，对于小说主人公、音乐家莱韦屈恩所创作的晚期音乐作品如《约翰启示录》、小提琴协奏曲、室内乐及大型康塔塔《浮士德博士哀歌》等，阿多诺均贡献了特色鲜明的观点和表述成熟的文字。托马斯·曼对此基本上都是照单全收，尽管他自己也有一些不乏启发性的改动。事实上，早在小说的前期形成中，阿多诺的研究和著述就已对他帮助甚大。这时的托马斯·曼已经读到过他的《新音乐的哲学》第一部分的打字稿，而这一部分正好主要论述的就是阿诺尔德·勋伯格的十二音技巧。[①] 托马斯·曼把这份当时题名还为《论新音乐的哲学》的打字稿的内容连同阿多诺另外一篇论述贝多芬晚期风格的文章一起用在了主人公莱韦屈恩的音乐老师文德尔·克雷齐马尔所作的报告中以及莱韦屈恩后来在音乐创作方面所展开的

[①] 参见 Thomas Mann. *Große kommentierte Frankfurter Ausgabe. Band 10.2*, S. 9。

革命性构思中。因此,当小说1947年出版引起巨大反响后,托马斯·曼明显感到阿多诺也流露出要对《浮士德博士》有份的意思时,便赶紧决定采取一些安抚措施;与此同时,勋伯格也开始化名"胡戈·特瑞普萨门"对《浮士德博士》进行猛烈攻击,指责托马斯·曼盗用了属于他个人发明的十二音技巧。在这种情况下,托马斯·曼写下《浮士德博士的形成》,于1949年发表,对相关情况进行了一定程度的解释。但他弥补的诚意似乎并不足够,因为《浮士德博士的形成》正如其副标题所提示的那样,实乃"一部小说的小说",看似写实,流水账般地依照小说的形成时间一一记录下平行发生的政治事件和私人事物,实则虚构的性质明显。[1] 即便如此,托马斯·曼在日记和《浮士德博士的形成》中仍旧始终只字未提阿多诺那篇论述贝多芬晚期风格的文章。[2] 而有趣的是,这篇文章的应用成果——小说第八章克雷齐马尔论述贝多芬钢琴奏鸣曲作品第111号的那篇报告历来都被评论界誉为"文学描绘音乐的杰作"[3]。好在阿多诺是大度的,相比而言,勋伯格则显得不依不饶,托马斯·曼因此不得不在1948年由苏尔坎普出版社被特许授权出版的翻印本末尾附上一份"勋伯格是十二音技巧发明人"的声明。

二、音乐和浮士德

正如小说副标题所显示的那样,《浮士德博士》主要讲述了一

---

[1] 参见 Thomas Mann. *Große kommentierte Frankfurter Ausgabe. Band 10.2*, S. 10。
[2] 参见上书, S. 26–27。
[3] *Romanführer A–Z*, hrsg. von Kollektiv für Literaturgeschichte unter Leitung von Kurt Böttcher in Zusammenarbeit mit Günter Albrecht, Berlin: Volk und Wissen Verlag, 1974, S.112.

个浮士德式的和魔鬼结盟的艺术家的故事。全书以作曲家莱韦屈恩的一位老朋友的回忆为线索,沉重而神秘地记录了这位德国艺术家天才而冷漠的一生,是作家自20世纪初以来艺术家与市民对立主题的一个延续和升华。

阿德里安·莱韦屈恩1885年出生在德国一个普通农家。他的父亲虽然是农民,却喜欢探究自然,搞些稀奇古怪的数理化实验。田园般的乡村风光,古老的德意志家庭传统,以及爱好冥想的父亲的影响,为他日后的孤僻和非理性倾向埋下伏笔。阿德里安天资聪颖,小学毕业后来到中世纪氛围浓厚的凯泽斯阿舍恩城上高级文理中学并寄居在经营乐器的伯父家中。也是在这段时间,阿德里安开始对音乐,尤其是对音乐的数学严密性和神秘多义性发生浓厚兴趣。不过,以优异成绩中学毕业的阿德里安却出人意料地选择到曾经为路德宗教改革中心的哈勒大学学习神学。事实表明,神学只是一条弯路。很快,阿德里安便放弃神学,于1905年转到莱比锡学习音乐。阿德里安深知自己的音乐天分有限,也深知自己所处时代艺术发展穷途末路的窘况,但骄傲的他不甘失败,为了能够超越自身局限,取得惊天动地的成就,他故意让自己染上梅毒。之后,他来到慕尼黑,租住在市政议员遗孀罗德夫人的家中并同她的两个女儿相识。1910年,他又动身前往意大利的帕莱斯特里纳,在那里小住期间,他于半梦半醒之中与魔鬼相遇。这次和魔鬼的谈话实际上是对他四年前以感染梅毒方式与魔鬼结盟的最终确认。魔鬼许诺他源源不断的艺术灵感和划时代突破,条件是24年期满之后他的灵魂归其所有,而且在这24年当中他不可以有爱:"你的生活应该是冷冰冰的——因此你不可以去爱任何人。"(336)①从意大利返回后,阿德里安特意搬进慕尼黑远郊的一个农家,开始了长达19年的隐居生活。在此期间,借助梅毒病所导致的精神状态,他才思如泉涌,创作出多部惊世骇俗之作,充斥"地狱狂笑"(503)的交响合唱作品《人物启示录》和决意"否定""贝多芬《第九交响曲》"(648)的交响康塔塔《浮士德博士哀歌》更是把他推向事业的巅峰。然而,就在他艺术上步步高升的同时,他周围的环境却不断出现道德堕落的危机现象,他本人也开始违背那道不许爱人的禁令。他的身边开始不断有人死亡,他的熟人自杀,他的双性恋男友被有夫之妇枪杀,他最疼爱的天使般的小外甥艾肖也在他的眼皮子底下被病魔夺去生命。阿德里安悲愤欲绝,幡然醒悟,他要对自己的一生进行忏悔。1930年,在写完《浮士德博士哀歌》之后,他也跟民间故事书中的浮士德博士一样,把他的朋友召集到家中,向他们承认了自己与魔鬼的结盟。最终,阿德里安身心崩溃,由他的母亲接回故乡,在经历了10年的疯癫之后,于1940年辞世。

小说的标题为《浮士德博士》,与此相呼应,小说在其主干结构——误入颓废和罪责歧途的艺术家莱韦屈恩的传记中同时揉进传统的浮士德题材。中世纪的超凡学者和魔术师约翰·格奥尔格·浮士德(Johann Georg Faust,约1480—1536/39)同魔鬼结盟的传说在1587年首次以《浮士德民间故事书》(*Historia Von D. Johann Fausten*)的形式成为文学文本,此后便始终不断有人对其进行艺术加工,如克里斯托弗·马洛(Christopher Marlowe,1564—

---

① Thomas Mann:*Doktor Faustus. Die Entstehung des Doktor Faustus*, 2. Auflage. 出自此书的引用均在正文中采取括号内标注页码的方式。

1593）的悲剧《浮士德博士的悲剧》(*The Tragical History of Doctor Faustus*, 1589)、弗里德里希·马克西米连·克林格尔(Friedrich Maximilian Klinger, 1752—1831)的小说《浮士德博士的生活、壮举及下地狱》(*Fausts Leben, Taten und Höllenfahrt*, 1791)和歌德的悲剧《浮士德》第一部(1808)与第二部(1832)等。在整个以浮士德为题材的西方文艺创作中，以歌德的悲剧《浮士德》最为著名。

如果说歌德的《浮士德》呈现的是资产阶级上升时期努力不懈的巨人形象并以救赎结尾，那么，托马斯·曼的《浮士德博士》呈现的则是资产阶级没落时期的病人形象并以解体告终。根据多年以来的相关研究[①]，托马斯·曼笔下的这位披着现代音乐家外衣的浮士德可以被看作对 1587 年古老的《浮士德民间故事书》(简称《民间故事书》)的某种回归，托马斯·曼在创作时主要是以约翰·施皮斯(Johann Spies, 1540—1623)的这本《民间故事书》为蓝本，如果把二者进行比照，可以发现很强的类比性：主人公阿德里安和老浮士德一样都是农家子弟，都上了大学，都是先学神学，而后才改学所谓不大正经的专业。两人都把灵魂出卖给魔鬼，约定的期限都为 24 年，而在这一期限内所发生的重大事件及其先后顺序也都是彼此吻合：《民间故事书》里浮士德用自己的鲜血和魔鬼签约，阿德里安则于 1906 年通过感染梅毒让病菌进入自己的血液；《民间故事书》里魔鬼能以各种面目现身，小说里魔鬼则于 1911 年在

[①] 参见 Gunilla Bergsten, *Thomas Manns Doktor Faustus. Untersuchungen zu den Quellen und zur Struktur des Romans*, 2., ergänzte Auflage, Tübingen: Max Niemeyer Verlag, 1974, S. 56–59. Friedrich Wambsganz, *Thomas Manns Doktor Faustus, das fehlgeleitete deutsche Genie*, Norderstedt: Books on Demand, 2002, S. 40–43. Karlheinz Hasselbach, *Thomas Mann, Doktor Faustus: Interpretation*, S. 41–44。

帕莱斯特里纳现身;《民间故事书》里浮士德在签约的第八年上天入地,阿德里安则在1913年潜入深海并大谈特谈宇宙奇观;《民间故事书》里浮士德在签约的第十六年去朝圣,阿德里安则在1924年去了托尔纳夫人的庄园;《民间故事书》里浮士德在签约的第十七年又同魔鬼签了第二个条约,阿德里安则在1923年接待了犹太音乐掮客菲特尔贝格的来访;《民间故事书》里浮士德在签约的第十九和第二十年开始有艳遇,阿德里安则在1925—1926年开始认识和喜欢玛丽·戈多;《民间故事书》里浮士德在签约的第二十三年和海伦生了一个儿子,小说里阿德里安的外甥艾肖于1928年来他这里做客;《民间故事书》里浮士德在签约的第二十四年作告别辞,小说里的阿德里安则在1930年作道别辞。

除了人物成长和情节结构上的类同,《民间故事书》中的一些专有名词如地名"普菲弗尔林"、"罗姆岗"、老浮士德的狗的名字"普赖斯提吉阿尔"也都被原封不动地移植到小说里,至于直接引用和文体风格上的借用就更是不胜枚举了。这些素材和其他来源的素材一道,通过作者的巧妙穿插与组合,共同行使着建立关系、制造暗示、激发联想和营造氛围的功能。

三、一个德国的譬喻

托马斯·曼如此精心布局,自有其深刻意图,正如他在《浮士德博士》创作过程中于1945年所完成的政论文章,同时也是解读小说的最重要文献《德国和德国人》中所特别强调的那样:"浮士德的魔鬼在我看来是一个很德意志的形象,和它结盟,卖身投靠魔鬼,用牺牲灵魂得救去换来一个期限以获取全部宝藏和世界大权,在我看来，这都是同德意志天性特别接近的一些东西。一个孤独的思想家和研究者，一个坐在自己陋室里的神学家和哲学家，他出于享受世界和统治世界的渴望而把灵魂出卖给魔鬼，——就在今天，看到德国以这种面目示人，就在德国名副其实地去见了鬼的今天，可不全然就是正当时吗？"①在这篇文章中，托马斯·曼还认为有必要纠正浮士德传说中的一个"错误"，即有必要把浮士德和音乐联系起来，"浮士德必须是个音乐家"，因为"音乐是具有魔性的领域"②。由此，一个同浮士德的魔鬼结盟的音乐家的生平故事便超越了其个体的意义范畴，被赋予了能够代表一个民族和一个国家发展成长历程的示范性。在这个意义上，《浮士德博士》就成为一个德国的譬喻。

从小说的形式和结构来看，《浮士德博士》从同魔鬼结盟的艺术家小说跃升为具有普遍示范意义的德国小说，具体是通过专门设置一个名叫塞雷奴斯·蔡特布罗姆的叙述者来实现的。正是这位哲学博士，古代语文学家，中学教师，莱韦屈恩的发小和最忠实的朋友，在1943年5月—1945年5月，也就是纳粹德国走向覆亡的最后两年，提笔写下并完成了音乐家莱韦屈恩的生平故事。通过这位叙述者以第一人称的方式所进行的讲述，莱韦屈恩的一生和纳粹德国的崩溃之间发生多重错综复杂的类比性关联。

全书由四十七章组成，其间叙述者蔡特布罗姆的思绪时不时

---

① Hermann Kurzke（Hrsg.），*Thomas Mann. Ausgewählte Essays in drei Bänden*. Band 2: *Politische Reden und Schriften*, Frankfurt a. M.: Fischer, 1977, S. 281 – 298, hier S. 284 – 285.

② Ebenda, S. 285.

地便会从正在讲述的朋友的过去时光飘回到自己身临其境的当下。尤其是当全文叙述过半,也就是在过了内容为主人公于幻觉中和魔鬼相遇并进行长谈的第二十五章之后,阿德里安过去的生活开始越来越多地穿插进充斥着"时代的恐怖"(666)的当代和险象环生的时局。从第二十六章起,小说后半部几乎章章都穿插了有关第三帝国一步步走向灭亡的时事报道。而更为耐人寻味的则是,艺术家小说和德国小说之前始终是平行展开,只是到了全书末尾紧接莱韦屈恩葬礼的最后一段,一直藏而不露的作者才第一次意味深长地将二者的内在关联特别挑明:"德国,它的面颊现出肺病患者的潮红,它那时正陶醉在放荡的凯旋的巅峰,正准备借助一个条约的力量去赢得全世界,它以为它可以守约,它于是用它的鲜血签署了这个条约。今天,它正在倾覆,它已经被恶魔缠身,它的一只眼睛被它的一只手蒙住,它的另一只眼睛在盯着恐怖发呆,它每况愈下,从绝望走向绝望。它会在什么时候抵达那深渊的底部呢?什么时候才会否极泰来,从最后的绝望中生发出一个超越信仰、承载希望之光的奇迹呢?一个孤独的男人正在这里双手合十地祈祷:愿上帝宽恕你们可怜的灵魂吧,我的朋友,我的祖国。"(674)

不是直接讲述阿德里安的生平,而是专门安排一个人来讲,这是托马斯·曼在小说形式方面所坚持的一个基本思想。托马斯·曼希望通过这样一个较为健康明朗的叙事者来平抑小说内容的过于阴森病态。事实上,蔡特布罗姆不仅是叙述者,同时也是重要的男二号。蔡特布罗姆青年时代持民族主义思想,认为德国"突破"(412)成为世界大国是值得追求的宏伟目标。第一次世界大战结束后,民主的、人道主义的基本信仰才开始逐渐在蔡特布罗姆身上占据上风。前法西斯的慕尼黑克利德威斯圈子的反共和思想及其讨论,蔡特布罗姆也是以一种摇摆模糊的态度参加。在第三帝国,他的自由主义虽使他免受反犹主义干扰,却并不能完全令他和沙文主义的各种变种划清界限。托马斯·曼在对蔡特布罗姆这个人物进行塑造时,虽然也融入自身思想发展的相关成分,但更多的还是尝试把他塑造为一种人道主义的代表。不过,正如有评论家所指出的那样,这仅是一种局限于被动反抗的人道主义,并不具备旗帜鲜明的道德使命感,一个典型特征就是叙述者放弃在政治上明确表态,如1944年春炸毁出版社区的盟军对莱比锡的空袭是否应该,蔡特布罗姆用的便是"不敢对此妄加判定"(340)的回避策略。[1] 通过这个人物,德国有教养的文化市民和所谓知识精英在政治上的软弱和道德上的无助显露无遗。

四、德国历史灾难的心理学解释

托马斯·曼认为德国的命运是一种受到诅咒的命运。在1945年完成的《德国和德国人》(Deutschland und die Deutschen)这篇政论文章中,托马斯·曼大谈"德意志'内心性'的历史"[2],大谈德意志民族的特殊性,试图对德意志精神的堕落与纳粹主义兴起之间的联系给予一个以文化批判为出发点的心理学的解释。托马斯·

---

[1] 参见 Peter-André Alt, „Thomas Mann: Doktor Faustus. Das Leben des deutschen Tonsetzers Adrian Leverkühn, erzählt von einem Freunde", in: Sabine Schneider (Hrsg.), *Lektüren für das 21. Jahrhundert. Klassiker und Bestseller der deutschen Literatur von 1900 bis heute*, Würzburg: Königshausen & Neumann, 2005, S. 59–82, hier S. 61。

[2] Hermann Kurzke (Hrsg.), *Thomas Mann. Ausgewählte Essays in drei Bänden*. Band 2: *Politische Reden und Schriften*, S. 296.

曼在文中同时还以一个德国的"辩护士"①形象出现。托马斯·曼对于自己不顾当时严峻形势仍然为德国说话的后果是很清楚的，在《德国与德国人》的开篇他便直言不讳地这样点明道："鉴于这个不幸的民族对世界干下的难以启齿的伤害，纯粹从心理学的角度来处理这个对象，这恐怕会给人造成几乎是不道德的印象。"②尽管如此，他还是服从了自己内心的召唤，选择了为自己的出身辩护："德国的不幸究其实根本就只是生而为人的悲剧的范例而已。德国如此迫切需要的恩宠，我们大家全都需要。"③

《浮士德博士》借助浮士德和音乐这两个最能象征德意志的形象来探讨导致德国历史灾难的原因，可以说就是上述这种心理学解释模式的文学翻版。小说里的两个重要人物蔡特布罗姆和莱韦屈恩都是对德国的譬喻性的拟人化，前者代表陈腐而软弱的文化庸人，后者则代表天才而冷酷的艺术家，两者均象征着同一个遭遇了魔鬼的德国。④

托马斯·曼的这种心理学解释模式尽管不无洞见，尽管不乏许多具有启发意义的认识，却也同时不免会导致重重矛盾，甚至是错误和站不住脚的东西。最早对此提出批评的评论家之一凯特·汉姆布格尔（Käte Hamburger，1896—1992）就认为，托马斯·曼从

---

① Gunilla Bergsten, *Thomas Manns Doktor Faustus. Untersuchungen zu den Quellen und zur Struktur des Romans*, S.163.
② Hermann Kurzke (Hrsg.), *Thomas Mann. Ausgewählte Essays in drei Bänden. Band 2: Politische Reden und Schriften*, S. 282.
③ Ebenda, S. 298.
④ 参见 Ehrhard Bahr (Hrsg.), *Geschichte der deutschen Literatur. Band 3*, Tübingen: Francke Verlag, 1988, S. 405–407。

音乐的魔性力量中,从德国人的不问政治的内心性中推导出莱韦屈恩的命运,在《浮士德博士》中对魔鬼的沉迷超过一切理性,这势必给人造成一种政治理性面对纳粹政权毫无办法,乐观向上的人道主义并不能抗衡一个恶毒和野蛮的世界的印象,因此,就政治目光的敏锐而言,托马斯·曼不如他的哥哥亨利希·曼,因为后者看到了前者所忽视的东西:"广大的没有受到人文思想文化熏陶的群众的存在才是法西斯主义的温床。"①

汉姆布格尔的意见是很有代表性的。从《浮士德博士》发表以来至今,均不断有研究者在持续关注隐藏于小说的这种心理学解释模式后面的宿命论色彩以及与之相应的政治冷漠态度。他们认为,由于小说传递出这样一种信息,即"历史仿佛是一种普遍的、强制性的必然结果,从而给人以一种解脱的感觉",所以使得小说"在战后的德国"受到"热烈的欢迎"。② 一个值得注意的新动向则是,日耳曼语言文学专家、现任柏林自由大学校长的阿尔特彼得-安德雷·阿尔特(Peter‑André Alt, 1960—)教授近年也重复了类似看法,认为《浮士德博士》通过叙述者在政治上所表现出来的漠不关心的冷淡态度强化了那种"仿佛历史是不可掌控的,是被黑暗势力所控制着的"宿命论思想。不仅如此,阿尔特教授在此基础上还更进一步尖锐指出:"《浮士德博士》里虽然谈到德国人的命运,但却没有谈到大屠杀。犹太人物只是以讽刺漫画和扭曲变形的方式被表现为阴

---

① Thomas Mann, *Briefwechsel 1932‑1955/ Thomas Mann*; *Käte Hamburger*, hrsg. von Hubert Brunträger, Frankfurt am Main: Klostermann, 1999, S. 12‑15.
② [德]贝恩特·巴尔泽、哈尔姆特·埃格特、霍斯特·腾克勒、京特·霍尔茨:《联邦德国文学史》,范大灿、倪诚恩、赵登荣、包智星译,北京大学出版社1991年版,第61页。

险地代表着前法西斯思想的狂热主义分子布赖萨赫尔,以及必然服务于那种犹太人都是善于做生意的暴发户和吹牛皮的空谈家俗套的音乐经纪人菲特尔贝格。对于犹太民族的苦难,这个多声部的文本没有给出一个声部,也没有给出一个音区。提请注意这一点,倒并不是要暗示那种'反犹主义指责',当年托马斯·曼一听到这种指责就立马予以了反击,而是要考虑到一个空白,这个空白似乎比叙述者蔡特布罗姆那带有圣经色彩的热烈比喻更加意味深长。"[1]

五、蒙太奇技法及其副作用

文学蒙太奇指的是把语言上、文体上和内容上来源完全不同,甚至是风格迥异的文本或文本部分并列、拼合在一起的创作技法。作家凭此技巧可以强化艺术的整体性意识,取得美学意义上的刺激与挑衅,让读者感到震惊,让不同领域的真实同时得到体验并通过连接各种不同的行为和意识层面来激发联想。在《浮士德博士的形成》中,托马斯·曼特别指出自己在《浮士德博士》中运用了"蒙太奇技术"[2],并强调这种艺术手法的运用是他文学创作中的新东西。而根据相关研究,托马斯·曼的蒙太奇其实就是两大类:把真人、真事和真实的环境植入小说和大量征引各类文献,同严格意义上的文学蒙太奇技法及其作用存在一定出入,但从较为宽泛的意义上来讲则又并非不可。[3]

---

[1] Peter-André Alt, „Thomas Mann: Doktor Faustus. Das Leben des deutschen Tonsetzers Adrian Leverküh, erzählt von einem Freunde", S. 61 - 62.
[2] Thomas Mann, *Doktor Faustus. Die Entstehung des Doktor Faustus*, S. 698.
[3] 参见 Gunilla Bergsten, *Thomas Manns Doktor Faustus. Untersuchungen zu den Quellen und zur Struktur des Romans*, S. 14 - 16。

主人公阿德里安·莱韦屈恩这个人物的组装或合成性质就非常明显,他主要由浮士德、勋伯格、尼采、多位梅毒艺术家乃至托马斯·曼本人等的生平经历及其与之相关的事件或作品组合而成,可被视为托马斯·曼式蒙太奇手法运用在人物塑造方面的一个典型案例。关于浮士德、勋伯格,本文其他地方已经有所提及,在此不再赘述。下面主要考察一下后面三个的情况。首先,阿德里安人生旅途上的重要几站就同托马斯·曼自身的经历相符:如阿德里安离开慕尼黑去罗马,继而又转到帕莱斯特里纳,并在帕莱斯特里纳的那个石头厅里卖身投靠魔鬼,这里正好也是托马斯·曼当年创作自己的第一部人生之作的地方;而阿德里安从帕莱斯特里纳返回德国时所下榻的吉泽娜旅馆也就是托马斯·曼当年从意大利返回时所住过的邻近慕尼黑凯旋门的那同一家。① 其次,莱韦屈恩的故事中揉进了大量与尼采相关的生平故事和著作:莱韦屈恩和尼采一样都在古老的德国小城长大,都受到新教文化熏陶,也都才华出众,都是先上大学,然后又转学去莱比锡;两人也都是在完全相同的情况下感染梅毒,染病后又都经历了一段旺盛的创作期,然后再进入脑软化阶段并最终成为精神病患者;此外,两人还都请朋友代为求婚未果,而且两人在患病期间都由母亲照料,甚至两人去世时的年龄(均为 55 岁)和日期(均在 8 月 25 日)竟然也是一模一样。除精确到细节的经历上的一致外,尼采的绝大部分思想和

---

① 参见 Klaus Schröter, *Thomas Mann in Selbstzeugnissen und Bilddokumenten*, Reinbek bei Hamburg: Rowohlt Taschenbuchverlag, 1975, S. 139。

观念也都渗透到了小说的字里行间。① 第三,莱韦屈恩身上也融入了发生在贝多芬、胡戈·沃尔夫、罗伯特·舒曼等著名音乐家身上的令人震惊的关于天才与疾病的故事。1927年出版于伦敦的恩斯特·纽曼(Ernest Newman,1868—1959)著《无意识的贝多芬》(*The Unconscious Beethoven: An Essay in Musical Psychology*)一书从疾病的视角来解读贝多芬的生活和创作,此书引起托马斯·曼极大关注,书中所有涉及贝多芬罹患梅毒的地方都被托马斯·曼做了记号。而另外一本同样得到作者仔细研读的由安东·辛德勒(Anton Schindler,1795—1864)于1840年所著的《路德维希·范·贝多芬传》(*Biographie von Ludwig van Beethoven*)也提到过下述情况:某种神秘疾病促使贝多芬去看过几个医生,但这些医生却出于种种奇特原因甚至没有对他做过任何治疗。这个细节同小说第十九章阿德里安感染梅毒后去找两个大夫治病,却都被神秘中断治疗的情形类似。另外,托马斯·曼也研读过有关沃尔夫和舒曼的传记及回忆录,沃尔夫罹患梅毒、最后疯死,舒曼据纽曼称也是梅毒患者,其夫人克拉拉的回忆也说舒曼还常在夜间梦见魔鬼,而沃尔夫和舒曼两人还都曾有过投水自尽未果的行为,等等,这些细节全都被复制到了阿德里安的身上。②

除小说主人公外,小说中的其他人物也几乎全都能够从托马斯·曼个人和社会生活圈子中找到原型。首先自然是托马斯·曼的亲人。如市政议员夫人罗德身上就能找到一些托马斯·曼生母

---

① 参见 Gunilla Bergsten, *Thomas Manns Doktor Faustus. Untersuchungen zu den Quellen und zur Struktur des Romans*, S. 68–79。
② 参见上书,S. 79–85。

尤莉娅·曼的音容笑貌。罗德夫人和两个女儿一起住在慕尼黑拉姆贝格大街，以及她后来脱离社交圈、隐退到乡间的情节，都和托马斯·曼的母亲经历一致。相比于生母的若隐若现，小他两岁的大妹尤莉娅和小他六岁的二妹卡拉的悲剧性人生则被托马斯·曼公然安在了罗德夫人的女儿克拉丽莎和伊涅丝身上。他的这两妹妹都是自杀，尤其是卡拉的人生经历与悲惨结局几乎和小说中人物克拉丽莎完全吻合。好在母亲和两个妹妹在小说发表时都早已作古，托马斯·曼倒也无须顾虑人家愿意与否。然而，对于活着的人而言，却也并非全都乐见自己或跟自己相关的人成为作者文学加工的对象。例如，阿德里安最钟爱但却不幸被病魔夺去生命的外甥艾肖，其原型就是托马斯·曼自己可爱的小孙子弗利多，尽管做了很多改装和拔高性处理，但一致性的地方依旧非常明显，以至于托马斯·曼本人都不免担心儿媳妇看到后会不高兴。[①]

不管怎样，自己家里人总归好办一些。倘若涉及的是朋友和熟人，情况就会变得复杂起来。如果纯是正面或中性塑造，倒也无妨，如托马斯·曼在小说第八章中就特地以特奥多·魏森格伦德·阿多诺姓名中的一个名字"魏—森—格伦德"（字面意思为"河边草地"）来解释一个由三个音符组成的音乐动机，以此向阿多诺表示敬意。[②] 然而，如果是负面的塑造，麻烦自然难以避免，如勋伯格就对作者把他的十二音技巧和莱韦屈恩这个病态人物乃至德

[①] 参见 Gunilla Bergsten, *Thomas Manns Doktor Faustus. Untersuchungen zu den Quellen und zur Struktur des Romans*, S. 23 - 27。
[②] 参见 Walter Jens (Hrsg.), *Kindlers neues Literatur Lexikon*, Band 11: II MA - MO, München: Kindler Verlag, 1990, S. 67。

国纳粹主义扯上边深为不满,感觉自己受到攻击和影射,因而反应激烈,甚至发出抗议。① 又如,莱韦屈恩的朋友、英语语言文学专家和作家席尔德克纳普,其原型为自1906年起就和作者交好的诗人与翻译家汉斯·莱西格尔(Hans Reisiger, 1884—1968),作者也是相当忠实于生活地把人家直接植入小说当中,充当一个虽则幽默、讨人喜欢,但却耽于幻想、毫无责任感的人物。尽管未用真名,可外形描写之详细准确,只要是熟悉内情的人,没有猜不中的。为此,托马斯·曼直到多年后才得到原谅。同样为人所诟病的还有托马斯·曼在刻画不道德且有双性恋倾向的施维尔特费格这个人物形象时对原型所进行的近乎诽谤性的加工处理。②

总之,把真人真事直接嫁接到小说的情节和人物身上,固然可以引发为作家所期盼的那种"真假难辨"③、虚实不分的奇功妙效,但也很容易导致误会,例如《浮士德博士》至今仍被一部分人当作"影射(真人真事的)小说"④来解读便是明证,尽管它其实更应该被誉为"旁征博引的艺术杰作"⑤才是。

六、版本和语言

小说的写作虽然结束于1947年1月29日,但实际交稿给出版

---

① 参见 Gunilla Bergsten, *Thomas Manns Doktor Faustus. Untersuchungen zu den Quellen und zur Struktur des Romans*, S. 68–69。
② 参见上书, S. 31。
③ Thomas Mann, *Doktor Faustus. Die Entstehung des Doktor Faustus*, S. 698.
④ Karlheinz Hasselbach, *Thomas Mann*, *Doktor Faustus: Interpretation*, S.10.
⑤ Helmut Koopmann (Hrsg.), *Thomas-Mann-Handbuch*, Stuttgart: Alfred Kröner Verlag, 1990, S. 481.

社和英文翻译的日期则是1947年2月5日,这期间托马斯·曼又进行了一些修改和完善。1947年10月小说出版,并于一个月之内就出版了两次。然而,这两次首版甫一问世,作者却又担心作品篇幅太长,内容过于烦冗,会对读者的阅读造成不良影响。① 于是,他又赶紧对小说的首版进行删减,删去了其中涉及音乐技巧的不少段落。② 1948年,贝尔曼-菲舍尔出版社再版《浮士德博士》,这一次使用的就是删减版,不仅如此,出版地点也变为维也纳。而这一次的文本形态乃是此后一直为德国日耳曼语言文学界认定和沿用的所谓学术版本。当然,不同的是,这一版当时还没有在最后附上

---

① 参见 *Thomas Mann. Große kommentierte Frankfurter Ausgabe*, Band 10.2, S. 58。
② 1947年首版被作者删除的地方是:第八章第19和20自然段从"我们不知道的还有"到"顶礼膜拜的赞美",第21和22自然段从"但这些东西和这些情况"到"擦出思想火花的作用",第29自然段从"事实上"到"纯粹抽象的音乐"及从"他把那个晚上最后的时间"到"——今天有关",第33自然段从"只有距离最近的相似的调"到"使之成为接受上帝的条件。——",第34自然段从"他继续他的报告"到"返回这些状态的兴趣",第45自然段从"在以法他"到"就会对它终生难忘";第九章第12自然段从"或者更正确一点"到"声部编结而成的织物",第16自然段中的"而且,这里不仅有德国的,还有意大利的、法国的、斯拉夫的",第19自然段从"不过,这里涉及的是并不十分合理的"到"中声部以更高的固有尊严";第十二章第1自然段从"不管怎么说"到"这个时下的当代";第十六章第9自然段从"克雷齐马尔也向余承认"到"通过和声的连接",第14自然段从"有位在批评界不可小视的法国人"到"拓展音乐的精神性";第二十章第21自然段从"为此,他还专门引经据典"到"音乐和语言是不可分割的";第二十一章第6自然段从"目前正在进行的这一段"到"不是一个好的布局"及"我的年龄和这个年龄理当具备的镇定自若并不能够让我对它做到坚定沉着地驾轻就熟",第8自然段从"他的动感的画面"到"凡此种种",第17自然段从"它们总是让我想起那个结巴子"到第18自然段"音之光把眼向我瞥";第二十二章第38和39自然段从"'我没有完全搞懂。'"到"主调的奏鸣曲性质之间的对立。'",第46自然段从"如果你觉得这还不够"到"具有亲缘性的分形式";第二十四章第15自然段从"然而"到"为这些灵感的泛滥犯起愁来";第二十七章第27自然段从"他谈及与我们的银河最邻近的银河"到"——也就是说",第33自然段从"他接着又告诉我"到"星际空间的温度的"及从"赫尔姆霍茨"到"怀疑不断升温";第二十八章第1自然段从"最后"到"彼此之间也都是有联系的";第三十四章第11自然段从"其中拔摩岛的约翰"到"要我说啊"。

"勋伯格是十二音技巧发明人"的那份声明。那份声明首次出现在同年由苏尔坎普出版社被特许授权出版的翻印本上。① 而自 1951 年起,萨·菲舍尔出版社在其所有版本中均有收录这份署名"托马斯·曼"的声明:"本书第二十二章中所描绘的作曲方式,又称十二音或音列技巧,实际上是同时代的一个作曲家和理论家阿诺尔德·勋伯格的精神财富,他的这笔财富被我在一定的观念的意义上借用到一个虚构的音乐名人,即我的小说的悲剧主人公身上。此外本书的音乐理论部分在一些细节上也应感谢勋伯格的和声学。告知读者这些似乎并不多余。"②

在德国,对究竟确定这三个版本中的哪一个为主导版本,至今意见仍不统一,主要分歧在于斯德哥尔摩首版和维也纳二版之争。③ 比较传统的一派意见主张以在维也纳出版的第二版为准,事实上,自 1948 年起,这个维也纳第二版的权威性也一直保持了将近五十年才遭到动摇。1997 年,位于美因河畔法兰克福的萨·菲舍尔出版社刮起复古风,出版了以 1947 年斯德哥尔摩首版为样本重新审校修订的袖珍版,反响良好,多次再版。

笔者从 2003 年开始着手《浮士德博士》的中文翻译工作。幸运的是,北京大学图书馆藏有 1947 年斯德哥尔摩首版和沿用维也纳第二版的托马斯·曼全集,而北京的歌德学院图书馆也能借阅到 1997 年的袖珍修订版。笔者在对这两个版本进行通读和比对的

---

① 参见 Thomas Mann. *Große kommentierte Frankfurter Ausgabe*, Band 10.2, S. 59, S. 85。
② Thomas Mann, *Doktor Faustus. Die Entstehung des Doktor Faustus*, S. 674.
③ 参见 Thomas Mann. *Große kommentierte Frankfurter Ausgabe*, Band 10.2, S. 85–86。

基础上,发现维也纳二版有的,首版全有,而首版有的,二版却没有,这是其一;其二,托马斯·曼是在听到了读者的反馈之后再对首版进行的删减,其动机在很大程度上并非单纯出于作品文学性本身需要。综合权衡,笔者认为,选择首版更能够保持作品的原貌和全貌。因此,这本中文的《浮士德博士》是依据1947年斯德哥尔摩首版和1997年袖珍修订版译出。

另外,就语言层面而言,小说从头到尾充满隐喻,涉及大量浩繁而罕见的专业术语,如自然科学术语、音乐术语、基督教神学术语等,且经常性使用的语言达六种之多:德语、法语(如第37章)、英语、意大利语、希腊语、拉丁语,甚至还有古德语。小说同时还充满了长篇大论的对世界文化名著的描绘和引用,对于世界音乐史上各个伟大作曲家和名著的大段大段细致描绘,如丢勒(Albrecht Dürer,1471—1528)的多幅木版画(《启示录》)和铜版画作品,莎士比亚(William Shakespeare,1564—1616)的十四行诗和多个剧本,威廉·布莱克(William Blake,1757—1827)、济慈(John Keats,1795—1821)、魏尔伦(Paul Verlaine,1844—1896)等诸多非德语诗人的英文、法文原诗,音乐方面,对瓦格纳(Richard Wagner,1813—1883)等一系列作曲家的音乐体系的专业性极强的描述,外加第十二章中对16世纪宗教改革家马丁·路德书信和用语以及德国巴洛克小说《痴儿西木传》(*Der Abentheurliche Simplicissimus Teutsch*,1669)的引用等,不胜枚举。

由于小说的内容和语言极为广博丰富,有时甚至艰深晦涩,而原书又无任何注释,考虑到该书对读者的预备知识要求较高,特殊的用语如第二十五章中对中世纪《浮士德博士民间故事书》里的有关地狱的几个概念,又如第三十四章中出现的巴赫之《马太受难曲》中的"巴拉巴"一词等,不作注读者可能会感到费解。为此,笔者专门作了大量注释,以期增添阅读乐趣。

(原载[德]托马斯·曼:《浮士德博士》,罗炜译,上海译文出版社2012年版,第1—16页)

性别视角下的德语文学

性别理论的发展演变和近一个半世纪的妇女解放运动密切相关。依据学界普遍采用的"女性主义三代论",19世纪中期到20世纪初期的第一代女性主义秉持"男女同一性"理念,以男性为榜样,具有"男性中心主义"性质;20世纪60—70年代的第二代女性主义以法国"男女差异论"为代表,强调女性特质,具有"女性中心主义"性质;20世纪80年代以来出现的第三代女性主义已发展到超越性别阶段,是一种主张包容各种差异的、尝试和男性携手并肩的新女性主义,具有"非排他"性质。性别理论的这种历史演变也在德语文学创作和研究中得到反映。本文主要聚焦影响广泛、具有承上启下意义的第二代"排他性"女性主义和德语文学创作及研究的关系,同时关注性别理论近年来出现的新趋势和新动向。

一、性别理论的发展与妇女解放运动之关系

性别一般指男女两性的差别。性别视角下的德语文学创作及研究一般而言也就是以男女两性差异为出发点和前提去创作和研究德语文学。性别的概念和性别视角的落脚点受历史发展制约并随时代的改变而改变。性别理论的发展演变和近两百多年来的妇女解放运动密切相关。妇女解放运动应该算是近现代历史上最为成功的社会运动。妇女解放运动始终同划时代的重大社会政治变革如影随形，相伴相生。妇女解放运动的诞生可以追溯到1789年爆发的法国大革命，总体上可以划分为三个阶段。

广义的第一波妇女运动开始于法国大革命，结束于第一次世界大战。狭义的第一波妇女运动则形成于19世纪中叶，平息于20世纪20年代。在这个阶段，欧洲和美国等地的妇女通过斗争取得的重要成果是选举权的获得，除此之外还有妇女获得作为国家公民的诸多权利，如法律上的平等权利、接受教育的权利、外出工作的权利和自由选择职业的权利，等等。具体到德国，德国妇女在1918年获得选举权。当然，这一波妇女运动主要局限于中上层妇女追求解放的运动，主要主张男女两性互相补充，取长补短，妇女应当承担文化任务。

第一波妇女运动出于各种原因于20世纪20年代逐步偃旗息鼓。女性于是又重新回到其被规定的传统地位，1929年起的世界经济危机更是加剧劳动岗位竞争，妇女往往首当其冲遭到解雇。纳粹德国时期，德国的妇女运动完全陷入停顿。第二次世界大战结束后，西欧和北美各国传统保守的妇女观再度抬头，重建和恢复

到旧的两性关系秩序成为社会主流。妇女在战后重建中虽然发挥了重要作用,但仍被要求以婚姻家庭为中心,相夫教子为己任。随着20世纪60—70年代在美国出现的公民权运动、大学生运动和反越战运动声势浩大地展开,一度荒废的妇女运动乘势而起,迅速跨越美国国界,席卷整个西欧。这波新妇运又称第二波妇女运动或第二波女性主义[1],其理论、纲领、战略均受到法国和美国两国的决定性影响。这波新妇运的一个最重要特点是:女性要求对自己的身体、对自己的性需求、对自己的生活、对自己的语言拥有自决权,随之而来的便是从心理上摆脱男性,专注于女性自己的榜样,同时构建一种女性自己的对抗性文化。

20世纪80—90年代以来又开始出现第三波妇女运动或女性主义,其特点是既拥有一个强大的制度化的女性政治,又独立开展了为数众多的主要研究女性对新科技参与的女性项目。伴随这波女性主义的最重要的理论探讨便是对生理性别(sex)和社会性别(gender)这两个核心概念的界定和区分。这两个概念对应的德文分别是"das biologische Geschlecht"和"das soziale Geschlecht"。在这里,社会性别被完全置于生理性别之上,生物决定论让位于社会

---

[1] 女性主义(Feminismus)一词源于法语,出现在19世纪下半叶的法国,在德语中作为妇女解放(Frauenemanzipation)一词的近义词使用。帝制时期的德国(1871—1918)几乎对其不予使用,德国妇女运动的大多数成员也不使用它,一来是为了表示与法国有别,二来则是由于妇运对手经常使用该词攻击污蔑妇运。只有妇运中的少数激进派偶尔会使用一下。该词1920年起开始在美国流行,也于同期进入日语和阿拉伯语,但在德国直到20世纪中叶更为通用的仍是"妇女解放"一词,及至20世纪70年代,随着第二波妇女运动的兴起,这个概念才作为对于该运动成员的正面自我描述而得以传播开来。参见 Christiane Streubel: *Radikale Nationalistinnen. Agitation und Programmatik rechter Frauen in der Weimarer Republik*, Frankfurter Dissertation, Frankfurt: Campus Verlag, 2006, S. 65 - 67。

决定论。

上述这种对妇运史的三分法,基本上得到了学界的认可。[①] 我们可以以此为基础来归纳总结一下性别理论的大致发展和演变脉络:依据相关研究界一般所接受的"女性主义三代论",19世纪中叶—20世纪初期的第一代女性主义秉持"男女同一性"理念,以男性为榜样,具有"男性中心主义"性质;20世纪60—70年代的第二代女性主义以法国"男女差异论"理念为代表,强调女性特质,具有"女性中心主义"性质;20世纪80—90年代以来出现的第三代女性主义已经发展到超越性别阶段,主张性别多样性,秉持性别流变观,将性别的解放视为个体任务,是一种主张包容各种差异的、尝试和男性携手并肩的新女性主义,因而具有"非排他"性质。性别理论的这种三段式演变模式也在德语文学创作和研究中得到映射。今天我们在此主要探讨发生广泛影响、具有重要的承上启下意义的第二代"排他性"女性主义和德语文学及其研究的关系,同时关注性别理论近年来呈现的新趋势和新动向。

二、德国新妇女运动的发端及代表人物

为了更好地理解发生在联邦德国的第二波女性主义,我们首先来了解一下当时德国妇女所处的具体的社会生存环境与法律地位。虽然同过去相比,第二次世界大战(简称二战)结束后的妇女地位有所改善,但总体情况不容乐观。直到20世纪60年代中期,德国女孩,尤其是来自工人和农民家庭的女孩,在接受中学高级阶

[①] 参见 Michaela Karl, *Die Geschichte der Frauenbewegung*, Stuttgart: Philipp Reclam jun., 2011, S. 9–13。

段教育方面依然明显不足,大学生里面男生数量也绝对多于女生数量;高等学校里几乎没有女科学家和女教师;女性在政治领域的代表也少得可怜;每三个女性中只有一个外出工作,即使就业,女性所从事的也大都是性别色彩浓厚的、依据传统男女分工所划分的女性职业以及工资待遇低的职业。与此同时,尽管1949年"男女平等"作为根本原则已经写入联邦德国宪法——《基本法》,但在很长时间内都只停留于一纸空文,并没有及时得到落实,妇女的一般法律地位远不及男性。丈夫作为法律规定的"一家之主"有权在夫妻共同生活中的一切事务上单独做出具有法律约束力的决定。例如,丈夫有权决定家庭居住地点并可以强制妻子和他一起搬家,妻子财产的管理和使用也要听命于丈夫,没有丈夫许可不能拥有财产。妻子不仅没有财产权,而且也没有外出工作的权利,只有经过丈夫同意才可以出去工作,丈夫可以不经妻子同意而随时解除她的劳动合同,等等。1957年千呼万唤始出来的《平等法》虽然废除了大部分歧视女性的条款,但实际效果却因优先保障家庭妇女婚姻模式而大打折扣。这一法律上的刻意倾斜使得丈夫作为养家者的婚姻模式得以继续保留为社会立法和税法层面的主导原则。直到1977年才总算是最终基于平等主义的婚姻模式对《婚姻家庭法》进行了较为彻底的调整和改革。[①] 由此可见,联邦德国妇女在二战后的前20年里社会地位和法律地位低下,生活憋屈,倍感压抑。长此以往,她们心中的不满就会逐渐累积。一旦条件成熟,她

[①] 参见 Michaela Karl, *Die Geschichte der Frauenbewegung*, Stuttgart: Philipp Reclam jun., 2011, S. 121 - 122。参见 Ute Gerhard, *Frauenbewegung und Feminismus. Eine Geschichte seit 1789*, 5. Auflage, München: Verlag C. H. Beck, 2022, S. 108。

们就会奋起抗争。

随着20世纪60年代以美国和法国为急先锋的妇女运动及其理论的勃兴,德国的女性主义者们也不甘落后地行动起来。德国新妇运的历史和德国大学生抗议运动的历史紧密相连。

在联邦德国20世纪60年代后期兴起的大学生抗议运动中,有一个名为"社会主义德国大学生联盟"(Sozialistischer Deutscher Studentenbund)的组织构成其中坚力量,该组织德文简称作"SDS"("社德联")。这个组织成立于1946年,原本隶属于德国社会民主党(SPD),后因政见不同而在60年代初期脱离其母党,从此以"新左派"(Neue Linke)自居,其目标是变革社会,抗议矛头直指在其看来是反动和极权的国家。① 虽然"社德联"理论上也主张男女平等,但在实践中却始终不能将这一理论主张真正落到实处,相反,其组织内部甚至总体上呈现一种极为典型的男权社会文化特征,轻慢妇女的氛围十分浓厚。1968年9月13日,第23届"社会主义德国大学生联盟"代表大会在法兰克福召开,女代表、"妇女解放行动委员会"(Aktionsrat zur Befreiung der Frau)发言人荷尔克·桑德尔(Helke Sander, 1937—)在会上做了一个社会批判性质的发言,在该发言中她提出了私人事务对政治的影响问题,尤其是妇女能够投身政治运动的条件和前提问题,她提请各位男代表反省他们对这个问题的忽视。② 然而,男代表们对女代表的这一诉求充耳

---

① 参见岳伟:《联邦德国新社会运动与国家治理研究:1967—1983》,中国社会科学出版社2023年版,第41页。
② 参见 Jutta Osinski, Einführung in die feministische Literaturwissenschaft, Berlin: Erich Schmidt Verlag, 1998, S. 27-28。

不闻,反应冷淡。这种赤裸裸的大男子主义态度当场引发骚动,一位被激怒的大肚子孕妇代表西格莉德·达姆-吕格尔(Sigrid Damm-Rüger, 1939—1995)随即拿起西红柿砸向主席台,正好砸在学运精神领袖、法兰克福学派重要代表及哲学家西奥多·阿多诺的学生、"社德联"重要理论家汉斯-于尔根·克拉尔(Hans-Jürgen Krahl, 1943—1970)的头上。这就是著名的"投掷西红柿事件"(Tomatenwurf)——德国新妇运开始的标志。①

此后,各种妇女委员会和女性组织雨后春笋般地成立起来,妇女压迫和妇女解放是这一时期女性主义热烈讨论的两大议题。德国新妇运最重要的代表人物是德国著名女性主义活动家、政论家、新闻工作者及作家爱丽丝·施瓦泽(Alice Schwarzer, 1942—)。施瓦泽曾在法国留学和工作,并曾拜师于福柯,和法国女性主义理论旗手如西蒙娜·德·波伏瓦(Simone de Beauvoir, 1908—1986)等人关系密切,在法期间就积极参与发起法国的妇女运动,之后又将其移植回德国,是波伏瓦"同一性"女性主义流派在德国的传人和代言人。② 除组织具体的妇运实践外,施瓦泽还著书立说,她在1975年发表的著作《"小差别"及其大后果——妇女自论:一种解放的文集》(*Der „kleine Unterschied" und seine großen Folgen. Frauen über sich — Beiträge einer Befreiung*)中冲破禁忌,一针见血

---

① 参见 Michaela Karl, *Die Geschichte der Frauenbewegung*, S. 184。参见 Ute Gerhard, *Frauenbewegung und Feminismus. Eine Geschichte seit 1789*, S. 111。
② 参见[德]爱丽丝·施瓦泽:《新版序言》,载[德]爱丽丝·施瓦泽、[法]西蒙娜·德·波伏瓦:《波伏瓦访谈录》,刘风译,北京联合出版公司 2024 年版,第 v—xxvi 页。参见 Ute Gerhard, *Frauenbewegung und Feminismus. Eine Geschichte seit 1789*, S. 111。

地指出性别的权力关系是女性所遭受的社会压迫的根源。① 1977年她还创办了德国第一份女性主义杂志《爱玛》(Emma)。②

德国新妇运的另一位重量级人物则是前面已经提到过的德国女性主义电影导演兼作家荷尔克·桑德尔。她1937年生于柏林,1957年考入汉堡表演学校,毕业后出于家庭原因前往芬兰生活工作到1965年,1966—1969年在柏林德国电影电视科学院学习,同时兼职做记者和翻译。③ 1968年她和其他妇女一起成立"妇女解放行动委员会",同年9月又作为其代表在"社德联"代表大会上发言,前述著名的"投掷西红柿事件"也正是紧跟在这次发言之后发生的。1971年她又创建了妇女组织"面包与玫瑰",关注生育控制问题,反对禁止堕胎的《反堕胎法》。④ 1974年欧洲第一家女性主义电影杂志《女性和电影》(Frauen und Film)也由她创办起来。⑤ 1978年由她拍摄、撰写脚本和担任演员的电影《全面萎缩的人格——萎缩人》(Die allseitig reduzierte Persönlichkeit‑Redupers)跻身20世纪70年代最重要的女性主义电影行列。⑥ 她于1992年导演的关于二战

---

① 参见 Ute Gerhard, *Frauenbewegung und Feminismus. Eine Geschichte seit 1789*, S. 113。
② 参见上书,S. 114。
③ 参见 Herbert Holba, Günter Knorr u. Peter Spiegel, *Reclams deutsches Filmlexikon: Filmkünstler aus Deutschland, Österreich und der Schweiz*, Stuttgart: Philipp Reclam jun., 1984, S. 328。
④ 参见 „Schriftstellerin Verena Stefan: ‚Ich bin keine Frau. Punkt.' ", Interview von Heide Oestreich am 10. 5. 2008, http://www.taz.de/! 17049/,2024年12月12日。
⑤ 参见 Herbert Holba, Günter Knorr u. Peter Spiegel, *Reclams deutsches Filmlexikon: Filmkünstler aus Deutschland, Österreich und der Schweiz*, S. 328。
⑥ 参见 Judith Mayne, *The woman at the keyhole: feminism and women's cinema*, Bloomington and Indianapolis: Indiana University Press, 1990, pp. 49‑89。

结束前后几周苏联军人侵犯德国妇女的新闻纪录片《解放者和被解放者》(*BeFreier und Befreite*)曾引发巨大轰动和激烈争议。[1]

总之,在像施瓦泽和桑德尔这样的女权主义先锋们的大力推动下,德国的女性主义由最初的一种政治运动迅速蔓延到社会生活的各个领域。

三、德国新妇女运动在德语文学研究中的体现

在20世纪70年代的德语文艺学领域,学者们对性别及其理论问题亦发生浓厚兴趣,明确表现为以下四个方面:

(一)致力于文学作品中的女性形象研究

20世纪70年代在德国出版了很多研究男女作家笔下女性形象的文学专论,如《马克斯·弗里施笔下的女性形象》(*Das Bild der Frau bei Max Frisch*, 1971)、《赫德维希·古茨-马勒长篇小说中的女性形象研究》(*Untersuchungen zum Bild der Frau in den Romanen von Hedwig Courths-Mahler*, 1978)及《戈特弗里德·贝恩作品中的女性形象与功能》(*Gottfried Benn. Bild und Funktion der Frau in seinem Werk*, 1979)等。这些选题在当时是极具创新性的,因为在之前的德语文艺学里探讨对女性的文学塑造并不被认为是具有很大科学研究价值的论题。[2] 在德语文学研究中具有开创性意义的

---

[1] 参见 Helke Sander, „Zuwort zum Vorwort", in: *BeFreier und Befreite. Krieg, Vergewaltigung, Kinder*, hrsg. von Helke Sander und Barbara Johr, 3. Auflage, Frankfurt am Main: Fischer Taschenbuch Verlag, 2008, S. 3–8, hier S. 3–4。

[2] 参见 Jürgen H. Petersen u. Martina Wagner-Egelhaaf, *Einführung in die neuere deutsche Literaturwissenschaft. Ein Arbeitsbuch*, 7., vollständig überarbeitete Auflage, Berlin: Erich Schmidt Verlag, 2006, S. 253。

女性主义成果是德国女文艺学者、作家和文论家西尔维娅·波文申（Silvia Bovenschen, 1946—   ）于70年代末发表的博士论文《被想象出来的女性气质——艺术史和文学中女性气质呈现形式的范例研究》。波文申的这部专著重构了一部由男人生产的文化的女性形象史，也可以说是一部女性被排除在历史之外的历史。作者认为，男人生产这样一部女性形象史的目的就是把女性排除在创作与生产领域之外。此书通过清晰确凿的示例证明，女性气质是想象的产物。此书还用专门的章节聚焦了男权社会对知识女性的形象构建：这些才华过人的女性知识分子被描绘为没有女人味的女学究。[1]

女性形象研究观察到的一个特别突出的现象是文化的女性形象的两极化：一方面极为理想化，另一方面又极端负面化。在文学和造型艺术作品中，女性要么以"圣女"，要么以"妓女"的面目出现。女性形象分化为"好女人"和"恶女人"，分化为"柔弱女人"和"致命女人"。这种分化在女性主义文艺学的角度看来是服务于男性主体的自我维护和权力维护并因此服务于由父权制度所组织的社会。在这样的社会中，女性被理想化是为了让女性安于现状，而女性被妖魔化则是为了把她们排除在真善美的文化领域之外。两种策略都具有同样的效果：拒绝生活中真实的女性平等地参与社会、政治、科学和文化领域内的创造性的文化活动。[2] 为了把那些

---

[1] Silvia Bovenschen, *Die imaginierte Weiblichkeit. Exemplarische Untersuchungen zu kulturgeschichtlichen und literarischen Präsentationsformen des Weiblichen*, Frankfurt am Main: Suhrkamp Verlag, 1979, S. 80–149.

[2] 参见 Jürgen H. Petersen u. Martina Wagner-Egelhaaf, *Einführung in die neuere deutsche Literaturwissenschaft. Ein Arbeitsbuch*, S. 254。

在这种象征性秩序中未被展现的真实的、历史的女性们同那种正是为了支撑这种男性的象征秩序的象征性女性形象区别开来,女性主义文艺学者们引入了"女性们"(die Frauen)和"女性"(die Frau)来进行概念上的廓清。①

(二)批判性地诠释一些古老而经典的文本

女性主义文艺学把女性的文学史或女性的历史视作对女性的压迫史。由此,社会批判就是父权批判,反之亦然。② 批判性的女性主义还把目光投向一些古老经典的文本,对它们进行重新诠释。其中一个突出的例子便是对歌德名诗《荒原小玫瑰》(Heidenröslein)的女性主义解读。为便于下文的理解,笔者先将《荒原小玫瑰》全诗③译为中文列在这里:

男孩看见小玫瑰,
荒原里的小玫瑰,
那么娇嫩那么美,
男孩急忙上前看,
越看心里越喜欢。

---

① 参见 Jürgen H. Petersen u. Martina Wagner-Egelhaaf, *Einführung in die neuere deutsche Literaturwissenschaft. Ein Arbeitsbuch*, S. 255。
② Matthias Luserke-Jaqui, *Einführung in die neuere deutsche Literaturwissenschaft*, Göttingen: Vandenhoeck & Rubrecht, 2002, S. 98.
③ Johann Wolfgang Goethe, *Sämtliche Werke. Briefe, Tagebücher und Gespräche. Vierzig Bände. I. Abteilung: Sämtliche Werke*, Band 1: *Lyrik I: Gedichte 1756–1799*, hrsg. von Karl Eibl, Frankfurt am Main: Deutscher Klassiker Verlag, 1987, S. 278.

玫瑰玫瑰红又红,
荒原里的小玫瑰。

男孩说:我要折①你,
荒原里的小玫瑰!
玫瑰说:我要刺你,
让你永远把我记,
我可不愿任人欺。
玫瑰玫瑰红又红,
荒原里的小玫瑰。

粗野男孩去攀折
荒原里的小玫瑰;
玫瑰反抗用力刺,
哀号叹息均无济,
无可奈何任人欺。
玫瑰玫瑰红又红,
荒原里的小玫瑰。

这首歌德诗作过去通常被当作爱情诗歌或自然诗歌来理解和吟诵,然而,就是这样一首传统上被普遍认为是天真烂漫、纯洁无

---

① 关于采花摘花的母题,中国古今文艺作品中也很多见,如中唐时期的一首流行歌词《金缕衣》:"劝君莫惜金缕衣,劝君须惜少年时。有花堪折直须折,莫待无花空折枝。"又如邓丽君歌曲《路边的野花不要采》,梅艳芳歌曲《女人花》。

瑕的小诗在女性主义文艺学者这里却被大书特书,耸人听闻地诠释成"一个血淋淋的强奸"故事。① 更有甚者,这也是需要我们多加注意的动向和现象,即近30多年来这种女性主义诠释在德语国家和地区已经得到广泛接受和传播,乃至于正统的歌德研究界都公开表示认同,如著名的歌德全集出版者卡尔·艾博尔在其主编的分卷《歌德诗集1800—1832》中对此诗进行文学类型学上的分类时便不忘刻意强调指出说,"这首诗里所呈现的是一个强奸的故事",因而"更应归入叙事诗类才是"。② 最为极端的运用则出现在前面已经提到过的德国颇为有名的女性主义电影导演桑德尔那里,她在自己1992年执导的关于二战结束前后苏军侵犯德国妇女的新闻纪录片《解放者和被解放者》中,"在第二次世界大战集体强奸的语境里,就不加任何评论和旁白地,无声地但却是用意彰彰地插入了一段男声合唱《荒原小玫瑰》"③。近年来,这种解读更是成为一种社会风气和学术时尚,大有泛滥之势。

(三) 关注女性作家,构建一种女性文学史

同样是在20世纪70年代,首先是一些女文艺学家开始把目光投向德语文学史上的女性作家,如古代的希尔德嘉德·封·宾根

---

① Walter Schönau und Joachim Pfeiffer, *Einführung in die psychoanalytische Literaturwissenschaft*, 2., aktualisierte u. erweiterte Auflage, Stuttgart und Weimar: Verlag J. B. Metzler, 2003, S. 165.
② 参见 Johann Wolfgang Goethe, *Sämtliche Werke. Briefe, Tagebücher und Gespräche. Vierzig Bände. I. Abteilung: Sämtliche Werke*, Band 1: *Lyrik I: Gedichte 1756 – 1799*, S. 830。
③ Ruth Klüger, *Frauen lesen anders. Essays*, München: Deutscher Taschenbuch Verlag, 1996, S. 87 – 88.

(Hildegard von Bingen,1098—1179),近代的安娜·路易莎·卡尔施(Anna Louisa Karsch,1722—1791)、贝蒂娜·封·阿尔尼姆(Bettina von Arnim,1785—1859)、安内特·封·德罗丝特-许尔斯霍夫(Annette von Droste-Hülshoff,1797—1848),以及现当代的艾尔泽·拉丝克尔-许勒尔(Else Lasker-Schüler,1869—1945)、英格伯格·巴赫曼(Ingeborg Bachmann,1926—1973)、克里斯塔·沃尔夫、艾尔芙莉德·耶利内克(Elfriede Jelinek,1946—)等人。她们认为,同男性作家数量众多相比,女性作家屈指可数,于是开始探究女性作家稀少的原因,分析后者从事写作的条件。批判性的女性主义文艺学尤其聚焦了女性作家在工作和生活等方面的物质条件,希望通过这些研究特别提醒人们注意:很多女性其实是她们的兄弟、父亲、丈夫的文学同道兼助手,但她们的工作和才华却得不到承认,她也没有获得作为女性作家的独立地位。[①] 这方面学界援引得比较多的是下面两个例子:路易莎·阿德恭德·维多利亚·高特舍德(Luise Adelgunde Victoria Gottsched,1713—1762),德国启蒙时期主张效仿法国古典戏剧的大文艺理论家和批评家约翰·克里斯多夫·高特舍德(Johann Christoph Gottsched,1700—1766)的第一任夫人,虽然她的文学才华实际高过其夫,却常年只能充当其夫的文学助手和翻译;多萝苔娅·蒂克(Dorothea Tieck,1799—1841),德国浪漫派诗人路德维希·蒂克(Ludwig Tieck,1773—1853)的女儿,尽管同其父一道参与了莎士比亚作品的德译工作,却终究不能青史留名。

[①] 参见 Jürgen H. Petersen u. Martina Wagner-Egelhaaf, *Einführung in die neuere deutsche Literaturwissenschaft. Ein Arbeitsbuch*, S. 250-251。

（四）聚焦女性写作，构建独立的女性美学

随着对女性作家关注的增多，20世纪70年代的文学研究者们也开始关注是否存在一种专门的女性美学。女性写作是否不同于男性写作？这"另一种"写作方式的性质和特点如何？对有关问题的探讨不只停留于理论层面，还在文学实践中展开。

四、德国新妇女运动在德语文学创作中的体现

（一）《蜕皮》——德国新妇运的第一个文学文本

德国新妇女运动的第一个德语文学文本，同时也被视作德语女性文学"圣书"的《蜕皮》（Häutungen）就是在这样的背景下应运而生。这部1975年发表的作品甫一出版便引起巨大反响，其作者、瑞士裔女作家韦芮娜·斯特凡（Verena Stefan，1947— ）也因此被誉为"德语女性文学之母"。

（二）韦芮娜·斯特凡——"德语女性文学之母"

现如今居住在加拿大的斯特凡1947年生于伯尔尼，父亲是苏台德德意志人，母亲是瑞士人。1968年中学毕业后，她前往柏林学习理疗并担任（协助病人做）医疗体操（的）护理员。1971年她通过当时的医学生男友在柏林结识德国新妇运领袖人物荷尔克·桑德尔，开始积极投身新妇运并于一年后与桑德尔等人一起创立女性主义组织"面包与玫瑰"。1973年她开始在柏林自由大学学习社会学和比较宗教学。[①]

[①] 参见 Heide Oestreich, „Verena Stefan", http://www.taz.de/! 17049/，2024年12月12日。

1974年她着手创作她的第一本书《蜕皮》,她把这本书的撰写看作"身体力行地投身妇女事业的最合适的方式"[①]。1975年《蜕皮》在新生的慕尼黑"女性攻势"(Frauenoffensive)出版社出版,短短时间内便迅速爆红,成为畅销书和妇女运动宝典。1977年5月,该书出版两年后印量即高达12.5万册,而且只靠口口相传,完全没有商业运作与推广。《蜕皮》总计销量约五十万册,迄今已被译为八种语言,是当代德语女性文学中最为畅销的作品。1975年之前的德国既没有女性书店,也没有女性主义出版社,《蜕皮》是女性主义出版社"女性攻势"出版的第一本书,它的畅销使得该社得以发展壮大,同时也引发多家著名老牌出版社竞相出版女性主义文学的热潮。[②]

在这部具有自传色彩的、半纪实性半虚构性的作品里,斯特凡成为一种极端的女性主义的代言人。该书的主题是女作者个人对待性的态度和方式:她本人对于彻底放弃旧我的体验,她个人对于男性性伙伴的性愿望和性想象的适应,以及她对自身真实的性别身份的寻求。全书细腻而坦诚地讲述了这种宛如"蜕皮"[③]一般的寻求过程。在这个过程中,主人公——第一人称叙述者"我",一位年轻的女性,大胆冲破异性关系藩篱,"停止忠于男性"[④],而最终转向女性,在所谓女同性恋的爱情中找到一种新的自我意识和自信。

[①] Verena Stefan, „Einige anmerkungen zu mir und zur geschichte dieses buches (1977)", in: Verena Stefan, *Häutungen. Autobiografische Aufzeichnungen. Ggedichte. Träume. Analysen*, 16. Auflage, München: Frauenoffensive, 1981, S. 125 – 127, hier S. 127.

[②] 参见上书,S. 126。

[③] Verena Stefan, *Häutungen. Autobiografische Aufzeichnungen. Ggedichte. Träume. Analysen*, S. 123.

[④] Ebenda, S. 65.

这个过程同时也象征着冲破父权社会的权力关系,而与这种发展同步进行的则是那种对女性身体的发现和崇尚,作家尝试将这种女性身体的自然性和感性转化为文学语言,如大量使用小写、运用丰富的比喻、断片式地营造现实感强烈的句子等,都是这种大张旗鼓的"女性写作"(法文为 écriture feminine,德文为 weibliches Schreiben)的典型特征。① 斯特凡的目标是女性找到自我,找到一种新的女性身体意识和一种新的女性美学,而且还是一种"通过女性的语言和女性的文学"②来系统详尽地报道女性们的生活的女性美学。法国女性主义理论家、《第二性》作者波伏瓦,美国激进女权主义者、《性政治》作者凯特·米利特(Kate Millett, 1934—2017),加拿大出生的激进女权主义者、《性的辩证法》作者苏拉米特·费尔斯通(Shulamith Firestone, 1945—2012),美国女诗人兼作家及自白派代表人物西尔维娅·普拉斯(Sylvia Plath, 1932—1963),德国女作家克里斯塔·沃尔夫等人,都对斯特凡的创作发生影响,她尤其提到美国女性主义文学对她的影响:"那时德国还没有女性作家作品藏书丰富的图书馆,也没有像样的女性书店。但美国却什么都有了。1974 年我利用在那里逗留的三个月时间把当地所有能够找到的女性主义机构,如书店、出版社、画廊和妇女之家等全都跑了个遍……美国女性主义文学对我的影响是不言而喻的。"③

---

① 参见 Jürgen H. Petersen u. Martina Wagner-Egelhaaf, *Einführung in die neuere deutsche Literaturwissenschaft. Ein Arbeitsbuch*, S. 251–252。
② Verena Stefan, *Häutungen. Autobiografische Aufzeichnungen. Ggedichte. Träume. Analysen*, S. 4。
③ „Schriftstellerin Verena Stefan:‚Ich bin keine Frau. Punkt.'", Interview von Heide Oestreich am 10. 5. 2008, http://www.taz.de/! 17049/,2024 年 12 月 12 日。

五、性别研究——女性主义文艺学的矫正、扩展与延续

现在公认的"女性写作"的理论旗手是法国女性主义理论家埃莱娜·西苏(Hélène Cixous, 1937—)和露西·伊利格瑞(Luce Irigaray, 1931—),两人均是结构主义和心理分析学派出身。由于这种"女性写作"眼里只看到女性的所谓不同,因而更关注身份和本质而非区别和相对性,所以常常为人所诟病,尤其是那种对女性身体的发现和崇尚即便是在愈加开放包容的今天也令许多人感到难以容忍。

同样为人所诟病的还有女性主义文学解读常常把复杂的文学文本简单化,无视文学文本所特有的解构其自身所描述的意识形态的特质。当然,这种女性主义文艺学诉诸迄今为止遭到忽视的、直抵性语言层面的女性视角,诉诸一种在男性主导的男权社会中进行的女性书写,追求一种新的女性身份认同和自我实现,这无疑是具有创见性的,是丰富了文艺学的方法论和视角的,贡献是显而易见的。然而,这种女性主义文艺学同时也将肆无忌惮的女性主义口号和女性中心主义观察方法带入文学,并在选择、分析、诠释和评估文学文本时偏好抓取那些文本固有的和意识形态僵化的男女性别差异和价值对立,进行意识形态批判式的揭露和突破。[1] 女性主义文艺学的这种非客观的、非性别中立的、激进敏感的、过于挑衅和过于情绪化的"排他性"及其内在固有的矛盾和分歧越来越成为其统一发展的障碍,这种矛盾和局限同时也是整个第二代女

---

[1] 参见 Gero von Wilpert, *Sachwörterbuch der Literatur*, 8., verbesserte u. erweiterte Auflage, Stuttgart: Alfred Körner Verlag, 2001, S. 263–264。

性主义所共有的特点,因此在女性主义构建如火如荼的20世纪80年代,以法国的茱莉亚·克里斯特娃(Julia Kristeva, 1941—)和美国的朱迪斯·巴特勒(Judith Butler, 1956—)为代表的女性主义思想家们便开始对女性主义性别身份和思维框架进行解构,对女性主义体系中暗含的"(女人是)牺牲品逻辑"以及与此相连的"排他性"解放理念进行深刻反思。于是,性别研究首先是作为女性主义文艺学的矫正、"扩展与延续"[①]自20世纪80年代中期以来在德语区逐渐发展为一门独立的学科方向。

较新的性别研究不再以生物学立场进行论证,不再认为男人和女人会由于其生物学意义上的体征而具有某种确定的本质或特性。"男性气质"和"女性气质"更多地被视为社会或文化的范例,女性也并不是因为她们具有某些确定的身体特征才拥有确定的女性性格。[②] 事实表明,性别研究早就不再等同于妇女研究或女性主义了。在对固定的性别身份发起原则性质疑的过程中,旨在探究男性气质之文化构建的男性研究(Men's Studies)也确立起来。[③]

20世纪90年代德语区展开相关大讨论,以巴特勒1990年发表的英文著作《性别麻烦》(*Gender Trouble*)影响最大。[④] 在这部书

[①] *Reallexikon der deutschen Literaturwissenschaft. Neubearbeitung des Reallexikons der deutschen Literaturgeschichte*, Band 1. A-G, hrsg. von Klaus Weimar, Berlin: Walter de Gruyter, 2007, S. 692.
[②] 参见 Jürgen H. Petersen u. Martina Wagner-Egelhaaf, *Einführung in die neuere deutsche Literaturwissenschaft. Ein Arbeitsbuch*, S. 258。
[③] 参见上书,S. 260。
[④] 参见 Therese Frey Steffen, Caroline Rosenthal u. Anke Väth, *Gender Studies. Wissenschaftstheorien und Gesellschaftskritik*, Würzburg: Königshausen & Neumann, 2004, S. 10 f。

中,巴特勒认为,所谓"强制异性恋模型"是通过操演实践而产生。她用"强制异性恋模型"这个概念来表述限制其他性别取向的异性恋社会规范。按照巴特勒的观点,性别身份并非基于生物学,而是人为的构建。各种性别身份是用话语和操演制造而成,因此它们也是可以被改变的。这里发出了一种极具革命性和颠覆性的信号。在她1993年发表的另一本书《身体之重》(Bodies that Matter)中,一些诸如"身体"和"自然"之类的根本性范畴都受到了质疑。巴特勒还成为所谓"酷儿理论"(Queer Theory)的重要理论家之一,"酷儿理论"主要研究男同性恋和女同性恋的身份问题,但同时也为研究无法纳入同性或异性恋范畴的其他性取向留下了一定的空间。[1]

如今,在德语国家和地区的德语文学研究领域,从性别差异角度进行文本分析已经蔚然成风,成为一种常见的主流文本解读模式。这一模式主要探究文本中的性别差异。在这种解读中,既考量男性和女性作者的性别身份,同时又考察文本中单个角色基于性别差异的行为方式或文本中对情节和人物基于性别差异而展开的述评,都同样具有启发意义。在这里,所提的问题不再局限于由男性主导塑造的社会文化的女性图像在某一历史时期是如何形成的,而是要客观全面地总体研究男性和女性的性别图像具体的构建过程。[2] 尤其值得注意的是,近一二十年来在德语文学性别研究中体现出来的两种十分明显的新趋势:其一,出现了一种面向男性

---

[1] 参见 Jürgen H. Petersen u. Martina Wagner-Egelhaaf, *Einführung in die neuere deutsche Literaturwissenschaft. Ein Arbeitsbuch*, S. 259–260。

[2] 参见 Matthias Luserke-Jaqui, *Einführung in die neuere deutsche Literaturwissenschaft*, S. 97–98。

历史问题研究的开放态势,如 1997 年在斯图加特出版的由瓦尔特·厄尔哈特(Walter Erhart)和布丽塔·赫尔曼(Britta Herrmann)联合主编的《男人何时是男人?论男性气质的历史》(*Wann ist der Mann ein Mann? Zur Geschichte der Männlichkeit*)一书;其二,文学研究界较为集中于发掘文学文本中的所谓性别流变现象,在这些文本中均存在着一种令人猝不及防的过渡领域,也就是说,原本被作为确定无疑的男性和女性进行塑造的主人公们最后却都走向了他们本来性别的反面,这些人物都没有归入固定的性别类型,如 1996 年在柏林出版的由艾尔菲·贝亭格尔(Elfi Bettinger)和尤利娅·冯克(Julika Funk)合作主编的《化妆——文学策划中的性别差异》(*Maskeraden. Geschlechterdifferenz in der literarischen Inszenierung*)一书。[①]

许多性别研究的理论家都是文艺学出身,而性别讨论恰恰也是在文艺学领域激起强烈反响。文学要么设计着众多的、历史上不断发生变化的男性和女性气质图景,要么制造着栩栩如生的"第三种性别",如美国希腊裔作家杰弗里·尤金尼德斯(Jeffrey Eugenides, 1960—)2002 年发表的《中性》(*Middlesex*)。这部荣获普利策奖的长篇小说也在 2008 年由上海译文出版社推出了中译本。总之,文学绝不局限于描摹现实,文学本身究其实也是社会和文化意义的重要构成部分。[②]

---

① 参见 *Reallexikon der deutschen Literaturwissenschaft. Neubearbeitung des Reallexikons der deutschen Literaturgeschichte*, Band 1: A-G, S. 694。
② Jürgen H. Petersen u. Martina Wagner-Egelhaaf, *Einführung in die neuere deutsche Literaturwissenschaft. Ein Arbeitsbuch*, S. 260.

最后，作为本文的结束，我们对最新的性别流变论再举一个出自德语文学的经典示例：德语先锋派文学大家德布林早在百年前就已在他的长篇科幻小说《山、海和巨人》中先知先觉地道明和演绎了这种现象。在一篇论述该小说创作背景和意图的文章中，德布林不满于传统小说中的女性都是在诗情画意的田园风光、刻板的心理描写和私人领域的框架下出现并活动，因而对塑造女性形象的传统手法提出批评。德布林认为这种传统手法塑造的女性只会令现代叙事失去活力，毫无创造性可言。为此德布林呼吁现代文学必须去塑造完全不同的女性新形象，而这种新形象并非凭空编造，而是源于生活的真实："真正的女人"是一种"简单的原始的野兽"，是"人的另外一个种属"，是"女汉子"，真正的女人会跟个男人一样去大吃、大喝，像男人一样得病、凶恶和驯服，自然的女人跟男人没有什么区别，自然的女人其实也就是自然的多样性在人这个物种上的体现而已。德布林继而断言，这世上不只有男人和女人，还存在着第三种人和第四种人。而这第三种和第四种人也就是他在《山、海和巨人》最后一章中所塑造的那几个变种。在德布林看来，男人和女人的界限正在日益模糊和消失，而人与人之间的关系也恰恰是因为这种界限的模糊而具有无穷的魅力和刺激。[1]

（部分原载《文艺报》2014 年 8 月 11 日）

---

[1] 参见 Alfred Döblin, *Zwei Seelen in einer Brust. Schriften zu Leben und Werk*, München: Deutscher Taschenbuch Verlag, 1993, S. 59。

理解的文学：西格弗里德·伦茨小传

西格弗里德·伦茨是联邦德国文学的"三驾马车"之一。他的作品数量庞大，创作类型多样，涉及长篇小说、短篇小说、剧本、广播剧、诗歌等，尤以短篇小说、长篇小说和戏剧创作见长。贯穿伦茨全部作品的基本主题是：体验不自由，卷入罪责和迫害，经历孤独和无能。他的前期作品侧重直面纳粹专政及其后果，后期作品则集中聚焦人的生存问题和道德问题。写作对于伦茨而言是一种自我拷问，是对他这一代人人生体验的一种回应。同格拉斯和瓦尔泽相比，伦茨的立场更为温和，他更愿意民主平等地、客观理性地去说服。与他这种平易近人的温和立场相呼应，伦茨在叙事的形式技巧上同样是一个温和守成的传统主义者。伦茨的逝世是德语战后文学的一大损失。

一

西格弗里德·伦茨(Siegfried Lenz，1926—2014)，1926年3月17日生于东普鲁士马祖里地区的吕克小城，父亲为一名海关官员。父亲早逝，母亲带着女儿离开吕克，却让到了法定入学年龄的儿子伦茨留在原地由祖母照顾。同纳粹德国时期的青少年一样，伦茨先后成为纳粹少年团和希特勒青年团团员。1943年，17岁的伦茨通过战时中学紧急毕业考试后立即被征召入伍，在纳粹德国海军舰队当了一名士兵。根据柏林联邦档案局材料显示，伦茨于1943年7月12日递交加入纳粹党申请书并于1944年4月20日加入纳粹党。对此，伦茨后来声称自己并不知情，认为自己是通过集体程序被入党。随着德军节节败退，同伴纷纷惨死，战争的残酷，理想的幻灭，这一切迫使伦茨觉醒，在第二次世界大战行将结束之时，伦茨开小差当起逃兵，从他在丹麦服役的辅助巡洋舰"汉萨"号上逃跑，途中在今天的德国石荷州境内被英军俘获。在此期间，伦茨成为石勒苏益格—荷尔斯泰因地区一个英国释放委员会的翻译，跟随英国人四处盖章办理释放德国士兵的手续，最终伦茨自己也获得了释放。随后，伦茨决定前往汉堡大学攻读哲学、英语语言文学和文艺学。为了维持生活，他一边读书、一边涉足黑市买卖，从酒精、洋葱到缝衣针，只要能赚钱，什么都做。而当黑市生意难以为继时，他就会去卖血，为了节省开支，他甚至还用躺在床上减少活动的办法来限制自己的胃口。他勤奋读书，希望有朝一日成为大学教师。但他很快改变目标，来到英战区的一家报纸——《世界报》从事志愿者工作，并在1950—1951年担任这家报纸的编辑，逐渐走上文学创作之路。他的处女作《空中有苍鹰》(*Es waren Habichte in der Luft*)就是先在《世界报》连载半年之后,才于1951年由汉堡的霍夫曼—坎佩出版社以书的形式出版。同样是在《世界报》任职期间,伦茨结识了他的夫人丽泽罗特(2006年去世),丽泽罗特是位画家,伦茨后来出版的一些书的插图都是由她所画。他俩于1949年结婚。

长篇小说《空中有苍鹰》让25岁的伦茨在战后德语文学界一炮打响。这部作品作为"我们时代被迫害的人的独特象征"获得了1952年的莱内—施柯勒奖和1953年的汉堡莱辛奖。1951年,伦茨放弃记者生涯,中断大学学业,在他的第二故乡汉堡正式当起了自由作家。每逢夏季,他便会驱车前往丹麦小岛阿尔森小住几月。他的读者见面会或是文学朗诵会大都在冬天进行。他也开展一些较大规模的旅行,如1951年他用《空中有苍鹰》所得稿费去了一趟非洲的肯尼亚,这次肯尼亚之行的文学成果便是1958年发表的短篇小说《温良仆人卢卡斯》(*Lukas, sanftmütiger Knecht*),这个故事也部分涉及了肯尼亚反对英国殖民统治的茅茅党起义题材;1968年伦茨应邀到7所澳大利亚大学作访问报告;1969年他又应美国得克萨斯州休斯顿大学邀请开设了一个学期的大课《1945年以来的欧洲短篇小说》。

自1965年起,伦茨开始热心政治,积极支持社会民主党,为社会民主党的竞选助阵,声援威利·勃兰特的新东方政策。他本人虽然不是社会民主党党员,但他在很多方面非常认同社会民主党的政治纲领,他感到自己的基本信仰和社会民主党的政纲十分契合,即社会和政治进步只有通过改变和怀疑才可能实现,而非通过保守的警告。1970年伦茨还和君特·格拉斯一道应勃兰特之邀前往华沙参加《德波条约》签字仪式。在多篇文章和演讲中,伦茨都一再坚称《德波条约》的签署是"对现实的承认,是对错误的希望、不切实际的幻想和一种不合时宜的强权政治的告别"。面对一些人的不解、攻击和恐吓,伦茨在一篇题为《失去的土地》的演讲中真诚地表白道:"我认真倾听对我的这些指责。我尝试去理解这些愤怒。……很多人有权利为这失去的土地感到痛苦。我尊重这种痛苦。我也高度关注我的许多同胞在逃亡路上不得不承受的苦难。然而,……我们也必须记住我们曾经给别人制造的苦难:五分之一的波兰居民被德国人杀害。……正义要求我们记住这一切都是如何开始。而历史自有其因果关系;这一点我们必须承认。"伦茨的正直,他的真诚和他的政治勇气亦是构筑他的文学作品的基石。

二

伦茨的作品数量庞大,创作类型多种多样,涉及长篇小说、短篇小说、剧本、广播剧、随笔、讲演、评论、诗歌,几乎无所不包。

就其自身发展而言,伦茨首先以短篇小说见长。伦茨早年是德语文学短篇小说类型的开路先锋,在相当长的时间里,他一直都在短篇小说领域内享有崇高地位,仅短篇作品集就有上十部。他的第一部短篇小说集《苏莱肯如此多娇——马祖里的故事》(*So zärtlich war Suleyken*)乡土气息浓郁,据说原本是他为自己妻子所写的故乡介绍,1955年发表后受到读者热烈追捧,发行量高达一百六十万册。1958年问世的短篇故事集《讽刺猎人》(*Jäger des Spotts*)深受海明威风格影响,着墨于陷入极端情境、面临真相瞬间、经受考验和遭遇挫败的人间百态。1960年出版的短篇小说选集《灯塔船》(Das Feuerschiff)则更多流露出一种追求安宁、规避风险的倾向,表明伦茨已经开始有意识地克服海明威式英雄主义硬汉情结。《灯塔船》也是伦茨短篇小说中的上乘佳作,而且作为这一文学样式的范例长期被教育部门指定为德国中学生阅读书目。1964年发行的趣味小说集《莱曼故事抑或美丽市场》(Lehmanns Erzählungen oder So schön war mein Markt)由一个曾经的黑市小贩来充当叙述者,如痴如醉地回顾他在战后初年的那些"美好"的黑市经历,讽刺意味十足,颇具自传色彩。伦茨后期创作中较为出色的短篇作品是1975年发表的《米拉贝尔精神——波乐鲁普村的故事》(Der Geist der Mirabelle. Geschichten aus Bollerup),农民的狡黠和现代消费社会的算计在这里相遇,一则则奇闻逸事,一个个幽默笑话,可谓妙趣横生,令人忍俊不禁。

早在1963年,德国著名的"文评教皇"马塞尔·赖希-拉尼茨基就曾对伦茨作出如下评价和预言:"这位叙事者是一个天生的短跑高手……他肯定有一天还会证明自己也是一位长跑健将。"伦茨果然不负好友之望,一生总共创作出十四部厚重的长篇小说。从1951年发表《空中有苍鹰》算起,到20世纪60年代中期之前,伦茨又接连发表了长篇小说《和影子决斗》(Duell mit dem Schatten, 1953)、《急流中的人》(Der Mann im Strom, 1957)、《面包和比赛》(Brot und Spiele, 1959)及《城市谈话》(Stadtgespräch, 1963)。《空中有苍鹰》《和影子决斗》《城市谈话》均触及人类存在之罪责和如何克服第三帝国历史的沉重主题,《急流中的人》与《面包和比赛》则同时转向当代社会问题,社会批判性强,特别需要指出的是,《急流中的人》《面包和比赛》还是德语文学中不可多得的体育小说。但真正使伦茨达到重大突破并给他带来世界声誉的则是 1968 年发表的长篇小说《德语课》(Deutschstunde)。小说从一个当代青年的视角去反映纳粹德国的过去。小说以叙述者、工读学校学生西吉·耶普森在德语课上被罚写作文《尽责的喜悦》开头,通过西吉的回忆还原其父——一个北方警察恪尽职守执行纳粹"禁画令"、监视画家南森并没收和销毁其画作的全过程,从而把曾被无数德国人视为美德的"无条件尽责"这样一个"古老的德意志"问题,亦即"普鲁士"问题踢到前台,揭示出其在最近的德国历史中所扮演的灾难性角色:在小说里,"尽责"在警察父亲这里已经发展到了疯狂的程度,乃至于纳粹德国覆亡后他仍在烧画;而他的儿子则走向反面,为了"尽责",不惜病态地强迫自己偷画以救画,最终落得锒铛入狱的下场。小说同时也提出了在纳粹统治下危险而孤独地完成自己使命的艺术家所面临的问题以及当下肃清纳粹意识形态余毒的问题。《德语课》取得巨大成功之后,伦茨乘胜追击,又相继推出一系列重磅作品,使得他作为长篇小说大师的地位得到进一步稳固,也使得他毋庸置疑地进入二战后联邦德国最伟大作家行列。其中,1973 年的《榜样》(Das Vorbild) 和 1978 年的《故乡博物馆》(Heimatmuseum) 在题材和内容上都和《德语课》直接相关:前者围绕《德语课》的一段情节展开,探讨为青少年树立榜样的意义问题,被称作"《德语课》之二";后者被称为"《德语课》之三",通过讲述故乡马祖里一家博物馆在各个不同历史时期的遭遇,伦茨流露出反对对其故乡历史以及故乡概念进行片面诠释的态度。《故乡博物馆》也可视为伦茨在长篇创作上的又一登顶之作。此后直至2003年，伦茨均以四五年一部的速度推出六部长篇小说，其中1985年的《练兵场》(*Exerzierplatz*)、1999年的《阿尔涅的遗产》(*Arnes Nachlaß*)和2003年的最后一部长篇《失物招领处》(*Fundbüro*)特别值得关注。

在戏剧创作方面，伦茨也展现出过人才华。20世纪50—70年代伦茨创作了一系列广播剧和戏剧，如《世界最美节日》(*Das schönste Fest der Welt*, 1953)、《无罪者的时代—有罪者的时代》(*Zeit der Schuldlosen — Zeit der Schuldigen*, 1961)、《无罪者的时代》(*Zeit der Schuldlosen*, 1961)、《抄家》(*Haussuchung*, 1963)、《脸》(*Das Gesicht*, 1964)、《失望》(*Die Enttäuschung*, 1966)、《迷宫》(*Das Labyrinth*, 1967)、《眼罩》(*Die Augenbinde*, 1970)等，为伦茨在战后德国戏剧舞台争得一席之地，也使伦茨得以跻身最重要的德语广播剧作者行列。这里最值一提的是他1961年创作的两个广播剧《无罪者的时代—有罪者的时代》，它们于同年被加工改编为剧本《无罪者的时代》并在1964年被拍成电影。该剧以集权专制、集体和个人罪责为主题，讲述了处于一种暴政和极端情境之下的九名男子为获取个体自由而杀死一名无辜者从而成为有罪之身的故事。

此外，伦茨还写有一批诗歌。在伦茨去世前不久，人们还发现他约莫在1947—1949年创作了大约八十首迄今为止尚不为人所知的诗歌。这些诗歌的主题关涉他的战争经历和二战后初期的德国问题。不过，这些诗歌是否会被发表，现在还不得而知。

三

贯穿伦茨全部作品的基本主题是：体验不自由，卷入罪责和迫害,经历孤独和无能。如果说他的前期作品更侧重直面希特勒专政及其后果的话,那么,他的后期作品则更集中于聚焦人的生存问题和道德问题。

对于伦茨而言,写作是自我拷问,是对他这一代人人生体验的一种回应;写作是为社会弱势群体发出的抗议和表态;写作是对社会现状的抗议;作家是不公正和饥饿的知情者;他赞成对社会持怀疑姿态,赞成对社会进行改革,赞成文学参与政治,文学应该发挥道德传声筒的作用,认为文学是自我认识和对人进行道德定位的工具。

伦茨在1962年所写的《生平简述》(*Autobiographische Skizze*)中总结了他选择作家职业的原因:"对我而言写作也是一种自我拷问,也是在这个意义上我尝试着用我的可能性来回应一些挑战。随着时间的推移,我对写作的看法会有所改变,但我对一个作家的期待却始终如一。我期待作家有同情心、正义感,敢于发出抗议之声。"在伦茨这里,作家的活动首先是作为一种自我理解的手段,同时也是对个人经历以及有代表性的这一代人的集体体验所作出的回答和反应。在一次采访中他更为清晰地表明:"你可以把某些体验理解为托付;至少你不可能把自己同你这一代人的集体体验脱离开来。暴力,逃亡,被滥用的激情崇拜,没有意义的死亡:这就是我这一代人逐一体验到的东西,所以在我看来,我作为作家去触及它们是再理所当然不过的事情了。写作始终还是学会理解外在和内在事件最好的可能性。"

像伦茨这样1926年出生的这一代人,他们当时年龄还太小,不足以理解发生在第三帝国的事情,只是到了末尾才明白,他们被人洗脑，他们的热情被人滥用。和伦茨一样属于这同一代人的著名作家还有均为1927年出生的君特·格拉斯和马丁·瓦尔泽（Martin Walser，1927—2023）。正如马塞尔·赖希-拉尼茨基1961年就曾断言的那样，包括伦茨在内的所有这些作家，他们大部分都是四七社社员，把他们凝聚在一起的是他们对待他们所处的环境的那种充满怀疑的姿态。他们全都拒绝二战后从阿登纳至基辛格时期一直奉行的复辟政策，而且也都是到了20世纪60年代中期才明确自己的政治倾向：伦茨和格拉斯一再支持社会民主党，瓦尔泽则更加激进，1965年后甚至从社会民主党转向更为左翼的德国共产党。伦茨同格拉斯和瓦尔泽相比，立场要温和许多。他没有像格拉斯那样频频挑衅，也不像瓦尔泽那样教条而具侵略性，他不愿意去奚落、去训斥，而是更愿意和蔼可亲地、民主平等地、客观理性地去说服。

同他的这种平易近人的温和立场相呼应，在叙事的形式技巧上，伦茨同样是一个温和守成的传统主义者，是"传统意义上的叙事者"，抑或是"一位中庸的作者"，被喜爱他的评论家誉为"传统艺术的大师"，因为在他这里既存在着对细节的深刻洞察，也不乏充满象征意味的升华。不可否认，伦茨的作品和理论论述中都流露出某种强烈的保守主义色彩。伦茨的这种类似于19世纪的中规中矩的叙述方式也招致不满，有人批评他的文学手法太过传统，批评他的作品十分"过时"。当然，力挺他的评论家也大有人在。德国"文评教皇"马塞尔·赖希-拉尼茨基就给他"册封"了一个"善良的怀疑者"的称号；德国当代著名评论家汉约·凯司廷（Hanjo Kesting，1943—2025）认为，淡定和幽默是他的核心特征，这两大特征既决定着他的作品的全部基调,同时也决定了他独特的叙事姿态,这种姿态"更愿意给予世界和人以理解,而不是去谴责他们"。与此同时,伦茨还始终是一位教育者,用伦茨自己的话说,他就是要向世人昭示:"这世上的行动是有正确和错误之分的。"他的一句经常被引用的名言是:"我对挑战的艺术的评价,不如对和读者有效结盟以减少现存弊端的艺术评价高。"

四

伦茨的这种和读者的结盟的确是富有成效的。事实上,作为二战后德语文学三大家之一的伦茨,尽管没有像海因里希·伯尔(Heinrich Böll,1917—1985)和君特·格拉斯那样能够获得诺贝尔文学奖,但拥有的受众却比这两位还要广大。伦茨的书被介绍到30多个国家,被翻译成20多种语言,销量多达2 000多万册,很多作品还被翻拍成电影和电视剧,影响广泛,雅俗共赏。他获得诸如格哈尔特·豪普特曼奖、托马斯·曼奖、德国书业和平奖、巴伐利亚州文学奖、美因河畔法兰克福城歌德奖等20多个文学奖项,被授予汉堡大学和纽伦堡大学荣誉博士、杜伊斯堡大学和杜塞尔多夫大学客座教授,2002年荣获约翰·沃尔夫冈·冯·歌德奖章,2004年12月被授予石荷州荣誉公民,2011年10月被授予故乡城市(现为波兰的艾尔克)荣誉公民。

伦茨从1967年起为德国笔会成员。2006年他的夫人去世。4年后,他于2010年6月和他的邻居结婚。2014年春,他宣布将他的个人档案转让给德国马尔巴赫档案馆。同年6月,他在汉堡成立公益基金会,旨在全力支持对他的作品开展科学研究。由该基金会设立的西格弗里德·伦茨奖奖金额度达五万欧元,将于2014年11月首次颁发给"其叙事作品已获得认可且其创造性活动接近西格弗里德·伦茨精神的国际作家"。第一位获奖者是以色列作家阿莫斯·奥兹(Amos Oz, 1939—2018)。

2014年10月7日伦茨在汉堡逝世。伦茨善于以特别的方式逼真地描绘德国历史画卷,还为他的东普鲁士故乡立下一座纪念碑。伦茨的逝世是德语战后文学的一大损失,德语文学从此失去了一位最受读者热爱和欢迎的作家,失去了一个充满深沉人道情怀、充满友善克制的声音。

(原载《文艺报》2014年11月7日)

君特·格拉斯的诗情与画意

诺贝尔文学奖获得者君特·格拉斯是当代德国最重要、最伟大的作家、艺术家和抗议者之一。格拉斯的文学创作涉及小说、诗歌、戏剧和政论杂文等各种样式，内容广泛，形式丰富。但由于他首先是作为"天才小说家"蜚声国际，因此人们多关注他的中长篇小说、传记作品和以政论杂文为主体的散文作品，而往往忽略这位多栖文艺家同样才华横溢的诗歌与美术创作。格拉斯的文学之路其实肇始于诗歌，他首先是以诗人身份出道。他同时还是训练有素的雕塑家和版画家，多次举办个人画展，他全部作品的封面设计均由他本人亲自完成。作为文艺多面手，格拉斯的艺术创作跨界特征显著。仅就诗歌与绘画的互动而言，常常是一诗配一画，诗画不分离，诗中有画，画中有诗，诗情缠绵，画意浓郁，具有很高的欣赏价值。本文主要勾勒格拉斯的诗歌创作轨迹，至于其美术作品，只在与诗歌创作特别关联时予以提及。

君特·格拉斯是当代德国最重要、最伟大的作家、艺术家和抗议者之一。格拉斯的文学创作涉及小说、诗歌、戏剧和政论杂文等各种样式,内容极为广泛,形式极为丰富。其中,格拉斯1959年发表的长篇小说处女作《铁皮鼓》(*Die Blechtrommel*)为战后德语文学一举赢得世界声誉,以此为开端完成的《但泽三部曲》之二《猫与鼠》(*Katz und Maus*, 1961)、之三《狗年月》(*Hundejahre*, 1963)和后续长篇小说《局麻》(*Örtlich betäubt*, 1969)、《比目鱼》(*Der Butt*, 1977)、《母鼠》(*Die Rättin*, 1986)、《说来话长》(*Ein weites Feld*, 1995)等进一步巩固了他作为"天才小说家"的国际地位,1999年他又主要因此而荣获诺贝尔文学奖,故而,说起格拉斯,人们首先想到的便会是他的以中长篇小说、传记作品和政论杂文为主体的散文类作品,而往往容易忽略这位多栖文艺家同样才华横溢的诗歌与美术创作。殊不知,格拉斯的文学之路其实肇始于诗歌,格拉斯当年首先是作为诗人出道!另外,格拉斯还是地道科班出身的雕塑家和版画家!且不说他举办的各种个人画展,仅他所有书籍的封面设计就全由其本人亲自完成!作为文学艺术的多面手,格拉斯的文艺创作具有显著的跨界特征,就拿诗歌和绘画的互动而言,常常是一诗配一画,诗画不分离,诗中有画,画中有诗,诗情缠绵,画意浓郁,具有很高的欣赏价值。不过,囿于篇幅,本文主要侧重勾勒格拉斯的诗歌创作轨迹,对于格拉斯的美术作品,只在其与诗歌创作发生特别关联时予以一定提及。

一、步入文坛诗当先

诗歌在君特·格拉斯的全部创作中是一个一以贯之的恒量。

诗歌不仅同他的雕塑和绘画作品一道构成他最早的艺术表现形式,而且一直到他生命的最后时期,他依然在坚持进行配画的诗歌创作,并且同样产生惊人的社会影响,同样掷地有声、振聋发聩。就所涉题材而言,同他的小说、戏剧等文学样式一样,格拉斯诗歌创作所囊括的范围也极为广阔:从日常生活的细枝末节、但泽故乡的风土人情到社会问题、政治问题、环保问题、衰老和死亡问题乃至性爱问题,可谓包罗万象。而就数量而言,格拉斯诗歌作品也堪称庞大。除去单个发表以及夹带在叙事文本如《蜗牛日记》(*Aus dem Tagebuch einer Schnecke*, 1972)、《比目鱼》、《母鼠》、《亮出舌头》(*Zunge zeigen*, 1988)、《五十年——一份工作室报告》(*Fünf Jahrzehnte. Ein Werkstattbericht*, 2004)和《格林的词语,一份爱的宣言》(*Grimms Wörter. Eine Liebeserklärung*, 2010)中的诗作,光是独立成册的诗集格拉斯一生就出版了至少十三部之多:《风信鸡的长处》(*Die Vorzüge der Windhühner*, 1956)、《格莱斯德莱艾克》(*Gleisdreieck*, 1960)、《追问》(*Ausgefragt*, 1967)、《向玛丽亚致敬》(*Mariazuehren*, 1973)、《爱情考验》(*Liebe geprüft*, 1974)、《和索菲一起去采蘑菇》(*Mit Sophie in die Pilze gegangen*, 1976)、《啊比目鱼,你的童话没有好结局》(*Ach Butt, dein Märchen geht böse aus*, 1983)、《十一月之国》(*Novemberland*, 1993)、《给不爱阅读的人的拾物》(*Fundsachen für Nichtleser*, 1997)、《最后的舞蹈》(*Letzte Tänze*, 2003)、《抒情的猎物》(*Lyrische Beute*, 2004)、《愚蠢的八月》(*Dummer August*, 2007)以及《昙花一现》(*Eintagsfliegen*, 2012)。格拉斯几乎所有的诗集均配有他自己的绘画作品。格拉斯晚年时曾经说过,他本人最钟情于诗歌,因为诗歌是最清晰和最明了的用以质疑和审视自我的最佳写作形式。事实上,诗歌虽然带给他的外在声誉不如他的小说作品崇高,但在内部,在本质上却对他的整个文学创作乃至安身立命具有不容低估的重要意义。

1955年春,27岁的格拉斯参加南德意志斯图加特广播电台举办的一次诗歌比赛,以一首名为《梦乡百合》的诗歌一举夺得第三名。从颁奖仪式回来后,他就收到一封来自当时联邦德国最重要的作家组织——"四七社"发起人,同时也是该社精神领袖及幕后英雄的汉斯·维尔纳·里希特(Hans Werner Richter,1908—1993)的电报,邀请他去柏林参加该社举行的会议。他的作品朗诵也引起德国作家、文艺理论家和文艺评论家瓦尔特·霍勒尔(Walter Höllerer,1922—2003)的注意。1955年他们开始交好。《梦乡百合》1955年就率先登载在霍勒尔于1954年创办的联邦德国最重要的文学论坛之一——双月刊杂志《重点》第3期上。1956年格拉斯的第一部书——诗集《风信鸡的长处》由洛伊希特尔出版社出版。就这样,当时还只靠着洛伊希特尔出版社每月300西德马克奖学金勉强度日的格拉斯,首先是以略显生涩的青年诗人的形象步入文坛。《风信鸡的长处》,这本收录了他20世纪50年代前期所写即兴诗歌的文学处女作虽然只销售了700册,但评论界的反响却是相当不错,称赞其开拓了一条"现实主义地描绘日常生活的路径"。格拉斯自己则认为,该部诗集中所包含的这些他最初时期的诗歌创作可视为一种"纯粹的艺术上寻找自我的尝试"。1958年秋,格拉斯在"四七社"的一次会议上朗诵了当时尚未完成的《铁皮鼓》中的几个选段,立马震惊四座,"四七社"旋即把该社当年奖金额度为3000联邦德国马克的文学奖颁发给他。1959年,格拉斯长篇小说处女作《铁皮鼓》出版,获得世界性成功。从此,格拉斯就被视为全世界最重要的作家之一。这部标杆性的巨著销量高达300万册,被翻译为二十四种语言,格拉斯也主要因此而在40年后获得1999年度诺贝尔文学奖。瑞典科学院的授奖词肯定格拉斯"用活泼的黑色幻想刻画被遗忘的历史面孔",并富有远见地勇敢断言:《铁皮鼓》将会是"20世纪不朽的文学作品之一"。不过,出人意料并因此而更加有趣的却是,《铁皮鼓》这部不朽名著最初的创作灵感及其主人公雏形竟然有着一个诗歌的渊源,是出自格拉斯1952年的一个组诗构思!

二、鸿篇巨制诗为本

1952年春夏,格拉斯在法国各地游历,旅途中才思喷涌,妙笔生花,写下很多文字,其中就包括一首题为《圆柱圣徒》的较长的组诗构思,其抒情主人公为一个现代苦行僧,即所谓的待在高高的圆柱上修行的基督教圣徒。这个构思具体如下:"一个年轻人,存在主义者,正如时代潮流所规定的那样。泥瓦匠的职业。他生活在我们的时代。桀骜不羁,更多出于偶然而饱读诗书,却舍得引经据典。还在富裕爆发之前,他便已对富裕感到厌倦:就爱去恶心它。因此他在他所在的(无名)小城中央砌起一根圆柱,戴上脚镣手铐站到柱子上表明立场。他的母亲一边骂他,一边用长长的杆子挑起饭盒送饭给他吃。她一次又一次劝他下来,一群理着神话发型的女孩用合唱来声援她。小城的车辆围着他的圆柱打转,朋友和对手聚拢过来,最后是黑压压向上仰望的人群。他,这个圆柱上修行的圣徒,一无所有,高高在上,鄙视凡尘,淡定地变换着两腿的重心,找到一个合适自己的视角,把一个又一个譬喻抛向世人。"但是,这个组诗却始终没有正式发表,只保留有一些片段,如下面这段依据格拉斯在一次电视采访中所进行的口头朗诵而做的记录:

恶魔在这里穿梭,举止粗野拖着大包行李,
在他艰难行进遇阻之地,一栋栋房屋傻呵呵在那伫立。
不管他向何处撒尿,这些小水坑都向天空发信号。
而我呢,一座栖息着绿鸟的森林,
一个满载风趣石子的酸面包,
我,虽然是谎言,却高高立于圆柱上,
人人都看得见,
我抵得上三个壮汉
我冲着姑娘们乱颤的双乳吐唾沫,
我数着老妇所穿裙子上的侏儒,
我兜售蠹卵斑斑的地毯,
我也出示护身符去抵御风寒
还把钉子钉进你们的脑袋,
以免你们的帽子被风吹飞。
我长着一个蜜糖驼背,
所有的胡闹都去把它舔。
我是消防队,浇灭一切饥渴。

上述诗歌构思及其部分成型的这个片段中就已包含后来进入长篇小说《铁皮鼓》里的一些因子,如《铁皮鼓》主人公、三岁停止生长的奥斯卡·马策拉特又在21岁时允许自己开始有所生长,从而得以在30岁时将自己的身高由94厘米提升到123厘米,并且还另外让自己长出一个驼背来,这一情节发展的设计就明显和上述片段中的"侏儒"及"我长着一个蜜糖驼背"是吻合的。按照格拉斯本人的陈述,在他的这个诗歌构思里,奥斯卡·马策拉特,在这个人物叫这个名字之前,最先是以在圆柱上修行的圣徒面目出现的。不过,这个构思后来没有被直接采用,个中原因,格拉斯在1980年12月4日于柏林召开的"作家画像——君特·格拉斯"文学研讨会上是这样解释的:"在我23岁时,我准备写一首较长篇幅的题为《圆柱圣徒》的组诗。这个圆柱圣徒其实就是《铁皮鼓》中人物奥斯卡·马策拉特的最早雏形。这个被拔高的人,他从高处俯视世界,与之保持距离,他不加入任何党派,只通过自身所见来反映自身,而奥斯卡·马策拉特则是另一种定位,……是一个来自低处的视角,并且同时还是以移动的状态步入这个世界的。圆柱圣徒的这个位置被证明是太过崇高了,只有变一变了。"

于是,随着圆柱被变掉,那种基于圆柱而被拔高的定位也就随之被放弃了。尽管如此,圆柱圣徒的一些决定性特征却依然得以保留下来:奥斯卡·马策拉特同社会、同包围他的世俗格格不入,他真真切切地从滚滚红尘之中升腾出来。通过他出生时就已经完成的精神发育,他获得了那个在圆柱上修行的苦行僧的一览众山小的俯瞰视野;圆柱圣徒基于其毫无掩饰的暴露地位所拥有的那种令人信服的能力在奥斯卡这里代之以可以摧毁玻璃的神奇声音;圆柱圣徒离群索居的孤独感在奥斯卡这里对应地演变为奥斯卡的恐惧感及其重返母体的渴望,而通过他的身体畸形等反常特征,他的这种孤独感也得到进一步强化。因此,对于奥斯卡这个全知全能的人物而言,圆柱圣徒的视角反而是被扩大和延展了。

三、审视自我诗之用

在格拉斯这里,从诗歌出发去展开诗歌之外的文学样式的创作,《铁皮鼓》并非先例。早在以小说闻名于世之前,除了诗歌和雕塑,格拉斯还同时进行戏剧创作,仅在1954—1957年他就写下了四个剧本和两部独幕剧,如《恶毒厨师》《洪水》《叔叔,叔叔》等,按照格拉斯自己的说法,全都是从"事先就用对话形式写就的诗歌中扩展而来"。而就在《铁皮鼓》出版后不久,格拉斯又紧跟着于1960年发表了他的配有多幅大规格色彩阴郁炭笔画的第二部诗集《格莱斯德莱艾克》(又译作《铁轨三角》),共收录五十五首诗歌,内容小至防火墙、生鲱鱼、夫妻吵架、住房、一日三餐、儿童玩具,大到厌倦感、侵略性和死亡,或强烈关涉现实,或细微描摹具体物件,间或也夹带一点八卦趣闻,但全部事件的发生地却只有一个,那就是柏林墙建成之前的柏林,这一点从诗集的标题"格莱斯德莱艾克"正好是后来介于东、西柏林之间的一个地铁站名便可看出。一方面,创作新诗不间断;另一方面,《铁皮鼓》之后的许多重要作品的写作契机和形成"要素"依然继续出自诗歌,正如作家本人所一再强调的那样,他的诗歌《波兰旗》和《稻草人》也蕴含了《狗年月》的诸多雏形,诗集《和索菲一起去采蘑菇》甚至囊括了长篇小说《比目鱼》的全部主题。如此众多的非抒情性作品均生发自"抒情性要素",这种独特的创作方式从一个侧面表明,诗歌是同格拉斯关系最为密切的一种文学样式,是刻在格拉斯骨子里的某种东西,而格拉斯对诗歌也确实有着自己十分特殊的理解。

格拉斯曾说,诗歌"始终是重新认识和考量自我的最为精细的工具"。在格拉斯看来,诗歌就其功能而言首先只是纯粹同进行创作的诗人自身发生联系,是纯粹个人的想象,是纯粹自我的对话,所以他有一定数量的诗歌,尤其是早期的诗歌,是不以与外人交流为目的的,是专为自己的灵魂而书写的,因而也只有他自己才能懂得。如此一来,读者若想解读这类封闭晦涩的诗歌,往往也就只能有赖于格拉斯是否在其他地方,比如是否在他的绘画,或者是否在他的小说等作品中进行过相应的艺术或话语改写以及这种改写和展开的程度如何。与此相关的一个为研究界所津津乐道的例子,便是收录在格拉斯 1956 年发表的第一部诗集《风信鸡的长处》中的《薄冰挽歌》一诗。在这首诗里有这样一节:"香气包围果核/打开,苦味明显,/这果核仿佛就是全部/及证明:水果即罪恶。"这首诗曾长期令它的读者百思而不得其解,直到 16 年之后格拉斯发表《蜗牛日记》,才算最终解码。在这部 1972 年面世的、由三十个章节组成的散文作品的第十一章中可以读到这样一段话:"弗兰茨说:'你喜欢烤李子吗?'——后来我砸开果核:这轻微痕迹的氢氰酸……而后布鲁诺就来了,生活也就重新开始了。"而在这同一本书的记录一个真实自杀事件的第十七章中又可以读到下述文字:"氰化钾,这种氢氰酸盐(HCN)通过胃酸释放,阻滞含铁的呼吸酶。八十个苦杏仁含有六十毫克致命剂量的氢氰酸……尸体解剖时颅腔内的苦杏仁味揭示了死因。"这里的苦杏仁比喻是对经历过纳粹集中营生死磨难的诗人保尔·策兰(Paul Celan,1920—1970)的引用。如此一来,被破解的死亡指向就使得解读者有可能经由《圣经·罗马书》第六章第23节中所含的"死亡是罪恶的酬劳"这句话构建起一种同"罪恶"的关联了。

当然,格拉斯也有一些诗歌,尤其是中后期的一些诗歌,是比较容易理解的,如他20世纪70年代和80年代发表的诗集《向玛丽亚致敬》《爱情考验》《比目鱼,你的童话没有好结局》等。其中,《比目鱼,你的童话没有好结局》发表于1983年,为他六年前面世的长篇小说《比目鱼》所含诗歌的汇总,作者在这里竭尽所能地用诗歌的语言去详细描绘日常生活的琐碎现实:以鱼类、蘑菇和谷物为主的各种食物,烹饪菜谱,居家建议,身体功能,甚至对作为人类终极产物的粪便也不惜笔墨,俨然一部浓缩的人类饮食文化史。

格拉斯的诗歌不仅具有浓烈的现实主义色彩,而且不乏尖锐的嘲弄和辛辣的讽刺,时不时地还会于细微平凡之中闪烁出某种深刻哲理,如收录在他的第二部诗集《格莱斯德莱艾克》中的一首题为《幸福》的诗歌:

> 一辆空空的公交车
> 风驰电掣穿过繁星高照的夜。
> 也许驾车的司机在一路高歌
> 好不幸福快乐。

在这首格拉斯篇幅最短的诗歌里,表达讽刺意味的关键词是"也许",通过把一个没有意义的事件和一种参与这一事件的幸福感相结合,小诗透射出某种宗教哲学意味:尽管尘世的存在是没有意义的,但这并不妨碍人类去幻想得到此岸的幸福。

四、与时俱进诗言志

格拉斯具有一般德国作家所不具备的那种非同寻常的政治热情与社会情怀。自20世纪60年代初叶起,格拉斯亦开始以积极投身政治活动的公共知识分子形象示人,并逐步发展成为联邦德国乃至统一后的德国社会政治生活中的重量级人物。在1961年的联邦德国大选中,发生了针对当时的反对派候选人威利·勃兰特(Willy Brandt,1913—1992)的大规模抹黑行动,这是促使格拉斯挺身而出的一个重要因素,因为格拉斯非常崇拜勃兰特,视勃兰特为反抗纳粹的道德和政治典范,而和勃兰特本人相识也是推动他直接投身政治的另一个重要因素。1965年、1969年和1972年,格拉斯都在为支持社会民主党竞选而四处奔走拉票,成为社会民主党奉行的改革与和解政策的一个重要传声筒,而这时的他其实还不是社民党党员,直到1982年他才加入社民党,但是10年后的1992年又由于抗议该党的难民政策而愤然退党。不过,即便如此,他仍然在接下来的多年时间里继续支持社会民主党并在联邦议会的竞选中为其摇旗呐喊。

除了绝大多数时候旗帜鲜明地站在社会民主党阵营,格拉斯同时还大力支持诸如环保运动、和平运动乃至为推行正字法签名等各种社会运动和活动,积极致力于两德和解以及德国与东欧邻国的和解。20世纪90年代,当德国的再统一成为决定德国日常政治的风向标时,格拉斯又一次扮演起了政治预警员的角色,高调反对"一蹴而就的统一",鼓吹成立一个逐渐融合的邦联制的德意志文化国家。两德统一后,进入21世纪,格拉斯愈发老当益壮,参政议政热情不减,对国内外时事政治频繁发声,反复成为舆论焦点。

格拉斯的这种鲜明的政治倾向性和与时俱进的社会参与态度对他的全部文学创作产生着持久影响,也不断在他的诗歌创作中得以充分体现。格拉斯1967年发表的第三部独立诗集《追问》就明显与前两部氛围不同,内容主要涉及他迄今为止的生平经历和政治活动两个方面,与他在这同一时期发表的系列文章和讲演交相呼应,清晰明确地表达了拥护社会民主党的态度立场。他用富于韵律的诗歌语言讲述个人体验,尤其是他1965年为支持社民党和威利·勃兰特竞选而不遗余力的经历。全书政治意味浓厚,可视为作家这一时期政治激情的诗意表达。

1993年发表的十四行组诗《十一月之国》同样具有丰富的政治意涵。诗集创作的宏观背景涉及两德统一之后愈演愈烈的复仇主义、极右主义和排外现象,具体的内容则是作家对1992年12月发生在吕贝克南边一座城市莫恩的一次针对难民营并导致难民死亡的纵火袭击的文学反应。在这部诗作中,格拉斯运用崇高庄严的十四行诗形式,通过鲜明的对比手法,强烈地表达了希望找寻一种"良药"来遏制"德国重蹈覆辙"的意愿。

2012年4月,格拉斯同时在德国《南德意志报》、意大利《共和国报》和西班牙《国家报》上发表了一首批评以色列的散文诗《不得不说》(Was gesagt werden muss),指责以色列以其针对伊朗的威胁而构成对世界和平的威胁。他透过诗的语言发出警告说,如果以色列发动核攻击,那么这场核攻击"可能会灭绝伊朗人民"。他还批评德国向以色列提供潜艇。他的言论引发了一场声势浩大的抗议浪潮和批评风暴。一位以色列驻德国前大使便认为这首诗证明了"一种对自己的过去、对犹太人和对以色列的紊乱的关系"。来自德国政治舆论的批评以负面为主。人们除极力贬低该诗的文学品质外,首先对其内容和作家的自我中心主义大加责难;也有人痛斥他在政治上的无知并给他扣上一顶反犹主义的帽子。

2012年5月,格拉斯又在德国《南德意志报》发表题为《欧洲的耻辱》(Europas Schande)一诗。在这首诗中,格拉斯质疑了德国和其他欧洲国家对待债台高筑的欧盟成员国希腊的方式,他认为这种方式是一种忘却历史的、只以经济政策为导向的方式。相比上述《不得不说》所引发的来势汹汹的声讨而言,舆论这一次的反应则显得暧昧了许多。

五、归去来兮诗作别

格拉斯的传记作者兼格拉斯作品的出版者佛尔克·诺伊豪斯(Volker Neuhaus,1943—2025)曾经对格拉斯在诗歌、绘画和小说创作之间的转换规律进行过十分准确的总结。他认为,诗歌、绘画和雕塑在《但泽三部曲》——《铁皮鼓》《猫与鼠》《狗年月》发表之后的长达半个多世纪的时间里,始终是小说家格拉斯退守归隐的港湾和发起新的进攻的堡垒。每当作为小说家的格拉斯需要噤声之时,作为版画家和雕塑家的格拉斯就会发声;而格拉斯的版画和雕塑作品同时又是为他的诗歌创作服务的,如此一来,1972年的《蜗牛日记》和1977年的长篇小说《比目鱼》之间就是一个版画和诗歌的创作时期,1980年的《用头生抑或德国人死绝》(*Kopfgeburten oder Die Deutschen sterben aus*)和1986年的长篇小说《母鼠》之间又出现了一个绘画、雕塑和诗歌的创作时期,1986年的《母鼠》和1992年的《铃蟾的叫声》(Unkenrufe)以及1995年的长篇小说《说来话长》之间则再度出现了一个绘画和诗歌的创作时期,而在《说来话长》和1999年《我的世纪》(Mein Jahrhundert)之间的四年则属于水彩画和诗歌,在2002年的中篇小说《蟹行》(Im Krebsgang)和2006年的《剥洋葱》(Beim Häuten der Zwiebel)之间又插入了一个属于绘画、雕塑和诗歌的四年。此外,为了逃避自传《剥洋葱》引发的始料未及的媒体骚动,感到深受伤害的格拉斯于是再一次躲进诗歌和绘画的天地,这一次躲避的结果便是2007年发表的诗集《愚蠢的八月》、2008年发表的由绘画和暗室故事组合而成的散文作品《盒式相机》(Die Box. Dunkelkammerges-chichten)以及2010年发表的由诗歌和短篇小说组成的作品《格林的词语,一个爱的宣言》。不过需要说明的是,诺伊豪斯用作总结的数据搜集只截止到2010年。其实,这个规律同样适用于作家生命中最后的5年：2012年格拉斯又集中发表了前述两首引发巨大媒体效应的政治诗歌和诗集《昙花一现》,同年9月出版的抒情诗集《昙花一现》共收录87首诗歌,内容主要围绕衰老、死亡和格拉斯的爱国情展开,每一首诗均配有格拉斯本人的钢笔水彩画,而同样是在经过了这样一个诗配画的阶段之后,据来自格拉斯出版人的最新消息,老作家去世前不久又刚刚杀青了一部题为《论有限性》(Vonne Endlichkeit, 2015)的散文作品。

由此可见,在格拉斯一生的全部创作中,诗歌、艺术和小说是共存共生的,只是在时间分段上呈现出较为明显的交错：诗歌、绘画、雕塑几乎总是同时进行,而且这种时期通常就是后来的宏大的叙事作品的酝酿期,如1959年《铁皮鼓》发表之前的时期就是格拉斯作为诗人和雕塑艺术家的最初的演练时期。总之,格拉斯的艺术创作没有任何歇息的时候,他时刻都在用自己的方式发声。生前如此,身后亦然。

吕贝克的君特·格拉斯之家,即吕贝克市立格拉斯博物馆,在2015年4月13日格拉斯去世的消息传来之后,立即在其网页上推出了格拉斯的诗歌《临终圣餐》(Wegzehrung):

> 带着一麻袋坚果,
> 带着最新的牙,
> 我愿意这样被埋葬。
> 如果在我躺着的地方,
> 传出嘎嘣嘎嘣声响,
> 可以推想:
> 那就是他,
> 一如既往。

格拉斯之家的这种悼念方式着实独特隽永,耐人寻味。这种以诗作别是基于对格拉斯人道主义斗志的最深沉的理解,它也再一次昭示了这位20世纪下半叶德语文学巨匠的诗意本质:乘着诗兴来兮,载着诗情归去。

(原载《文艺报》2015年6月8日)

德布林表现主义时期的三篇柏林小说浅议

德布林最负盛名的长篇小说《柏林，亚历山大广场》因其原创性、实验性和超前性而令广大读者望而生畏。鉴于德布林作品普遍具有的高难度和阅读障碍，也鉴于其作品普遍具有的强烈现实意义和突出的文学创新价值，更由于其作品译介目前在国内尚处于起步阶段，《柏林，亚历山大广场》的大城市文学标签又比较根深蒂固，笔者以为，普通读者如想了解德布林及其作品，不妨由小及大，由浅入深，先从他的三篇柏林短篇小说《神甫》《梦游女》《上苍开恩》入手。这三部作品在形式和内容上均与《柏林，亚历山大广场》有多重关联，对理解和认识后者具有明显启发和促进作用，可以作为接触后者的前奏和预热。但大城市母题仅是这些小说的一个层面，抛开这个老生常谈的视角，早十五年面世的它们首先是意涵丰富的表现主义文学精品，具有独立的艺术品格和特有的时代烙印。

一、德布林作品的实验性与阅读障碍

阿尔弗雷德·德布林是现代德语先锋文学的代表人物,是德语现当代文学史上最具创新性和创造力的作家之一,其文艺理论主张和创作实践对现当代德语作家产生深远影响。德布林的作品内容丰富,气势磅礴,从医学和心理学论文如《科尔萨科夫式精神变态条件下的记忆障碍》(*Gedächtnisstörungen bei der Korsakoffschen Psychose*, 1905),到文论、政论、哲学及宗教著作如《叙事作品的结构》《德国假面舞会》《自然之上的我》《知与变!》《我们的存在》,到自传、报告文学和宣传手册如《女同毒夫案》(*Die beiden Freundinnen und ihr Giftmord*, 1924)、《命运之旅》(*Schicksalsreise*, 1949)、《纽伦堡审判的教育意义》,到史诗如《末那识》,到戏剧如《莉迪亚和小马克斯》《婚姻》《水》乃至受雇于米高梅(美国好莱坞影业公司)时期的电影脚本,再到一系列惊世骇俗的叙事作品,从德国、中国、印度到南美洲和格陵兰冰山,从希腊神话、圣经典故到三十年战争,从清朝乾隆年间爆发的清水教起义到欧洲殖民主义在美洲的泛滥成灾,从两次世界大战到27世纪的未来人类图景,时空跨度之大,呈现样式之多,令人叹为观止。当然,在德布林葳蕤茂密的文学森林里,最参天的大树结出的最丰硕的果实依然还是小说。德布林最重要的长篇小说有《王伦三跃》、《华伦斯坦》、《山、海和巨人》、《柏林,亚历山大广场》《亚马孙河三部曲》《1918年11月》(德国革命四部曲)《哈姆雷特或漫漫长夜的终结》,德布林最重要的中短篇小说集则是《一朵蒲公英的被害》和《罗本斯坦人奔赴波希米亚》(*Die Lobensteiner reisen nach Böhmen*, 1917)。

就接受史而言,德布林最负盛名的作品当属 1929 年发表的长篇小说《柏林,亚历山大广场》。小说副标题为"弗兰茨·毕勃科普夫的故事",讲的是一个流氓无产者在现代世界大都会柏林经受命运三次打击而最终洗心革面、脱胎换骨为"新人"的艰难历程。小说的情节具有一定紧张性,时间线按流水账走,有些被叙述时间甚至清晰到分钟,然而,直线形的故事情节却随时地、反复地被大量插入的关于柏林城的纷繁信息、流行歌曲歌词、广告词、报纸剪报、法律条文、科普文章、圣经故事和希腊神话片段等所打断,直至被淹没在铺天盖地而来的洪水般的信息碎片和知识碎片之中,令习惯于追求情节和共鸣的传统读者深感混乱和沮丧,从而使得阅读体验大打折扣。这种大胆凶猛的、锐意求新的蒙太奇风格和技法,外加小说深厚的哲学内涵及宏大的篇幅与体量,都对读者提出很高要求,既要注意力集中,又要知识储备丰富,还要有勇于接受反传统和反理性的气度与胸怀。故而,尽管德布林作品的文学品质为业内专家和同行作家高度认可,在世界文学史上亦占有稳固而重要的一席之地,但其自带光环的原创性、实验性和超前性对于普通读者却依然是难度巨大,曲高和寡,即便像《柏林,亚历山大广场》这样深受市场追捧的畅销书和文坛常青树也同样令广大受众望而生畏,深度阅读基本上无从谈起。鉴于德布林作品普遍具有的高难度和阅读障碍,也鉴于德布林作品普遍所具有的强烈的现实意义和突出的文学创新价值,更由于德布林作品的译介目前在国内尚处于刚刚起步的初级阶段,而德布林代表作《柏林,亚历山大广场》的大城市文学标签又比较根深蒂固,基于这些原因,笔者以为,普通读者如想了解德布林及其作品,不妨由小及大、由浅入深,小步慢走,先从德布林早期的一些涉及城市题材的相对简单好懂的中短篇小说入手。

二、德布林的城市题材小说概览

德布林涉及城市题材的长篇小说除《柏林,亚历山大广场》外,还有1916年面世的"中国小说"《王伦三跃》和1918年出版的反映小人物绝望反抗资本的《华德策克勇斗汽轮机》。前者只能说是稍有触及,即只在小说开头的一个"献词"里,用一页多一点的篇幅,借助第一人称叙事者"我"——一个生活在某座大城市里的、深受屋外交通噪声困扰的写手之口,明确表露出对城市化、现代化、技术化带来的所谓"进步"的质疑。① 相形之下,后者的情节展开空间则是确切地体现为柏林,且在城市叙事视角和蒙太奇技法运用的深度与广度上更为贴近《柏林,亚历山大广场》,可谓德布林笔下真正意义上的"第一部柏林长篇小说"。② 不过,这两部长篇作品均与《柏林,亚历山大广场》一样属于鸿篇巨制,不适合初读和入门,反倒是早期的一些反映城市主题的中短篇小说更为合适,更值得率先尝试。

德布林最早的柏林短篇小说是形成于1896年的《现代:一幅来自当下的画卷》,讲述了一个年轻女裁缝的故事。这位名叫贝尔塔的女主人公因失业而对生活感到绝望,便试图从宗教和通俗文

---

① Alfred Döblin, *Die drei Sprünge des Wang-lun. Chinesischer Roman*, hrsg. von Gabriele Sander und Andreas Solbach, München: Deutscher Taschenbuch Verlag, 2007, S. 7 – 8.
② 参见 Gabriele Sander, *Alfred Döblin*, Stuttgart: Philipp Reclam jun., 2001, S. 139 – 141。

学里寻找慰藉。她的男友为和她发生关系而纠缠不休,她陷在欲望和基督教道德之间左右为难,无所适从,而害怕变成妓女的羞耻心也令她惶惶不可终日,直到有一天终于不堪重负地冲到街上意欲自杀,故事到此戛然而止,没有了下文。尽管没有写完,但值得注意的却是:在这篇小说的开头,时年仅有18岁的德布林便已懂得采用当时文学里的新兴人物形象——城市漫游者的视角,来描摹他的第一幅柏林画卷。在德布林笔下,这位都市游荡者对世界大都会的喧嚣持有既迷恋又批判的矛盾态度。叙事技巧上,德布林已经能够比较娴熟地再现柏林市中心的繁华景象,巧妙罗列和并置对于城市的观察和印象,通过聚焦社会各阶层典型代表而彰显潜在的阶级对立和社会紧张关系,而在语言驾驭能力方面,德布林也表现得相当自如,同时还不忘融入柏林方言,强化地方色彩。[1]

德布林的第二篇触及城市题材的中短篇小说是1910年发表的《一朵蒲公英的被害》,这篇构思于1904—1905年的表现主义文学瑰宝是德布林最早的成名之作,我国在20世纪80年代已有翻译引进。[2] 但这篇小说情节展开的地点并非柏林,而是德布林曾经短暂求学并获得医学博士学位的城市弗莱堡。小说放弃传统心理描写,专注于记录事件发生经过的外在印象,可以被看作是对一个精神病患者发病全程的记录和分析。小说同时也从一个侧面暗示了主人公——人前体面的德意志帝国商人费舍尔先生棒杀一朵蒲公

---

[1] 参见 Gabriele Sander, *Alfred Döblin*, Stuttgart: Philipp Reclam jun., 2001, S. 100 - 101。

[2] 参见[德]德勃林:《蒲公英横遭摧残》,王之蕾译,《外国文艺》1987年第4期,第176—188页。

英而内疚到发疯的原因之一便是其身处的现代城市环境："人在这城市里会焦虑，这城市让我焦虑。"①

尽管《现代：一幅来自当下的画卷》和《一朵蒲公英的被害》里都出现了城市，但考虑到第一篇柏林短篇小说作为德布林学生时代的未完成习作在其生前并没有正式发表，又考虑到《一朵蒲公英的被害》的情节发生地并非柏林，所涉及的弗莱堡对现代世界所具有的代表性和象征性又自然无法与柏林相提并论，因此，如果以正式发表且直面柏林题材为标准的话，那么，这最早的两个短篇都不算特别合适，反倒是1912—1914年形成并发表的三篇短篇小说——《神甫》(Der Kaplan)、《梦游女》(Die Nachtwandlerin)和《上苍开恩》(Von der himmlischen Gnade)与作为德语大城市文学巅峰之作的《柏林，亚历山大广场》之间具有更为紧密的关联性和互文性，基本上可以算作德布林最早系统描绘柏林并最能预示《柏林，亚历山大广场》部分雏形的中短篇作品。这几部作品的情节发生地都是实打实的20世纪初叶的柏林城，每一个地标、每一条街道、每一家商业场所和宗教场所等都是采用真实的名称，对它们的描摹也是忠实于原貌的实景再现，从中可以清晰地看到德布林对于大城市题材的驾驭已经越来越娴熟，大城市题材也通过他笔下的一部部作品逐渐变得重要起来，从而最终在《柏林，亚历山大广场》中跃升为叙事的中心对象。德布林在这里也继续沿用了漫步于柏林街头的这样一种叙事情状，以便把丰富多彩的感知、印象和联想插入和组装进小说的情节织体之中。柏林城市空间及其所连

---

① Alfred Döblin, *Die Ermordung einer Butterblume. Sämtliche Erzählungen*, hrsg. von Christina Althen, Düsseldorf u. Zürich: Walter Verlag, 2001, S. 57.

带的地方特色已经开始摆脱传统的服务于情节的从属地位,逐渐迈出与情节和主题并重趋同的步伐,并可望成为一个不可分割的主体。这一点在《神甫》和《梦游女》中体现得尤其明显:德布林宛如摄影师在用快闪镜头捕捉一个个现实片段,叙事节奏生动有力,纷繁的视听印象与细腻感知被灵巧地罗列和并置起来,德布林用客观而巧妙的笔触再现出电影的同时性叙事效果,令人仿佛身临其境,深陷充斥噪声、行色匆匆和感官过度刺激的大城市泥潭而不能自拔。《柏林,亚历山大广场》里的那种无处不在的蒙太奇风格已在这种早期的柏林风物的电影式描写中初现端倪。特别是在《神甫》里面,德布林以前所未有的力度让小说主人公和大城市柏林之间形成某种对峙的张力,这种新颖的人物与其所处环境的体验模式后来也被更具戏剧性地转用到了《柏林,亚历山大广场》男主人公毕勃科普夫与他的环境——柏林城的对立之上。[1]

综上可知,《神甫》《梦游女》《上苍开恩》这三篇柏林短篇小说无论是形式还是内容上均与关于柏林的大城市小说《柏林,亚历山大广场》具有多重关联,对理解和认识后者具有明显的启发和促进作用,可以作为接触后者的前奏和预热。当然,这里同时也需要强调指出的是,大城市母题仅仅是这三篇短篇小说的一个层面而已,抛开这个老生常谈的视角,早 15 年面世的它们其实首先是多层面和多维度的表现主义文学精品,具有独立的艺术品格、自成一体的旨趣和特有的时代烙印,理应受到与之匹配的专门研究,而非被降格为其他某部作品的辅助与附庸。

---

[1] 参见 Gabriele Sander, *Alfred Döblin*, S. 143 - 144。

下面笔者就按照这三个短篇发表时间的先后顺序来逐一对它们进行一下初步探讨。

三、《神甫》的南柯一梦

这篇以宗教禁欲为例展示性作为原始自然力量所具有的破坏性的小说于 1914 年形成于柏林，同年 6 月首发于表现主义杂志《风暴》。这是德布林本人十分看重的一部中短篇作品，1920 年曾由他本人定夺，选入马克斯·克雷尔（Max Krell, 1887—1962）编著的《献给时代的中篇小说》(*Die Entfaltung. Novellen an die Zeit*)，1926 年又被他自己收录"世界精灵"丛书系列里的一个小说集。[①]

从小说的德文标题"Der Kaplan"便可知主人公是一位天主教的助理神职人员。小说的被叙述时间约莫为一个月，从春光明媚的五月延续到六月，但所叙述事件的核心部分基本上发生在五月份的某一周之内。小说开场便来了一个温和的视听轰炸，用一连串拟声词模拟出柏林街头的各种声响，随即推出故事的主角——走出地铁站的柏林神甫安泽尔姆。这本是一个又高又瘦、性格古怪且爱装腔作势的年轻人，却不承想在波茨坦广场被一红衣女子所吸引，觉得她有些面熟，好像在他那里做过忏悔。他情不自禁地上前和她搭讪，在傍晚的阵雨中为她撑伞，送她回家，顺便知悉了她的名字和住址。第二天下午，神甫便已急不可耐地登门拜访这位名叫爱丽丝·杜弗的法国女郎，却不料和她的男朋友、预备役少

[①] 参见 Sabina Becker（Hrsg.），*Döblin-Handbuch. Leben-Werk-Wirkung*, Stuttgart：J. B. Metzler Verlag, 2016, S. 65。

尉罗伯特·冯·瓦伦撞了个正着。罗伯特取笑神甫，神甫尴尬告辞，罗伯特乘机和他一起走上热闹的动物园大街，连哄带骗外加威胁地说动神甫去接手被他抛弃的前女友贝尔塔，以帮他摆脱她的纠缠。神甫为讨好少尉便去向贝尔塔大献殷勤。这个柏林女人虽然一眼看穿瓦伦的流氓手段，但却依然诱惑神甫与自己发生了性关系。事后神甫向告解神父文森特坦白自己对爱丽丝的强烈爱欲，后者警告他赶紧断念，而且只给他很短的考虑时间。神甫去贝尔塔那里两次后发觉受骗，就跑去质问罗伯特，又被后者花言巧语搪塞过去，后者还邀请他参加在爱丽丝家里举办的化装舞会。在爱丽丝家里，如约而至的神甫任由罗伯特羞辱，听任其安排，穿上爱丽丝的内衣狂舞，爱丽丝生气地将神甫赶走。神甫深夜回到家中，对着被乱箭射杀的天主教圣人圣塞巴斯蒂安受难图下定"终结"[1]决心。天一亮，神甫又来到爱丽丝家中并坚持穿着圣衣与她拥抱接吻。爱丽丝不再容忍罗伯特对自己的控制，有意结束跟他的关系。当天，爱丽丝和神甫同坐马车前往城郊踏青，马车装饰得跟婚车一般漂亮，可惜好景不长，罗伯特策马追来。情急之中，本应互相协助一致对外的神甫和爱丽丝却突然开始彼此肉搏，在打斗过程中，神甫让爱丽丝摔下马车，一命呜呼。他的那双置爱丽丝于死地的胳膊因此僵硬了三周，直至向圣母献祭之后方才恢复正常。

这篇小说有三个值得注意的地方。首先是小说的社会批判内涵，这一点比较容易读出。德布林对男一号神甫的虚伪、放纵、变

---

[1] Alfred Döblin, *Die Ermordung einer Butterblume. Sämtliche Erzählungen*, S. 160.

态和冷酷进行了辛辣的讽刺,对男二号瓦伦的军人身份及其变态行为也进行了入木三分的刻画,这个"服过役……现在还是半个兵"[1]"声音如军号般嘹亮"[2]的预备役少尉,虽身强体壮,却心理阴暗,心狠手辣,羞辱和控制他人如同家常便饭,而且此人还患有性瘾,换女人如同换衣服一般。宗教和军队是维护国家机器运转的中坚力量,尤其是军人更是军国主义盛行的威廉二世统治时期德意志帝国的精英阶层,德布林塑造出如此负面的帝国精英形象,展现出强烈的社会批判姿态,这在当时的历史条件下亦难能可贵。

小说第二个令人印象深刻之处则是:读者读完之后大都会感觉主要人物和情节都显得怪异荒诞。除用变态和病态来解释外,笔者认为还应考虑神秘主义和超现实主义因素。正常情况下,作为必须禁欲的天主教教士哪里敢明目张胆跑去找妓女,甚至做爱时坚持穿着圣衣?另外小说里数次出现的幼稚可笑的青蛙游戏以及神甫的胳膊好似中邪般僵硬三周之久,都暗示了某种灵异和神秘。笔者倾向于认为,从小说开头神甫看见红衣女子起直至小说结束的整个内容更像是神甫的梦境、幻觉和意识流,这种思路恐怕更能解释整个人物和情节的怪诞与不合逻辑。

小说第三个引人瞩目之处在于其结局,爱丽丝居然最后死于自称是那么爱她的神甫之手。这个结尾太出人意料,也正是谋篇布局的画龙点睛之笔,难怪德布林喜欢称自己的短篇小说为"德式中篇",因为这些个"德式中篇"确实如歌德曾经定义的那样,描述

---

[1] Alfred Döblin, *Die Ermordung einer Butterblume. Sämtliche Erzählungen*, S. 151.
[2] Ebenda, S. 149.

的是"闻所未闻之事"①。有学者提议从病态心理来理解这个结尾,即杀死爱丽丝可能是神甫出于恐惧心理的失手,结合小说里对神甫处于高压之下过度敏感的情绪和对现实事件的失真感知等的描绘,这个解读不无道理。②

四、《梦游女》的疾病叙事

《梦游女》这篇小说1912年2月形成于柏林,1914年9月首发于同年新创办的德语文化杂志《新墨丘利》上。

小说标题所指女子其实只是小说两个主要人物中的次要人物,在小说中只占约三分之一篇幅,其余三分之二篇幅都给了小说的主要人物,即女子的男友——柏林威丁区一家煤炭公司从事财务工作的职员瓦伦丁·普利博先生。小说的被叙述时间大致为半年左右,从头一年秋天到第二年四月底。小说从秋天的一个周六傍晚普利博下班后在欲望之都柏林城里闲逛时被上前搭讪的妓女吓跑讲起,由此小说后续情节发展的伏笔便已埋好。接下来的重要场景从街头转换到职场。瓦伦丁在工作单位大发雷霆,颐指气使地刁难一个名叫安东妮·科瓦尔斯基的波兰女打字员。可他随后又去安慰和挑逗人家。这样一来二去,两人发展出一种不太健康的恋爱关系,男方强势且喜怒无常,女方常常讨好男方。两人的家都安在布鲁隆大街的出租屋里,是住相邻楼栋的邻居。在安东

---

① *Grundwissen. Deutsche Literatur*, bearbeitet von Karl Kunze und Heinz Obländer, zweite, erweiterte Auflage, Stuttgart: Ernst Klett Verlag, 1981, S. 32.
② 参见 Sabina Becker (Hrsg.), *Döblin-Handbuch. Leben-Werk-Wirkung*, Stuttgart: J. B. Metzler Verlag, 2016, S. 67.

妮请假回老家照顾亲戚期间,普利博夜夜笙歌,纵情声色。在一次和同事们结伴外出买醉的夜生活中,他还半推半就地嫖了娼。此后他便感觉身体愈发不适,结果被医生诊断为梅毒,一种"是放荡的人,是花花公子们才有的疾苦"[1]。再三犹豫之后,他向安东妮坦白病情,后者却自此开始变得孤独内向起来,她之前就患有失眠症和梦游症,现在受此刺激变得愈发严重,连班都没法去上了。躲在家里的她用布片做了一个布偶,把自己的全部情感倾注到布偶身上,这个布偶成了她的贴心人。一天晚上,安东妮发现瓦伦丁在红灯区鬼混。一天深夜,正当瓦伦丁和他的玩伴们在安东妮所住楼前醉醺醺地放声高歌之时,梦游的安东妮突然从所住的四楼摔下,当场毙命。但她的布偶后来却大变活人为她复仇,将放荡的、不负责任的、欺骗感情的、冷漠无情的负心汉瓦伦丁淹死在洪堡林苑的一座池塘里。

安东妮的布偶最后居然变成活生生的怪兽处死负心汉,替她报仇雪恨,这是这篇小说最出人意料的转折点,也是小说出其不意的高潮。在此转折点之前,尽管男女主人公性格和行为举止显示出病态特征,但整个情节、人物和性格塑造都可以说是合乎逻辑和情理的,属于现实主义的写实范畴;而随着在现实世界不可能变成活人的布偶大变活人和怪兽,小说就由此从现实领域走向了超现实,这个超现实实质上可以理解为睹物思人的瓦伦丁在密集心理活动重压之下产生的一种幻觉,是他残存的道德意识,他的良心,他的负疚感,抑或是他对自己所造成的恶劣后果的恐惧,良心的本

---

[1] Alfred Döblin, *Die Ermordung einer Butterblume. Sämtliche Erzählungen*, S. 173.

质其实就是恐惧和敬畏，也就是他的超我在对他的自私冷漠的本我进行道德审判。

瓦伦丁放浪形骸的生活方式可谓害人害己。不过，德布林并未简单地停留于对瓦伦丁的单方面谴责，而是用文学的方式指出男女主人公的恋爱关系实际上受制于疾病、遗传、性心理、工作环境及家庭环境等诸多因素的共同作用。[1] 而在这些因素中，德布林对疾病因素给予了更多关注。有学者指出，瓦伦丁身上表现出多种性医学特征，他并非因为那一晚和妓女发生关系才染上梅毒，他其实之前就已经是一个梅毒患者了，小说此前对他身体的不适和情绪上反复无常、暴躁易怒的描述，都直接指向梅毒这种疾病所特有的症状。[2] 同瓦伦丁主要得的是身体上的疾病相比，安东妮则主要患的是精神上的疾病。她的梦游症和孤独症都属于潜意识领域的深层心理活动，她得病的原因很复杂，瓦伦丁并非唯一刺激源。德布林在小说中特意回溯了安东妮母亲受孕时的自然条件和社会条件，强调了她的出生、出身和成长环境。如此一来，男女主人公均是病态的人，他们的恋爱关系也是病态的。小说中的这种疾病叙事无疑还兼具了社会批判的功能。结合这篇小说文学构建的地理空间是现代大城市柏林这样一个事实，那么，德布林的批判矛头之一自然便指向了现代大城市及其所依托的现代社会结构：这个现代性社会是扭曲人性的，甚至其自身就是病态的存在。[3]

---

[1] 参见 Sabina Becker (Hrsg.), *Döblin-Handbuch. Leben-Werk-Wirkung*, S. 67。
[2] 参见上书，S. 66。
[3] 参见 Ralf Georg Bogner, *Einführung in die Literatur des Expressionismus*, Darmstadt: Wissenschaftliche Buchgesellschaft, 2005, S. 67。

五、《上苍开恩》的底层生态

《上苍开恩》形成于 1912 年 1 月前后,1914 年 9 月首次发表在表现主义杂志《风暴》上。小说德文标题"Von der himmlischen Gnade"字面直译的意思是"来自老天爷的恩赐",如果我们顺着标题去期待遇见美好,那么念完小说的读者会感到一种强烈的反差和巨大的讽刺,因为小说通篇描述的都是柏林底层贫民窟里那令人绝望的生存状态。

这是三篇小说中篇幅最短的一篇,其被叙述时间为某个炎热夏季中的一到两个月。小说的主要人物有四个:纳斯克夫妇,他们的邻居妓女艾玛及其未婚夫兼皮条客卢钦斯基。他们都住在柏林东南郊弗里德里希斯菲尔德的一栋破旧楼房里。纳斯克老两口靠捡垃圾制成狗粮售卖为生。他们像"机器"一样"不知疲倦地"[1]辛苦忙碌,到头来却也只能勉强维持温饱。他们因偷窃一个啤酒司机的钱包而被警察关进莫阿比特监狱坐了两周的牢。其间纳斯克老头儿对自己被抓坐牢非常不服气,郁闷得想要"一死了之"[2]。卢钦斯基同情他们的不幸遭遇,打算帮助他们聘请律师,于是便打发艾玛去挣钱。艾玛接客时被醉酒的律师嫖客动手打伤,被迫于清晨跑到福雷德斯多夫街拐角的急救站上药,却遭到急救站助理卫生员的大肆羞辱和野蛮对待。他们的帮助计划也就此搁浅。与此同时,纳斯克夫妇的狗粮生意也因其锒铛入狱而被同行抢走,老头儿出狱后再也无法卖出狗粮挣钱,从此心灰意冷,一蹶不振,即便

---

[1] Alfred Döblin, *Die Ermordung einer Butterblume. Sämtliche Erzählungen*, S. 183.
[2] Ebenda, S. 185.

家里揭不开锅,也懒得出去干活儿,只剩下老太一人强撑着出去干活儿。一天,老头儿又因为一点面包和老太吵架之后欲寻短见。卢钦斯基跑来劝说也不奏效。傍晚,老头儿在家里上吊自尽。贫贱夫妻百事哀,纳斯克老太面对丈夫的死亡表现得麻木不仁。卢钦斯基和艾玛关心安慰失去老伴的纳斯克老太,在纳斯克先生葬礼之后,两人带着老太来到一家酒馆喝酒听琴散心。

相较于其他两篇作品,这篇小说的内容最为清晰易懂。透过德布林对柏林社会最底层四位流氓无产者日常生活片段的自然主义呈现,读者可以感受到一种强烈的社会批判内涵:贫穷是犯罪的根源,正是极度的物质贫困迫使这些社会边缘群体走向偷窃、卖淫和自杀。[1] 除这种颇具表现主义特色的社会批判性外,这篇小说还有两个值得关注的主题:一是妓女和皮条客这类被主流社会极度鄙视的社会边缘群体在德布林这里被赋予了温暖的人性和高尚的道德品质;二是两性斗争这个德布林始终偏爱的母题也延伸到了纳斯克夫妇身上,这对夫妻之间的相处形同陌路,毫无人与人之间的温情可言。[2]

这篇小说形式上的突出之处则是虚实相间,对比鲜明。小说主体均为客观冷静得近乎冷酷的自然主义白描写实,却在一头一尾以蒙太奇技法分别插入德国中世纪音乐家列翁哈德·莱希纳尔(Leonhard Lechner, 1553—1606)所作《春之歌》的两段歌词。[3] 第一段歌词是:"五月碧浪涌。小花不时有,装点山谷美。泉水汩汩

---

[1] 参见 Gabriele Sander, *Alfred Döblin*, S. 144。
[2] 参见 Sabina Becker (Hrsg.), *Döblin-Handbuch. Leben-Werk-Wirkung*, S. 67。
[3] 参见上书。

流,泉水多又凉,我们林间鸟,泉上竖耳细细赏。"①它们出现在纳斯克老夫妇在外辛苦兜售一天、疲惫木然返回家中之时,用动物的童话仙境和美妙生活反衬尘世困境和牛马不如的人间苦难,令人唏嘘。第二段歌词是:"心花怒放兴致高,现如今啊这世道,是人得把乐子找,欢欢喜喜去享受,享受五月风光好。同时虔诚求上帝,求主继续把恩赐。"②这段歌词作为全篇的收尾,既和小说的标题相呼应,起到点题的作用,又象征了艾玛和卢钦斯基所代表的下层人民身上所蕴含着的那种于困境中努力求生存的生命活力。两段歌词都是从一只金翅雀的口中唱出,这种拟人化的处理也赋予小说某种童话和超现实色彩。此外,小说还使用了相当数量的柏林方言,具有强烈的柏林地方特色,也大大拉近了和《柏林,亚历山大广场》的距离,这是其他两篇小说所无法比拟的,也难怪一些研究者称之为"柏林序曲"③。不过遗憾的是,由于中德两种语言以及方言之间的诸多差异,如果把小说翻译为中文,中译文目前基本上还不能专门就方言进行相应的处理。

---

① Alfred Döblin, *Die Ermordung einer Butterblume. Sämtliche Erzählungen*, S. 182.
② Ebenda, S. 191.
③ 参见 Gabriele Sander, *Alfred Döblin*, S. 144。

德国电影与文化

(2014年4月22日在北京大学的一次讲座)

　　本讲座主要通过德意志帝国时期、魏玛共和国时期、纳粹德国时期、第二次世界大战后至20世纪80年代和新千年前后的德国电影以及当代德国电影的评奖与审查制度这六个部分,对德国电影及电影文化从其诞生至今的发展变化历程和面临的问题与挑战,进行了一个提纲挈领的介绍。德国电影工业在其发端和发展的前期阶段无疑是处于当时世界的先进行列,但在中间阶段,即从纳粹德国时期到战后初期以及20世纪60年代,德国电影由于政治原因误入歧途,可谓走过了一段教训深刻的弯路。尽管中途经历了曲折和崩塌,但经过后期从青年德国电影兴起到进入21世纪的长足发展,如今的德国电影早已迎头赶上,其成就越来越受到世界瞩目。

大家晚上好！这是团委的一些同学和老师给我出的一个命题作文,说实话,从学术的角度,我是没有资格讲德国电影的,所以今天也只是跟大家共同学习,作一个初步的了解,不敢从专业的角度。如果说能够沾上一点专业的边的话,可能会从我研究文学的角度来讲,因为经常会有人把重要的文学作品改编成电影。而我们一般在做论文的阶段,比如说学生、本科生、硕士生,特别是博士生,可以用广义的文化学的视角,或者用媒介学的视角,来研究文学作品的电影改编。这一点是可以和我们今天的这个题目相契合的。无论如何,现在来到这里做一个普及式的讲座,对我而言也是一种学习。可能我近期看的电影总数还没有你们多,但我还是看过为数不少的老电影的。当然,我准备的内容也算得上丰富,我得加快速度,如果有可能我会直接念讲稿,正好我也写了一个完整的讲稿。在这个过程中,如果有必要的话,我会给大家展示相关图片以加深理解。

我今天大致分六个部分,即德国电影工业的开端、魏玛共和国时期电影、纳粹德国电影、战后德国电影、21世纪德国电影新挑战以及德国电影的评奖和审查制度,来介绍德国电影和文化,主要是对德国电影史的一个勾勒,然后也从德国的电影——因为这是个命题作文,所以也从德国的电影来管窥一下德国的文化。其实真正要讲文化的话,当然广义的文化那就不用说了,包括吃饭、穿衣,那都算文化,广义的文化;但如果真讲,一般都会首选狭义的文化,也就是精神文化,特别狭义的也就只有那几个传统的方面,比如说哲学,那么哲学这一块,德国就有得说了。德国首先立足于世界的应该是它的哲学文化;第二个突出的德国特色可能就是它的音乐文化;说到电影,我们一般不会马上想到德国,但事实上德国在前期,在电影的初始阶段,就已相当有名,这一部分我认为很值得借今天这个机会给大家补充一下。我今天的重点就在前三个方面,就是从有电影开始到纳粹德国时期整个德国20世纪上半叶的电影发展。这个前期的50年我讲得会比较多一些。好,下面我们开始。

我们首先来了解一下1895—1918年德国电影和电影工业的发展初期。如果搜集有关这一时期电影的中外文资料,就会发现有这样一张胶片以很高的引用频率出现:该胶片上缘写着四个大致清晰的阿拉伯数字,由此可知时间是1895年。从上往下是三个接续不断的小画面,每个上面都有两名男子,他们在每个画面上的动作都稍有不同,这些静态的画面如果转动起来,就会变成一部动态的电影。在这张胶片的下缘印着楷体的德文,念作"Der erste Film der Gebrüder Max und Emil Skladanowsky"。这些德文是什么意思呢?"Der erste Film"意为"第一部电影","Gebrüder Max und Emil Skladanowsky"意为"马克斯及埃米尔·斯科拉达诺夫斯基兄弟",由此可知这斯家两兄弟拍摄了第一部电影。而最下面一行括号内的一个德文单词则告诉我们这是原始规格。那么,这里所说的"第一部电影"或许就是世界电影史上的第一部电影,为什么要这么说呢?一般讲到电影史的时候,人们大都会认为电影最早诞生于法国,会说法国的卢米埃尔兄弟于1895年12月28日在巴黎放映了世界上的第一部电影。实际上,德国人比他们更早,虽然也没有早多少,也就早了几十天吧,但早几天也是早。1895年11月1日,在柏林的一个叫作Wintergarten的地方,也就是冬园放映大厅,当时柏林非常著名的一家高级豪华演出场所,在这里放映了几部短片,我们刚才提到的胶片就是其中的一部分。所以大家看到了吧,德国比法国早了将近两个月呢。但是,德国人的技术比较烦琐笨重,使用起来比较费劲,不如卢米埃尔兄弟的机器轻巧好使。这一点跟民族性格不无关系,刚才那位同学说得很好,很相似的观点,也就是德国人特别实诚,法国人比较浪漫,当然也很轻巧,这些特点也从他们制造的机器身上反映出来。因为法国人的机器既能拍摄,又能放映,所以这德国两兄弟很快就败给了后来居上的卢米埃尔兄弟。这个时期除了埃米尔·斯科拉达诺夫斯基(Emil Skladanowsky,1866—1945),另外还有奎多·赛贝尔(Guido Seeber,1879—1940)和奥斯卡·梅斯特(Oskar Messter,1866—1943)值得一提。二者都对早期电影拍摄技术贡献颇大。这几个人大致就算是德国最早的电影三先锋了。那么,电影这个媒介在德国出现了,这无疑是一个新生事物。最新的东西往往最先吸引上流社会,但新鲜劲儿在上流社会很快就过去了,渐渐地这些插科打诨的小电影成为小市民和工人阶层赶集、逛年市时的一种消遣娱乐,是中下层群众的消遣娱乐。之后,为了能够持续吸引观众,一些电影制作者就利用观众喜好轰动事件的心理,也就是所谓的猎奇心理,来制作电影。例如有个名叫约瑟夫·德尔蒙特(Joseph Delmont,1873—1935)的导演兼作家,就在柏林的摄影棚里制作了一些夹杂猛兽表演的惊险电影,某种程度上有点像我们今天依然爱看的《动物世界》之类的电视节目。不过,这些电影不是纯粹地拍摄动物,而是在紧张的故事情节中加入对猛兽生活的呈现,从而在当时的条件下对观影人格外具有刺激性。这种猛兽电影吸引了众多观众,也获得了世界知名度。

但是大家一定要注意,这个时候的电影,一直到 20 世纪 30 年代之前都属默片时代,不是有声的。1910 年之后开始出现最早的艺术电影,如 1913 年面世的《布拉格大学生》(*Der Student von Prag*)。这一时期德国电影的先锋人物是恩斯特·卢比契(Ernst Lubitsch,1892—1947),有趣的是,我国电影界为他译配了一个非常本土化的中文名——刘别谦。可能会有同学听到过,这个名字乍一听不会想到是外国人。他起初是演员出身,然后改行当上大导演。但这位 20 世纪初叶的德国电影先锋后来却去了美国,成为美国好莱坞的超级大腕,在世界电影史上占有一席重要之地。

这个时候的德国自身已经可以生产很多电影了,但它同时还进口大量外国影片,尤其是丹麦和意大利的艺术电影在德国受到特别欢迎。在无声电影时代不存在语言交流障碍,由于观众希望持续看到一些由固定的演员表演的电影,于是就出现了电影明星。德国女演员亨妮·博顿(Henny Porten,1890—1960)是德国的第一位女电影明星,无声电影《一个女人一生中的 24 小时》(*24 Stunden aus dem Leben einer Frau*)为其代表作。另外一位广受德国观众喜爱的女电影明星则是阿斯塔·尼尔森(Asta Nielsen,1881—1972)。这位来自丹麦的戏剧演员既是世界电影史上的第一位女明星,也是第一位性感偶像。

由此大家可以看到,电影的发展和观众的需求之间有着非常密切的关系。既然观众希望多看固定类型的电影,那么系列电影的制作和生产也就应运而生。最受欢迎的类型自然是侦探片,观众的这种偏好直到今天都没有改变。这个时期德国最伟大的侦探片导演非弗里茨·朗（Fritz Lang，1890—1976）莫属，这是一位天才加通才，我后面还会讲到他，现在只点到为止。1912年的时候，在距离柏林不远的波茨坦还建成了巴贝斯贝格电影制作基地，我国的横店影视基地跟它有点像，但国内影视基地的建成时间相比而言晚了很久。如果有机会去德国柏林，大家可以从那里出发，坐一小时左右轻轨到波茨坦，参观一下巴贝斯贝格电影基地。该基地尽管现在经过了修葺，但地方还是老地方，基本样貌都得到保留。站在基地入口，一眼便可望见大门上的德文"Studio Babelsberg"。"Babelsberg"是地名，"Studio"意为"摄影场"。1912年建起的这个巴贝斯贝格电影摄制基地是世界上第一家大规模的电影摄影场所。到1916年前后，德意志帝国便已经拥有了2 000个固定的电影放映场所。1917年，宇宙电影公司成立，这是德国当时的一家规模宏大的电影公司，这家公司的司徽由三个德文字母组成，其中第一个大写字母U是德文Universum（宇宙）的首字母，中间的小写f（有时是大写F）是德文Film（电影）的首字母，最后的大写A则是德文Aktiengesellschaft（股份公司）一词的首字母，所以该公司据此简称"UfA"或"UFA"，中文可音译作"乌法"。乌法电影公司成立的时间正好落在第一次世界大战的后半程。

随着这家电影公司的成立，德国开始了对电影公司的大规模和半国有化的兼并与集中，政府开始高度关注电影这一新媒介所具有的无与伦比的宣传鼓动潜力，于是就将其用于战争宣传。大家想想1917年，第一次世界大战是1914—1918年，因此在第一次世界大战期间，德国出现了"vaterländische Filme"，就是"爱国电影"，以此展开和敌对国针锋相对的宣传攻势。不过，观众本质上还是喜欢什么呢？当然是看娱乐片了，观众是为了娱乐消遣才进电影院的，所以观众的需求也极大地刺激了娱乐片的生产，甚至是世界级娱乐片的生产。总的来讲，这一时期，就是第一次世界大战期间，德国电影工业迅速发展成为欧洲龙头。这里需要强调一下的是，在电影的发展前期，德国电影已经处于世界领先水平。那么更发达的时期，我们看看下面的1918—1933年，准确地说应该是1919—1933年，这就是德国历史上的魏玛共和国时期。这个时期，从第一次世界大战败下阵来的德国在经济上和政治上的处境都异常艰难，但在艺术上却毋庸置疑地跃升到欧洲数一数二的地位，魏玛共和国时期的柏林作为世界大都会，成为欧洲乃至全世界的一个非常重要的文化艺术中心。下面我们来看一下魏玛共和国时期的电影，这个时期的德国电影可圈可点之处很多。由于时间关系，我仅介绍其中的《蓝天使》(Der blaue Engel) 和《大都会》(Metropolis) 两部作品。

第一次世界大战后，德国电影经济发展迅速，仅1919年一年，德国就生产了500部电影。仅柏林一地在20世纪20年代的某一时间段内，就聚集了200多家大大小小的电影公司。电影样式繁多，既有商业娱乐片，也有展开艺术探索和美学创新以及进行社会批判的影片，如表现主义电影、新客观派电影、启蒙电影等。自20年代中期起，德国还出现了多家1 600座以上的大型电影院。电影成为第一次世界大战后战败的德国赚取外汇的重要出口商品。总之，德国电影在魏玛共和国时期是公认的享誉世界的。下面仅以《蓝天使》和《大都会》这两部影片为代表来管窥一下魏玛共和国时期德国电影的面貌。

《蓝天使》是根据德国著名作家亨利希·曼的小说改编而成。这是一位我国读者较为熟悉的左翼作家,他的另外一部有名的长篇小说是《臣仆》(*Der Untertan*, 1914)。两部作品很早就在我国进行了翻译和介绍。具体而言,《蓝天使》的蓝本为亨利希·曼1905年发表的长篇小说《垃圾教授抑或一个暴君的终结》,这是一部矛头指向封建专制主义教育的作品,德文全名叫作"Professor Unrat oder das Ende eines Tyrannen"。这位文学家跟世纪之交的德国学生一样,十分痛恨封建专制主义教育,所以那个时期德语区涌现出了一批涉及学生与教育机构发生冲突的文学作品。亨利希·曼的这本小说便是其中比较突出的一部,出版后反响很大,于是就有人以之为蓝本改编出了著名的电影《蓝天使》。我们先来看一下《蓝天使》具体涉及什么内容。总体而言,这个电影改编基本忠实于原著主旨和情节,但侧重点有所不同。就拿该小说1905年第一版的扉页设计而言,其在推出标题时就是意味深长的:内封第一页上只出现小说作者姓名和标题的前半部"Professor Unrat"(垃圾教授),以此凸显作者对以教授为代表的威廉二世时期德国文化市民这个群体的嘲弄与鄙视,从这里往后再翻一页才是全书完整的标题。仅从这个标题就可知悉,专制主义教师在这部作品里被等同于"暴君"。但经过改编的电影却有了一个完全不同于原著的片名,这在某种程度上表明电影弱化了原著的批判性和教育性,而相应地强化了娱乐性:蓝天使是女主角在夜总会表演中扮演的一个舞台角色,以此为片名是为了突出她身上所具有的那种极具杀伤力的魅惑能力。事实上电影的内容也随着这种侧重点的改变而吸引到了更多观众,甚至称得上观者如潮。

影片拍摄于 1929—1930 年,导演为约瑟夫·冯·斯登堡(Josef von Sternberg, 1894—1969)。这位斯登堡亦非等闲之辈,他出生于奥地利维也纳,但在第一次世界大战后就迁居美国。大家发现没有?德国电影从它初始的时候起就和美国联系紧密。斯登堡是到了美国之后又返回德国来拍的这部电影,摄制地点为 UFA 摄影棚。大家还记得 UFA 是什么吗?对,就是刚才说过的宇宙电影公司德文全称的首字母缩写。这部电影讲述了一个僵化虚伪的老知识分子因为爱上夜总会舞女而走向毁灭的故事。该片 1930 年 4 月 1 日在德国柏林首映。因为是从美国回来的,这位导演思想前卫,敢想敢干,他还同时用同班人马制作了一个英文版。3 个月之后,7 月 4 日,这个英文版就直接在伦敦首映,是德国早期——这是有声电影,是德国早期有声电影所取得的重大的世界性成就,也是德国第一部能够听见和看见爵士乐队表演的故事片。《蓝天使》中的一个著名画面就是女主角——舞女洛拉在一众夜总会女郎陪衬下尽情表演,她漂亮性感,散发无穷魅力,让那个教授老头为之神魂颠倒。这老教授在学生面前是那么的假模假式,那么的师道尊严,学生就想尽办法报复他,给他设置各种陷阱,教授最终被自己的欲望所吞噬,落得家破人亡的地步。当然,小说原著可没有我说得这么简单,它反映的问题错综复杂,小说和电影都值得一看,如果能有同学以此为出发点展开对比研究,那就更好了。

电影《蓝天使》也成为德裔美国女演员兼歌手玛蕾妮·迪特里希(Marlene Dietrich, 1901—1992)的成名作。国内一般按英文发音把她的名字译作黛德丽,其实按照德文音译我们应该叫她迪特里希,但前者由于流传广泛已经很难扭转过来。国内媒体关于她的介绍不少,德国人更是以她为傲,这部电影让她名扬天下,我们来简单回顾一下她的演艺经历。1930 年,黛德丽在《蓝天使》中饰演了歌女洛拉,充分展示了她的歌舞才华和性感魅力,一跃而成世界级大明星。她在片中演唱的歌曲《我从头到脚为爱而生》(*Ich bin von Kopf bis Fuß auf Liebe eingestellt*)火遍全球。黛德丽此后跟随导演斯登堡前往美国派拉蒙电影公司发展,陆续拍摄了六部电影,五年后她结束了与斯登堡的合作。1936 年,大家注意 1933 年 1 月 30 日希特勒上台,1936 年纳粹德国宣传部长 Paul Joseph Goebbels,就是保尔·约瑟夫·戈培尔邀请黛德丽回德国工作,除了保证向她提供高薪,还承诺给予她完全修改剧本与挑选合作伙伴的自由。但她坚定地拒绝了。她留在了美国,并于 1939 年入籍美国。这里我们可以发现一个现象,即德国文化精英、科学精英,在 20 世纪由于个人发展需要或者政治问题,很多都正常前往美国或者是被迫流亡到美国,他们对美国的科学和文化建设应该说做出了很大贡献。第二次世界大战期间,黛德丽为美国军人歌唱,上前线慰问美军官兵,以此支持世界反法西斯斗争。她演唱的英文版《莉莉玛莲》(*Lili Marleen*)成为二战中美、英、德各方士兵最喜爱的歌曲,交战各方甚至在播放这首歌曲时休战。1947 年,美国总统杜鲁门授予她自由勋章。黛德丽一生共接拍了五十多部电影,扮演过各种各样的角色,是好莱坞巨星和时尚偶像,也是为数不多的一位具有世界声誉的说德语的女艺术家。1999 年她被美国电影学会评选为有史以来最伟大的 25 位银幕传奇女性之一。

下面我们来了解一下《大都会》。《大都会》是我今天特别想推荐的一部伟大电影。我们先来看一张图片(图 3)。请大家说说看第一眼的感受。你们能看清楚里面都有什么吗？整个画面的下半部是多层立交桥，左边最下面这些像甲壳虫一样的东西都是小汽车。从这里往上看，可以看到走着行人的第二层立交桥，再往上是第三层，第三层上面还有第四层，而这个第四层立交桥上正有带有流线型火车头的轻轨从左下角驶入画面。我们再继续往画面左上方看，一直看到顶，可以看见天上还有飞机在飞。整个画面有百分之五六十为鳞次栉比的高楼大厦所占据，而画面正中靠近上端的位置则有一座被高楼紧密环抱的巴别塔形巨型建筑物高耸入云。这张图的设计者是一位名叫艾利希·凯特尔胡特（Erich Kettelhut，1893—1979）的德国布景师兼艺术总监，这是他在1925年为电影《大都会》设计的一个现代化城市模型，是对未来世界的一种宏大

图3　电影《大都会》城市模型

而超前的构想。每当我坐在位于十几层楼的屋子里向窗外眺望北京的环路时,就会情不自禁地想起这张图,就会禁不住感慨,这可是一百年前呐,同学们,我觉得我们现在基本上达到了这种程度,唯一可能还没有达到的就是这个密度。这里面的摩天大楼密密麻麻,林林总总,密度令人瞠目结舌,几乎没有楼间距。这是1925年的德国人对未来世界的展望,这还只是体现在城市建筑方面的未来感。

电影《大都会》的超前性也体现在它对未来的人、未来的机器人的刻画、拍摄与造型上。《大都会》的剧照和电影在网上很容易搜到。用我们今天的眼光来看,它推出的机器人,头戴类似于天线或者是类似于信号接收器装置的女性机器人造型同样极具前瞻性。现在的机器人造型大概也就是这个样子,几乎没有怎么超越它,今天几乎所有的雏形它这里都已经有了。除了造型,电影的摄制和特效技术也取得了很大突破。《大都会》中有个刻画女性面容的镜头令我印象深刻:这张黑白剧照正中位置被一个女人的正脸占据,人物虽然看上去眉清目秀,眼神却阴冷虚空,头发也稀疏枯萎,而衬托这一自身便已充满张力的人物面相的背景则布满大得吓人的五只眼,令人脊背发凉。这些眼睛是通过对这一人物自身两只眼睛的放大拍摄图进行艺术叠加的方式合成而来,也就是说实际上这个画面是拼贴而成的,是在眼睛的特别放大型摄影上面再置放这个头像,这是当时正在兴起和发展的蒙太奇技术,以此营造出一种反自然的阴森怪异的氛围,从一个微小的侧面服务于影片的具有某种暗黑色彩的科幻旨趣和文明批判。一言以蔽之,这种摄影技术,这种人物造型和刻画,其深厚的艺术底蕴和科技含量，别说是在 100 年前，即便是在今天，也仍是极具革命性和先锋性的。

关于电影《大都会》的拍摄时间，有的资料说是 1927 年，有的又说是 1926 年，不管怎样，该片都不啻为德国乃至整个默片时代世界电影的经典作品。这部耗资巨大的表现主义乌托邦电影杰作，讲述在未来的某个世界大都会中，在现代生产方式影响下，两个不同阶级之间激烈斗争的故事。影片首次大规模使用革命性的摄像、造型、建筑，还有特技，影片中很多场景、拍摄手法等均对此后的科幻电影产生深远影响，如前面提到的女机器人造型等。这部影片的规模极其宏大，有数万名配角演员参演。影片在上映后引起巨大轰动，也引发巨大争议。不少影评家认为耗费如此巨额资金拍摄这样的作品，让人难以置信。上映 6 个月后，宇宙电影公司对该片进行了重新剪辑，把播放时长从原来的 210 分钟缩短为 114 分钟，导致如今观众再也无法观看到这部电影当年的原始样貌。值得欣慰的是，我们中国电影业的步子当年跟得挺紧，本片曾于 20 世纪 30 年代在上海上映，片名译为《科学世界》。如今，通过数十年的迅猛的城市化发展，我们这里也已经拥有了好几座类似于影片中那样的巨型城市，和我们系所有过十多年合作关系的一位德国教授在 20 世纪 80 年代刚刚改革开放的时候就曾来过我国，当他过了 20 年再来中国时，他对这种巨变的感受就愈发深刻。他前两年去了一趟上海，回来就跟我们说，上海比纽约还要纽约。

接下来我们再近距离认识一下这部影片的导演，就是前面已经略有提及的那位在 20 世纪初年就以拍摄侦探片而声名鹊起的大导演弗里茨·朗。他最早以演员出道，这个时期好多德国演员都是集导演、演员于一身。我特别希望大家能够对他有更多了解和更多研究,因为他在电影史上实在是太重要了。我同时也希望通过介绍弗里茨·朗的人生经历,来提请大家思考和研究政治和艺术的关系问题,提请大家关注社会政治条件对艺术家个人生活和创作的影响。朗,1890年生于维也纳的一个建筑商家庭,父亲经营一家建筑公司,但他的母亲是犹太人。请注意,这样一来,按照后来纳粹的种族主义标准,朗就是非纯种雅利安人,他是有犹太血统的。这也是后来导致他被迫流亡国外的一个重要因素。1922年,朗和德国女作家特娅·冯·哈布(Thea von Harbou,1888—1954)结婚。1925年,朗开始着手拍摄根据他作家妻子的小说改编的电影《大都会》。从一张由德国作家和画家维尔纳·格劳尔(Werner Graul,1905—1984)于1926年为《大都会》制作的电影海报上可以看到,整个画面几乎为一个女性机器人的头像所占据,在画面下端不多的文字信息中,接排在电影名下面的一行就并排写着编剧和导演的名字,就是朗夫妇,且编剧排在导演之前。朗和夫人合作多年,他的多部默片经典都是由夫人撰写剧本。

1933年纳粹上台后,朗于同年拍摄的犯罪类型电影《马布斯博士的遗嘱》(*Das Testament des Dr. Mabuse*,1933)立即遭到负责宣传事务的纳粹德国宣传部长戈培尔禁止上映,而他的身为演员和编剧的妻子冯·哈布却积极投靠纳粹并于同年4月与有犹太血统的他离婚,在政治上和生活上与他彻底切割。哈布还担任德国有声电影编剧联合会主席,加入纳粹党,获得战争贡献奖章,同下面要讲到的里芬斯塔尔一样,成为德国早期电影史上因支持纳粹政权而备受争议的女性名人。而朗这边,发现德国形势不妙,便于

1934年流亡法国,在法国短暂停留之后,又于同年前往美国,相继在米高梅等公司拍摄了《狂怒》(*Fury*, 1936)等21部电影,取得了世界性的巨大成功。20世纪50年代中期朗曾返回德国拍摄过几部叫座的影片,但并没有超越之前的成就。朗此后又返回美国,于1976年在洛杉矶去世。弗里茨·朗是魏玛共和国时期德国最伟大的电影导演之一,朗对主要以侦探片和犯罪片为代表的黑色电影,以及对科幻电影的发展贡献巨大。尽管业界已公认朗为一代电影大师,但相比之下,对他作品的全面深入的研究却还十分滞后。英美有一个侦探片的大师叫希区柯克——我们都看过希区柯克的悬疑电影,而他实际上受朗的影响很大,并且在风格和表现手法上跟朗有很多相似之处。虽然朗是希区柯克的前辈,但跟希区柯克相比,对朗的相关研究就少得可怜,所以朗这一块我主张应该加强研究。一般认为《大都会》是朗最好的作品,在1995年的一次由百位德国影评人和电影学者参与的评选中,《大都会》名列榜首。通过上面的例子,我们就可以小见大,魏玛共和国实际上是德国电影非常强盛的一个时期。

下面我们快速过渡到纳粹德国时期。大家知道,由于电影在德国已经硕果累累,而且发展势头异常迅猛,所以从技术角度而言德国仍旧是先进的,只是由于意识形态问题,可能会在战后的评价和接受方面遭到欧美的抵制。这里面最著名的一个例子就是纳粹德国女导演莱尼·里芬斯塔尔(Leni Riefenstahl, 1902—2003),她也是先以演员入道,而后才成长为导演的。希特勒上台之后,电影生产也随即发生巨大变化,众多德国电影人开始流亡国外,如前面提到的朗,他们都是德国电影精英。由于纳粹实行反犹主义的雅利安化政策，犹太出身的艺术家不得不放弃在德国的工作，一些艺术家后来还在集中营里遭到杀害。纳粹只许拍摄和上映对其政权不具威胁的电影，如娱乐片、战争宣传片等。1937年起，纳粹德国的电影工业完全受到国家控制，纳粹大力推进娱乐片的生产，并将其上升到国家目标的高度。纳粹十分重视电影维护其统治的宣传效用，不惜斥巨资摄制宣扬纳粹价值观和对外展示纳粹德国国家形象的大型电影。

纳粹时期最为有名的电影人是莱尼·里芬斯塔尔，这位才华横溢却备受非议的女导演生于柏林的一个商人家庭，16岁开始迷恋舞蹈，学过美术，当过专业舞蹈演员，后因膝关节受伤才改行当了电影演员。她于1925年开始参演电影，首先是在1926年的电影《圣山》(*Der heilige Berg*)中担任主角，获得成功，之后于1932年自编自导自演电影《蓝光》(*Das blaue Licht*)，通过这部电影一举获得威尼斯电影节银奖，从此开启了她的导演生涯。从这里我们也可以看到，她在纳粹上台之前就已经成名，而且，里芬斯塔尔早年甚至有过一段时间，比如在魏玛共和国前期，她还曾经表现出比较明显的左倾倾向。然而，纳粹上台之后她就开始追随纳粹。所以政治局势对艺术家而言也是非常复杂的一件事情，尤其是在面临选择的时候。1933年，希特勒邀请她为纳粹党党代会摄制纪录片。纳粹党德文全称为"Nationalsozialistische Deutsche Arbeiterpartei"，国内现在一般照字面称之为"民族社会主义德国工人党"。"Nationalsozialismus"，我国以前翻译成"国家社会主义"，现在翻译成"民族社会主义"。大家注意，这种差异是翻译所致，德文原词只有一个，在德文中都是"national"，该词既有"民族的"也有"国家的"意思。那么到底是取"民族社会主义"还是取"国家社会主义"的译法，这里面其实至今还是存在争议的。那为什么现在更多接纳的是"民族社会主义"的译法呢？有可能是新近的研究成果使然，近20来年的研究可能更想强调纳粹德国的极端民族主义和它的种族主义色彩。事实上采用"国家社会主义"译法同时也意味着会转到另外一条研究路径上。但不管怎样，20世纪90年代之前的相关中文翻译基本都是译作"国家社会主义"。我个人认为我们可以跟随一下最新的研究成果，就翻译成"民族社会主义"，但我同时也保留一部分意见。此外，这个全称中的"deutsch"译成"德意志"或许比译成"德国"更准确，因为原本是奥地利人的希特勒，其真正目标是建立一个包括奥地利在内的"大德意志帝国"。回到里芬斯塔尔，她接受了纳粹党魁的邀请，于1933年为民社党或国社党拍摄了纪录片《信仰的胜利》(*Der Sieg des Glaubens*)，该片于1935年获评威尼斯国际电影节最佳外国纪录片并于1937年获得巴黎世界展览会大奖。1934年她又接受希特勒本人委托，继续为民社党在纽伦堡的军事阅兵拍摄纪录片《意志的凯旋》(*Triumph des Willens*)。大家可以看一看该片当年的一张实时宣传海报。这张海报上出现的"Triumph"一词，其写法跟英文差不多，意思也接近，接续它的第二行的德文"des Willens"是阳性名词"Wille"（意志）的第二格单数形式，表示所属，对应中文为"意志的"，这样合在一起就是"意志的凯旋"。然后从这里继续往下会看到一行白字，即"Reichsparteitagfilm der NSDAP"，对应的中文为"民社党的帝国党代会影片"，其中的几个大写字母组合"NSDAP"，就是上述"民族社会主义德意志工人党"德文全称的首字母缩写，也就是民社党的德文简称。很显然,所有当时最时髦、最能打动人心的标语和口号,都包含在了纳粹党的这个党名里:社会主义它沾上了边,民族主义它也沾上了边。不出所料,这部电影也同样拍得非常之好,就是从艺术的角度而言非常之好。这部《意志的凯旋》获得了威尼斯影展的金奖,获奖之后希特勒亲自接见里芬斯塔尔,不仅与她握手,还向她献花。她自身和希特勒的关系十分密切。接下来的1935年,里芬斯塔尔又为纳粹党拍摄了一部题为《自由的节日——我们的国防军》(*Tag der Freiheit — Unsere Wehrmacht*)的纪录片。而在1936年柏林举办奥运会时,她又继续大放异彩,为柏林奥运会拍摄了著名的纪录片《奥林匹亚》(*Olympia*)。这部《奥林匹亚》照样也在国际上频频获奖,1939年国际奥委会还授予该片奥林匹克金牌,甚至20年后它仍被好莱坞的专业评委会选为"十大不朽电影"之一。《奥林匹亚》成为世界纪录片史上的典范之作。

作为电影史上负有盛名的女导演,里芬斯塔尔的作品《意志的凯旋》和《奥林匹亚》成为世界纪录片的经典,希特勒看到了她在电影方面对力量和美的完美表现能力,持续邀请她拍摄了多部重要的纳粹政策纪录片。这些纪录片强大的美学力量,对普通人具有极强的鼓动性和迷惑性,极大地迎合了当时纳粹德国的政策。第三帝国向她提供了任何一个导演都梦寐以求的工作条件,充裕的经费、庞大的摄制团队、众多摄影师和灯光师听候调配,等等,无与伦比的拍摄条件让里芬斯塔尔首创了电影史上的许多摄影技巧。然而,电影技术上的创新成就并不能让她获得道义上的认同,就政治立场而言,这些成就对她而言实际上是致命的,因为它们承载的是一种蛊惑大众、让大众误入歧途的纳粹主义美学。战后的里芬斯塔尔由于同希特勒及纳粹政权的密切关系而遭受众多非议和责难,并多次受到追捕和审判,一度还被送进精神病院,但她最终被战争法庭宣布无罪释放。尽管如此,她依然受到欧美电影界长期的抨击和抵制。1976年,她获得德国艺术家俱乐部颁发的金质奖章。晚年的里芬斯塔尔将主要精力投入拍摄非洲和大自然方面,也取得了不俗成绩。2003年,百岁老人里芬斯塔尔在德国去世。

以上便是1945年之前,整个德国,包括纳粹德国在内的电影发展简况,从电影制作技术来讲,迄今为止,德国应该一直是居于世界领先地位的。那么1945年之后,我们可以看到,经历了第二次世界大战惨败的德国,随着国家的覆亡,电影业也开始跌落神坛。下面我们来梳理一下1945年以后的德国电影脉络。二战对德国的影响,这个历史背景大家可能得先行了解一下:1945年5月德国战败投降之后,它是被战胜国分成四个占领区分别占领的,有苏占区,苏联占领位于东部的一个区域(东占区);西占区则由三个国家——美国、英国和法国分别占领,后来这三家合并成一个区。随着战胜国内部矛盾不断激化,东西双方很快就从合作走向对峙。此外,需要注意的是,柏林作为首都,也单独被分成四个部分,由这四个战胜国分别占领。在这样一种情况下,从1945—1949年,这时的德国虽然还没有分裂,但是占领国已经开始酝酿和筹备分裂了。1949年冷战序幕彻底拉开之后,东占区和西占区的土地上马上就分别成立了民主德国和联邦德国。如此一来,苏占区德国制作的第一部电影也就是民主德国的第一部电影,但是西部联邦德国这边,因为真正的两个德国国家成立的时间均是1949年,而电影是1945年拍摄的,所以联邦德国也要把这部电影算在自己头上。因此我们就折中一下,就说二战后的第一部德国电影是《凶手就在我们中间》(Die Mörder sind unter uns)。这部电影讲的是如何从道德上和法律实践上对待纳粹战犯,这与当时战胜国对战败国德国进行处置的情况和策略是密不可分的。

随着联邦德国和民主德国的成立,在原来德国的土地上就分裂出了两个德国。虽然联邦德国 1956 年出品的、根据同名小说改编的电影《科佩尼克上尉》(Der Hauptmann von Köpenick)于 1957 年获得奥斯卡金像奖最佳外语片奖提名,但总的来说,二战前曾经蜚声世界的德国电影此时已经沦为肤浅的娱乐,在 1945—1965 这 20 年间,德国电影和世界电影之间已经拉开了相当大的差距。20 世纪 50 年代德国电影院上映的大多是外国影片,主要是美国好莱坞影片,其次是法国和意大利影片。德国自己的影片仅占 10%。也是从这个时候开始,为赶上国际先进水平,德国电影界付出了诸多努力。鉴于当时德国所处的分裂状态,下面我分别对民主德国和联邦德国电影进行介绍。民主德国存续期是 1949—1990 年,联邦德国则是 1949 年至今,因为 1990 年两德统一是以民主德国加入联邦德国的方式完成,统一后的德国悉数承接了原联邦德国的体制。对于民主德国及其电影,需要说明的是,因为它一开始就隶属于苏占区,所以它在意识形态上是紧跟苏联的。民主德国专门成立了一家电影制片厂,就是我们前面说过的那个最早的巴贝斯贝格电影制片基地,由于该基地正好位于柏林东占区,所以民主德国电影人很快就在这个基础上成立了德国电影公司,德文全称是"die Deutsche Film AG",简称为"DEFA",由 4 个大写字母组成,其中:"DE"取自"Deutsche"(德国的)一词的前两个字母,"F"为"Film"

（电影）一词的首字母，"A"取自德文股份公司简称"AG"的首字母，合在一起念作"德发"，国内一般翻译为"德发电影制片厂"，这个德文简称的字母组合也构成民德德发电影制片厂的厂标。民主德国的电影也取得了不俗的成绩，产生了一批好片子，尤其是纪录片和儿童片在国际上赢得声誉。由于时间关系，东德我就一带而过了。下面我们主要来考察一下联邦德国的电影。

联邦德国电影的重中之重是青年德国电影（Junger Deutscher Film）。20世纪60年代初，联邦德国电影经历了一场危机，由于艺术品质低劣，1961年送往威尼斯国际电影节参赛的全部影片均被退回。电视的发展、外国电影的竞争致使国产片的观众锐减，影片产量也大幅下降。一代年轻的电影工作者不甘落后，就此萌发强烈的革新意识。1962年，在奥伯豪森国际短片电影节举办之际，以作家兼导演亚历山大·克鲁格（Alexander Kluge，1932— ）为首的26位年轻电影工作者签署了一份《奥伯豪森宣言》，打出"爸爸的电影死了"（Papas Kino ist tot）的口号，反对旧的电影样式。1965年他们又倡议成立了青年德国电影董事会。自20世纪60年代中期起，联邦德国出现所谓和商业片完全不同的青年德国电影。这些电影触及德国社会的危机问题和经济奇迹内幕，在电影的类型和题材上呈现出丰富多元的新气象，涌现出一系列值得关注的好影片，如1966年上映的由克鲁格执导的《告别昨天》（*Abschied von gestern*），维尔纳·赫尔措格（Werner Herzog，1942— ）执导的1974年上映的犯罪片《人人为己，天诛地灭》（*Jeder für sich und Gott gegen alle*）等。接下来我要说说青年德国电影群体中"首屈二指"的人物。第一位的尊姓大名是沃尔克·施隆多夫，他前两年曾经来中国办过影展。他是战后德国电影走向世界的代表人物。

施隆多夫集导演、编剧、制片于一身,尤以改编文学名著见长。1963—1964年,施隆多夫根据罗伯特·穆齐尔1905年发表的长篇小说《学生托乐思的迷惘》写出了他平生第一个电影剧本,并据此在1965年拍摄了题为《青年托乐思》的电影。这部影片首先在1966年戛纳电影节引起轰动,继而又在其他一些竞赛中获奖,因此被视作青年德国电影的第一项国际成就。大家知道穆齐尔是谁吧?穆齐尔是卡夫卡之后,卡夫卡大家都知道,是吧?在卡夫卡热之后就是穆齐尔热,穆齐尔虽然是奥地利作家,但首先是德语作家,世界级的德语作家。他20世纪30年代开始发表的未完成巨著《没有个性的人》被评为德语长篇小说第一名,《学生托乐思的迷惘》则是他的处女作,总之这部电影是根据名家名作改编。十年后施隆多夫又根据1972年诺贝尔文学奖获得者海因里希·伯尔在1974年发表的小说《丧失了名誉的卡塔琳娜·布鲁姆》(*Die verlorene Ehre der Katharina Blum*)改编了同名电影,在德国受到热烈欢迎。1979年他再度根据1999年诺贝尔文学奖获得者君特·格拉斯于1959年发表的长篇小说《铁皮鼓》(*Die Blechtrommel*)改编创作了同名电影,取得了更伟大的国际性突破。《铁皮鼓》探讨的主题是小资产阶级群体的集体心理及其所处的环境成为纳粹主义滋生的温床。主人公小奥斯卡一出场就是怪异的形象,他的眼神阴森,身形奇矮,三岁就停止生长,声音可以震碎玻璃。他的父母亲朋以及他自己都生活在混乱不堪的关系之中。这是一部意味极其深长的作品,艺术品质极为独特,整体氛围充溢怪诞和魔幻。

我建议大家先看小说,然后再看电影。当然,鉴赏这部作品需要具备一定的免疫力,同时还需要具备一定的思想深度才能把握到本质。

我们再来看看这部影片都得了什么奖。为什么说它是伟大的国际性突破呢?《铁皮鼓》于 1979 年获得戛纳电影节金棕榈奖,1980 年又斩获奥斯卡最佳外语片奖,这是时隔几十年之后德国第一次拿到这个级别的奖项,标志着二战之后德国电影攀上国际认可的第一个高峰。此片所有的摄制工作都在但泽进行,注意,对波兰人我们可不能说但泽,这是德国人对这个地方的专门叫法,由于历史上的东部拓殖运动,东欧许多地名都有德国人专门的叫法,此地现在是波兰的格但斯克,但以前曾属于德国,二战战败后德国丧失了很多土地,这个但泽就是其中之一。由于此片比较露骨的性爱情节,使得它在一些国家,包括美国的部分地区和加拿大的部分地区遭到禁止。

另一位和施隆多夫同样重要的青年德国电影运动的领军人物则是莱内·维尔纳·法斯宾德(Rainer Werner Fassbinder,1945—1982),国内对他的介绍还是比较多的。如果说施隆多夫是学院派出身,那么法斯宾德则完全是自学成才的野路子,不过,也正是因为没有了条条框框的束缚,使得在当时的历史条件下,他的天性能够得到最大限度的发挥,他的卓尔不群的独创性愈发显得突出。法斯宾德 16 岁辍学,同时开始写剧本、诗歌和小说并对表演和拍电影发生兴趣。他自学两年表演后参加国家表演考试,可惜没有通过;他报考当时新成立的位于柏林的德国电影电视科学院,可惜又没有考上。但他毫不气馁,坚持自学,通过博览群书,广泛涉猎哲学、社会学和心理分析等方面的论著，达到了很高的理论造诣和文化水准。但他也不是死读书，而是善于将理论和实践相结合，深入电影和表演前沿，视野开阔，锐意进取，凭着过人的天资和热爱，凭着高效的工作节奏，成为德国青年电影群体中的一个现象级的存在。法斯宾德的个人生活放荡不羁，吸烟、酗酒、吸毒，还是双性恋，可谓"五毒俱全"。然而，他的创造力却惊人旺盛，有如神助。虽然他只活了 37 年，但他创作的作品数量却是战后德国电影之最：他拍摄了 40 部电影、两部电视连续剧、三部短片，撰写了 24 个剧本，制作了四部广播剧，是当之无愧的青年德国电影鬼才、奇才。

法斯宾德的创作主题是"情感的可剥削性和可利用性"。他的电影主要探讨纳粹德国历史并揭示联邦德国经济奇迹背后的人性暗流。在他的一系列电影中，我要首先向大家推荐他的"联邦德国三部曲"——《玛利亚·布劳恩的婚姻》（*Die Ehe der Maria Braun*，1978）、《维洛妮卡·福斯的渴望》（*Die Sehnsucht der Veronika Voss*，1982）和《洛拉》（*Lola*，1981），其中的前两部分别获得 1979 年和 1982 年柏林电影节的银熊奖和金熊奖。其次我要向大家推荐他 1980 年推出的电视连续剧《柏林，亚历山大广场》（*Berlin Alexanderplatz*），这是他根据德国作家德布林 1929 年发表的同名文学名著翻拍的 14 集电视连续剧，该剧播出后获得巨大成功，也成为电视剧经典。

进入 20 世纪 80 年代后，青年德国电影的代表人物们也越来越多地取得国际声誉和商业成就。例如，有位维姆·文德斯（Wim Wenders，1945—　）导演，在 1983 年拍摄了一部欧洲人视域下的美国人及其生活，名为《得州巴黎》（*Paris，Texas*），而这部电影真的就是在美国西南部的沙漠里拍摄完成的。这个大家有看过吗？应该是比较容易找到的。然后他凭借该片获得了1984年戛纳电影节金棕榈奖。这个电影导演也是实力了得，1987他又技惊四座，拍摄出影片《柏林苍穹下》（*Der Himmel über Berlin*），既在1988年获联邦电影奖，又在戛纳电影节被授予最佳导演奖。另外还有几位女性导演也很厉害，时间关系就不多说了。

下面我们进入第五点：21世纪的德国电影——数码媒介和新挑战。这种情况其实我们这里也同样有。那么数码挑战具体指的是什么呢？进入新千年后，德国电影受众数量大幅下降，主要原因是数码革命造成的冲击和变化。2001年起，电影也可以通过peer-to-peer网络，P2P大家都知道吧？就是所谓的点对点网络，电影可以通过这种网络下载得到。电影能够下载了，观众就不大会上电影院去看电影了。我记得海淀黄庄那儿有一家电影院，里面那个条件比较好，一般的电影就得七八十到上百元才能看一场，那咱自己在家里下载一下，可以看好多，基本上不要钱或者要不了多少钱。这对电影业的冲击是非常大的。德国电影工业认为，点对点网络是观众减少的罪魁祸首，他们不会对此袖手旁观，于是他们说到做到，积极采取行动，以维护和保障自身权益。他们使用法律手段起诉点对点网络用户，同时在德国发起"Raubkopierer sind Verbrecher"的警示活动。这里的"Raubkopierer"意为"盗版者"，"Verbrecher"意为"罪犯"，这句话用中文说，大致就是"盗版是犯罪"的意思。德国电影行业的具体措施是：在电影放映场所进行类似的宣传教育，在正片开始放映前打出警告文字，尤其是打出下面这条法律条文进行警告和威慑——点对点网络用户会被处以5年以下有期徒刑。

这个倒是真的需要多加小心,德国这方面管得很严,包括计算机的软件都不能用盗版,也不能随意刻录音像制品。

根据对光盘影碟刻录行为较新的研究,在德国,20—29岁年龄段的人群中约2/3都知道有这个活动,就是大家都对这种警示宣传知情、知晓。除了点对点网络,下面两点也对电影观众在德国数量的减少起到了推波助澜的作用。我觉得我们也可以作为借鉴,我们来看一下原因。第一个原因据说是老龄化的问题。在德国观看电影的目标人群中,青壮年人群是重要组成部分,但这个人群由于社会的老龄化和少子化而减少,我们这儿应该也有这个问题。第二个原因则是电脑游戏的兴起。这真是说到点子上了。大家可以自己算一算,有多少时间在看电影,有多少时间在玩游戏。电脑游戏和其他与网络相关的休闲娱乐活动,也对观看电影造成了较大的冲击。但是不管怎么说,虽然存在种种结构性问题,电影在德国仍然是个十分赚钱的行当。进入新世纪的德国电影依然在国内外取得骄人成绩。以2005年为例,德国国产电影占到市场份额的近五分之一,这个比例应该说是相当高的。德国电影的艺术品质也在国际上得到高度认可,频频获得各种国际大奖。

下面举几个例子:2003年上映的影片《再见,列宁!》(*Good Bye, Lenin!*)。这个片子和我接下来介绍的几部片子大家都可以找来看看。这部电影中有一个女主人公直面列宁雕塑被起重机移除的特写镜头,这个画面正好点题。跟列宁说再见,象征着与民主德国告别。影片讲述了一个与剧变的外部世界截然不同的民主德国的故事:一位儿子为了不让患有心脏病的母亲受刺激,便极力向她隐瞒民主德国已经解体的事实。他就是担心他妈妈思想上受打击,因为他妈妈是民主德国的忠实拥护者,所以他就想尽办法制造我们的国家还没有发生剧变、民主德国也没有并入联邦德国的假象。总之,通过各种善意的谎言和掩饰行为来确保母亲精神不受刺激。影片折射出德国统一历史大潮中东德民众的复杂心态。此片题材敏感,直击要害,激起德国观众强烈共鸣,引发德国社会对民主德国时代的追忆与怀念,乃至对社会制度和意识形态的深度思考,也因此成为德国电影史上的票房冠军并获得国内外多项大奖。

德国目前还有一位成绩突出的女导演,名叫卡罗丽妮·林克(Caroline Link,1964—)。她2003年根据一本畅销自传体小说改编的电影,德文叫作"Nirgendwo in Afrika",中文翻译成《情陷非洲》。我觉得这个中译名很吸引眼球,也很煽情,可这个"情"实际上根本不是我们一般意义上所理解的那种情。德文片名的原意是在非洲也找不到家,是这个意思,"Nirgendwo in Afrika"就是"Nowhere in Africa",中文还有另外一个翻法,叫《何处是我家》,我觉得这个翻译更为贴合一些。不管怎么样,大家自己亲眼去看一看是最好,这个片子获得了2003年奥斯卡最佳外语片奖。影片讲述的是一家德国犹太人在二战期间为躲避纳粹迫害而逃到非洲、经历文化休克的故事。本片导演林克是德国当代最具才华的女导演之一。早在20世纪90年代末,她就通过拍摄展现聋哑人生活的影片《走出寂静》(*Jenseits der Stille*)获得了1998年第75届奥斯卡最佳外语片奖提名。

2005年奥利佛·赫尔施比格尔(Oliver Hirschbiegel,1957—)执导了反映纳粹德国和希特勒覆亡,也就是纳粹德国末日的巨型影片,片名叫作《毁灭》(Der Untergang)。这部影片获得多项电影奖提名,其中就包括2005年第77届奥斯卡最佳外语片提名。2006年由另一位导演马克·罗特蒙德(Marc Rothemund,1968—)执导的电影《索菲·绍尔——最后的日子》,国内给它另起《希望与抗争》为片名就有点绕弯子了,因为这部影片的德文标题"Sophie Scholl–Die letzten Tage"清晰明了,直接以反抗纳粹的女英雄命名,直接道明影片展现的是她生命中的最后时光。不知道大家听说过没有,就是在纳粹白色恐怖时期有一个"白玫瑰"小组,是德国本土的一个反抗纳粹的地下组织,1943年他们在慕尼黑大学散发传单时遭人告发,索菲·绍尔等重要成员被纳粹逮捕并处死。这部电影反映的就是这个"白玫瑰"地下组织如何反抗纳粹,最后的日子就是指他们临刑前的几天。这部电影值得一看,它获得2005年度的德国电影和平奖和欧洲电影奖,并在2006年获得第78届奥斯卡最佳外语片奖提名。通过以上例子大家可以看到,进入21世纪的德国电影获奖频率很高,2003年、2005年、2006年都有斩获。2007年由弗洛里安·亨克尔·冯·多内斯马克(Florian Henckel von Donnersmarck,1973—)执导的电影,这个我估计应该有不少同学都看过了,叫作《窃听风暴》,这个中文片名的翻译算得上热闹,足够吸引眼球,但实际上德文片名取得十分含蓄而高级,德文片名是"Das Leben der Anderen",字面直译为中文就是"别人的生活"或"他人的生活"。这部电影再度为德国捧回一个奥斯卡小金人,荣获2007年第79届奥斯卡最佳外语片奖,同年还获得美国金球奖最佳外语片奖提名。至于在德国和欧洲,那更是拿奖拿到手软。所以最近几年的德国电影依然是精彩纷呈。

好，现在再来看看2009年德国、奥地利、法国、意大利合拍的电影《白丝带——一段德国儿童史》(*Das weiße Band — Eine deutsche Kindergeschichte*)，由当代著名奥地利导演哈内克（Michael Haneke，1942— ）执导，这是一位一眼看上去便与众不同且个性鲜明的电影人。那好，既然导演是奥地利人，我们为什么又要把这部电影算作德国电影呢？因为它虽说是四国合拍，但在这个投资里面实际出钱最多的是德国，所以我们把它归入德国电影。哈内克执导的《白丝带》是一部针对专制主义教育的黑白片。影片的被叙述时间为第一次世界大战爆发前夜，故事情节发生地为德国北部一所乡村学校，一连串神秘事件在此发生，隐约折射出法西斯主义的萌芽。此片获得2009年第62届戛纳电影节最佳影片金棕榈奖，2010年又获得奥斯卡最佳外语片奖提名，以及其他众多奖项。哈内克是个获奖专业户。另外值得一提和推荐的还有他2001年拍摄的平生第七部电影，即他根据耶利内克，也就是2004年诺贝尔文学奖获得者——奥地利女作家艾尔芙莉德·耶利内克1983年发表的长篇小说《钢琴女教师》(*Die Klavierspielerin*)翻拍的同名电影。该片同样表现不俗，2001年在戛纳获得评委会大奖。

电影我们就介绍到这里。我们再来看一看德国电影的评奖和审查制度。请问大家，我国都有什么电影节？有一些国际影响力的那种？有同学提到上海电影节，那它是什么时候开始举办的？是不是还是比较新近的事情啊？我们现在顺着联邦德国那条线讲，1951年起，联邦德国每年都会对优秀影片进行奖励，对优秀故事片授予金杯奖，另外设有金色胶片奖、银色胶片奖等。联邦德国还举办各种类型的电影节，其中在世界上影响很大的就是我们比较熟悉的柏林国际电影节,颁发金熊奖和银熊奖,比如张艺谋的《红高粱》所获得的便是1988年柏林国际电影节金熊奖。此外,还有曼海姆国际电影周以及奥伯豪森和莱比锡国际短片影展,均是德国著名的电影节。最后,我们再来了解一下德国电影的审查制度。每个国家都有电影的审查制度,为了对影片发行工作负责,德国设有国家审查机构,任务是确定影片和录像片的等级,一级影片任何年龄段都可以观看,二级仅限12岁以上,三级仅限16岁以上,情色片或色情片则限定年满18岁才可以观看,而且只允许在专门的情色或色情影院放映。这所有的审查都是照章办事,依法执行,那么其所依据的到底是什么法规呢?这就是专门用于青少年保护的一个法规,德文全称为"Gesetz zum Schutze der Jugend in der Öffentlichkeit",缩写为"JÖSchG"。那么对应的中文是什么呢?这就是《公共场所青少年保护法》。

下面我们一起来看看德国的电影审查制度具体又是如何在实践当中得到落实的。这是哥伦比亚三星公司2000年出品的德文版《精灵鼠小弟》(*Stuart Little*)家庭录像带的一个纸质封面,这部美国童话电影大家应该都看过了吧?我们学校礼堂也有放过,很多家长带着孩子来看。那你们说说,这个片子我们给它分为几级呢?有同学答一级。我们来验证一下。我们来找一找,看看这个分级标识会安排在这张封面的什么地方。找到了,在左下角有个很小的正方形白框,框内上半部印着德文"Freigegeben ohne Altersbeschränkung",其中的"freigegeben"对应中文"可以自由给出","Alter"对应"年龄","Beschränkung"对应"限制","ohne"是介词,对应中文"没有",合在一起的意思就是"没有任何年龄限制就可以给出去"。由此可知,这部影片属于任何年龄段的人都可以观看的一级。那么这个划分的依据是什么呢？白框下半部写着排成两行的德文"gemäß §7 JÖSchG",其中"gemäß"是个介词,意为"遵照、按照",如此一来,这两行德文的意思就是"依据《公共场合青少年保护法》第七条款",以此特地说明它这个分级的法律依据。大家也可以比较一下世界各国相关做法,还有我国的相关做法。

我们再来看一下哥伦比亚三星公司 1994 年出品的德文版《沉默的羔羊》(*Das Schweigen der Lämmer*)家庭录像带封面,看给它定的是几级。《沉默的羔羊》大家应该都看过,是部很恐怖的美国犯罪片,对不对？有情色、有暴力,看看它是怎么分级的？这个封面的总体设计就透着一股子阴森恐怖气息。《沉默的羔羊》1991 年在美国上映,是一部反映变态杀人狂的惊悚悬疑大片。大家看堵住女主角嘴巴的这只昆虫,它的头面部实际上是个骷髅,昆虫下面的德文则告诉受众这部电影如何有名,获得了 5 项奥斯卡大奖之类。对我们而言,重要的是它的分级,我们来找一找分级的标识,这个标识有的是白框,有的是蓝框。找到了,在这个封面左下偏中的位置有个正方形小蓝框,框内上半部的德文是"Freigegeben ab 16 Jahren",字面意思是"16 岁起可以自由给出"。其中"ab 16 Jahren",就是"自 16 岁起"；接下来的两行德文字面意思跟前面的白框内容完全一样,即这个分级依旧是"根据《公共场合青少年保护法》第七条款"。据此《沉默的羔羊》的分级为三级。

今天,我们主要通过对德意志帝国时期、魏玛共和国时期、纳粹德国时期、第二次世界大战之后的两德电影以及当代德国电影的评奖和审查制度等几大方面,对德国电影以及电影文化从其诞生至今的发展变化情况及面临的挑战,进行了一个提纲挈领的介绍。那么大家都看到了,德国电影出于政治的原因,就是中间纳粹德国那一段到二战后60年代,它是走过了一段弯路的。但德国电影在开头的阶段是处于当时世界的先进水平,虽然中途经历了曲折,但现如今德国电影也已迎头赶上,其成就越来越受到世界瞩目,前景一片光明。

本讲座主要参考文献

外文文献

Alfred Döblin zum Beispiel — Stadt und Literatur（Katalog zur gleichnamigen Ausstellung im Kunstamt Kreuzberg, Berlin, 1.9.‐31.10.87）, hrsg. von Krista Tebbe und Harald Jähner, Berlin: Elefanten Press, 1987.

Dietrich, Marlene: *Marlene*, translated from German by Salvator Attanasio, New York: Grove Press, 1989.

Fischer, Robert u. Joe Hembus: *Der neue deutsche Film, 1960‐1980*, München: Goldmann Verlag, 1981.

German film & literature: adaptations and transformations, edited by Eric Rentschler, New York u. London: Methuen, 1986.

Holba, Herbert, Günter Knorr u. Peter Spiegel, *Reclams deutsches Filmlexikon: Filmkünstler aus Deutschland, Österreich und der Schweiz*, Stuttgart: Philipp Reclam jun., 1984.

Schulze, Hagen: *Kleine deutsche Geschichte*, München: Verlag C. H. Beck, 1996.

Tatsachen über Deutschland. Die Bundesrepublik Deutschland, hrsg. vom

Lexikon-Institut Bertelsmann, 4., neubearbeitete Auflage, Gütersloh：Bertelsmann Lexikothek Verlag, 1984.

Tatsachen über Deutschland, hrsg. vom Presse- und Informationsamt der Bundesregierung, Frankfurt am Main：Societäts-Verlag, 1998.

Weimar cinema: an essential guide to classic films of the era, edited by Noah Isenberg, New York：Columbia University Press, 2009.

Wheatley, Catherine：*Michael Haneke's cinema: the ethic of the image*, New York u. Oxford：Berghahn Books, 2009.

中文文献

［德］沃尔克·施隆多夫：《光·影·移动：我的电影人生》，张宴译，人民文学出版社2012年版。

［德］齐格弗里德·克拉考尔：《从卡里加利到希特勒：德国电影心理史》，黎静译，上海人民出版社2008年版。

［德］维尔纳·赫尔佐格、［英］保罗·克罗宁：《陆上行舟：赫尔佐格谈电影》，黄渊译，上海三联书店2016年版。

［法］米榭·席俄塔、菲利普·胡耶编：《哈内克论哈内克》，周伶芝、张懿德、刘慈仁译，世界图书出版公司2016年版。

［美］斯蒂文·巴赫：《集权制造：莱尼·瑞芬斯塔尔的一生》，程淑娟、王国栋译，新星出版社2010年版。

潘桦：《世界经典影片分析与解读》（第三版），中国广播影视出版社2019年版。

青藤：《从〈卡里伽利博士的小屋〉到〈大都会〉：德国无声电影艺术1895—1930》，文化艺术出版社2010年版。

姚宝、过文英：《当代德国社会与文化》，上海外语教育出版社2002年版。

［英］罗伯特·海曼：《法斯宾德的世界》，彭倩文译，广西师范大学出版社2003年版。

《中国大百科全书·电影》，中国大百科全书出版社1991年版。

网页

Caroline Link，https：//de.wikipedia.org/wiki/Caroline_Link，2024 年 10 月 8 日。

Deutscher Film，http：//de.wikipedia.org/wiki/Deutscher_Film，2014 年 3 月 28 日。

Fritz Lang，https：//de.m.wikipedia.org/wiki/Fritz_Lang，2024 年 1 月 19 日。

Guido Seeber，https：//de.wikipedia.org/wiki/Guido_Seeber，2024 年 11 月 2 日。

Joseph Delmont，https：//de.wikipedia.org/wiki/Joseph_Delmont，2024 年 11 月 2 日。

Marc Rothemund，https：//de.wikipedia.org/wiki/Marc_Rothemund，2024 年 10 月 8 日。

Max Skladanowsky，https：//de.wikipedia.org/wiki/Max_Skladanowsky，2024 年 11 月 2 日。

Oskar Messter，https：//de.wikipedia.org/wiki/Oskar_Messter，2024 年 11 月 2 日。

Thea von Harbou，https：//de.wikipedia.org/wiki/Thea_von_Harbou，2024 年 11 月 2 日。

Werner Graul，https：//de.m.wikipedia.org/wiki/Werner_Graul，2024 年 11 月 9 日。

后　记

从 2021 年初知悉"中德文化丛书"获批国家出版基金立项,受到叶隽邀请撰写一本论文集,到思虑再三接受邀请,再到下定决心签署出版合同,潜心撰写和修改,直至今日这本集子终于杀青,时间已经过去了将近四年。回首往事,感慨良多,感慨最深的就是叶隽的远见和慧眼,以及他的锲而不舍的文人风骨!没有叶隽坚定的信念,没有叶隽真诚的鼓励与提携,就不可能有这本论文集的完成!叶隽的知遇之恩,我无以回报,唯有尽心写好文集。

本书十九篇文章中,除论文《德布林早期柏林小说初探》和北大讲座文稿《德国电影与文化》是首次发表外,其余十七篇均修改自笔者 1993—2016 年发表的文章,其中,《从〈王伦三跃〉看德布林儒道并重的汉学基础》和《〈柏林,亚历山大广场〉译者前言》均较之前篇幅增加了三分之二的新内容;《布莱希特笔下的"老子出关"》和《性别视角下的德语文学》均较之前篇幅增写了三分之一的新内容。与这四篇的大幅改动相比,其余文章也都经过了程度不一的调整和润色,尤其是对所有引用资料进行了多次确认、核实并视需要进行了相应增减。因此,本书总计约有七万字内容是首次发表,占比为全书总篇幅的三分之一。

本书标题为《现当代德语文学与中国》,与之相匹配,本书分别由"现当代德语文学对中国的接受"和"现当代德语文学在中国的接受"上下两编组成。

上编收录七篇聚焦中德文学文化关系的深度研究,每篇字数介于一万到两万之间,总字数近十万,约占全书篇幅的百分之四十四,可以说是本书的精华。这些论文围绕现当代德语文学大家德布林、布莱希特、卡夫卡等人在当时的海外汉学条件下对中国传统文化的研习和化用展开,主要运用实证主义研究方法,从考据入手,注重对外文文献,特别是对德文一手文献的爬梳、发掘和提炼,注重对较新的研究成果的跟踪和吸纳,有效填补国内外相关研究的一些空白,对国内外已经颇具规模的德布林、布莱希特、卡夫卡与中国文化关系的既有研究作出了有益的推进与补充,尤其是关于德布林和中国传统文化关系的研究成果在国际德布林研究界产生较大影响。也正因如此,这一部分仅涉及德布林和中国文化关系的论文就多达四篇,它们从多个角度论证夯实下述核心观点:享有世界盛誉的现当代德语经典作家德布林的文学创作和思想发展受到中国传统文化的熏陶与浸染,在德布林宏大的叙事体系和多元文化的精神架构中,中国智慧和中国元素始终占有重要的一席之地,发挥着富于建设性的作用。另外,这一部分收录的两篇考察布莱希特和中国关系的论文《布莱希特和孔子》《布莱希特笔下的"老子出关"》也在细致梳理布莱希特对儒家、墨家和道家终身研习和化用的基础上,结合文本分析、考据研究、文本生成研究以及版本史的研究收获了一些富有新意的发现,修正了一些人云亦云的刻板印象。

下编集结了十二篇文章,即五篇学术论文、三篇具研究性质的报刊专栏文章、三篇具研究性质的译者序和一篇学术报告,是笔者作为中国日耳曼语言文学学者多年钻研德语现当代文学的部分收获和心得。这些文章信息量大、涉及面广，选题比较超前、研究视角比较新颖，向中国读者推介了一批有深度及影响巨大的现当代德语文学经典作家、作品及流派，如：《一部纳粹暴政的史前史》探讨了奥地利作家穆齐尔处女作《学生托乐思的迷惘》的自传色彩和政治寓意；《暴戾和沦丧的村庄》发掘了新晋诺奖得主赫塔·米勒处女作《低地》的"反牧歌"性质；《〈浮士德博士〉译者序》对托马斯·曼晚年最重要作品中的德国文化观和蒙太奇技法进行了探讨；《不要低估这种能量》对民主德国作家克里斯塔·沃尔夫新作中的民主德国情结展开剖析；《君特·格拉斯的诗情与画意》则对国内鲜有触及的格拉斯诗歌创作进行了系统解读；等等。当然，同上编一样，下编收录的德布林研究文章仍旧是数量上最多的：相关的两篇论文和一篇译者序均主要围绕德布林大城市主题及其代表作《柏林，亚历山大广场》展开多维剖析，是国内不可多得的德布林研究成果。不过，下编同样不局限于单纯的作家作品研究，而是力求跨学科的创新整合，力求从德语文学文本出发适度拓展到对德语国家社会历史文化的复合研究。《性别视角下的德语文学》和学术报告《德国电影与文化》便是顺应这一追求的体现：前者梳理了女性主义和性别研究理论对德语文学创作和研究的影响；后者则全面勾勒了德国电影文化的发展历程。

谨以此书献给对中德文化交流感兴趣的朋友们。

因笔者水平有限，疏漏之处在所难免，敬请批评指正。

2025年1月2日于北京燕秀园

图书在版编目(CIP)数据

现当代德语文学与中国 / 罗炜著. -- 上海：上海社会科学院出版社，2025. -- (中德文化丛书 / 叶隽主编). -- ISBN 978-7-5520-4794-3

Ⅰ. I106

中国国家版本馆 CIP 数据核字第 20258Z32K5 号

现当代德语文学与中国

著　　者：罗　炜
策划统筹：熊　艳
责任编辑：张　宇
封面设计：黄婧昉
技术编辑：裘幼华
出版发行：上海社会科学院出版社
　　　　　上海顺昌路 622 号　邮编 200025
　　　　　电话总机 021-63315947　销售热线 021-53063735
　　　　　https://cbs.sass.org.cn　E-mail: sassp@sassp.cn
排　　版：南京展望文化发展有限公司
印　　刷：苏州市越洋印刷有限公司
开　　本：890 毫米×1240 毫米　1/32
印　　张：13.375
字　　数：300 千
版　　次：2025 年 8 月第 1 版　2025 年 8 月第 1 次印刷

ISBN 978-7-5520-4794-3/I·757　　　定价：88.00 元

版权所有　翻印必究